A mentira perfeita
é aquela que você conta
a si mesmo.

UMA MENTIRA PERFEITA

LISA SCOTTOLINE

Tradução
Monique D'Orazio

Rio de Janeiro, 2018

Título original: One Perfect Lie

Contato:
Rua da Quitanda, 86, sala 218 – Centro – 20091-005
Rio de Janeiro – RJ – Brasil
Telefone: (21) 3175-1030
www.harpercollins.com.br

CIP-Brasil. Catalogação na Publicação
Sindicato Nacional dos Editores de Livros, RJ

S439m

Scottoline, Lisa
Uma mentira perfeita / Lisa Scottoline ; tradução Monique D'Orazio. – 1. ed. – Rio de Janeiro : HarperCollins, 2018.
: il.

Tradução de: One perfect lie
ISBN 978-85-9508-258-8

1. Romance americano. I. D'Orazio, Monique. II. Título.

18-47873 CDD: 813
CDU: 821.111(73)-3

Leandra Felix da Cruz - Bibliotecária - CRB-7/6135

Para Shane e Liam, com amor

Mentir para nós mesmos está mais profundamente
arraigado que mentir para os outros.

— Fiódor Dostoiévski

Uma mentira perfeita

Capítulo um

Chris Brennan estava pleiteando uma vaga de professor na Escola de Ensino Médio de Central Valley, mas ele era uma fraude. Seu currículo era falso; sua identidade, completamente falsificada. Até o momento, tinha enganado o diretor de RH, o diretor-assistente e o presidente do Departamento de Estudos Sociais. Naquela manhã aconteceria sua última entrevista, com a diretora da escola, a dra. Wendy McElroy. Era agora ou nunca.

Chris aguardava na sala da diretora, sentado inquieto na cadeira, embora não estivesse nervoso. Já havia passado pelas verificações de ficha criminal em níveis estadual e federal e apresentado certidões negativas de má conduta sexual, abuso contra menores e detenção/condenação. Chris sabia o que estava fazendo. No papel, ele era perfeito.

Já tinha investigado a escola e observado os professores homens, por isso sabia o que vestir para a entrevista: uma camisa social branca oxford, sem gravata, calça cáqui Dockers e sapatos Bass, comprados em outlets da cidade. Chris tinha 1,88m e 97 quilos. Os olhos azuis um pouco separados, as maçãs do rosto amplas e o sorriso amigável o qualificavam como bonito, mas de um jeito suburbano. O cabelo era castanho-claro, e ele tinha acabado de cortá-lo no salão de cabeleireiro local. Todo mundo gostava de um homem de cabelo e barba feitos e costumava esquecer que as aparências enganavam.

Seu olhar percorreu sala da dra. McElroy. A luz do sol se derramava por uma janela dividida em painéis atrás da mesa, em formato de L, feita de madeira escura. A parte mais curta da mesa exibia pilhas de formulários, arquivos e pastas em cujo rótulo se lia **Exames Keystone, Lit. e Alg. 1.** Prateleiras repletas de livros e armários pretos de arquivos ocupavam toda a parede mais próxima. Na parede do outro lado, havia diplomas enquadrados da Penn State e da Universidade de West Chester, um quadro branco de calendário, e um cartaz onde se lia SONHE MAIS, RECLAME MENOS. A mesa tinha fotografias da família, frascos de álcool em gel, e correspondências ainda não abertas, ao lado de um abridor de cartas.

O olhar de Chris demorou no abridor de cartas, a lâmina pontiaguda brilhando à luz do sol. Do nada, ele teve uma lembrança. *Não!*, o homem tinha gritado, e fora sua última palavra. Chris esfaqueou o sujeito na garganta e depois arrancou a faca. No mesmo instante, foi borrifado por um leque de sangue proveniente da pressão residual da carótida. A faca devia ter servido como um tampão, e, quando foi removida, eliminou a vedação. Foi um erro de principiante, mas ele era muito jovem naquela época.

— Desculpe o atraso — disse uma voz na porta, e Chris se levantou quando a dra. McElroy entrou no escritório em um andador com apoio para o joelho. O aparelho sustentava sua perna direita dobrada, envolta por uma bota ortopédica preta.

— Olá, dra. McElroy, sou Chris Brennan. Precisa de ajuda? — Chris levantou-se para ajudá-la, mas ela seguiu em frente com o andador fazendo um aceno para dispensá-lo. Sua aparência era o que ele esperava: a de uma profissional de meia-idade com olhos azuis de pálpebras pesadas, atrás de óculos bifocais com armação de arame, um rosto magro emoldurado por cabelos grisalhos e curtos e brincos prateados de pingente. Trajava, inclusive, um vestido com estampa cinza e rosa. Chris entendia por que uma mulher de cabelos grisalhos se vestia com peças cinzentas. Ficava bem.

— Pode me chamar de Wendy. Eu sei que isso parece ridículo. Fiz uma cirurgia de joanete, então é assim que preciso me locomover por aí.

— Isso dói?

— Só na minha dignidade. Por favor, sente-se. — A dra. McElroy conduziu, com dificuldade, o andador de rodinhas em direção à mesa. A cesta na frente do aparelho sustentava uma ecobag com um laptop, arquivos e uma bolsa floral acolchoada.

Chris sentou-se de novo, vendo-a se esforçar. Sentiu que ela estava tentando se autoafirmar, demonstrar que não precisava de ajuda quando, claramente, precisava. As pessoas são engraçadas. Chris tinha pesquisado a dra. McElroy nas redes sociais e no site do corpo docente, que continha uma biografia e algumas fotos. Ela havia lecionado álgebra por doze anos na Escola de Ensino Médio de Central Valley, e vivia nas proximidades de Vandenberg com o marido, David, e o cão da raça Welsh Corgi Pembroke, Bobo. A foto da dra. McElroy na sua página profissional era de seus dias de juventude, um eterno lembrete do passado. A foto de Bobo era atual.

— Agora você sabe por que estou atrasada. Demoro uma eternidade para chegar a qualquer lugar. Eu estava em casa me recuperando durante as suas outras entrevistas, então é por isso que estamos conversando agora. Desculpe a inconveniência. — A dra. McElroy estacionou o andador ao lado da cadeira, pegou a bolsa e a ecobag da cesta e as colocou ruidosamente sobre a mesa.

— Tudo bem, não é problema algum.

A dra. McElroy deixou o andador, subiu na cadeira usando uma só perna, e depois desabou no assento.

— Parabéns para mim!

— Concordo — Chris disse em tom agradável.

— Só mais um minutinho de paciência por favor. — A dra. McElroy tirou um smartphone da bolsa e o colocou sobre a mesa, depois procurou dentro da ecobag e tirou um envelope de papel-pardo. Ela olhou para Chris com um sorriso nervoso. — Então. Chris. Bem-vindo a Central Valley. Fiquei sabendo que você impressionou os outros nas entrevistas. Você já tem fãs aqui.

— Que ótimo, é mútuo. — Chris desferiu um sorriso. Os outros professores gostavam dele, embora tudo o que soubessem a seu respeito fosse uma mentira. Não sabiam nem sequer seu verdadeiro nome, que era Curt Abbott. Em uma semana, quando tudo houvesse acabado e ele estivesse longe, todos se perguntariam como é que ele os havia enganado. Haveria choque e ressentimento. Alguns iriam querer um desfecho; outros, sangue.

— Chris, vamos poupar as formalidades, vamos apenas conversar, já que você foi tão bem nas entrevistas anteriores e, como sabe, temos que preencher essa vaga o mais rápido possível. Mary Merriman é a professora que você substituiria, e, é claro, todos nós entendemos a necessidade que ela teve de cuidar do pai doente. — A dra. McElroy suspirou. — Ela já foi para o Maine, mas continua acessível por e-mail ou telefone. Ficaria feliz em ajudá-lo no que pudesse.

Tanto faz, Chris pensou, mas não disse.

— É ótimo saber. Muita gentileza da parte dela.

— Ah, ela é um doce, a Mary é sim. Mesmo nessa hora de maior dificuldade, ela está pensando nos alunos. — A dra. McElroy ficou mais animada. — Se eu acelerar sua papelada, consigo colocá-lo em sala de aula nesta quinta-feira, quando o substituto irá embora. Você poderia começar assim tão cedo?

— Poderia, quanto mais cedo melhor — disse Chris, com sinceridade. Tinha muito o que fazer até a próxima quinta-feira, a apenas uma semana, e não podia começar até estar em seu devido lugar na escola. Era um significado novo para a palavra *deadline*.

— Devo avisá-lo, você tem uma grande responsabilidade em substituir a Mary. Ela é uma das nossas professoras mais queridas.

— Tenho certeza disso, mas estou à altura da tarefa. — Chris tentou transparecer entusiasmo.

— Mesmo assim, não vai ser fácil para você, afinal, estamos com o segundo semestre bem encaminhado.

— Mais uma vez, posso dar conta. Falei com os outros sobre isso e estou ciente do programa da disciplina e do plano de aulas.

— Então está bem. — A dra. McElroy abriu o envelope de papel-pardo, que continha uma cópia da inscrição de Chris para a vaga, o currículo falso e outros documentos frios. — Chris, para começar, me fale sobre você. De onde você é?

— Para simplificar, do Meio-Oeste, Indiana, mas nós nos mudávamos muito. Meu pai era representante de vendas de uma empresa de peças de encanamento, e a área dele mudava o tempo todo. — Chris mentiu com excelência. Na verdade, não se lembrava do pai ou da mãe. Ele crescera em lares adotivos nos arredores de Dayton, Ohio.

A dra. McElroy olhou o currículo falso.

— Vejo que você estudou no Northwest College, em Wyoming.

— Sim.

— Sua certificação também é de lá?

— Sim.

— Hmmm. — A dra. McElroy parou por um instante. — A maioria de nós frequentou faculdades locais na Pensilvânia. West Chester, Widener, Penn State.

— Entendo. — Era o que Chris esperava, motivo pelo qual havia escolhido o Northwest College como sua *alma mater* fraudulenta. As chances de se deparar com alguém ali que tivesse feito faculdade em Cody, Wyoming, do outro lado do país, eram de poucas a nulas.

A dra. McElroy hesitou.

— Então, você acha que poderia se adaptar aqui?

— Acho, claro. Eu me adapto em qualquer lugar. — Chris impediu que a ironia transparecesse em seu tom. Já havia estabelecido sua identidade falsa com os vizinhos, no Dunkin' Donuts, na Friendly's e no Wegman's. Sua persona tinha sido minuciosamente fabricada como marcas corporativas e seus logotipos brilhantes, chaveiros de plástico e programas de recompensa.

— Onde você está morando?

— Aluguei um apartamento em um novo loteamento nas proximidades. Valley Oaks, conhece?

— Conheço, é um condomínio legal — respondeu a dra. McElroy, como ele tinha previsto. Chris tinha escolhido Valley Oaks porque era perto da escola, embora não houvesse muitas opções decentes. Central Valley era uma cidadezinha pequena no centro-sul da Pensilvânia, conhecida principalmente por seus outlets. As lojas de fábrica de todos os fabricantes americanos preenchiam centro comercial após centro comercial, shopping após shopping, e a área das lojas de preços baixos era dividida ao meio pela avenida principal, a Central Valley Road. Também na Central Valley Road ficava a Lavagem a Seco Central Valley, o Chaveiro Central Valley e a Escola de Ensino Médio de Central Valley, prova de que a cidade não tinha imaginação, o que, para Chris, era um bom sinal. Porque ninguém ali jamais poderia imaginar o que ele estava tramando.

A dra. McElroy ergueu uma sobrancelha grisalha.

— O que o traz a Central Valley?

— Eu queria uma mudança de cenário. Meus pais faleceram há cinco anos em um acidente. Um motorista bêbado atingiu o carro deles de frente. — Chris conteve o tom de autopiedade. Ele havia ensinado a si mesmo que a chave para evocar a solidariedade alheia era não ter pena de si mesmo.

— Ah, puxa! Que horrível. — A expressão da dra. McElroy suavizou. — Minhas condolências. Sinto muito pela sua perda.

— Obrigado. — Chris fez uma pausa para efeito dramático.

— E o resto da sua família? Algum irmão ou irmã?

— Não, sou filho único. O lado bom é que sou livre para ir aonde eu quiser. Vim para o leste porque há mais cargos de docência e o salário é melhor. Os professores aqui estão nadando em dinheiro, não estão?

A dra. McElroy deu risada, como Chris sabia que aconteceria. Seu salário inicial seria de $55.282,00 ao ano. Claro, era injusto que os professores ganhassem menos do que bandidos, mas a vida não era justa. Se fosse, Chris não estaria ali, fingindo ser alguém que não era.

— Por que você se tornou professor, Chris?

— Eu sei que parece cafona, mas eu adoro os jovens. A gente consegue ver muito claramente a influência que exerce neles. Meus professores moldaram quem eu sou e eu lhes dou todo o crédito.

— Sou da mesma opinião. — A dra. McElroy sorriu brevemente e, em seguida, consultou o currículo falso mais uma vez. — Você já lecionou a disciplina de Política antes?

— Já. — Chris estava se candidatando à vaga de professor de Política no curso avançado, assim como no curso regular de Política e Economia, além de uma eletiva, Justiça Criminal, o que era irônico. Chris fabricou sua experiência de ensino no curso avançado de Política; havia se familiarizado com o livro-texto da disciplina e copiado o programa da internet, já que o currículo das disciplinas do programa avançado era padronizado em nível nacional. Se desejavam transformar as escolas públicas em uma cadeia de lojas, Chris não se importava.

— Então, você gosta de dar aulas para o Ensino Médio. Por quê?

— Os jovens são muito capazes, muito comunicativos. Nós conseguimos ver a personalidade deles começando a se formar. Na verdade, é a identidade que está tomando forma. Eles estão se tornando adultos. — Chris ouviu o eco da verdade em suas palavras, o que ajudava na construção de sua credibilidade. Na verdade, ele *tinha* interesse em identidade e na psique humana.

Ultimamente, andava se perguntando quem era quando não estava se passando por alguma outra pessoa.

— E por que o curso avançado de Política? Na sua opinião, o que há de interessante na disciplina de Política no currículo avançado?

— A política é fascinante, especialmente hoje em dia. É algo que os jovens veem na TV e na mídia, e querem conversar a respeito. Eles gostam de se engajar nos assuntos da vida real. — Chris sabia que *engajamento* era um chavão entre os professores, como era *determinação.* Tinha coletado termos na internet, onde havia tantos blogs de professores, grupos no Facebook e contas no Twitter, que parecia que era a própria internet que os engajava.

— Sabe, Chris, eu cresci em Central Valley. Há dez anos, este condado era uma terra produtora de laticínios, mas então vieram os outlets e tomaram conta de tudo. Eles trouxeram empregos, mas ainda temos uma mistura do velho e do novo. Dá para ver isso na cidade. Aqui existe uma loja de produtos alimentícios para animais de fazendas e outra de máquinas e equipamentos agrícolas há décadas, mas estão perdendo espaço para uma Starbucks.

— Entendo. — Chris fingiu tristeza, mas aquilo também lhe era indiferente. Ele contava com o fato de que as pessoas ali fossem amigáveis, abertas e, acima de tudo, dispostas a confiar.

— Há uma linha infeliz que divide ricos e pobres, e ela se torna evidente no penúltimo ano, na turma que você vai pegar. — A dra. McElroy fez uma pausa. — Os filhos das famílias mais abastadas fazem os exames nacionais de avaliação do Ensino Médio e se candidatam a uma vaga na faculdade. Os filhos dos fazendeiros ficam para trás, a menos que consigam uma bolsa de estudos para os esportes.

— Bom saber — disse Chris, tentando parecer interessado.

— Me conte, de que forma você se comunica melhor com os alunos?

— Ah, individualmente, sem dúvida. Não há substituto para o olho no olho. Sou um cara boa-praça. Quero ser acessível a eles por e-mail, pelas redes sociais e por tudo mais, mas eu acredito no contato pessoal e no respeito mútuo. É por isso que também sou treinador.

— Ah, meu Deus, eu esqueci. — A dra. McElroy franziu a testa, depois folheou a papelada de Chris. — Você também está pleiteando a vaga de treinador-assistente de beisebol. Time principal.

— Estou. — Chris nunca tinha sido treinador antes, mas era um atleta nato. Estava frequentando gaiolas de rebatida para recuperar a forma. Seu ombro direito doía. — Tenho a forte opinião de que treinar é ensinar e vice-versa. Em outras palavras, estou sempre ensinando, quer seja na sala de aula ou no campo de beisebol. O cenário não importa, é mera questão de localização.

— Uma maneira perspicaz de enxergar as coisas. — A dra. McElroy franziu os lábios. — Como técnico assistente de beisebol, você iria responder ao treinador Hardwick. Devo alertar que ele não mantém os assistentes por muito tempo. O último, bem, foi embora e não foi substituído. O treinador Hardwick gosta de fazer tudo sozinho, do jeito dele. E ele pode ser um homem de poucas palavras.

— Estou ansioso para conhecê-lo. — Chris tinha pesquisado sobre o treinador Hardwick, evidentemente um idiota bem conhecido. — Tenho certeza de que posso trabalhar com o treinador Hardwick. Ele é uma instituição no beisebol colegial da região, e os Mosqueteiros de Central Valley têm um dos melhores programas do estado.

— Isso é verdade. — A dra. McElroy assentiu e pareceu se animar. — Ano passado, vários jogadores foram recrutados para a primeira e para a segunda divisões.

— Sim, eu sei. — Chris já tinha sondado a respeito da equipe na internet para seus próprios propósitos. Precisava virar amigo de um garoto quieto e inseguro, muito provavelmente algum que tivesse um relacionamento conturbado com o pai. Ou melhor ainda, um pai falecido. Era o mesmo perfil que um pedófilo usaria, mas Chris não era um pervertido. Sua intenção era manipular o rapaz, usá-lo apenas como o meio para chegar a um fim.

— Então, onde você se vê daqui a cinco anos?

— Ah, aqui, em Central Valley — Chris mentiu.

— Mas por que aqui? Por que nós? — A dra. McElroy inclinou a cabeça, e Chris sentiu que precisava entregar sua resposta de bandeja.

— Eu amo este lugar, e as colinas da Pensilvânia são uma visão e tanto. Simplesmente lindas. Amo a atmosfera tranquila e o clima de cidade pequena. — Chris se inclinou para frente, como se estivesse prestes a abrir o coração, quando nem sequer tinha certeza se tinha um coração. — Mas a verdade é que eu tenho esperanças de me estabelecer aqui e criar uma família. Em Central Valley, eu me sinto *em casa*.

— Bem, isso parece maravilhoso! Devo dizer, você fez jus a todas as minhas expectativas. — A dra. McElroy sorriu calorosamente e fechou a pasta com os arquivos. — Parabéns, Chris, a vaga é sua! Deixe-me ser a primeira a lhe dar as boas-vindas à Escola de Ensino Médio de Central Valley.

— Ótimo! — Chris estendeu a mão sobre a mesa e mostrou seu sorriso mais sincero.

Era hora de pôr o plano em marcha, de começar com o primeiro passo.

Primeiro passo

Capítulo dois

Chris entrou na locadora de automóveis U-Haul de Central Valley e estacionou seu Jeep, um Patriot preto 2010. Colocou um boné, saiu do carro e olhou em volta. Não havia nenhum outro cliente; esse era o motivo de ele ter vindo no meio da manhã de uma quarta-feira chuvosa. Não queria testemunhas.

O escritório da U-Haul era um cubo corrugado laranja e marrom com uma vitrine de vidro e duas câmeras de segurança instaladas na linha do telhado, apontadas para a porta da frente e para o estacionamento, altas o suficiente para que o rosto de Chris ficasse escondido pela aba do boné.

A locadora era menor que a Ryder e a Penske, mas dispunha de unidades de armazenamento no fundo, com temperatura e umidade controladas, o que fazia delas o lugar perfeito para guardar fertilizante nitrato de amônio, o principal componente dos artefatos explosivos improvisados, como bombas ANFO.

Chris cruzou a fileira de picapes, vans de carga e caminhões-baú de diversos comprimentos, reluzentes em cores branca e alaranjada. O caminhão-baú de 3 metros seria grande o suficiente para transportar cinquenta sacos de fertilizante e os demais equipamentos. Se um baú de 3 metros não estivesse disponível, o baú de 4,5 metros serviria, embora fosse mais lento e o tamanho maior chamasse atenção.

Chris avistou um caminhão com baú de 3 metros no estacionamento. De acordo com o site, estaria disponível na semana seguinte, mas ele não daria sorte para o azar.

— Bom dia, senhor, eu sou Rick. — Um balconista veio até ele vestido com uma camisa polo verde com um logo bordado e calças cáqui.

— Oi, eu sou Mike Jacobs. Muito prazer. — Chris estendeu a mão, e Rick cumprimentou-o com um sorriso.

— Como posso ajudá-lo?

— Eu estou interessado no caminhão-baú de 3 metros. — Chris fez um gesto para o veículo. — Aquele é o único que você tem?

— É. Para quando você precisa?

— Humm. — Chris fez uma pausa de efeito. — Me deixe pensar, hoje é quarta-feira, dia 13. Preciso dele para segunda-feira da próxima semana, dia 18. Está disponível?

— Tenho que verificar e fazer uma cotação de tarifa. Sabe, dá para verificar a disponibilidade e reservar pela internet com um cartão de crédito.

— Eu vi, mas não quis reservar pela internet e depois mandar meu sobrinho vir retirar para descobrir, de repente, que não estava disponível.

O atendente hesitou.

— Você disse que o seu sobrinho é que vai retirar?

— Sim, ele é que vem buscar. Só vou ficar na cidade hoje. Vou pagar assim que eu tiver certeza dos meus planos.

— Quantos anos ele tem?

— Dezessete, penúltimo ano do ensino médio. — Chris não elaborou, porque não tinha como. Pelo menos, ainda não. Tinha acabado de receber o e-mail confirmando que havia sido contratado e estava a caminho da sede do distrito escolar, onde preencheria as fichas restantes. Começaria as aulas no dia seguinte e precisava escolher um garoto logo de imediato.

— Ah, isso é um problema. Ele tem que ter 18 anos para alugar um dos nossos caminhões-baús.

Chris piscou.

— Mas sou eu que vou alugar, não ele.

— Desculpe, mas daria na mesma. Ele não pode retirar no seu lugar ou dirigi-lo se tiver menos de 18 anos.

— Sério? — Chris perguntou, fingindo surpresa. A locadora Ryder tinha uma idade mínima de 18 anos, e na Penske era 21. — Mas ele tem carteira de motorista, e eu vou mandá-lo com o pagamento em dinheiro.

— Desculpe, não posso ajudar. Regras da empresa. Está na seção de "perguntas frequentes" do site.

— Rick, você não pode adaptar um pouco as regras, só desta vez? Eu não posso pegar todo o caminho de volta até Central Valley só para retirar o caminhão.

— Não, sinto muito. — O atendente fez um gesto para os trailers na ponta da fila de carros. — Você pode usar um trailer? Ele só precisaria ter 16 anos para alugar um trailer.

— Não, eu realmente preciso do caminhão.

— Então não posso ajudá-lo, desculpe. Você verificou na Zeke's?

— O que é isso? — As orelhas de Chris ficaram de pé.

— Ah, você não é daqui, é verdade. Todo mundo conhece o Zeke. — O atendente sorriu. — Ele é um veterano de Central Valley. Conserta caminhões agrícolas. Na verdade, ele sabe consertar qualquer coisa. Sempre tem um caminhão por perto para vender ou alugar, e todo o pessoal da região o procura quando nós não temos disponibilidade. Duvido que seja muito exigente sobre alugar um caminhão para um garoto de 17 anos. A maioria desses meninos de fazenda dirige desde os 13.

— Bom saber — disse Chris, com sinceridade. — Onde é a loja dele?

— No cruzamento da Brookfield com a Glencross, logo na saída da cidade. — O atendente sorriu com ironia. — Não tem placa, mas não tem como errar.

Quinze minutos depois, Chris estava dirigindo pela estrada Brookfield, compreendendo o que o funcionário queria dizer com ser impossível errar onde ficava a Zeke's. O cruzamento da Brookfield com a Glencross era no meio de um campo de soja, e em um canto havia uma oficina pré-histórica feita de blocos de concreto, cercada por caminhões velhos, tratores enferrujados e equipamentos agrícolas usados, ao lado de pilhas precárias de pneus velhos, bicicletas e eletrodomésticos variados.

Chris virou em um pátio de asfalto sujo e estacionou na frente da oficina. Saiu do carro mantendo o boné na cabeça, embora não houvesse câmeras de segurança. Não havia ninguém por perto, e o único som era a cantoria desafinada que vinha de uma das baias abertas.

— Zeke? — Chris chamou de fora, ao entrar na oficina, onde um octogenário grisalho vestido com um macacão oleoso estava trabalhando em uma picape Ford velha sobre o elevador. Havia um cigarro pendurado em sua boca, e os óculos tinham sido consertados com band-aid sobre a ponte do nariz.

— Eu.

Chris deu um sorriso agradável.

— Olá, meu nome é Pat Nickerson. Ouvi dizer que você poderia ter um caminhão para alugar. Meu sobrinho vem retirá-lo porque estou de passagem na cidade só por hoje. Mas ele tem 17 anos. Tudo bem para você?

— Ele é um bom menino? — Zeke estreitou os olhos.

— É.

— Então, não! — Zeke explodiu em gargalhadas, que se transformaram em uma tosse seca, embora ele não removesse o cigarro da boca.

Chris sorriu. O cara era perfeito.

— Que tipo de caminhão você precisa? — Zeke voltou a trabalhar debaixo do veículo.

— Um caminhão-baú, de 3 metros.

— Eu tenho dois caminhões-baú, um de 3,6 metros e outro grandalhão.

— O de 3,6 metros vai servir. Ele funciona bem?

— Ah, você precisa que ele *funcione*? — perguntou Zeke, na lata, depois começou a rir e a tossir de novo.

Chris sorriu, entrando na brincadeira, embora estivesse falando totalmente sério. Um caminhão que não fosse confiável não serviria.

— Então dá para confiar nele.

— Dá. Eu deixaria você levá-lo para dar uma volta, mas não está aqui. Meu primo está usando.

— Quando vai estar de volta? Preciso que o meu sobrinho o pegue na semana que vem, na segunda de manhã.

— Sem problemas. Tenho esse e outro que está chegando. Nesta época do ano é devagar, quase não vem ninguém. Sempre tenho alguma coisa aqui. Se você vai se mudar na segunda, vamos estar com ele aqui no domingo à noite.

— Certo, deixe só eu ver com o meu sobrinho para ter certeza, depois eu dou um retorno. — Chris não explicou que o caminhão não era para mudança. Era para transportar uma bomba ANFO que mataria tantas pessoas quanto possível e causaria destruição em massa. Uma bomba ANFO era fácil de fazer e segura de montar. Era só combinar 96% de fertilizante nitrato de amônio e 6% de óleo para calefação, diesel ou querosene em um tambor, fazendo uma mistura com consistência de farinha molhada. Para torná-lo ainda mais explosivo, bastava adicionar nitrometano, um combustível utilizado em esportes motorizados ou em missilmodelismo, que estava amplamente disponível. Bastava ligar um fio detonador a um TNT ou a uma salsicha de gel explosivo, acionar com um circuito elétrico simples e jogar no tambor.

— Beleza, cara. É só ligar ou dar uma passada. Meu número está na lista telefônica. Por quanto tempo você vai precisar do caminhão?

— Só por um dia ou dois.

— Está bem. Setenta e cinco dólares por dia, em dinheiro. Você abastece. Vou estar com ele aqui na segunda-feira de manhã para o seu sobrinho. Às 9 horas.

— Como posso ter certeza?

— Porque eu disse que pode. — Zeke gargalhou, o cigarro queimando perto dos lábios. — Beleza, cara. A gente se vê.

— Até mais — disse Chris, dando meia-volta para ir embora. Tinha muito a fazer. O bombardeio aconteceria na terça-feira. Só faltavam seis dias.

Cabuuum.

Capítulo três

— Sou o sr. Brennan, bem-vindos à disciplina do curso avançado de Política. — Chris dizia numa repetição contínua, parado na soleira da porta de sua sala de aula, cumprimentando os alunos. Eles não andavam; davam corridinhas, as meninas com botas Uggs e os garotos com chinelos de plástico.

— *Você* é o sr. Brennan? Ah, uau! — disse uma aluna, corando de um jeito que Chris considerou charmoso. Mas não era intencional da sua parte. As meninas não eram seu alvo. Os garotos é que eram.

Chris não parava de sorrir; ia cumprimentando os alunos enquanto avaliava os rapazes, uniformemente desleixados com camisetas, moletons ou peças do uniforme da escola. Alguns encontravam seus olhos com confiança; estes, Chris eliminava de sua seleção. Em vez disso, observava os garotos que tinham apertos de mão fracos, os que desviavam os olhos ou que tinham bastante acne. Ninguém com acne sentia autoconfiança. Aos 17 anos de idade, Chris odiara sua pele, seu rosto e a si mesmo.

— Eu sou o sr. Brennan. Olá, como vai? — Chris ficava dizendo, à medida que os alunos continuavam chegando. Já tinha peneirado suas listas de alunos e identificado os garotos que estavam tanto na sua aula, como no time de beisebol. Naquela classe, havia três — Evan Kostis, Jordan Larkin e Michael "Raz" Sematov. Chris mantinha os olhos vidrados à espera de Evan, Jordan ou Raz, mas ainda não tinham chegado.

"Uau!", "Legal!", "Olha só!", os alunos diziam quando chegavam às suas mesas e ficavam felizes em descobrir que um lanche surpresa os aguardava. Chris tinha deixado um pretzel, um pacote de cupcakes de chocolate ou uma maçã em cada assento.

— Sr. Brennan, por que os lanches? — perguntou um dos garotos, de longe, levantando seus cupcakes no ar.

— Por que não? — Chris respondeu da porta, lembrando o nome do menino pelo carômetro da classe. O garoto era Andrew Samins. — Achei que vocês fossem gostar de um lanchinho.

— *De graça?* — Samins perguntou, incrédulo. — Uau, valeu!

— De nada. — Chris sorriu e fez uma anotação mental.

— Incrível, valeu!

— Uau!

— Legal!

— Obrigado! — Os alunos repetiam em coro. O burburinho ia se intensificando conforme eles comparavam os lanches, o que levou a uma negociação incrivelmente barulhenta de trocas: essa havia sido a intenção de Chris. Os alunos eram cobaias em um experimento; eles só não sabiam disso. As negociações dariam pistas sobre a personalidade dos garotos: quem tinha poder e quem não tinha, quem poderia ser manipulado e quem não poderia. Claro, as lutas pelos cupcakes de chocolate e pelos pretzels. Ninguém queria as maçãs, só as meninas: ou era isso, ou elas se contentavam. Chris queria ver o que ia acontecer com Evan, Jordan e Raz.

— Mas, sr. Brennan — uma garota disse por cima das conversas —, não podemos comer na sala de aula. Deixa migalhas e aparecem ratos. Eu vi um na sala de música, antes do intervalo.

Outra garota interveio:

— Esta também é uma classe sem amendoim, sr. Brennan. Eu não sou alérgica, mas algumas pessoas podem ser.

— Meninas, os lanches não têm amendoim. Podem comer e eu assumo a responsabilidade. — Chris observou os alunos se sentarem nos seus respectivos lugares. Ele organizara as mesas da maneira convencional, cinco fileiras de seis carteiras. Não atribuíra lugares marcados porque queria observar as amizades que já tinham se formado.

Chris voltou sua atenção para o corredor e avistou Evan, Jordan e Raz caminhando em direção a ele, olhando para algo no smartphone de Evan. Chris já os tinha pesquisado nas redes sociais e sabia que Evan Kostis era o mais popular, um garoto rico com um pai médico, por isso não seria sua primeira escolha como massa de manobra. Evan era o bonito entre eles, com olhos castanhos, um nariz fino, e cabelos pretos grossos que ele ficava jogando para trás. Tinha um sorriso vencedor, sem dúvida, graças ao aparelho, e vestia um colete acolchoado Patagonia vermelho, moletom de capuz dos Mosqueteiros, jeans ajustado e botas Timberland que pareciam novas.

Ao lado de Evan estava Mike Sematov, cujo cabelo preto indisciplinado se curvava na altura dos ombros. Sematov tinha sobrancelhas grossas e olhos escuros redondos, e estava muito agitado tentando pegar o celular de Kostis. O apelido de Sematov era Raz, evidentemente derivado de Rasputin, numa referência ao sobrenome de origem russa. Seu Twitter era @cRAZy e sua *timeline* do Facebook geralmente era formada por vídeos de pessoas vomitando ou espremendo espinhas e abcessos. Sematov era uma possibilidade excelente, porque o pai tinha falecido em agosto, de câncer no pâncreas. Não era fácil encontrar um garoto com um pai falecido, e Chris achava que Raz poderia ser o vencedor, a menos que fosse louco demais.

Chris desviou a atenção para outra possibilidade, Jordan Larkin. Jordan media 1,85 metro, mas seu jeito encolhido o deixava esquisito, todo braços e pernas desajeitados. O rapaz tinha um rosto comprido com feições finas, mas os olhos castanhos eram juntos demais e o cabelo, um castanho sem graça, era curto demais. Não vestia roupas caras; um moletom azul de beisebol dos Mosqueteiros, uma calça de moletom genérica e chinelos de plástico da Adidas. Melhor de tudo, Jordan era filho de mãe solteira, o que era quase tão bom quanto ter um pai morto.

Chris sorriu e estendeu a mão quando os três rapazes chegaram à classe.

— Senhores, sou o sr. Brennan. Bem-vindos ao curso avançado de Política. Também vou ser o treinador de vocês.

Evan foi o primeiro a apertar a mão de Chris, olhando-o no olho.

— Evan Kostis. E aí! Bem-vindo a bordo!

— Prazer, Evan. — Chris estava prestes a se voltar para Jordan, quando Sematov estendeu a mão na frente.

— E aí, sr. Brennan, sou Mike Sematov, mas pode me chamar de Raz. Você não parece a sra. Merriman. — Raz deu um sorriso bobo.

— Não posso enganar você! — Chris manteve o sorriso, fazendo uma anotação mental de que Sematov tinha oferecido o apelido e um aperto de mão. Os gestos sugeriam que Raz queria uma conexão com ele, então talvez houvesse uma base de onde Chris pudesse construir algo. — Raz, escolha uma mesa. Distribuí lanches para todos.

— Legal! — Os olhos escuros de Raz se iluminaram, e ele mergulhou na sala de aula.

— Irado! — Evan correu atrás dele, deixando Jordan sozinho com Chris, que estendeu a mão para cumprimentá-lo.

— Você deve ser Jordan Larkin. É um prazer conhecê-lo.

— Valeu. — Jordan apertou a mão de Chris, interrompendo o contato visual para dar uma olhada pela sala de aula. — Você está falando sério sobre os lanches? Sabe, a galera fica louca se a gente come na sala de aula.

— O que os olhos não veem, o coração não sente — disse Chris, e acrescentou, improvisando: — Estamos comemorando. É meu aniversário.

Jordan sorriu, surpreso.

— Ah, puxa. Feliz aniversário.

— Não conte para os outros, eu não quero criar alarde.

— Claro. — Jordan desviou o olhar, e Chris sentiu que tinha marcado um ponto, cooptado o garoto. Enquanto isso, Evan e Raz estavam apostando corrida até os lanches, e as únicas carteiras ainda desocupadas eram as primeiras em cada fileira. Os lanches restantes eram um pretzel e duas maçãs.

— Eu fico com o pretzel! — Raz disparou em direção à mesa com o confeito.

— Eu vi primeiro! — Evan o perseguiu, dando uma pancada de quadril em Raz para apanhar o pretzel.

— Ei, cara! — disse Raz, fingindo indignação.

— O perdedor diz o quê? — Evan enfiou o pretzel na boca e se apoderou da carteira, fazendo a classe dar risada.

— Certo, pessoal, vamos começar! — Chris fechou a porta, e o riso lentamente começou a diminuir. Raz desabou na primeira carteira da fila, fazendo cara de emburrado ao colocar a mochila no chão. Jordan pegou a última carteira vazia, na frente da fileira mais próxima à mesa de Chris, e aceitou a maçã sem reclamar. A transação confirmava para Chris que Evan Kostis era o líder, Raz era um ponto de interrogação, e Jordan era o seguidor.

— Classe, como eu disse, meu nome é sr. Brennan e eu vou substituir a sra. Merriman. Estou com o programa da disciplina e nós vamos tentar retomar de onde ela parou. — Chris bateu palmas para chamar a atenção dos alunos, já que ainda não tinham se acomodado. — Sou novo na cidade. Cresci no Meio-Oeste, lecionei em Wyoming, e acho que vamos ter um ótimo fim de semestre.

— Você sabe andar a cavalo? — Raz perguntou em voz alta, e Chris tomou aquilo como uma tentativa de estabelecer uma conexão.

— Sim, eu sei — respondeu Chris, o que era verdade. — Mais alguma coisa que vocês queiram saber? Eu ficaria feliz em responder a algumas perguntas.

— Você é casado? — uma das garotas gritou.

— Não, eu não sou — Chris respondeu para um ataque de risadinhas.

— Você gosta de cachorro ou de gato? — perguntou outra menina, a que estava preocupada com a alergia à amendoim. Seu nome era Sarah Atkinson, Chris sabia, mas não demonstrou.

— Eu gosto de todos os bichos, mas no momento não tenho nenhum animal de estimação. Eu não posso. Última pergunta?

— Boxer ou cueca? — Raz gritou e caiu na gargalhada, acompanhado pelo resto da classe.

— Sem comentários. — Chris sorriu e acenou para que todos se acalmassem. — Certo, vamos direto ao ponto. Vou considerar que vocês leram os materiais que a sra. Merriman postou na página dela e que eu reproduzi na minha. Vou conduzir a disciplina da mesma forma. O governo deriva seu poder pelo consenso dos que são governados. Nós também temos um pacto social, eu e vocês.

Os alunos começaram a pegar os fichários, os cadernos de espiral, e a encontrar canetas e lápis dentro das mochilas. Não era permitido usar laptops nas aulas.

— Na minha página, vocês vão encontrar o programa da disciplina, as tarefas e a agenda de questionários e provas. A participação nas aulas é um terço da nota. — Chris caminhou até sua mesa, que continha a versão de professor do livro didático *Como funciona o governo*, o fichário preto com suas anotações para a aula, e uma lista da classe com a fotografia dos alunos, dos quais nenhum importava, a não ser Evan, Jordan e Raz. Ele o consultou antes de fazer a próxima pergunta. — Sr. Samins, Andrew Samins? Vamos começar com as leituras. Qual foi o primeiro pacto social neste país?

— Ih, eu não sei, não tenho certeza. Fiquei doente ontem, por isso não fiz a lição de casa.

— Certo, hoje passa, mas só hoje. — Chris sorriu, como o professor superlegal. — Mais alguém? — Um bando de meninas ergueu a mão, e Chris olhou para o carômetro. — Sarah Atkinson? Sarah, por que você não nos conta?

— Foi o Pacto do Mayflower.

— Correto, e por que o Pacto do Mayflower foi um contrato social?

— Bem, as pessoas a bordo do Mayflower decidiram se unir e disseram que fariam um acordo sobre de que forma iriam se autogovernar.

— Certo. — Chris notou Evan e Jordan curvados em seus cadernos para tomar notas. Raz estava desenhando um peregrino. — Em 1620, o Mayflower chegou aos arredores de Boston com 102 passageiros. Em 11 de novembro de 1620, 41 deles, somente os homens, redigiram um documento assinado que criou um sistema de autogoverno, pois eles iriam iniciar um assentamento, plantar lavouras e colhê-las.

Chris notou que Evan e Jordan faziam mais anotações, e que Raz continuava rabiscando desenhos. Ele continuou:

— O Pacto do Mayflower foi o primeiro exemplo de soberania popular. Alguém sabe o que significa soberania popular?

A mão de Sarah disparou para o alto novamente, mas Chris apontou para uma garota asiática atrás dela.

— Sim, olá. Por favor, diga seu nome antes de responder à pergunta.

— Brittany Lee. Soberania popular significa que a autoridade política provém do povo, dos cidadãos, que podem fazer o que quiserem com o governo. Eles podem iniciar um governo ou podem derrubá-lo.

— Está certo, Brittany. A ideia é a de que os indivíduos têm direitos, e que o governo só tem poder porque ele se origina do povo. — Chris queria partir para o exercício que havia planejado com segundas intenções. — Agora, vocês devem ler a Constituição e a Declaração de Direitos. Esses dois documentos encarnam o que é único sobre o Estado norte-americano, que é: a Constituição define a estrutura de governo, e a Declaração de Direitos define as limitações do governo. Em outras palavras, a Declaração de Direitos protege os direitos do indivíduo. Vamos fazer um exercício que nos ajudará a pensar sobre o que foi a criação de um governo.

Chris foi até o centro da sala, e Raz virou a página para esconder os desenhos.

— Imagine que vocês foram um dos pais fundadores, as próprias pessoas que redigiram a Constituição e a Declaração de Direitos. Qual documento você escreveria se tivesse escolha? Você é a autoridade, a pessoa que quer configurar o governo e estabelecer regras que regulem as ações de todos? *Ou* você é a pessoa que quer ressaltar quais direitos pertencem aos indivíduos, para que eles nunca possam ser subjugados pela autoridade?

A mão de Sarah levantou-se com veemência.

— Você quer saber se somos Republicanos ou Democratas?

— E os independentes? — perguntou um menino no fundo da sala. — Meu irmão é um independente!

Raz se virou.

— Seu irmão é um nerd independente!

Chris lançou um olhar de alerta para Raz, refletindo se o menino era imprevisível demais para o que ele precisava.

— Pessoal, agora fiquem em pé.

Houve resmungos, risadinhas e conversa enquanto os alunos iam se levantando ao lado das carteiras, algum com relutância. Evan se pôs em pé rapidamente, e Jordan levantou-se curvado, sem fazer contato visual com Chris.

— Nesta unidade, vamos escrever nossa própria constituição e nossa própria declaração de direitos. Vamos configurar o governo que gostaríamos, e depois definir as limitações desse governo. Então, vocês precisam decidir se querem escrever a nossa constituição ou a nossa declaração de direitos. Independentemente de qualquer partido que possam defender, ou mesmo os pais de vocês defenderem, quero que pensem por si mesmos.

Alguns alunos sorriram e começaram a conversar entre si.

— Não faça o que seu amigo está fazendo. Finja que você é um dos pais fundadores. Você seria uma das pessoas que instaurariam o governo, ou uma das que limitariam o governo? Vou dar um tempo para decidirem. Fechem os olhos e pensem por si mesmos.

Os alunos fecharam os olhos, rindo. Evan obedeceu, e Jordan inclinou a cabeça para frente como se aquilo fosse um minuto de silêncio. Raz fechou um olho, depois o outro, fazendo caretas.

— Certo, as pessoas que quiserem escrever a constituição, sigam até a parede onde está a porta, com os olhos fechados. E as pessoas que quiserem escrever a declaração de direitos, sigam para o lado onde estão as janelas. Mas não abram os olhos.

A classe irrompeu em conversinhas, e Sarah falou de longe:

— Como podemos andar com os olhos fechados? Não vamos conseguir enxergar! Vamos esbarrar nas mesas!

— Apenas faça, Sarah! — Evan exclamou do outro lado. — Você não vai morrer. Se você trombar com alguma coisa, é só dar a volta.

— Não se preocupe, não vou deixar vocês se machucarem. — Chris observava os alunos darem passos hesitantes, andarem com os braços estendidos, empurrando uns aos outros, esbarrando em mesas e em mochilas, conversando e rindo. Ficou de olho em Evan, Jordan e Raz, que estavam escolhendo seus lados.

— Mantenham os olhos fechados! — Chris exclamou para eles. — A constituição ou a declaração de direitos? Vocês decidem, pessoal!

Houve mais risadinhas, e uma das garotas quase acabou saindo pela porta, mas, depois de alguns minutos, os alunos se organizaram em dois grupos barulhentos.

— Certo, pessoal, abram os olhos! — disse Chris, tendo cumprido a sua missão.

Capítulo quatro

Chris entrou na sala dos funcionários com sua bandeja de almoço, à procura de um lugar vazio. Professores estavam sentados em cadeiras azuis comendo em mesas com revestimento que imitava madeira. Uma conversa animada preenchia o ar, que cheirava a perfume de outlet e a sopa de tomate. O salão não tinha janelas, e era cercado por armários de carvalho e equipamentos baratos, com paredes pintadas de azul-mosqueteiro. Um velho sofá azul encontrava-se encostado em uma parede abaixo de um espelho, e a parede oposta tinha um refrigerador de água com garrafões de reserva.

Chris seguiu para uma mesa que ainda tinha cadeiras vazias, e uma ou duas professoras desferiram sorrisos amigáveis para ele, sem dúvida depois de receberem o memorando cujo título era: **Dê a CHRIS BRENNAN as boas-vindas calorosas de Central Valley!** Ele já conhecera alguns na cantina, que vieram se apresentar e dizer que o sanduíche grelhado de queijo estava no menu, evidentemente um motivo de comemoração. Chris não sabia se era mais difícil fingir ser um professor ou ficar animado com um sanduíche.

Havia uma mesa com alguns lugares vazios, à qual se sentavam duas professoras de vestidos chemise: uma de cabelo curto e castanho e a outra de cabelo comprido. A que tinha cabelo curto acenou para ele.

— Venha aqui! — gritou ela, sorrindo. — Junte-se a nós! A gente não morde!

Chris forçou uma risada e apoiou sua bandeja.

— Obrigado. Sou Chris Brennan. Muito prazer.

— É um prazer conhecer você também. Sou Sue Deion, professora de cálculo. — Sue fez um gesto para a amiga. — E esta é Linda McClusky. Ela ensina espanhol.

— Prazer em conhecer você também, Linda. — Chris sentou-se, repassando sua agenda mental. Havia pesquisado Linda McClusky porque ela também dava aula para o 11º ano. Ela vivia em Bottsburg com o marido, Hugh, um professor de piano, e cuidava dos Músicos de Central Valley, que iriam apresentar *Annie* em maio. Chris iria perder a produção.

Sue perguntou:

— Então, o que você leciona, Chris?

— Política. — Chris deu uma mordida no seu sanduíche de queijo, servido em um prato de isopor com uma caneca de sopa de tomate, pêssegos em calda e gelatina vermelha com chantilly.

— Ah, aí vem problema! — Linda olhou para dois professores que vinham se aproximando deles com uma professora, e Chris reconheceu a mulher de sua pesquisa, pois ela era uma morena arrasa-quarteirão. Sua roupa valorizava o corpo incrível: um vestido preto ajustado e botas pretas de camurça. Seu nome era Courtney Wheeler, professora de francês, treinadora das líderes de torcida, casada com um agente de hipotecas chamado Doug.

— Abe, Rick, Courtney, venham aqui! — Sue os chamou com um aceno.

Chris desviou a atenção para um dos homens, que se chamava Abe Yomes, apelidado de sr. Y. Abe era um homem negro esguio, professor de Artes da Linguagem no 11º ano, motivo pelo qual Chris também tinha pesquisado a respeito dele. Abe vestia uma camisa xadrez justa, calça cáqui de pregas e calçava sapatos sociais lustrosos. Ele era gay e vivia na cidade com seu parceiro, Jamie Renette, o dono da imobiliária Renette.

— Eu sou Abe Yomes, o famoso sr. Y, e você deve ser o rapaz novo. — Abe sorriu ao colocar sua bandeja na mesa.

— Prazer em conhecê-lo, Abe. Chris Brennan. — Chris estendeu a mão por cima da mesa para cumprimentar Abe com um sorriso.

— Bem-vindo a Stepford. Meu parceiro Jamie é corretor de imóveis, caso você esteja pensando em comprar. — Os olhos escuros de Abe cintilavam com divertimento por trás dos óculos modernos sem aros. — Vejo que você já entrou na onda do pessoal, ou seja, está comendo o sanduíche de queijo quente. Essas pessoas, elas são uma seita. Eu falo, esse sanduíche de queijo é uma porcaria. O fato de que seja um sanduíche de dois andares só torna tudo duas vezes mais gosmento. Eu sou sincero com as "donas do poder", e por "donas do poder" eu quero dizer as moças da cantina.

— Bom saber. — Chris deu uma risada genuína.

— Chris, conheça Rick Pannerman, nosso hippie residente. Ele nasceu para ensinar arte. Na verdade, ele nasceu para ser Picasso, mas outra pessoa conseguiu o emprego. — Abe apontou para o outro professor, que era careca e gordinho, com olhos azuis brilhantes e um sorriso enterrado dentro de uma barba longa e grisalha. Ele vestia uma camisa de flanela um pouco usada e jeans.

— Chris, bom ver você — disse Rick, estendendo a mão carnuda. — Bem-vindo à ilha dos brinquedos desajustados.

— Rá! — Chris sorriu, e Abe também.

— É assim que ele chama a nossa mesa. Agora você é um de nós, os esquisitos. Glu-Glu. — Abe puxou uma cadeira quando Courtney veio andando com sua bandeja. — Por último, mas não menos importante, esta adorável criatura é Courtney Wheeler. Ela é casada com Doug, o brutamontes, o branquelo mais chato do mundo, e isso significa muito.

— Abe, quieto. — Courtney sentou-se, sorrindo.

Abe empurrou a cadeira dela com um floreio.

— Courtney é minha melhor amiga, e o príncipe Harry é meu espírito animal. Você não acha que somos parecidos, ele e eu?

Courtney respondeu maliciosamente:

— Bem, os dois respiram oxigênio.

— Não é verdade. É o oxigênio que respira *ele*. — Abe se sentou, focando novamente em Chris. — Então, bem-vindo, virgem de Central Valley. Qual é a sua matéria, mesmo?

— Política e Justiça Criminal — Chris respondeu, terminando a primeira metade do seu sanduíche.

— Eu ensino Artes da Linguagem, sou um sujeito típico. Sou sensível, embora curiosamente forte, a verdadeira pastilha Altoids entre os professores. De onde você é?

— Wyoming.

— Espera. O quêêê? Wyoming? — Os olhos de Abe se arregalaram por trás dos óculos sem aro. — Você está tirando sarro da minha cara agora?

Courtney começou a dar risada.

— Meu Deus!

Rick abriu um sorriso boboca.

— Rá! Qual a probabilidade?

Chris não gostou da forma como ele disse aquilo.

— Por quê? Você já esteve lá?

— Se eu já *estive*? — Abe repetiu, seus lábios abertos em sorriso de deleite. — Eu *cresci* lá! Foi onde eu passei a infância! Saímos de lá quando eu tinha 9 anos, mas meus pais se mudaram de volta, de tanto que gostavam do lugar!

— Sério? — Chris configurou seu rosto em uma máscara de alegria. — Que coincidência.

— Não é? — Abe fervilhava de entusiasmo. — Eu sou adotado, prazer. Meu pai era um típico homem que gostava de estar ao ar livre. Nascido e criado em Wyoming. Ele era do Comitê de Caça e Pesca. Fato curioso: Wyoming é um dos poucos estados que têm um Comitê de Caça e Pesca, em oposição ao Comitê de Pesca e Caça. Enfim, meu pai me ensinou a caçar e a pescar. Comíamos hambúrgueres de alce no jantar, feitos na hora! Você sabe quantos alces existem por lá, veados-mula, bisões, ursos--cinzentos...

— Imagine se não sei — disse Chris, embora ele não soubesse.

— De que parte de Wyoming você é? — Abe se inclinou para frente, ignorando o almoço.

— Bem, não sou *realmente* de Wyoming...

— Você não disse que era?

Courtney piscou.

— Enquanto isso, Abe está sendo sem educação como de costume, fazendo um milhão de perguntas e não deixando você comer.

Abe recuou.

— Não estou sendo sem educação. Nunca conheci mais ninguém de Wyoming por aqui. É incrível! — Ele retornou sua atenção para Chris. — Não quis ser chato, eu só fiquei animado. Sou um garoto que se anima fácil. Você entende, não é?

— Eu entendo, não precisa pedir desculpas.

— Acho que não. — Abe olhou para Courtney triunfalmente. — Viu só, queridinha? O menino e eu falamos a mesma língua, embora ele não tenha sotaque. — Abe voltou-se para Chris. — Você não tem sotaque. Você deve ter perdido.

— Acho que perdi...

— Bem, a gente perde mesmo. Eu perdi o meu. Você pode imaginar, ter a minha aparência e falar como um peão de fazenda? Estamos falando de uma dissonância cognitiva enorme.

Courtney revirou os olhos adoráveis.

— Abe, você tomou o café duplo de novo, não tomou?

Rick virou-se para Chris com um olhar de desculpas.

— Tomamos um Starbucks no centro, e o Abe mora lá. Apertem os cintos.

Abe os ignorou, voltando-se para Chris.

— Então, você é de Wyoming ou não?

— Não, sou do Meio-Oeste, mas estudei no Northwest College em…

— Cody! É claro! É a universidade do meu pai! Na bacia do Bighorn!

— Você também conhece o Northwest College? — Chris estava se repreendendo em silêncio. Aquilo era um problema.

Courtney interveio:

— O Abe ama Wyoming. Ele até já arrastou todos nós para lá para conhecermos. Bonito, mas, fala sério? Chato.

Rick deu de ombros.

— Não achei chato. A Sachi quer que a gente vá para lá quando se aposentar. Todas aquelas belezas naturais.

— Espere um segundo, eu tenho fotos! — Abe puxou o iPhone do bolso de trás e começou a tocar a tela.

Chris virou-se para Courtney, a fim de mudar de assunto.

— Então, Courtney, o que você leciona? — ele perguntou, embora já soubesse.

— Francês. — Courtney sorriu. — Comecei aqui há cinco anos, depois que me casei.

— Olhe! — Abe interrompeu, segurando o celular do outro lado da mesa, mostrando a foto de uma formação rochosa em torno de um corpo d'água. — Isso deve resgatar as memórias, não é?

Chris colocou um sorriso surpreso de reconhecimento no rosto.

— Cara, isso é incrível!

Abe virou a foto.

— Parece um lago, mas não é. Meu primeiro beijo foi lá: com uma mulher *e* com um homem! Fale para eles o que é, Chris! Todo mundo ia lá namorar, não ia? Era o que meu pai dizia.

— Não eu, eu era um bom menino. Estudei muito para poder crescer, me tornar um professor e comer sanduíche grelhado de queijo com dois andares. — Chris deu uma mordida no sanduíche, depois fingiu que a comida tinha ficado entalada na sua garganta. De repente, ele se afastou da mesa, fingindo estar engasgado, deixando sua expressão refletir um leve alarme, algo entre uma bola de pelos e a necessidade de uma manobra de Heimlich.

Os olhos azuis de Rick se arregalaram.

— Chris, você está *engasgado*?

— Ah, não, beba alguma coisa! — Courtney levantou-se com uma garrafa de água e correu para o lado dele.

— Chris! — Abe deu a volta na mesa e bateu nas costas de Chris. Rick, Sue e Linda vieram correndo.

Chris se dobrou, fingindo asfixia, e cabeças começaram a virar em sua direção.

O rosto de cada professor registrava preocupação e depois temor. Ele manteve a cena, com Abe, Sue e Linda reunidos ao seu redor, gritando:

— Ah, não!

— Ele está engasgado!

— Façam a manobra de Heimlich!

— Ligue para a emergência!

— Tudo bem, acho que desceu pelo buraco errado. — Chris agiu como se tivesse conseguido engolir o sanduíche, recuperando o fôlego de mentira. A última coisa que ele queria era que alguém ligasse ou trouxesse a polícia. Poderiam começar a fazer perguntas, o que arruinaria tudo.

— Meu Deus! — Abe franziu a testa com pesar. — Mil desculpas, eu deveria ter deixado você comer!

— Não é culpa sua, Abe. Foi o sanduíche.

— Vamos processar a diretoria de ensino — Abe retrucou. Rick e Courtney deram risada, e os outros professores abriram sorrisos de alívio. Em seguida, voltaram para suas mesas.

Chris sorriu, mas sabia que as perguntas sobre o Wyoming não desapareceriam para sempre. Abe iria querer relembrar coisas e comparar detalhes.

Era um problema que Chris precisava resolver.

Capítulo cinco

Heather Larkin estava na entrada do salão Lafayette, observando as mesas de sua estação, quatro de oito lugares, no canto esquerdo. O almoço era para o Comitê Auxiliar do Centro Médico Blakemore, e 52 mulheres bem-vestidas foram servidas com aperitivos, salada de folhas verdes com pedacinhos de queijo de cabra, lascas de beterraba e nozes.

Tudo estava indo bem, e o salão parecia perfeito. Do lado de fora, caía uma tempestade, mas a luz indireta penetrava as janelas palladianas, e um estrondo ocasional de trovão não perturbava a conversa e os risos. A iluminação era suave, emanando de arandelas de bronze de bom gosto nas paredes de damasco cor de marfim, que combinavam com as toalhas de mesa e o tecido que cobria as cadeiras, também marfim. Tulipas brancas compunham os arranjos centrais em cada mesa, e o ar emanava o cheiro de perfume caro e molho vinagrete de framboesa.

Heather estava de olho em suas mesas, já que era uma regra do clube que os membros não precisassem esperar pelo serviço. Ela se perguntava se as convivas sabiam quantos olhos havia sobre elas, à disposição para servi-las de modo que não precisassem esperar. Garçons. Garçonetes. Pessoas prontas para servir.

A maquiagem de Heather era leve, e seu cabelo liso e castanho estava preso em um rabo de cavalo baixo. Ela trajava o uniforme, um vestido tradicional bávaro verde-menta com um corpete trançado com fita na frente, cujo objetivo era mostrar o decote para os jogadores de golfe já no terceiro coquetel Long Island Iced Tea. Ela odiava o uniforme e o sapato exigido, que era branco com um salto que imitava madeira. Porém, Heather escolhia suas batalhas, e o uniforme não era uma delas.

Ela era garçonete no Central Valley Country Club havia 15 anos e era excelente na função. Ultimamente, porém, andava se perguntando se não tinha se tornado boa demais em ser garçonete e servir. Paciência era uma virtude, mas havia limites. Ela se perguntava se mais de uma década servindo pessoas não a havia condicionado a esperar que as coisas acontecessem, em vez de fazê-las acontecer, ou a atender as necessidades dos outros, em vez de cuidar das suas, como um perita em codependência.

Ainda assim, Heather tinha sorte em ter um emprego, ainda mais sendo mãe solteira. Recebia reajustes sobre o custo de vida, caixinha de Natal, além de todos os benefícios a que ela e seu filho Jordan tinham direito. Jordan estava no penúltimo ano do Ensino Médio e, esperava-se, a caminho de uma bolsa para treinar beisebol na faculdade. No entanto, para onde ela estava caminhando? Só tinha cursado dois anos de faculdade, e trancou quando ficou grávida. Ainda assim, nunca pensava no filho como um erro. Casar-se com o pai dele é que foi o erro. Divorciar-se corrigiu o erro.

Heather verificou as mesas. As mulheres estavam muito bonitas com os iluminadores recém-retocados, e as calças sociais em tons pastel com blazers bonitinhos curtos, sem dúvida comprados no shopping. Integrantes do clube não faziam compra nos outlets, então não precisavam esconder a marca de caneta ou uma costura torta e nem o fio puxado de alguma peça com defeito. Heather tinha parado de querer ser como elas, mas teria se contentado em ser alguém que vestisse as próprias roupas para trabalhar.

Queria uma mesa e uma cadeira, para que pudesse se sentar. Um trabalho que tivesse alguma perspectiva de crescimento, com uma placa de bronze com seu nome completo, em vez de um crachá com HEATHER.

— Heather — disse uma voz atrás dela, e Heather saiu de seu devaneio, ao se virar. Era Emily, a nova gerente da parte de Alimentos e Bebidas. Emily estava ainda na casa dos vinte anos, mas a maquiagem pesada a fazia parecer severa, e seu cabelo castanho curto estava rígido por causa dos produtos. Vestia uma camisa polo verde-menta com calça cáqui, o upgrade de uniforme para os gerentes.

— Pois não?

— Preciso que você fique hoje até às 18 horas. O almoço vai atrasar porque vão fazer o leilão e os sorteios depois dos discursos.

— Desculpe, não posso. Como eu disse, gostaria de estar em casa por causa do Jordan. — Heather escolhia as suas batalhas, e essa era uma que ela havia escolhido. Seu turno regular era café da manhã e almoço, das 6 às 15 horas. Esse horário permitia que ela chegasse em casa a tempo de preparar o jantar para que pudessem fazer uma refeição juntos. Nunca tinha sido um problema com o antigo chefe, Mike, e Heather havia presumido que uma chefe mulher fosse ainda mais compreensiva. No entanto, ninguém sabia apunhalar uma mulher tão bem quanto outra mulher.

— Preciso que você fique. — Emily franziu os lábios, que reluziam com brilho labial rosa.

— A Suzanne não pode?

— Não estou pedindo para a Suzanne. Estou pedindo a você.

— Você não pode pedir para ela? Ela não tem criança em casa. — Heather examinou as mesas por mero reflexo, mas ninguém precisava de nada.

— A sua *criança* está no Ensino Médio. — Os olhos azuis de Emily faiscavam.

— E daí? — Heather não explicou que dali a um ano, Jordan iria sair de casa para ir à faculdade. Tudo parecia como da última vez. — Você disse que teria flexibilidade...

— Eu disse que teria flexibilidade, se eu *pudesse*.

— Mas você não está tentando ser flexível em relação a mim. Você não pediu para a Suzanne...

— Heather, se você valoriza o seu trabalho, vai fazer o que eu peço, quando eu peço. — Emily olhou para o salão de jantar em volta.

— O que isso significa? Você vai me demitir se eu disser que não?

— Vou. — Emily encontrou os olhos dela diretamente. — Quando eu assumi, me foi dada carta branca para fazer o que precisasse ser feito. Você pode aceitar o emprego ou ir embora. A escolha é sua.

Heather sentiu o sangue se esvair de seu rosto. Já tinha ouvido os rumores de que a nova gerência tinha sido contratada para cortar os custos do serviço de bufê. Se Emily estava procurando um motivo para demiti-la, Heather não podia lhe oferecer um.

— Certo, eu fico até as 18 horas — ela se apressou em dizer. De repente, percebeu que uma das mulheres levantou um copo vazio dando a entender que precisava de um refil. — É melhor eu ir.

— Se apresse — Emily exigiu. — Você devia ter visto antes. Não sabe quem ela é? É a Mindy Kostis. Ela está patrocinando o almoço.

— Certo, estou indo. — Heather reconheceu o nome porque Jordan estava no time de beisebol junto com Evan Kostis, filho de Mindy.

— Anda. Vai, vai, vai.

Heather foi direto para onde estava Mindy. A família Kostis fazia parte do Círculo dos Vencedores, o círculo mais elevado de doadores do Fundo de Obras. Heather nunca tivera contato com Mindy nem a servira antes, e sentiu-se, de repente, aliviada por seu crachá não conter seu sobrenome. Mesmo assim, duvidava que Mindy reconheceria o nome, já que Jordan tinha acabado de entrar no time da escola.

Heather chegou à mesa, estendeu a mão para o copo vazio e sorriu de modo agradável.

— Aceita mais uma bebida, sra. Kostis? — ela perguntou, já que era uma regra do clube que todos os membros fossem tratados pelo nome.

— Sim, por favor. Tanqueray e tônica. — Mindy sorriu de volta com considerável cordialidade. A mulher tinha cabelo loiro encaracolado, olhos azuis redondos e um sorriso doce. Estava vestida com um terno rosa de tweed com um bordado onde se lia "Chanel", e Heather tentou não deixar os olhos caírem da cara. Nunca tinha visto um blazer da Chanel verdadeiro.

— O prazer é meu — respondeu Heather, uma resposta que seguia o roteiro, também de acordo com as regras do clube.

— Conheço você? Você parece tão familiar. — Mindy apertou os olhos para ler o crachá de Heather.

A boca de Heather ficou seca. Ela não sabia como Mindy poderia conhecê-la. Heather não ia aos jogos porque trabalhava. Estava prestes a responder "meu filho está no time de beisebol com o seu filho", mas se conteve.

— Não, acredito que não — respondeu, em tom educado.

— Ah, sim, desculpe. — Mindy sorriu, piscando.

— O prazer é meu — Heather disse outra vez, como um robô. As outras mulheres na mesa continuavam tagarelando, sem prestar atenção à conversa, que, para elas, era apenas Mindy falando com a garçonete. Ela se virou para as demais. — Mais alguém precisa de um refil?

— Ah, não — disse uma, sem levantar a cabeça, e as outras não responderam.

— Obrigada. — Heather saiu, nervosa. Não sabia por que não tinha contado para Mindy quem ela era. Mindy não a havia menosprezado de forma alguma, então por que Heather menosprezara a si mesma? Ela não se considerava inferior à Mindy, então por que agiu assim? Mindy era do Círculo dos Vencedores, mas o que Heather era? Integrante do Círculo dos Perdedores?

Ela praticamente fugiu do salão Lafayette em direção ao bar. Ocorreu-lhe que o almoço mal tinha começado, mas Mindy era a única mulher no segundo coquetel.

Capítulo seis

Caía um dilúvio lá fora, e Susan Sematov estava na janela de seu escritório, com o celular no ouvido, consternada ao ouvir sua ligação cair na caixa-postal. Seu filho mais velho, Ryan, não tinha voltado para casa no dia anterior, por isso estava preocupada. Ele tinha 19 anos, era um adulto, mas isso não significa que ela tivesse deixado de se preocupar, ainda mais depois do ano anterior. Seu marido, Neil, havia falecido depois de uma batalha brutal contra o câncer de pâncreas, e Susan, Ryan e seu filho mais novo, Raz, ainda estavam se recuperando. Neil tinha passado do diagnóstico a óbito em apenas dois meses, e Ryan largara a Universidade de Boston, onde tinha acabado de terminar o primeiro ano.

Susan encerrou a chamada e pressionou REDIAL para ligar novamente, mantendo o rosto na janela, de forma que parecesse estar supervisionando a ValleyCo One de sua janela. Susan era gerente de marketing da ValleyCo, a maior desenvolvedora de shoppings de outlets em Central Valley. O shopping de outlets ValleyCo One também tinha sua sede corporativa, um prédio de tijolinhos de três andares projetado para combinar com as lojas, também de tijolinhos, diante da janela de Susan, ao redor de uma praça gigante de concreto.

A chamada de Susan para Ryan tocou e tocou, e ela mandou uma oração aos céus, pedindo a Deus que, por favor, Ryan atendesse. Seu filho mais velho tinha sofrido um impacto tão grande com a morte do pai que se sentia perdido na própria casa. Seus amigos ainda estavam na Universidade de Boston e em outras instituições, mas ele passava o dia inteiro dormindo no sofá. À noite, saía para beber com sabia-se lá quem.

A ligação de Susan caiu na caixa-postal mais uma vez e ela desligou, percorrendo o shopping de outlets com os olhos. Na parte superior da praça, do lado norte, ficavam os outlets da Vanity Fair — Maidenform, Olga, Warner's, Best Form e Lillyette —, que todos no escritório apelidavam de Terra dos Peitos. Já à direita de Susan, do lado leste, ficavam Lee, Wrangler, Reef, Nautica e JanSport — naturalmente apelidadas de Terra das Bolas. À sua esquerda, ficavam Pottery Barn, Crate & Barrel, Lenox e Corningware — ou Pornografia Doméstica. Atrás dela, fora da vista, ficava a Terra dos Sapatos; Easy Spirit, Famous Footwear, Reebok, Bass Factory Outlet e Gold Toe Factory. Susan tinha sido contratada direto da Penn State como assistente administrativa no Departamento de Marketing e tinha trabalhado duro para ascender na carreira até chegar na posição de gerenciar o departamento quando a ValleyCo Five estava em estágio de projeto.

Susan olhou para o relógio: 13h35. Não queria ligar para a polícia porque sabia que Ryan teria um chilique. Não sabia aonde Ryan tinha ido porque ele saíra de casa quando ela estava numa conferência telefônica com a Costa Oeste. Presumia-se que ele havia contado ao irmão mais novo, Raz, onde iria, mas uma ligação levara à outra e, antes que Susan percebesse, Raz tinha ido dormir sem dizer onde Ryan estava.

Susan pensou sobre essa situação. Os dois irmãos eram como unha e carne, ou, pelo menos, costumavam ser, antes da morte de Neil, mas cada um de seus filhos estava reagindo ao falecimento do pai de forma diferente; Ryan, o filho tranquilo, acabou ficando mais introspectivo, mantendo a dor dentro de si; porém, Raz, o filho imprevisível, tinha saído ainda mais de controle. Raz idolatrava o pai, e ambos eram fanáticos por beisebol.

Susan deixou os pensamentos viajarem para o passado, para aquelas memórias. Raz e Neil ficavam rebatendo no quintal por horas, e Neil ia a todos os jogos de Raz, orgulhoso de ver o filho arremessar para os Mosqueteiros. A doença de Neil desestruturou Raz emocionalmente, e Susan chegou a receber recomendações de terapeutas. Apesar disso, nenhum dos dois filhos estava disposto. Havia começado a fazer terapia, e o plano era tentar convencê-los a ir com ela, mas isso ainda não tinha acontecido.

Susan entrou no aplicativo de mensagens, encontrou a última enviada para Raz e escreveu: **Querido, por favor, ligue quando puder. É importante.** Os estudantes tinham autorização para manter o celular consigo, contanto que desligassem o som, e não era permitido olhá-lo durante as aulas. Era o tipo de regra mais lembrada quando era burlada, e Raz e regras nunca estavam em bons termos.

Susan deslizou o celular de volta no bolso do blazer e foi até sua mesa, a qual mantinha organizada e sem muitos objetos, exceto pela plaquinha com seu nome, um relógio digital, um frasco com lápis e canetas, e fotografias familiares de Neil e dos meninos. Sentou-se e deu uma olhada nas fotos, desejando que estivesse no mínimo em algumas das fotos com Neil, para que pudesse vê-los ao longo do tempo. Tinham se conhecido na faculdade, se apaixonando, se casado logo depois da formatura e permanecido juntos em um casamento feliz por quase todos os dias desde aquela época. Susan não podia ter pedido mais. Exceto agora; tudo o que ela pedia era mais.

Seu olhar encontrou a foto favorita: a de Neil abraçando Ryan e Raz na formatura de Ryan no colegial. Eram tão felizes naquela época, e nem mesmo ela acreditava que pudessem ter tido um casamento de tamanho sucesso, dado sua criação. Ela não era perfeita, e Neil também não, mas ambos eram imperfeitos da mesma forma. Havia sido a união de dois realizadores que não amavam nada mais do que concluir afazeres de uma lista de tarefas.

Susan espantou os pensamentos, depois verificou seu telefone, mas Raz não tinha respondido suas mensagens. Enviou outra. **Querido, ligue por favor. Preocupada com o Ryan.** Ela colocou o celular de lado. Tentou não "catastrofizar", como dizia sua terapeuta Márcia. Márcia a havia ensinado a ocupar a mente para lidar com as situações, então Susan tocou no *mousepad* do laptop. A tela se encheu com a logo vermelha da ValleyCo, um shopping estilizado sobre o V de Valley, uma opção de marca feita antes da época de Susan.

Abriu um e-mail e um PDF com um anúncio da Terra dos Peitos que ela deveria aprovar. O banner superior dizia: ESTE DIA DAS MÃES É DOMINGO, 15 DE MAIO! CELEBRE SUA MÃE E VOCÊ! Abaixo havia a foto de uma mãe bonita com um garotinho, uma imagem retirada de um banco de imagens voltado para o público-alvo. Susan tinha sido aquela mulher, a cliente que representava o público vulnerável da ValleyCo, o tipo de mãe que colocava a data da liquidação no calendário tão logo ficasse sabendo dela. Era por isso que Susan se certificava de que, em todos os anúncios, a data da liquidação fosse o maior elemento da página e, nos disparos de e-mail, a data se conectasse automaticamente com o Meu Calendário ValleyCo, um aplicativo que ela mesma havia encomendado.

O Meu Calendário ValleyCo permitia que o cliente agendasse as datas das liquidações em qualquer shopping de outlets da ValleyCo e programasse alertas em intervalos de uma e duas semanas. Os chefes de Susan, todos homens, tinham ficado céticos na época, perguntaram-se por que qualquer mulher concordaria em ser bombardeada voluntariamente por propaganda, mas o aplicativo decolou. Susan não se surpreendeu. O sucesso se devia à crença inata de que fazer tudo certo levaria à felicidade, uma crença que ela seguia à risca, até que Neil morrera.

Susan aprovou o anúncio. Era bom o suficiente. Estava menos exigente agora que Neil havia falecido. Ele fora seu maior apoiador, e somente depois de ele ter partido é que ela percebeu que antes estava o tempo todo encenando para ele.

Susan pegou o celular. O relógio marcava 13h45, o que significava que Raz estava na sétima aula, mas não tinha ligado e nem mandado mensagem. Ela procurou a agenda de favoritos e pressionou o número 3 — Neil seria para sempre o número 1, e Ryan era o número 2. O telefone tocou, mas foi para a caixa-postal.

— Droga! — Susan exclamou e olhou para trás, mas a secretária não estava olhando.

Todos tinham sido maravilhosos com ela depois do falecimento de Neil, mas, recentemente, o escritório parecia uma vitrine sem a menor privacidade. Cada vez que a olhavam, Susan se enxergava da maneira como que eles a viam: uma viúva recente tentando desesperadamente impedir que ela e sua família se descosturassem como um produto de segunda categoria. Os Sematov agora eram ponta de estoque.

Susan pressionou REDIAL, o telefone tocou duas vezes e, finalmente, Raz atendeu.

— Raz...

— *O quê*, mãe? — Raz perguntou, em tom irritado. — Por que você está me ligando? Estou na escola.

— Esse é o seu período livre, não é? Estou preocupada com o Ryan. Ele não voltou para casa ontem à noite.

— E daí?

Susan sentiu que ele estava com amigos.

— E daí que ele não faz isso. Ficou fora a noite toda.

— Mãe. — Raz bufou. — É isso que você acha importante? Ele é bem grandinho. Ele está *fora*.

— Ele disse para você aonde ia ontem à noite?

— Eu não sei! — Raz levantou a voz.

— Onde ele disse que estava indo?

— “Eu não sei” significa que eu não sei! Não me *lembro.*

— Raz, por favor, pense — disse Susan, suavizando o tom. — Algo pode ter acontecido com ele.

— Ele deve ter dormido com alguém!

— Raz! — Susan olhou por cima do ombro e pegou a secretária a observando. — Estou preocupada com ele.

— Não tem nada para se preocupar! Ele está bem. Tenho que desligar!

— Raz, você não sabe se ele está bem. Pense sobre o que ele te contou. Ele disse para onde ia, ou com quem estava... — Susan parou quando percebeu que Raz tinha ficado estranhamente silencioso do outro lado da linha.

Olhou para o telefone, e Raz tinha desligado.

Capítulo sete

Chris seguia para o treino de beisebol mais cansado do que esperava. Não tinha ideia de como os professores faziam aquilo, dia a dia. Precisava ensinar a mesma lição duas vezes e dizer exatamente as mesmas coisas para duas turmas do curso avançado de Política e para duas classes regulares, já que cada turma na escola era restrita a trinta alunos. Além disso, tinha que lecionar a matéria eletiva, Justiça Criminal. Havia identificado mais dois garotos nas turmas regulares de Política e uma na de Justiça Criminal, mas nenhum tão promissor quanto Jordan ou Raz.

Chris desviava do grande movimento do corredor lotado. Agora, já vestindo o uniforme de treinador: uma polo azul onde se lia TREINADOR-ASSISTENTE MOSQUETEIROS BEISEBOL, calça de nylon azul-royal e tênis. Fotos emolduradas de turmas antigas da escola estavam penduradas nas paredes brancas, e cartazes motivacionais estavam localizados em intervalos regulares: OS MOSQUETEIROS FAZEM DA EMPATIA UM HÁBITO. SEJA A MUDANÇA: OBSERVE, ESCOLHA, AJA. ENCORAJE OS OUTROS. Ele passou por uma janela com vista para um pátio cheio de canteiros de flores. Estava chovendo, então o treino fora transferido para dentro do ginásio.

Chris estava ansioso para ver Jordan e Raz e poder tomar sua decisão final. Provisoriamente, tinha eliminado Evan, devido ao comportamento de macho-alfa do garoto em relação aos lanches e à escolha da equipe da declaração de direitos. Raz também tinha escolhido a equipe da declaração de direitos, então agora estava na berlinda. Jordan se encontrava na liderança, já que tinha escolhido a equipe da constituição, sugerindo que era um garoto que aceitava bem a estrutura e a autoridade, o que era perfeito para Chris. Precisava de um garoto que pudesse usar e manipular. Terça-feira estava chegando depressa.

De repente, Chris percebeu que dois de seus jogadores tinham virado no corredor, Trevor Kiefermann e Dylan McPhee. Chris ainda não os conhecia pessoalmente, mas pesquisara sobre eles, e os dois garotos não podiam ser mais diferentes um do outro. Trevor era um ruivo alto e robusto com rosto sardento e uma obsessão por *kettlebells* e levantamento de peso, de acordo com as redes sociais. Dylan era o mais alto do time, com um 1,95 metro, mas magro e esguio como uma vareta, cabelo loiro ralo, feições finas e óculos de aros pesados que escorregavam pelo nariz. Os perfis sociais de Dylan consistiam em fotos da NASA, a "foto astronômica do dia", e outras do espaço sideral, enviadas de qual fosse o astronauta que estivesse no momento em órbita ao redor da Terra.

Chris lhes desferiu um sorriso.

— Oi, pessoal, sou o treinador Brennan, o novo treinador-assistente.

— Oi, treinador, Trevor Kiefermann, prazer. Eu jogo como terceira-base. — Trevor deu um aperto firme na mão de Chris.

— Treinador, sou Dylan McPhee, campista-central. — Dylan também apertou a mão de Chris, mas a sua era magra, embora o aperto tivesse a mesma firmeza.

— É um prazer conhecê-los. — Chris acompanhou o passo deles pelo corredor, e Trevor pareceu ansioso para falar, o mais extrovertido dos dois.

— Dizem que você é um caubói. Veio para cá de Montana, não foi?

— Wyoming, mas as notícias viajam rápido aqui. — Chris permitiu que suas feições transmitissem leve surpresa.

— O Raz nos contou. Em que lugar você era treinador antes?

— Nunca fui treinador. Eu quase joguei beisebol na liga menor, mas rompi o ligamento cruzado anterior uma semana antes das peneiras. — Chris sabia que seu pseudônimo não poderia ser encontrado na internet ou em qualquer lista de ligas menores, caso eles fossem procurar. Curiosamente, a internet tornava o ato de mentir mais fácil e, ao mesmo tempo, mais difícil.

— Que droga. — Trevor abanou a cabeça. — Onde você ia jogar?

— Classe A, Liga do Meio-Oeste. Se eu contar qual time, você vai rir. Os Fort Wayne Tincaps de Fort Wayne, Indiana.

— Que nome! — Trevor riu.

Dylan sorriu.

— Existe?

— Sim, pode acreditar. — Chris sorriu de volta, sentindo o humor quebrar o gelo, como de costume. — Ainda assim, poderia ter sido pior. Você acreditaria nos Cedar Rapids Kernels?

— Rá — Trevor riu e Dylan também.

— Então, como está indo a temporada? — perguntou Chris, embora já soubesse. Os Mosqueteiros estavam em uma maré de azar.

— Não tão bem. — A expressão de Trevor nublou-se. — A temporada começou em 1º de abril, estamos com uma vitória e cinco derrotas. O treinador Hardwick pode substituir o Raz pelo Jordan no jogo de amanhã. Vamos enfrentar os Upper Grove, e eles estão invictos.

— O Jordan arremessa melhor?

— Acho que sim. Ele acabou de entrar no time principal e não lança tão forte quanto o Raz, mas tem uma precisão e um controle surreais. Ele simplesmente mantém a calma, aconteça o que acontecer.

Dylan interrompeu outra vez:

— Jordan é um arremessador de contato. O batedor pode até pegar um pedaço da bola, mas não vai conseguir uma rebatida de base. A bola vai cair no chão ou vai subir, o que é fácil de pegar.

Chris refletiu a respeito.

— Então eles vão competir pela posição de arremessador inicial e são amigos? Não deve ser fácil, né?

— Eles são amigos, mas, ah, isso acontece nos times. Só um pode ser a estrela.

Chris estava escolhendo Jordan, mas precisaria separá-lo de Raz para exercer a máxima influência sobre ele. A competição para ver quem ficaria com a posição de arremessador inicial poderia ser a talhadeira que os faria rachar, e tudo o que Chris precisava fazer era martelar com força.

O corredor terminava na entrada do vestiário masculino, e a porta estava aberta. Trevor fez um gesto para dentro.

— Vou mostrar onde fica a sala dos treinadores. O treinador Natale deve estar lá, é o treinador do time secundário.

— Mostrem o caminho, rapazes.

Capítulo oito

Chris seguiu os meninos descendo uma rampa até um nível inferior, e eles entraram em um grande vestiário com bancos e armários azuis, que estavam sendo esvaziados. Assim que Trevor e Dylan o deixaram lá, Chris andou pelo curto corredor até a sala dos treinadores, avistando o treinador Natale pela janela. Chris sabia pela sua pesquisa que Natale lecionava Saúde, que a esposa dele era especialista em leitura no colégio, e que suas filhas gêmeas frequentavam o quinto ano da Escola de Ensino Fundamental de Central Valley. Eram donos de um poodle branco, mas Chris não se lembrava do nome do cachorro. Logo a memória surgiu. O nome era Snowflake. Confirmado: sem imaginação.

— Sou Chris Brennan, o novo assistente — disse Chris, ao chegar à entrada da sala, e Victor cruzou o cômodo com um sorriso ansioso, estendendo a mão carnuda.

— Eu sou Victor Natale, bem-vindo! — Victor balançou a mão de Chris com vigor. Natale era baixinho e gorducho e tinha uma afabilidade italiana. Seus olhos eram grandes e castanhos, acompanhados por um nariz grande e lábios grossos. O rosto rechonchudo era emoldurado por cabelos pretos espessos. — Sou treinador do time secundário, com meu assistente Dan Bankoske. Ele já está no ginásio. Então, fiquei sabendo que você é de Utah?

— Wyoming. Todo mundo sabe de tudo aqui, estou certo?

— Bingo! — Victor riu. — Foi minha mulher que me disse. Ela é da equipe de Apoio Instrucional. Ela ouviu da Anne, que é da secretaria. — Ele abriu bem os braços. — Bem, este é o nosso palácio. A mesa vazia é sua.

— Obrigado. — Chris cruzou o espaço até a mesa vazia e colocou sua mochila na cadeira preta da mesa.

O ambiente sem janelas contava com quatro mesas pretas de frente para a parede, e as outras três mesas estavam lotadas de formulários, cadernos de espiral e revistas esportivas *Inside Pitch*, *Coach & Athletic Director* e *Covering All Bases*. Armários pretos de arquivos ladeavam a parede oposta a um frigobar, um velho micro-ondas e uma cafeteira.

— Então, Chris, qual é a sua? Você é solteiro ou casado?

— Solteiro.

— Namorada?

— Não.

— Pensando em conhecer alguém? Minha cunhada está prestes a ficar solteira. Você pode tirá-la das minhas mãos. Não consigo tirar essa mulher da minha casa.

— Ainda não, obrigado. — Chris achou Victor simpático, mas não precisava de um amigo.

— Qualquer coisa, me avise. Você pegou o iPad grátis? É dos investidores, Deus os abençoe.

— Peguei. — Chris abriu o zíper da mochila e tirou seu novo iPad.

— Você baixou o software, né? É como aquele aplicativo, o "Banco da MLB".

— Certo. — Chris tinha baixado o software de treinamento conforme as instruções recebidas de Hardwick por e-mail, mas também tinha criado arquivos secretos dos jogadores. — Alguma dica para trabalhar com o treinador Hardwick?

— Rá! — Os olhos escuros de Victor brilharam. — Os alunos o chamam de Hard-chilique pelas costas. Também de Hardware, Hard-penico, Hard-jerico e Hard-titica.

Chris deu risada, feliz por ter caído na confiança de Natale tão rapidamente.

— Ele não é exatamente o Papai Noel.

— Eufemismo do ano.

— Vocês são amigos?

— E ele tem algum amigo? É por isso que o Kwame se foi. Não aguentou nem mais um minuto. O Hardwick descarta assistentes como se fossem lenços de papel. — Victor riu. — Você conhece o segredo para se dar bem com ele? Siga a Bíblia.

— Sério? Não sabia que ele era um homem de fé. — Em sua pesquisa, Chris não tinha visto nada sobre o treinador Hardwick ser religioso, ou ele teria vindo com um crucifixo.

— Não, não essa Bíblia. A Bíblia de Hardwick. Ele mandou por e-mail para você. Ele chama aquilo de Bíblia.

— Ah, *essa* Bíblia. — Chris lembrou-se do pacote de informações que o treinador Hardwick tinha enviado. Estava junto com o material dentro da mochila.

— A Bíblia é o Evangelho Segundo o Hardwick. Se você seguir a Bíblia, vai conviver bem com ele. A Bíblia é o programa dele, as regras, faça chuva ou faça sol, de pré-temporada a pós-temporada. Mas, para ser justo, não dá para discutir com os resultados. Ele vence. — Victor falava sem parar. — Eu sigo a Bíblia, porque é bom para que o time secundário e o time principal sejam consistentes. Apesar disso, uso mais a inteligência emocional do que ele. Gosto de me aproximar dos meus jogadores, conhecê-los pessoalmente. O Hardwick não é assim. Ele é da velha guarda.

— Acho legal se aproximar dos jogadores. Ainda dá para conservar a autoridade. — Chris processou a informação. Se Hardwick não se aproximava dos jogadores, isso dava a Chris uma abertura com os rapazes.

— Concordo. — Victor sorriu, e sua aprovação era evidente. — Mas guarde essa informação para você. Siga a Bíblia. Fique na sua pista. Os alunos também. Eles sabem o que se espera deles. Se os jogadores seguem a Bíblia, Hardwick não pega no pé. Tipo cabelo, por exemplo. Pense no Raz. Mike Sematov.

— Ele está na minha turma.

— Boa sorte. Que maluco. Ele arremessou na temporada passada. Lança forte. Uma excelente bola rápida, mas tem grandes problemas de controle dentro e fora do campo. — Victor riu sem humor. — Se ele está na sua turma, você sabe como ele é. Cabelo solto até os ombros como aquele jogador chamado Lincecum. Usa coque. Hardwick não liga. Ele até mesmo falou para o Raz que o cabelo dele tinha superpoderes como o do Sansão. Agora o menino *nunca* vai cortar o cabelo.

Chris sorriu.

— Então o Raz é o primeiro arremessador? E quanto ao Jordan Larkin? Ouvi dizer que o treinador Hardwick pode colocá-lo no lugar do Raz.

— Larkin? Adoro aquele menino. — As feições grosseiras de Victor se iluminaram. — Ele jogou no meu time na última temporada dos times secundários. É um menino excelente. Quieto, tímido, mas excelente.

— Verdade? — Chris estava escolhendo Larkin cada vez mais.

— Então, ele cresceu durante o verão. É o tipo de coisa que acontece no beisebol colegial; eu vejo isso o tempo todo. Os garotos crescem, ganham músculos. Ou afiam as habilidades, aprimoram a mecânica, vão para um acampamento. Larkin se encontrou. Ele sabe das coisas. Está conseguindo *resultado.* O time está perdendo com Raz no arremesso. Acho que Hardwick vai iniciar com o Jordan.

— Como o Larkin melhorou tanto?

— Só Deus sabe. Ele não foi para o acampamento, porque não tem como pagar.

— Você acha que Raz o ensinou? — Chris estava investigando. — Ou talvez ele tenha aprendido com o pai?

— Não sei se Raz o ensinou. Se ensinou, agora está arrependido. — Victor franziu a testa. — Para sua informação, nem Larkin nem Raz têm pai. O pai do Raz morreu no verão passado, um cara e tanto. O Neil vinha a todos os jogos. O pai do Larkin caiu fora quando ele era pequeno. Ele tem mãe, uma garçonete. É filho único.

— Que pena. — Chris achava mesmo. Não havia nenhuma menção a um pai nas redes sociais de Jordan Larkin.

— Sim, é uma ruptura difícil. Larkin está rezando para conseguir uma bolsa de estudos.

— Acho melhor irmos andando, hein? — Chris fez um gesto para o relógio, pensando em um plano. Eles saíram da sala dos treinadores e pegaram o corredor. O ar parecia mais quente, e o calor intensificou um odor estranhamente forte.

— Esse fedor é desodorante Axe. Boa sorte para tirá-lo das suas roupas. Minha esposa sente o cheiro disso no meu cabelo. — Victor o acompanhou lado a lado, e eles continuaram por um corredor longo até a entrada do ginásio, com portas duplas escoradas. — Espere só até ver como o ginásio é grande. Redes de rebatidas, sala de musculação, o diabo a quatro. Mais uma vez, os investidores compram tudo.

Chegaram às portas do ginásio e entraram. Os garotos estavam enrolando redes, arrastando colchonetes azuis e puxando sacos de malha cheios de equipamentos de um lado para o outro. O barulho ecoava por todo o ginásio, ricocheteando nas superfícies duras. Chris examinou o local em busca de Jordan, que estava com Raz, conversando com o treinador Hardwick.

— Viu só o que eu queria dizer? Incrível. — Victor acenou com um floreio.

— É impressionante. — Chris não dava a menor importância, embora o ginásio fosse imenso, com um teto bem alto de material corrugado, tiras de iluminação fluorescente e faixas brancas e azuis de campeonatos penduradas nas vigas da cobertura. As paredes eram de blocos de concreto branco, e os bancos da arquibancada, também azul-royal, tinham sido dobrados, revelando o piso de madeira reluzente nas áreas de circulação.

— Hoje vão treinar o time principal e o time secundário. Eu fico com os meus meninos, você fica com os seus. Eles estão montando os equipamentos. — Victor apontou para os quatro cantos do ginásio.

— Entendi. — Chris manteve os olhos no treinador Hardwick, que falava mais para Raz do que para Jordan. A discussão parecia estar esquentando, com o treinador Hardwick gesticulando e Raz balançando a cabeça em negação. — Victor, melhor eu ir lá dar as caras.

— Boa sorte. — Victor lançou-lhe um sorriso caloroso.

Chris se mandou em linha reta para onde estava o treinador Hardwick. Estampou um sorriso no rosto, mas Hardwick apenas franziu o cenho em resposta, e a luz dura do ginásio mostrou os vincos em sua testa, e as rugas em seu nariz bulboso e queixo fraco. Ocorreu a Chris que o treinador Hardwick parecia o Mosqueteiro de Central Valley, o colonizador irritado cuja imagem fazia cara feia no centro do piso do ginásio.

— Você está atrasado. — Hardwick o fulminou com o olhar. De perto, seus óculos pareciam sujos, e a porção bifocal ampliava as íris marrom.

— Desculpe, sou Chris Brennan. Bom ver você de novo...

— Você estava falando com o Victor. Não fale. Ele fala demais, é italiano. Fique longe dele. Isso vai reduzir anos da sua vida.

Chris deixou para lá.

— Eu li o seu e-mail e sei que o que vamos treinar hoje. Estou pronto para começar.

O olhar severo de Hardwick suavizou.

— Chame os garotos para cá. Grite. Nós não usamos apitos. Eles não são cachorros.

— Vou chamar. — Chris virou-se, uniu as mãos em concha e gritou: — Time principal, venha!

Cabeças se viraram, e os meninos vieram correndo quase que imediatamente.

Raz veio correndo na frente de Jordan e Evan.

— Venham para cá e se ajoelhem, por favor! — Chris bateu palmas. Os meninos se acomodaram, olhando para ele com rostos ansiosos, provavelmente 25 rostos de todas as formas, tamanhos e etnias, todos eles de camisetas e bermudas de beisebol azuis dos Mosqueteiros.

O treinador Hardwick colocou as mãos nos quadris.

— Garotos, eu vou dizer de forma simples e indolor. Hoje, vamos treinar duro. O padrão dos Mosqueteiros é a excelência, no campo e no ginásio. Nada menos do que vitórias.

Chris manteve o semblante encoberto por uma máscara, percebendo a atenção fixa dos garotos. Eles mostravam todas as emoções em suas feições jovens, e queriam aprovação acima de tudo. Chris iria explorar essas emoções, a começar por aquele dia. Jordan, Evan, Dylan e Trevor estavam prestando atenção, mas a cabeça desgrenhada de Raz estava baixa, e ele roía as cutículas.

— Rapazes, deixem-me contar uma história antes de começarmos. É do lendário treinador John Scolinos, da California Polytechnic. O treinador Scolinos costumava dizer que no beisebol colegial, no beisebol universitário, nas ligas menores e nas ligas profissionais, o *home plate* tem 17 polegadas de largura.

Chris observava enquanto os alunos ouviam, especialmente Jordan. Apenas Raz continuava roendo as cutículas.

Hardwick continuou:

— O beisebol é um jogo que gira em torno das 17 polegadas. Se você não alcançar essas 17 polegadas, o *home plate* não fica maior nem mais largo para ajudar você. É um padrão. O padrão nesta equipe é a excelência. *Vocês* alcançam o *padrão*. Não é o *padrão* que alcança *vocês*.

Chris assentia enquanto Hardwick ia falando.

— E como se alcança esse padrão? Como se alcança a excelência? Vocês devem trazer a responsabilidade para si em todos os momentos. — O treinador Hardwick fez um gesto para Chris. — Garotos, conheçam o novo treinador-assistente, o treinador Brennan.

— Ah, oi. — Chris sorriu quando as cabeças se viraram para ele.

O treinador Hardwick continuou:

— O treinador Brennan se atrasou dois minutos para o treino hoje. O treinador Brennan pode estar pensando: não tem problema, são dois minutos. São *apenas* dois minutos. O treinador Brennan pode estar pensando: dois minutos não é tanto quanto cinco minutos. Ou dez. Ou *dezessete*.

Chris sentiu-se corar. Isso não contribuiria para seus planos. Ele precisava ser uma figura de autoridade para Jordan se quisesse ganhar sua confiança. Chris podia ver os sorrisos dos garotos sumirem quando se deram conta de que o treinador Hardwick o usaria como exemplo para os demais.

— Rapazes, se o treinador Brennan está pensando alguma dessas coisas, ele está redondamente enganado. O treinador Brennan pode ter sido contratado pela diretoria de ensino, mas ele não vai ficar neste time. Se algum de vocês pensar da forma como o treinador Brennan pensa, vocês também não vão ficar neste time.

Chris manteve a cabeça erguida. Evan começou a rir, quer fosse de nervosismo ou de escárnio. Trevor e Dylan franziram a testa. Jordan desviou os olhos, e Raz ficou olhando para baixo.

— Rapazes, o padrão é chegar no treino pontualmente. O padrão nunca muda. Por quê? Porque o padrão é excelência e a excelência é a *única* coisa que consegue vitórias. E o caminho para atingir a excelência é a responsabilidade. Se vocês não forem responsáveis pelos próprios atos, vão fracassar. Se o treinador Brennan não for responsável pelos atos dele, ele vai fracassar.

Chris percebeu que estava pensando naquela situação do jeito errado. Afinal, os garotos estavam se identificando com ele, enxergando-o como alguém com quem poderiam se relacionar, isto é, exatamente o que ele precisava. Então Chris entrou no jogou e baixou o olhar como se sentisse uma absoluta vergonha de si mesmo.

— Amanhã vamos enfrentar Upper Grove. Nós estamos prontos. Nós fomos responsáveis. E nós vamos vencer. — O treinador Hardwick estufou o peito, enganchando os dedos nas calças. — Agora, rapazes, tomem seus lugares de costume. Se vocês leram a Bíblia, já sabem o que fazer.

Os garotos se levantaram às pressas e saíram numa corridinha.

Chris se virou para o treinador Hardwick.

— Treinador, isso não vai acontecer de novo.

— É claro que não vai.

Chris suportou com dignidade.

— Eu vi você falando com Jordan e Raz. Algo que eu deva saber?

— Raz quer ficar como primeiro arremessador.

— Em vez do Jordan?

— Não, em vez de Cy Young.

Chris sorriu da piada ruim.

— Pelo que fiquei sabendo, o Jordan não tem tudo o que é necessário para iniciar a partida.

— O quê? — Os olhos de Hardwick estreitaram-se por trás dos óculos. — Foi o Victor que disse isso? E o que *ele* sabe? Não é à toa que ele treina o time reserva. Ele não vê o Jordan arremessar desde a temporada passada. Se você não acredita em mim, veja com seus próprios olhos.

— Quer dizer para eu fazer uns arremessos com o Jordan? — perguntou Chris, exatamente o que ele queria.

— Quero. Deixe ele mostrar o que ele sabe fazer. Conheço o talento quando eu o vejo. *Humpf.*

— Ok, treinador. Vou fazer isso. — Chris correu atrás do time, sorrindo por dentro. Estava ansioso para esse treino de arremesso com Jordan. Apenas os dois, sozinhos. Como pai e filho.

Ou era o que Chris imaginava.

Capítulo nove

Chris se aproximou de Jordan, que estava na fila para o treino de rebatida.

— Tem um minuto? — disse ele, lançando uma luva para o garoto. — O treinador quer que a gente faça um bom treino individual para eu ver o que você sabe fazer.

— Tudo bem. — Jordan saiu da fila, e alguns dos rapazes olharam de relance, inclusive Evan e Raz.

— Vamos lá do outro lado da cortina, por motivos de segurança. — Chris começou a caminhar ao longo de uma cortina de plástico azul pendurada no teto, delimitando uma porção do ginásio. Chris já tinha levado a base portátil de arremesso e outros equipamentos para o outro lado.

Jordan não disse nada enquanto o seguia. O ginásio estava repleto de atividades e do barulho de cinquenta garotos correndo, treinando e arremessando.

— O treinador Natale me contou um monte de coisas boas a seu respeito. — Chris manteve o tom leve para deixar o clima animado. — Ele me disse que gostava de treinar você.

— Oh. — Jordan deu um meio-sorriso, mantendo a cabeça baixa.

— Ele também disse que você realmente melhorou.

Jordan não disse nada e foi caminhando em seu jeito curvado característico, ao longo da cortina de plástico.

— É difícil melhorar, eu acho. Mas você conseguiu. Você chegou ao time principal da escola.

Jordan assentiu com um leve sorriso.

— Você pode até começar arremessando amanhã.

Jordan assentiu de novo.

— Como você fez isso?

— Não sei. — Jordan deu de ombros.

— Alguém te ensinou?

— Na verdade, não.

— Você quer saber quem me ensinou a jogar beisebol? A minha mãe. — Chris revirou os olhos de um jeito autodepreciativo. Eles chegaram à abertura na cortina e entraram na parte isolada do ginásio, que estava vazia.

— Hum. — Jordan deu um meio-sorriso, e Chris decidiu continuar conduzindo a conversa, na esperança de estabelecer uma base a partir da qual Jordan pudesse se abrir.

— Minha mãe é incrível, *era* incrível. Eu era próximo dela. Infelizmente, meu pai era um verdadeiro imbecil. Um bêbado, na verdade. — Chris ouviu o eco da verdade em suas palavras, uma vez que um de seus pais adotivos vivia alcoolizado. — Minha mãe tentou ser mãe e pai. Era alta e jogava críquete em uma liga. Foi ela que comprou a minha primeira luva, e até me ajudou a hidratar o couro. Ela me levava para o parque e me ensinava a arremessar.

— Hum. — Jordan encontrou os olhos de Chris pela primeira vez. — Eu aprendi no YouTube.

— Sério? — Chris não se lembrava de quando o YouTube tinha surgido.

— Sério, eu vi muitos vídeos no YouTube. Ainda vejo. Existem alguns vídeos profissionais, como os do MLB Network. Eles têm Pedro Martinez falando sobre Colon. Gosto desses, mas gosto dos vídeos de amadores, tipo, os de treinadores de faculdade e de Ensino Médio. Eles vão com calma e explicam. Acho que foi assim que melhorei. Trabalhei na minha mecânica. É isso que os recrutadores estão procurando. Boa mecânica.

— É verdade, não dá para atingir um nível elevado sem uma boa mecânica. — Chris percebeu que Jordan se animava mais quando o assunto era beisebol. — Gosto de vídeos, mas alguns não valem a pena. Tem algum que você recomenda? Um favorito?

— Sim, é do Texas. É supertécnico, mas o treinador explica de um jeito que dá para a gente entender.

— Você pode me enviar o link? Meu e-mail está na minha página de professor na internet.

— Claro.

— Obrigado. — Chris tinha acabado de abrir uma linha de comunicação com o garoto. — Eu também ouvi que você pegou alguns arremessos novos.

— É. Eu sabia bola rápida, duas costuras e *change-up*. A minha curva até que era boa. Depois eu acrescentei a três costuras, a *slider* e a *sinker*.

— Uau, fantástico. — Chris imaginou Jordan treinando sozinho só com os vídeos servindo de orientação. De maneira geral, Chris estava ouvindo alguém que era sozinho, até solitário, característica que ele iria explorar para sua própria vantagem.

— Além disso, eu trabalhei nas pernas. Eram magras demais. Antes eu era só braços quando arremessava.

— As pernas são importantes.

— A força vem das pernas e dos quadris.

— Exatamente. Bom para você. — Chris decidiu plantar outra semente. — Ei, escute, antes de começarmos, lamento o que aconteceu no início do treino, entre mim e o treinador Hardwick. Aquilo foi meio constrangedor.

— Né? — Os olhos de Jordan se arregalaram. — No seu aniversário, inclusive.

— Verdade. — Chris tinha se esquecido completamente de que era seu aniversário fictício, mas Jordan, não: um excelente sinal. — Cheguei atrasado porque estava conversando com o treinador Natale, mas não quero que você pense que eu desrespeitei a equipe.

— Não, treinador, eu não pensaria isso. Eu não acho que foi desrespeito.

— Eu me importo com a equipe, tanto quanto me importo com a minha aula. Treinamento e ensino, são dois lados da mesma moeda. — Chris olhou para baixo como se estivesse sentindo uma vergonha renovada, depois girou a bola de beisebol dentro da luva. — Aliás, você gostou da aula de hoje? Foi divertida, não foi?

— Claro, foi sim. — Jordan sorriu.

— Certo, vamos arremessar. Você precisa se aquecer, e eu preciso relaxar um pouco.

— Beleza. — Jordan sorriu calorosamente.

— Depois vamos passar para os seus novos arremessos. Ouvi tantas coisas boas que eu queria ver por mim mesmo.

Chris recuou, e Jordan caminhou em outra direção. Chris girou o braço para soltar as articulações, ignorando a dor de seus exercícios de rebatidas, e depois lançou para Jordan. O garoto devolveu sem fazer esforço, a bola fazendo um arco suave como produto de um talento atlético inato e memória muscular.

Chris pegou e jogou de volta com mais força para estabelecer um pouco de credibilidade, e a bola fez um *tum* sólido quando atingiu a luva de Jordan. Jordan também jogou de volta com mais força, e, conforme prosseguiam no exercício, Chris notou um relaxamento geral no corpo do garoto. Os movimentos foram ficando mais fluidos, os arremessos e as pegadas pareciam brincadeira. Jordan até ria quando os arremessos de Chris desviavam para o lado ou iam alto demais e, cada vez que isso acontecia, Chris não esquecia de elogiar com um "boa, garoto" ou "bom trabalho".

Chris percebeu que jogar bola era a criação de um vínculo, melhor do que conversa, ainda mais com um garoto que se sentia mais à vontade com ações do que com palavras. Ele pensou naquele filme antigo *Campo dos sonhos*, sobre o filho que queria trocar uns arremessos com o pai. Curiosamente, Chris se viu querendo saber por que tantos pais acabavam ausentes, incluindo o seu. Agora ele pensava no pai só raramente, um homem que ele nunca conhecera.

Era passado.

Chris jogou a bola para Jordan, pela última vez.

— Você está pronto?

Jordan fez que sim.

Chris pegou a máscara, colocou-a no rosto e se colocou na distância certa antes de se agachar na posição do receptor.

— Certo, não me mate!

Jordan pisou no montinho da base feita de borracha branca.

— Não se preocupe, se você tiver um bom seguro!

— Rá! — Chris baixou um dedo, um sinal das antigas que indicava uma bola rápida.

Jordan preparou o lançamento, erguendo a perna da frente, e impulsionou o braço para trás, depois deu um arremesso perfeito, soltando a bola no momento certo e deixando o corpo continuar o movimento, perna de trás erguida. A bola seguiu veloz para a zona de ataque.

— Legal! — Chris pegou a bola, impressionado. A velocidade deve ter alcançado pelo menos 130 ou 135 quilômetros por hora. Ele a jogou de volta.

— Eu sei fazer melhor! — Jordan gritou e apanhou a bola.

— Isso foi incrível! — Chris se agachou novamente, abaixou quatro dedos e os balançou, sinalizando uma *change-up*.

Jordan se preparou, impulsionou o braço para trás e lançou a bola de novo, deixando o corpo seguir o movimento. A bola seguiu veloz para a zona de ataque, onde mudou de direção no último instante e caiu onde Deus quis.

— Muito bom! — Chris jogou a bola de volta e depois desafiou Jordan à sua bola rápida de três costuras, uma *sinker*, uma *slider* e apenas uma bola curva porque não havia sentido em forçar o braço de Jordan à toa. Quando terminaram, Chris se levantou, tirou a máscara e caminhou para a frente. — Já deu!

— Beleza! — Jordan fez uma corridinha até a base e o alcançou com um sorriso feliz e relaxado.

— Foi bom, treinador?

— Mais do que bom! Incrível! — Chris lhe deu um tapa no ombro.

— Obrigado. — Jordan sorriu.

— Sem brincadeira, seu esforço teve resultado. Você tem um ótimo arremesso.

Chris sentiu uma nova proximidade entre eles, então sua missão tinha sido cumprida, ou pelo menos parte dela. Ele queria se aproximar de Jordan, mas também queria separar Jordan de Raz. Chris não conseguiria se aproximar tanto de Jordan quanto precisava se Jordan tivesse um melhor amigo, e a fissura no relacionamento dos garotos já tinha sido criada. Tudo o que Chris tinha de fazer era usar uma talhadeira e martelar para fazer aquilo em pedaços.

Chris fez um gesto para além da cortina.

— Agora corra lá e traga o Raz.

— O Raz? — Jordan hesitou. — Por quê?

— Você vai ver. Depressa, vá. Não temos muito tempo.

— Claro, tudo bem. Já volto. — Jordan foi enfiando a luva debaixo do braço. Ele correu pela abertura da cortina e chegou apenas alguns minutos depois com Raz correndo atrás dele, os olhos escuros brilhando de entusiasmo e a luva já em posição.

— Raz, oi. Preciso de você. — Chris fez um gesto para ele.

— Claro, treinador. — Raz colocou uma mecha de cabelo solta de volta no coque.

Chris se afastou de Raz com uma atitude determinada e ficou de frente para Jordan.

— Jordan, eu estava pensando que seria uma ótima ideia filmar você. Cá entre nós, eu tenho um amigo que conhece um olheiro. Posso mandar o vídeo para ele por baixo dos panos, se é que você me entende.

— Sério? — Os olhos de Jordan se arregalaram com entusiasmo. — Em que faculdade?

— Não posso dizer. — Chris estava improvisando. Claro que não havia olheiro nenhum, nenhuma faculdade e nenhum "por baixo dos panos". — Só deixe isso comigo.

— Seria incrível! Eu agradeço, treinador.

— Legal, e mantenha isso em segredo. — Chris virou-se para Raz.

— Raz, você recebe enquanto eu filmo o Jordan.

Raz piscou.

— Depois você vai me filmar também?

— Não, só o Jordan.

Raz fez um ruído no fundo da garganta.

— Mas treinador Brennan, eu arremessei na última temporada. Eu sou o arremessador.

— E? — Chris fingiu confusão. — Raz, você está me dizendo que não consegue pegar os lançamentos do Jordan?

— Não, eu consigo pegar, é claro que consigo pegar os lançamentos dele, mas *eu* sou o arremessador. Não o Jordan.

Jordan recuou.

— Raz, eu arremessei na temporada passada.

— No time reserva. — Raz acenou a luva para ele com jeito desdenhoso.

— Agora estou no time principal.

— Porque você é um cabeça-dura e não desiste nunca, Jordan.

— Não, não é verdade! — Jordan retrucou, ofendido.

— Ei, rapazes — Chris interveio, parecendo surpreso, como se não tivesse instigado o conflito. Não precisava que aquilo fosse longe demais. Só precisava colocar um menino contra o outro. Ele franziu a testa para Raz. — Não posso dizer que gosto da sua atitude, Raz. Isso é uma equipe. Nós agimos como companheiros de equipe. E não me venha ficar nervosinho.

— Desculpe, treinador Brennan. — Raz engoliu em seco. — Mas posso arremessar depois do Jordan? Tipo, você pode filmar o Jordan e depois me filmar também? E poderia mandar o meu vídeo para o seu amigo e...

— Hoje não. Já está tarde. — Chris fez um aceno que indicava para Raz recuar. — Agora se coloque na posição. Recepção.

Contrariado, Raz saiu pisando duro.

Chris pegou Jordan pelo braço e o levou até o montículo com a base.

— Jordan, eu não sabia que ele reagiria dessa maneira. Estou tentando fazer uma coisa legal para você. De onde veio isso?

— Eu sei. — Jordan caminhou com a cabeça baixa. — Ele quer continuar como o primeiro arremessador. Acabou de tocar nesse assunto com o treinador Hardwick.

— É o treinador Hardwick que vai tomar essa decisão, não o Raz.

— É o que diz o treinador.

— Estou surpreso que Raz fosse levar esse assunto para o treinador Hardwick. Pensei que vocês dois fossem amigos. — Chris fez uma pausa, deixando o silêncio fazer o seu trabalho. A implicação era a de que Raz não estava agindo como um amigo. — Enfim. Você não está fazendo nada de errado. Você entende isso, não entende?

Jordan assentiu, caminhando.

— Você trabalhou duro e se aprimorou. Dedicou tempo, trabalhou as pernas, estudou os vídeos. Você mereceu essa chance. Um bom amigo ficaria feliz por você.

Jordan franziu os lábios quando chegaram ao outro lado do ginásio, onde Chris indicou a base de arremesso com um gesto.

— Tudo bem. Tire o Raz da cabeça. Suba lá. Dê o seu melhor, está me ouvindo?

Jordan concordou balançando a cabeça afirmativamente, olhos afastados para o outro lado, e então foi para a base. Lançou um arremesso para testar e depois começou a arremessar de verdade, mas a briga com Raz tinha mexido com ele. Seus arremessos não tinham nada do brilhantismo de antes, e uma de suas bolas rápidas saiu da rota esperada. Chris não sabia se aquele seria o resultado, mas mesmo que não fosse, funcionava para seus propósitos. Agora Jordan ficaria zangado com Raz por ter estragado sua grande oportunidade. Chris filmou o fracasso e deu um tapinha nas costas de Jordan depois, dizendo-lhe que fariam aquilo de novo em outro momento. Jordan e Raz não disseram outra palavra um para o outro durante o resto do treino, e saíram separados do ginásio.

As coisas não poderiam ter saído piores para Jordan e Raz.

E não poderiam ter saído melhores para Chris.

Capítulo dez

Depois do treino, Chris ficou sentado em seu Jeep, fingindo que estava no celular. O relógio do painel marcava 18h15, e o céu estava escurecendo. Luzes no estacionamento projetavam halos sobre os espaços vazios. Ele manteve um olho no retrovisor, observando os jogadores caminharem em direção ao estacionamento de alunos. Estava escuro demais para ver os rostos, mas ele reconheceu o andar curvado de Jordan, e Evan no centro do grupo. Raz se demorou para trás, sozinho.

Chris deixou o estacionamento dos funcionários e entrou no estacionamento dos alunos. Diminuiu a velocidade e baixou o vidro quando chegou aos garotos, que estavam amontoados ao redor de uma BMW M 235i conversível novinha, brilhando sob a luz tênue. O motor roncou com os seis cilindros da engenharia de precisão alemã.

— O que foi, pessoal? — Chris gritou para eles, embora soubesse.

— Treinador Brennan!

— E aí?

— Oi, treinador!

— Treinador, gostou do meu carro? — Evan sorriu, sentado ao lado de Jordan, que estava no banco do passageiro. Raz estava tentando se enfiar no banco de trás, que era inexistente.

— Adorei! É seu mesmo?

Raz interveio:

— Ele ganhou do papaizinho!

— Uau! — Chris fingiu surpresa, embora tivesse visto as postagens de Evan sobre o carro no Instagram. — Ei, escutem, eu ia mandar um e-mail para a equipe. Vou fazer um encontro na minha casa amanhã à noite para me apresentar para o time. Por que vocês não vêm? Comer uma pizza?

Evan respondeu:

— Beleza!

— Claro, vamos sim! — os outros gritaram em seguida.

— Por causa do seu aniversário? — Jordan perguntou do banco do passageiro.

— Treinador, é seu aniversário?

— O quêêê!

— Feliz aniversário!

Enquanto isso, Chris mexia no smartphone, entrava em "Configurações" e depois WI-FI. Sua tela se encheu com todas as redes de Wi-Fi disponíveis, incluindo **Evan4EvaEva**, que só podia ser a do carro de Evan. Chris pressionou a tela para se conectar. A maioria das pessoas não pensava em cyber-segurança em seus carros, mas o software que operava na maioria deles, especialmente os novos, tinham muitas vulnerabilidades, e qualquer sinal sem fio poderia ser invadido, até mesmo o sistema de freios de um carro.

— Treinador, que horas você quer que a gente chegue? — gritou Jordan.

— Que tal umas 20 horas? — Chris manteve o sorriso no lugar.

— Uh-hu, festa! — Evan gritou. Jordan e os outros garotos riram e ligaram a música novamente.

— Dirijam com seguranças, rapazes! Vejo vocês amanhã! — Chris se despediu com um aceno, pisou no acelerador e saiu do estacionamento. **Evan4EvaEva** evaporou, e ele virou à direita para pegar a Central Valley Road, passando por empreendimento após empreendimento. Em questão de instantes, chegou à entrada de Valley Oaks, onde balões estavam desinflados sobre a grama nova, amarrados à placa VISITE O DECORADO.

Ele virou na entrada. O condomínio estava todo escuro, com iluminação apenas nas unidades recém-construídas. Havia um segmento de casas novas ainda em construção, cujas molduras de madeira estavam envoltas em plástico protetor. Chris dirigiu ao Sobrado 12, estacionou na vaga atrás dele, entrou no prédio e depois em seu apartamento no segundo andar. Atravessou a sala até a cozinha, um retângulo pequeno com armários brancos, eletrodomésticos sem marca e balcões bege. Abriu a geladeira, que estava lotada de compras para a festa, pegou uma garrafa de cerveja e tirou a tampinha a caminho da sala de estar.

Chris examinou o apartamento, dois quartos, uma sala retangular decorada com um sofá modular alugado, uma mesa de centro de teca e mesas laterais com abajures de cerâmica vitrificada; fora isso, porém, o apartamento era projetado para fazer um garoto adolescente achar que era um lugar legal para ficar de bobeira. Um centro de entretenimento com uma TV de tela grande e um Xbox ocupavam um lado da sala. Na prateleira inferior se viam *Halo*, *Call of Duty* e *Grand Theft Auto*, e Chris tinha comprado os jogos usados, então parecia que ele jogava, o que não era verdade. Ele conhecia a violência real, e jogar não tinha nem de perto a mesma emoção.

Na parede oposta ficava seu armário de armas trancado à chave, com um vidro grosso frontal. Ali havia vários rifles de caça, duas espingardas, um fuzil AR-15, uma pistola Beretta e um revólver Colt .45. Chris tinha a licença adequada para cada uma delas e, além de trancadas, estavam descarregadas. O armário de vidro tinha a intenção de atrair o olhar admirado dos garotos adolescentes, e ele apostava que a maior parte de seu time já tinha saído para caçar com os irmãos ou com o pai.

Chris era um excelente atirador, apesar de ninguém além dele saber disso.

Queria ter certeza de que tudo estava pronto para a noite seguinte, então colocou a garrafa de cerveja na mesa e seguiu até o relógio digital. Ao virar o aparelho de cabeça para baixo, verificou a conexão, que estava em ordem. Embora o relógio parecesse normal, era uma câmera escondida com áudio. Chris verificou novamente a câmera na planta artificial no canto e na tomada elétrica na parede.

Chris analisou a luminária do teto, que era uma câmera escondida, assim como o detector de fumaça. Na cozinha, havia uma câmera escondida em cima da geladeira e atrás da cafeteira. Ele poderia estar em qualquer lugar na noite seguinte, mas as câmeras captariam todos os tipos de informações aleatórias. Precisava saber o máximo sobre aqueles garotos, e o quanto antes, para o primeiro passo e além.

Chris pegou sua mochila e foi para o escritório, que era pequeno, com duas janelas, paredes brancas nuas e uma estação de trabalho gigantesca com dois monitores iluminados e pilhas de papéis. Tinha muita informação para absorver, então seria uma longa noite.

O trabalho de um professor nunca terminava.

Capítulo onze

Heather Larkin queria ter tido tempo para preparar um jantar decente, mas, naquela noite, seriam ovos mexidos. Adorava Ina Garten, autora de livros de culinária, e queria ser uma cozinheira de mão cheia, mas havia uma diferença entre imaginação e realidade, a começar pela sua cozinha: pequena demais para ser uma cozinha americana, Heather a chamava de cozinha-beco, com armários de madeira marrom reformados, balcões revestidos de fórmica e eletrodomésticos pré-históricos de uma loja de ponta de estoque. O apartamento tinha dois quartos e ficava em um complexo de edifícios baixos, entre um lava-rápido "faça você mesmo" e uma lanchonete da rede Friendly's. A vista do apartamento era um luminoso da Friendly's e, à noite, se abrisse as cortinas, o apartamento ganhava um brilho vermelho radioativo.

Heather desligou os ovos, colocou-os em um prato e os levou para Jordan, que estava estudando na mesa.

— Desculpe, querido. Eu queria fazer frango, mas a bruxa me segurou até tarde outra vez.

— Sem problemas, mãe — Jordan disse sem levantar a cabeça, e Heather sabia que ele não tinha intenção de faltar com o respeito. Ele deveria ter lido *O grande Gatsby*, mas não tinha conseguido. A agenda de Jordan era tão lotada quanto a dela, com escola, lição de casa, treino de beisebol e os jogos. Ele pegou a garrafa invertida de ketchup da mesa, abriu a tampa e apertou o frasco sobre os ovos no seu prato.

— Que tal eu fazer frango amanhã à noite?

— Claro, tudo bem. — Jordan pegou um garfo e cravou nos ovos mexidos; em seguida, virou a página do livro e o enfiou sob a borda do prato para segurá-lo aberto.

— Deixe-me pegar a sua torrada. — Heather voltou para a cozinha, tirou os pães da torradeira, colocou-os sobre um prato e trouxe-os de volta para a mesa com sua nova manteiga Kerrygold. Tinha ouvido os integrantes do clube falarem sobre a manteiga Kerrygold como se fosse mágica, mas só estava disponível no Whole Foods, o supermercado de produtos naturais e orgânicos. Heather não fazia compras lá porque era caro, mas abriu uma exceção para comprar Kerrygold. Ela não se deu conta, até chegar à fila do caixa, que era a única cliente vestida de uniforme — e de *crachá*, pelo amor de Deus. Autoconsciente, subiu o zíper do casaco até em cima.

— Obrigado — Jordan disse com a boca cheia, abrindo os lábios para permitir que o calor dos ovos escapasse.

— Quer café, querido?

— Se já estiver pronto.

— Está. — Heather se animou ao retornar para a cozinha, sentindo uma onda de gratidão pelo filho. Ele mantinha o quarto limpo, levava o lixo para a calha do incinerador e lavava as próprias roupas nas máquinas do porão precário. Tinha configurado o e-mail dela, mostrado como usar o chat do Google e arrumado a Netflix com a conta da irmã de Heather. Jordan nunca dava um instante de trabalho. Ela não sabia como tinha tanta sorte em tê-lo como filho.

— Como foi o treino? — Heather perguntou da cozinha, tirando o bule de café da cafeteira e servindo uma caneca para Jordan, depois outra para si. Os dois bebiam café puro, o que a fazia se sentir bem, por alguma razão. Não havia frescuras; eles eram a metade durona de uma família.

— Normal. — Jordan virou a página e, em seguida, enfiou o livro sob o prato.

— Como foi a escola? — Heather trouxe as canecas e colocou o café de Jordan na frente dele.

— Normal.

— Que bom. — Heather puxou a cadeira e sentou-se em frente a ele. Não estava com fome porque tinha comido no clube, beliscando tantas sobras de enroladinhos de salsicha que estava se sentindo ela própria um enroladinho.

— Temos um novo treinador-assistente.

— Ah é? Como ele chama?

— Brennan. Também me dá aula de Política, no curso avançado.

— Ele é legal?

— É. Tenho um jogo amanhã. Talvez eu comece. — Jordan olhou para cima com um rápido sorriso.

— Quer dizer que você pode ser o arremessador inicial? — Heather perguntou, surpresa. — Não o Raz?

— É. — Jordan assentiu e voltou para o livro.

— Que bom, querido! — Heather se sentiu feliz por ele, embora soubesse que ele tinha sentimentos contraditórios em competir com Raz. Poderia ter perguntado a respeito, mas ela havia aprendido a não o incomodar. Queria poder ir aos jogos, torcer por ele, estar presente, mas tinha que trabalhar, o que era só mais um aspecto em que ela se sentia inferior.

Heather bebericou o café fazendo companhia ao filho, ou talvez fosse ele que estivesse fazendo companhia para ela. De qualquer forma, um silêncio baixou entre eles. Jordan não falava muito; porém, por outro lado, ele nunca reclamava. Ela se preocupava se ele estava *internalizando* as emoções, como se dizia nas revistas, mas ele era homem, afinal de contas, e muito parecido com o pai.

Heather entrelaçou os dedos ao redor da caneca, e seu olhar viajou para a janela. Não tinha fechado as cortinas ainda, e já estava escuro do lado de fora. O luminoso da Friendly's brilhava vermelho-sangue — PROVE NOSSO HUNKA CHUNKA PB FUDGE — e as luzes estavam acesas no posto de gasolina. O tráfego estava congestionado na Central Valley Road, e a fumaça de escapamento dos carros formava plumas de fuligem no ar da noite. Jordan tinha medo dessa fumaça quando era pequeno.

Mamãe, aqueles fantasmas saem de dentro dos carros?

Não, querido. São puns.

Heather sorriu para si mesma. Será que tinha sido uma mãe melhor antes ou realmente as coisas eram mais fáceis? Sua mãe sempre dizia, *crianças grandes, problemas grandes,* e Heather se preocupava constantemente com Jordan indo para a faculdade, para onde ele iria e como iria pagar a mensalidade. Heather baixou o olhar, observando-o. Adorava ver seu filho comer, mesmo que visse gente comendo todos os dias; mas aquilo era diferente.

De repente, uma mensagem de texto soou no celular de Jordan, que estava sobre a mesa. Heather lançou um olhar e viu uma faixa fininha aparecer na tela:

De Evan K: Cara

Heather piscou, surpresa. Evan K tinha que ser Evan Kostis, filho de Mindy Kostis. Era engraçado, já que ela vira Mindy naquele mesmo dia, durante o almoço.

Eu conheço você? Você parece familiar.

Heather sentiu um arrepio de empolgação ao pensar que Jordan pudesse se tornar amigo de Evan. Jordan não tinha amigos próximos além de Raz, mas Raz era um maluco. Um garoto popular como Evan poderia tirar Jordan de sua concha. E Evan era capitão do time de beisebol, e estava no jornal local, quer fosse para a Sociedade de Honra Nacional, ou alguma outra coisa. Evan era do Círculo dos Vencedores, como seus pais. Talvez os Larkin pudessem sair do círculo dos perdedores, ou, talvez, ao menos Jordan acabasse saindo.

A faixa piscou uma segunda vez, mas Jordan continuou lendo, e Heather observou a tela do celular apagar e ficar preta. Seu pai sempre dizia "não é o que você sabe, é quem você conhece", e ela via provas disso todos os dias, observando os membros do clube trocarem cartões de visita, aceitando dicas de ações dos outros e recomendações de locais de férias, contratando os advogados uns dos outros, os médicos, as babás, qualquer coisa.

— Jordan, você recebeu uma mensagem. — Heather se levantou, pegando o prato dele para tirar a mesa, mas ele pegou a outra ponta do prato impedindo-a de continuar.

— Não precisa limpar, mãe. Deixa que eu limpo.

— Se eu limpar, você pode responder ao Evan.

— Não sou como você, mãe. Não fico animado toda vez que recebo uma mensagem. Não sou um *velho*. — Jordan se levantou com um sorriso no canto da boca, foi recolhendo os pratos sujos, os talheres e os guardanapos dobrados, colocando-os da forma como ele aprendera no clube, onde limpava mesas no verão.

— Eu só acho que se o Evan mandou mensagem, você deveria responder.

— Eu não acho.

— Por que não? Você não quer saber o que ele quer?

— Eu sei o que ele quer. — Jordan entrou na cozinha com os pratos e os talheres. Em seguida, abriu a máquina de lavar louça só o suficiente para deslizar os pratos na grade inferior e colocar o garfo e a faca na tigela de talheres.

— O que ele quer? — Heather podia ver Jordan ficando impaciente, mas o tinha nas suas garras e não pretendia desistir.

— Ele quer ir ao cinema no sábado à noite.

— Parece divertido — Heather disse, rápido demais. — Você vai com ele?

— Não posso.

— Por que não?

— Vou fazer uma coisa com o Raz.

— Você já fez planos com o Raz?

— Eu sempre faço coisas com o Raz no fim de semana. Você sabe disso.

— Mas então você não tem exatamente planos com ele.

— Eu *não vou* dispensar o Raz. — Jordan franziu a testa.

— Você não vai dispensá-lo se não tem planos.

— Mãe, eu tenho que fazer a lição de casa. — Jordan foi para a mesa, pegou o celular e o livro.

— Só estou falando. Talvez você possa sair com o Raz na sexta à noite e com o Evan no sábado à noite. — Heather o seguiu até a sala de jantar sabendo que já tinha falado demais. Ela sempre dizia para si mesma, *com os meninos, use o mínimo de palavras quanto for humanamente possível.* A parte mais difícil em ser mãe era calar a boca.

— Não quero. — Jordan cruzou a sala de estar, onde tinha deixado a mochila, e Heather o seguiu nos calcanhares.

— Ou por que não ir com o Evan e ver se o Raz também não pode ir?

— Não. — Jordan lançou a mochila por cima do ombro, e as alças pretas voaram atrás.

— Por que não? Por que você não pode levar o Raz? — Heather foi atrás dele, falando com ele pelas costas.

— O Evan não gosta do Raz. — Jordan desapareceu no corredor.

— Por que será? — disse Heather, mas já estava falando sozinha.

Capítulo doze

Mindy deu um gole em sua gim-tônica. Estava usando o laptop sobre a ilha da cozinha. Ela sabia que o álcool não ajudava sua dieta; se bem que, não importava o que fizesse, não conseguia perder peso. Malhava com um personal trainer e começara a praticar ioga, mas sabia que não funcionaria. Seu objetivo era 56 quilos, mas Mindy tinha certeza de que teria 125 anos antes de alcançar essa marca e depois morreria. No seu epitáfio estaria escrito: ALCANÇOU SEU PESO-ALVO, DEPOIS MORREU DE CHOQUE.

Mindy desceu mais a página de fotos, observando suas fotos de férias. Tinham passado o recesso de primavera nas Ilhas Cayman e queria escolher as melhores fotos para um álbum no Facebook, **A família Kostis nas Ilhas Cayman!** As férias eram uma verdadeira fuga para ela, para seu marido Paul e para o filho Evan. Mindy havia agendado aulas de parapente, de *stand up paddle* e de mergulho, e Evan deixou o celular para trás, o que era um milagre. Mindy tinha inclusive conseguido chamar a atenção de Paul, uma raridade ultimamente.

Viu uma foto de Paul olhando para a água. Ele era onco-hematologista no Centro Médico Blakemore, e seus pacientes muitas vezes pesavam na cabeça. Mas aquilo era diferente. Ela o conhecia bem. Eles se conheceram na fila da cafeteria no Blakemore, onde ela trabalhava como enfermeira e ele era residente. Estavam casados havia 22 anos, felizes até ele ter um caso com uma enfermeira 15 anos mais nova e 15 quilos mais magra. Mindy não sabia o que doía mais.

Mindy olhou para o relógio no laptop, surpresa ao perceber que eram 22h16. Era estranho que Paul ainda não estivesse em casa. Ele disse que chegaria às 22 horas. Mindy rezava para que não estivesse com outro caso, mas não tinha coragem de perguntar. Da última vez ele tinha negado, e ela acreditara. Além disso, naquela época, ela tinha provas. Desta vez, não tinha nada além de uma preocupação subjacente que a levava a ler as mensagens no celular dele quando ele estava no banho, a revistar os bolsos antes de recolher as roupas, e a tentar entrar no e-mail dele, embora fosse protegido por senha.

— Mãe? — Evan arrastou-se para a cozinha de moletom e chinelo, segurando o celular. — Preciso de um cheque para as nossas jaquetas, amanhã.

— Jaquetas? — Mindy não conseguiu se focar, preocupada com a ausência de Paul. Olhou para o celular. Não havia chamadas ou mensagens dele.

— Sim, para o time. Você sabe. Amanhã é o último dia para levar o dinheiro.

— Ah, sim, claro. — Mindy trocou sua marcha mental. Ela mesma havia organizado a compra por atacado. Colocou a mão na gaveta lateral e encontrou o talão de cheques que usavam para as despesas domésticas. Procurou uma caneta, preencheu o cheque, depois destacou a folha e entregou a ele. — Aqui está.

— Obrigado. — Evan se virou para sair, já começando a escrever uma mensagem.

— Você terminou a lição de casa?

— Terminei. — Evan se foi, e Mindy sentiu uma pontada. Durante as férias, fizeram longas caminhadas agradáveis pela praia, e Evan tinha contado sobre as meninas com quem saía, Ashley Fulana, caloura na escola, e Brittany Sicrana, em Rocky Springs. Mindy tinha certeza de que o filho não era mais virgem. Na verdade, ele provavelmente tinha transando mais que ela. Talvez não mais que o pai.

— Querido, espere — Mindy falou para as costas de Evan, por impulso.

— Quê? — Evan virou, escrevendo mensagens. Ela não conseguia ver o rosto dele. As luzes estavam baixas com o auxílio de um *dimmer*, e as bancadas de granito, pretas com manchinhas laranja, tinham um brilho escuro ao redor dele. A cozinha era moderníssima e top de linha, mas, às vezes, Mindy pensava nela como um cenário, já que eles nunca comiam nos mesmos horários.

— Você jantou? — Mindy não tinha chegado em casa a tempo de alimentá-lo.

— Jantei.

— O que você comeu?

— Um sanduíche. Com o resto do atum.

— Como foi a escola?

— Normal — Evan respondeu sem levantar a cabeça, teclando no celular.

— Como estão a Ashley e a Brittany?

— Bem.

— É com elas que você está trocando mensagem?

— Mãe… — Evan não precisava terminar a frase. Mindy já tinha concordado que era falta de educação ficar perguntando com quem ele trocava mensagens.

— Está bem. E o carro?

— Irado! — Evan ergueu os olhos com um sorriso. — O sistema de som é incrível.

— Que bom! — Mindy sentiu-se mais animada. Tinha sido ideia de Paul comprar a BMW para Evan de aniversário, e ela acabou entrando no jogo porque preferia que ele tivesse algo com segurança de última geração. O melhor uso que podiam fazer do dinheiro da família era em cuidados com o filho único, e, afinal de contas, seu padrão de vida era o benefício que fazia as longas jornadas de trabalho de Paul valerem a pena.

— Posso ir agora, mãe?

— Claro, querido. Não fique tempo demais no celular. Te amo.

— Eu também te amo.

— Então boa noite. — Mindy lhe mandou um beijo, mas Evan não tirou os olhos da tela e saiu da cozinha arrastando os chinelos. Ela voltou para o laptop, onde as fotos das férias ainda estavam na tela. Mindy se viu de volta na internet, entrando no Gmail e logando como Paul.

Fez mais uma tentativa de adivinhar a senha.

Capítulo treze

Susan Sematov agarrava-se ao celular como se fosse um cobertor de segurança. Eram 22h30, e Ryan ainda não estava em casa, nem tinha ligado ou mandado mensagem. Ela estava na sala olhando pela janela panorâmica, que projetava seu reflexo fantasmagórico contra as casas de arquitetura holandesa, sebes podadas e latas verdes de lixo reciclável. Sua maquiagem estava gasta, enfatizando as bolsas debaixo dos olhos, e o brilho no nariz arrebitado. Os olhos estavam cansados, e a boca formava uma linha apertada. O cabelo castanho caía sem volume até os ombros, ela ainda vestia o terninho azul-marinho da J. Crew Outlet e sapatos altos marrons da DFW. Os funcionários da ValleyCo eram obrigados a fazer compras em seus próprios outlets, o que era uma ideia de Susan.

O cenário do outro lado da grande janela era escuro e silencioso. Eles viviam em um beco sem saída, e os vizinhos estavam em casa, então, se quaisquer faróis se acendessem pela rua, seriam de Ryan. Susan tinha passado o dia inteiro preocupada com Ryan. Tinha ligado para os hospitais locais, para a polícia e para dois dos amigos da época de colegial, mas nenhum deles tinha notícias de Ryan havia meses. Ainda assim, ela não poderia simplesmente ficar olhando pela janela.

Susan foi até o pé da escada e gritou para o andar de cima:

— Raz, eu vou sair para procurar o Ryan!

Não houve resposta. Raz provavelmente estava conversando no chat e trocando mensagens de texto enquanto fazia a lição de casa. Ela temia que ele fosse ter um curto-circuito no cérebro, usando todos os dispositivos eletrônicos ao mesmo tempo.

— Raz? Raz!

Sem resposta.

Susan considerou subir as escadas para falar com ele, mas não queria começar uma briga. Ele não havia pedido desculpas por desligar na cara dela mais cedo naquele dia, e os rompantes de raiva estavam se tornando comuns. Já fazia algum tempo que Susan estava pisando em ovos ao redor dele e tinha dito à terapeuta que Raz estava se tornando uma espécie de valentão. Ela escreveu: **Vou ver se consigo encontrar o Ryan.**

Raz respondeu: **q porra é essa, mãe?**

Susan não gostava de palavrões. Ela escreveu: **Vejo você daqui a uma hora. Me avise se ele chegar em casa nesse meio-tempo.**

Susan cruzou a sala até o aparador e pegou as chaves do carro de dentro da cesta, seu olhar baixando momentaneamente para os de Neil. Seu primeiro pensamento foi, *Ah não, o Neil esqueceu as chaves*, então sua boca ficou seca. Quando será que isso pararia de acontecer? Se é que algum dia pararia. Pegou as chaves e se virou em parte esperando que fosse vê-lo. Ele não estava ali, mas tudo a lembrava dele. A sala de estar tinha um aspecto pseudo-interiorano que ganhava vida com as mesas laterais azul-esverdeadas pintadas por Neil. Ela adorava móveis antigos, itens que Neil reformava e pintava da cor que ela quisesse quando ainda eram jovens e exclusivos um do outro, antes dos filhos. Admitir isso a fazia se sentir uma péssima mãe, mas Susan sentia-se mais especial naquela época.

O devaneio de Susan foi interrompido por um barulho no andar de cima e, no momento seguinte, ela se virou para ver Raz descendo as escadas, sua expressão previsivelmente contrariada.

— Mãe, o que você está fazendo? — Raz chegou ao pé das escadas com um *tum*, pisando duro. Era um menino bonito, mesmo quando estava zangado, com suas sobrancelhas grossas e escuras franzidas, dramáticas contra os cabelos escuros e compridos. Tinha os grandes olhos castanhos do pai, e o nariz tinha um calombo, também como o de Neil, mas combinava com seu rosto. A boca era grande em mais de um aspecto.

— Só vou sair para procurar o Ryan.

— Onde? Você nem sabe onde procurar.

— Vou dar uma olhada em alguns lugares na cidade.

— Onde?

— No restaurante Houlihan's. No TGI Fridays. Ele pode estar em qualquer um desses.

— Ele não vai a esse tipo de lugar. — Raz caminhou na direção dela, e Susan recuou por instinto.

— Então aonde ele vai? Me esclareça.

— Não sei, àquele bar duvidoso na Stable Road.

— Como chama? — Susan não sabia.

— Ai, Deus. — Raz revirou os olhos. — Isso é tão idiota, mãe. Ele está bem.

— Como chama? Onde fica?

— Eu falei. Na Stable Road. Não precisa sair procurando o Ryan como se ele fosse um cachorro.

— Eu quero — respondeu Susan, modulando seu tom. — De qualquer forma, não consigo dormir. Só vou dar uma boa volta de carro e ver se consigo encontrá-lo.

— Ele não vai estar no Houlihan's.

— Tudo bem, eu sei, você falou. Então eu vou à Stable Road procurar o bar por lá.

— Você não vai encontrar.

— Se você se lembrar do nome, eu vou achar. Vou procurar.

— É mais fácil eu só mostrar. — Raz passou com passos pesados a caminho da porta.

— Você não precisa fazer isso. Já é tarde. — Susan não queria que ele fosse com ela. Não queria brigar com ele no carro. Teria preferido uma viagem pacífica pela cidade, sozinha. Oficialmente, era a pior mãe do mundo, pois estava evitando o próprio filho.

— Vamos logo! — Raz saiu da casa deixando a porta de tela bater atrás dele.

— Tudo bem. — Susan saiu da casa, trancou a porta da frente e o seguiu até o carro, um Lexus branco sedã. Deu marcha à ré para deixar a garagem e se afastou da rua sem saída enquanto Raz mandava mensagem. Seguiram para o norte, rumo ao centro da cidade. Caiu um silêncio entre eles, o que a deixava tensa. Não tivera a chance de conversar com Raz desde que estivera no telefone na hora do jantar. Tinham pedido pizza, de novo.

— Como vai a escola? — Susan perguntou, depois de um tempo.

— Normal — respondeu Raz, cabeça baixa, escrevendo mensagem.

— Como vai a temporada?

— Estamos perdendo.

— Ah, que pena. — Susan ia com calma. — Como está o seu braço? Indo bem?

— Bem.

— Dei uma olhada na agenda, e seu próximo jogo em casa é amanhã, certo? Eu estava pensando se poderia sair do trabalho mais cedo e ir ver você. — Susan virou-se para a direita. Casas grandes ladeavam a rua com suas luzes amarelas calorosas acesas, as famílias já estavam em casa, sãs e salvas. Os Sematov costumavam ser uma dessas famílias.

— Está falando de assistir ao jogo?

— Sim, claro. — Susan manteve o tom leve. Neil era quem ia aos jogos, não ela.

— Não precisa.

— Eu quero. — Susan não conseguia ver a expressão dele. Os cabelos de Raz caíam no rosto, iluminados de baixo pela luz azulada do celular, onde balões de mensagem flutuavam, um após o outro.

— Você tem que trabalhar.

— Posso sair mais cedo. Eu adoraria ir.

— Você não adoraria. Se adorasse, já teria ido antes.

A boca de Susan ficou seca.

— Eu gostaria de ir — ela disse mesmo assim. — Eu sei que seu pai costumava ir, mas eu gostaria de ir também. Queria ver você arremessar.

— Pode ser que eu não arremesse.

— Por que não? — Susan virou para a direita, entrando em Central Valley propriamente dita.

— Não sei. Só pode ser que eu não arremesse. Não é, tipo, certeza.

— E quem iria arremessar se não fosse você?

— O Jordan.

— Mas ele é do time reserva, não é? — Susan conhecia Jordan Larkin, um grande garoto. Jordan e Raz eram bons amigos. Jordan tinha até chorado no funeral de Neil, e Susan ficou comovida. Raz também chorou, só Ryan que não. Ryan mantinha tudo dentro de si. Agora seus dois filhos estavam perdendo o foco.

— Jordan entrou no time principal do colégio. Ele melhorou.

— Oh. — Susan sabia que eram más notícias para Raz. — Bem, mesmo se você não for o primeiro arremessador, você vai entrar no jogo. Você vai jogar, mesmo se não começar, não vai?

— Isso importa?

— O que você quer dizer?

Raz não respondeu.

— Para mim não importa se você não começar — Susan respondeu mesmo assim. — Importa para você?

— De jeito nenhum. Estou animadíssimo. Mal posso esperar para ficar sentado no banco coçando o saco.

— Raz, sério? — Susan não gostava daquele tipo de linguajar. — Se a posição de primeiro arremessador é o que você quer, talvez possa consegui-la de volta.

— Como eu faria isso?

Susan estava prestes a responder, mas parou. Neil era a resposta. Neil tinha ensinado Raz a arremessar. Neil teria levado Raz para o quintal, e os dois ficariam treinando para sempre.

— Certo, bem, tenho certeza de que existe algum jeito. Talvez eu possa contratar alguém, um tutor. Um treinador. Um treinador de arremesso.

— Não quero trabalhar com um treinador de arremesso. Você não vai me contratar um treinador de arremesso. É idiota.

— Não, não é. Não há nada de errado em se ajudar. Se você fosse míope, usaria óculos.

— Eu sabia que você ia dizer isso. Você sempre diz.

Susan o poupou do sermão sobre comportamento dirigido por objetivos. Ultimamente, nem ela estava certa disso. Seus objetivos tinham se reduzido a: passar um dia inteiro sem choramingar como um bebê. Salvar as crianças. Manter as rédeas da vida.

— Mãe. Eu não quero um treinador de arremesso. Quantas vezes eu tenho que falar isso? Nada de treinador de arremesso.

— Está bem. — Susan sentiu seu gênio se esquentar, mas lembrou-se novamente de manter a paciência. Raz queria apenas um treinador de arremesso: seu pai.

— E se eu não jogar? E se eu nem entrar?

— Você vai entrar. Eles precisam mais do que de um arremessador por jogo. — Susan tinha certeza de que isso era verdade. — De qualquer forma, eu vou ao jogo.

— Você que sabe — Raz respondeu, deixando Susan com seus próprios pensamentos. Ela precisava enfrentar o fato de que os meninos tinham sido mais próximos de Neil do que dela. Susan não sabia se algum dia conseguiria superar essa distância. Pior, não conseguia afastar a sensação de que eles achavam que a pessoa errada tinha morrido naquela família. Ela até concordava.

De repente, seu celular tocou. Ambos olharam, e na tela apareceu: **Ryan ligando**.

— Graças a Deus. — Susan agarrou o telefone e passou o dedo na tela para atender. — Ryan, você está bem? Onde você está?

— Estou na delegacia em Rocky Springs. Você pode vir?

Capítulo catorze

O sol da manhã brilhava através das janelas da sala de aula, e Chris estava em pé enquanto seus alunos pegavam os respectivos lugares, colocavam a mão nas mochilas e abriam cadernos de espiral. Evan guardou o celular, mas Jordan já estava escrevendo no caderno. Raz estava atrasado, e Chris esperava que ele aparecesse. Precisava tomar a decisão final entre Jordan e Raz naquele dia. Havia muita coisa para fazer antes de terça. Ele queria puxar o gatilho depois da aula, e tinha mais um truque na manga.

— Bom dia, pessoal! — Chris iniciou. — Vamos começar com um exercício sobre a Declaração de Direitos.

De repente, Raz entrou correndo na sala de aula e sentou-se pesadamente em seu lugar, deixando cair a mochila no chão com um barulho alto.

— Desculpe o atraso — ele murmurou, mas Chris manteve a atenção na classe.

— Certo, pessoal, o dever de casa era escrever uma redação sobre qual Emenda é a mais importante. No entanto, nossos pais fundadores não escreveram a Declaração de Direitos enviando um papel. Eles a construíram juntos. Então é o que vamos fazer hoje: teremos um verdadeiro debate. — Chris voltou sua atenção para Raz, largado na cadeira. — Raz, qual Emenda você decidiu que era a mais importante?

— Hum, a Segunda?

— Certo, venha aqui. — Chris fez um gesto para a frente da classe, e Raz se levantou, incerto. Chris olhou de volta para os alunos. — Agora vamos escolher um adversário. — Chris virou-se para Jordan, fingindo espontaneidade. — Jordan, qual Emenda você considerou a mais importante?

— A Quarta.

— Então venha.

— Ok. — Jordan se levantou e foi sem jeito até a frente da sala, mal olhando para Raz.

Chris ficou entre os dois meninos como um árbitro de boxe.

— Raz e Jordan, cada um de vocês vai fazer sua argumentação. Se alguém tiver uma pergunta, poderá fazê-la a vocês e vocês terão que responder e depois continuar. A classe vai decidir quem vence, e esse vai ser o fim da primeira rodada. Vamos continuar assim até vermos qual Emenda sobrou.

Raz puxou os cabelos para trás e, de perto, ele parecia estranhamente pálido, até mesmo exausto.

— Bem, hum, eu disse que a Segunda Emenda era a mais importante porque todos teriam o direito de se proteger, tipo, contra qualquer coisa. Tipo dos bandidos. Ninguém está seguro se não pode se proteger, e esse deve ser um direito do cidadão.

— Raz, qual é a Segunda Emenda? — um dos meninos gritou. — Isso se chama *definição*. A gente aprendeu no Ensino Fundamental.

A classe riu, e Raz pareceu abalado.

— A Segunda Emenda é o direito de carregar armas. Ela diz que o cidadão tem o direito de portar armas e que o governo não pode tirar esse direito.

Sarah ergueu a mão.

— Meu pai diz que um milícia pode ter armas, não o povo. Está escrito aí, "uma milícia", não está?

— Minha mãe diz que isso é coisa de lobista... — gritou outro garoto, mas Chris lhe disparou um olhar de alerta, não querendo levantar um debate sobre controle de armas. Ele sabia mais sobre armas do que essas crianças jamais saberiam, e não era o objetivo do exercício.

— Raz — Chris interveio —, por que motivo você acha que a Segunda Emenda é a mais importante?

— Bem, hum, vamos ver — Raz se atrapalhou. — Porque a pessoa tem que *viver.* A gente pode falar em buscar a felicidade ou em liberdade de expressão, mas nada disso importa se a gente estiver *morto. Morto*, a gente *já era*... e não importa quais eram os nossos direitos, ou seja lá qual felicidade a gente buscava porque, vamos falar sério, a gente... tipo... morreu.

A classe explodiu em gargalhadas.

Sarah ergueu a mão.

— Raz, o seu argumento é que, se a pessoa está morta ela não tem nenhum direito? Esse é mesmo o melhor argumento que você consegue pensar? Que os mortos não têm direitos?

— Não é isso. — Raz lambeu os lábios secos, e seus olhos escuros adquiram um aspecto sombrio. — A gente precisa poder se proteger! A gente tem que poder viver! Você quer morrer? Você realmente quer *morrer*?

— O quê? — Sarah e a classe riram, mas Chris fez um aceno pedindo silêncio, dando-se conta de que Raz provavelmente estava falando sobre o pai falecido.

— Certo, Raz, acabou o tempo. Obrigado. — Chris fez um gesto para Jordan. — Jordan, exponha o seu argumento.

Jordan encarou a classe com um equilíbrio surpreendente.

— Eu escrevi que a Quarta Emenda foi a mais importante. Ela diz que os cidadãos devem ter segurança em suas casas, e que o governo não pode fazer buscas e apreensões sem fundamentos.

— Boa *definição*! — disse o menino do fundo, enfaticamente, e a classe deu risada.

Jordan esperou.

— A maioria das Emendas procuram garantir que o cidadão possa fazer algo, como ter o direito de falar livremente ou praticar a religião que ele quiser, mas a Quarta Emenda diz que que o cidadão não precisa fazer *nada*.

— É a Emenda mais de boa! — outro garoto gritou, e todo mundo riu.

Jordan sorriu pelo canto da boca.

— De certa forma, é isso. Diz que a gente tem o direito de ser livre e feliz na nossa própria casa. O direito de *ser deixado em paz*. Justice Brandeis, da Suprema Corte, disse isso, e é o que faz da Quarta Emenda a mais importante. Obrigado.

A classe irrompeu em aplausos, que Chris silenciou com um gesto.

— Certo, classe, agora que vocês ouviram os dois argumentos, é hora de votar. Bata palmas quem acha que Raz é o vencedor do debate.

Apenas dois alunos aplaudiram, e os outros deram uma risadinha. Raz curvou os ombros, envergonhado.

Chris fez um gesto para Jordan.

— Agora bata palmas quem acha que Jordan venceu o debate.

Todos os outros aplaudiram, e Jordan estufou o peito. Raz desviou o olhar.

Chris tomou sua decisão. Ficaria com Jordan. O menino tinha se posicionado na ocasião, superando sua reserva natural para defender a si e a sua posição, agindo sob pressão e se expressando com segurança. O exercício em sala de aula era insignificante perto do que os aguardava pela frente, e Chris não podia confiar em um garoto que desmoronasse quando as coisas ficassem difíceis.

E letais.

Capítulo quinze

Chris estava comendo em sua mesa, mastigando um sanduíche. Trouxera o almoço de casa para evitar os outros professores. Não precisava de um replay instantâneo do dia anterior e havia um limite de vezes que poderia fingir engasgo de forma crível. Chris estava com o laptop aberto como se estivesse trabalhando na sala de aula, mas estava passando em revista os arquivos sobre Jordan, confirmando que sua escolha estava correta.

— Chris, você está trabalhando na hora do almoço? — alguém perguntou de longe. Chris levantou os olhos e avistou Abe, Rick e Courtney na soleira, segurando bandejas de comida do refeitório. Abe tinha aparência elegante; Rick, orgânica; e Courtney, tentadora, mas eram a última coisa que Chris precisaria naquele momento.

— Pessoal, tenho que dar uma olhada em um plano de aulas. — Chris pressionou uma tecla, para que o jornal local, *Recorte de Central Valley*, aparecesse na tela.

— Ouça só o que você acabou de dizer: "plano de aulas"! Eu gosto quando você fala sacanagem. — Abe puxou três cadeiras ao redor da mesa de Chris. — Eu vim conversar sobre Cody com o meu novo melhor amigo!

— Rá! — Chris escondeu sua decepção. Na noite anterior, havia aprendido o máximo possível sobre Cody, o Northwest College e a bacia do Bighorn, mas não sabia por quanto tempo conseguiria manter aquilo.

Rick hesitou.

— Não queríamos incomodá-lo, Chris.

Courtney disparou um olhar de soslaio para Abe.

— Abe, eu avisei que era uma má ideia. O Chris tem que trabalhar.

— Ah, sentem-se, pessoal. — Abe depositou a bandeja com refrigerantes na mesa, uma fatia de pizza em um prato de isopor e uma salada variada. — Chris, não seja tão certinho. Nós somos as garotas malvadas de Central Valley. Às quartas-feiras nós vestimos rosa.

— Nós não somos as garotas malvadas: eles é que são. — Courtney sentou-se. — Eles nos odeiam porque não são a gente.

Rick deu seu sorriso pateta e se sentou.

— Não vamos ficar muito, Chris. Não queríamos que você se sentisse excluído.

O celular de Courtney começou a tocar na bolsa, e ela o tirou para olhar a tela.

— Eu juro, o Doug tem um radar para ligar no minuto que eu tenho para respirar.

Abe sorriu.

— Courtney, ele sabe o seu horário. "Amor almoça entre 11h15 e 11h45".

— Com licença. — Courtney levantou-se com o celular e atendeu à chamada a caminho da porta da classe.

— "Oi, Courtney, aqui é o Brutamontes" — Abe disse, imitando uma voz de homem das cavernas. — Ele é um *grande* pedaço de brutamontes, mas ela ama o cara, fazer o quê? E ela é leal. Ela está sempre comigo aconteça o que acontecer. Fiquei muito doente há alguns anos, e ela estava lá, em todas as fases.

— Qual era o problema, Abe? — Chris perguntou, para mantê-lo falando sobre qualquer coisa que não fosse Wyoming.

Rick ficou subitamente em silêncio, comendo sua pizza, que manchava de vermelho a barba ao redor da boca.

— Tive anorexia. Eu era homenoréxico! — Abe vibrou os olhos por trás dos óculos modernos. — Minha vida inteira, a "ana" ia e voltava e eu simplesmente não conseguia superar. Para mim era por motivo de depressão, enfim, blá-blá, essa é a minha história triste. — Ele se inclinou para a frente. — Então, Chris, somos filhos de Wyoming! Me conta se você também deu o primeiro beijo na beira da represa.

— Eu juro que não. — Chris havia determinado que o lago na foto de Abe era um reservatório de água. — Dei meu primeiro beijo aos 14 anos no palheiro da fazenda da minha avó.

— Bem, uma grande conquista juvenil! Onde era a fazenda?

— Uma cidadezinha no oeste do estado, Evanston.

— Você ia até Jackson? Dá para acreditar nas mudanças que aconteceram em Jackson?

— Vou te contar... — Chris disse de improviso. *Não, na verdade, você tem que me contar.*

— O lugar ficou badalado demais agora! As celebridades, os empreendimentos de esqui e os centros de compras. Agora tem até uma Hermès! Courtney me ensinou a pronunciar do jeito certo para ficar descolado.

— E você conseguiu — disse Chris, tenso. Cedo ou tarde, Abe iria desmascará-lo, e Chris não podia negar que era um problema.

— Eu levei o Jamie lá durante umas férias, e ele disse que a gente só voltaria para Wyoming se fosse para visitar Jackson. Mas eu falei para ele, Jackson *não* é Wyoming.

— Na mosca.

Rick terminou sua pizza.

— A Sachi e eu estávamos conversando sobre essa viagem ontem à noite. Ela adorou.

— Não é? — Abe mostrou um sorriso feliz para Rick e, em seguida, voltou sua atenção para Chris. — Onde seu pai estudou, Chris?

Chris tinha uma resposta desde a noite anterior.

— Sheridan.

— Nossa, pequeno.

— Verdade. Não cheguei tão longe.

— Ninguém chega, só o gado. — Era o que Chris esperava, por isso é que tinha escolhido esse lugar na internet. Estava tentando conter os danos.

— Então, como é?

— Montanhas, montanhas e mais montanhas.

— Ouvi que seus pais morreram em um acidente. Sinto muito.

Rick interveio:

— Sim, minhas condolências.

— Obrigado. — Chris se perguntou se Abe tinha como verificar essa história falsa com alguém que ele conhecia em Wyoming.

— E você não tem irmãos ou irmãs? — Abe perguntou, retomando a conversa.

— Nenhum — Chris respondeu, com uma crescente tensão. Então Abe também tinha ouvido essa parte.

— É incomum por lá. Meus pais adotaram seis filhos. Três de nós somos negros, e três são brancos. Meu pai disse que nós éramos a aposentadoria dele, e que estava protegendo suas apostas. — Abe riu. — Meu pai conhece todo mundo. Mandei um e-mail para ele a seu respeito, mas ele ainda não respondeu. Ele só abre o e-mail quando se lembra.

— Eu, eu esqueço. — Chris não gostava de como aquilo estava acontecendo. Pegou a garrafa de água, e seu olhar recaiu sobre o laptop quando sua atenção foi atraída por um nome familiar sob a manchete JOVEM LOCAL PRESO:

Ryan Sematov, 19, residente de Central Valley, foi preso na noite de ontem pela Delegacia de Rocky Springs por tentativa de roubo à loja de fábrica da Samsonite no Outlet ValleyCo 11. A polícia foi chamada para a cena do crime quando o alarme soou, e os moradores das imediações ligaram para a emergência. Sematov foi acusado de tentativa de roubo, vandalismo e depredação, e foi liberado após pagar fiança, mas deverá comparecer para uma audiência preliminar.

— Ah não, olha só isso! — disse Chris, aproveitando a desculpa para mudar de assunto. Ele percebeu que a prisão devia ser um dos motivos pelos quais Raz tinha se atrasado naquela manhã. — São notícias terríveis. O irmão dele, Raz, é meu aluno.

— O quê? — Abe deu a volta na mesa e leu a tela. — Ah não, isso é terrível. O Ryan foi meu aluno no ano passado. Ele era um excelente aluno. O Raz também é meu aluno, e ele é pirado. Fico triste pela família. O pai morreu durante o verão.

Rick se juntou a eles, olhando para o laptop.

— Que pena. Eu gostava do Ryan, e o Raz é legal. Ele é um espírito livre, só isso.

Courtney entrou na sala com o celular.

— Qual é o problema?

Abe respondeu:

— Ryan Sematov foi preso por roubo.

— Está falando sério? — Courtney fez uma careta. — Nunca foi meu aluno, mas é muita tristeza naquela família. O pai morreu no verão.

— Verdade. — Abe balançou a cabeça. — Ryan tentou invadir uma loja em um shopping da ValleyCo. Acho que eu me lembro de a mãe dele ser uma das figuronas na empresa, no escritório corporativo.

Courtney deu a volta na mesa.

— Isso não pode ser bom para ela. Que vergonha.

— Não é nada fácil. — Chris parecia perturbado, mas não sobre Ryan ou Raz.

Sobre Abe.

Capítulo dezesseis

Mindy não conseguiu entrar no Gmail do marido, e agora estava no andar de cima, no escritório dele, revirando as faturas de cartão de crédito, já que tinham cartões conjuntos. Na noite anterior, ele tinha chegado às 23 horas, e quando ela perguntou onde ele estivera até tarde, ele disse apenas que precisou ficar até mais tarde no hospital. Porém, não olhou nos olhos dela e ficou mordendo as cutículas, coisa que ele nunca fazia. Como cirurgião, ele era meticuloso com as mãos e com as unhas; inclusive, frequentava uma manicure para deixá-las com um aspecto perfeito.

Uma esposa sempre sabe, a mãe dela lhe dizia.

Mas isso era uma completa mentira. Mindy tinha examinado Paul em busca de pistas para averiguar se ele estava tendo um caso, mas não sabia o que procurar. Da última vez, ela não sabia que ele a estava traindo. Pensava que ambos eram felizes, comunicavam-se bem e faziam sexo com a frequência da maioria dos casados. Tinha sido enganada por um excelente mentiroso, seu próprio marido.

O celular de Mindy tocou, e ela verificou a tela. Tinha apenas até as 13h30, quando teria de sair para o jogo, levando bandejas de festa, garrafinhas de água e refrigerante. O álcool não era permitido nos jogos, mas ninguém saberia que sua garrafa de água continha gim-tônica.

A tela do telefone mostrou que um dos doadores estava ligando, então Mindy atendeu à chamada.

— Ellen, o que foi? Estou no meio de uma coisa.

— Você ouviu sobre Ryan Sematov?

— Esse é o irmão mais velho do Raz? — Mindy perguntou, lamentando ter atendido. Tinha coisas mais importantes para fazer do que fofocar. Como bancar a detetive.

— Sim, ele foi preso por roubo na noite passada.

— Ah, não. — Mindy sentiu uma pontada. Ela adorava Neil Sematov, que era um dos pais que tinha juízo. Deixou a conversa de Ellen cair no plano de fundo e olhou a fatura do cartão de crédito.

— ...e invadiu um outlet da ValleyCo. Você sabe que a mãe dele trabalha na ValleyCo...

Mindy analisou a lista das cobranças na fatura, notando o nome dos restaurantes. Até o momento, eram todos lugares a que ela ou Evan tinham ido. A única coisa que chamava a atenção era que Evan estava comendo muito fora na hora do almoço. Ela não sabia por que ele não podia comprar na cantina como todos os outros. Ou, Deus o livrasse, levar almoço de casa. Talvez ele realmente estivesse ficando mimado, havia sido contaminado pelo vírus da riqueza.

— ...quero dizer, eu me sinto mal por ela, de verdade, mas vamos ser realistas...

Mindy continou olhando e então parou. Havia uma cobrança de 327,82 dólares na joalheria de Central Valley, lançada havia duas semanas. Mindy sentiu um aperto no estômago. Daquela outra vez, Paul tinha comprado uma pulseira para a enfermeira na mesma loja. E tinha pago com o cartão de crédito conjunto, o que não fazia sentido nenhum, a menos que ele quisesse ser pego, uma teoria que eles tinham discutido em aproximadamente 172 sessões de terapia.

— ...se os filhos da gente estão tendo problemas psicológicos, não podemos fingir que não está acontecendo, ainda mais hoje em dia...

Mindy sentiu seu coração começar a bater forte. Queria saber se ele estava tendo um caso — e ao mesmo tempo não queria. Era mesmo verdade? O débito era inquestionável; os números impressos a encaravam incisivamente. Será que Paul tinha comprado aquilo para outra mulher? Ele faria mesmo isso com ela outra vez? Na mesma loja? Paul realmente queria que ela pedisse o divórcio? Ou só queria machucá-la?

— ...sendo mãe, a pessoa não pode simplesmente enfiar a cabeça em um buraco para não ver...

Mindy pensou no futuro, em Ellen no telefone, ligando para todo mundo e fofocando sobre ela. *Você ouviu? O Paul está traindo a Mindy de novo. Sendo esposa, a pessoa não pode simplesmente enfiar a cabeça em um buraco para não ver.*

— ...mas você sabe o que dizem, tudo acontece por uma razão. Então, talvez, agora ela vá...

Mindy sentiu-se aflita. O anverso sombrio de que tudo acontecia por uma razão era que a razão deveria ser identificada e impedida. Se Paul a traísse novamente, tinha que haver um motivo, e a culpa era sua. Seu peso, para começar. Mindy tinha *se largado*. Quase podia ouvir sua mãe dizendo naquele exato momento: *Você engordou, fofinha. O que esperava que acontecesse?*

Mindy achava que tinha superado, mas não tinha, não se aquilo estava acontecendo de novo. Havia perdoado Paul, ou pelo menos não tinha pedido o divórcio, porque amava sua família. E amava Evan, que amava os dois. No entanto, não podia passar por aquilo de novo. Todo mundo merecia uma segunda chance, mas ninguém merecia uma terceira.

Mindy sentiu seus pensamentos passarem em velocidade, rolando em uma bola gigante de ansiedade, angústia e confusão. E, ainda assim, uma parte sua se perguntava reflexivamente se ela estava tirando conclusões precipitadas. Talvez Evan tivesse comprado um presente para algumas das meninas com que ele estava saindo. Ele deveria ter pedido primeiro, mas já não seria a primeira vez. Ou talvez a cobrança fosse uma fraude ou um erro administrativo. Isso também já tinha acontecido antes. Uma vez, alguém gastou 150 dólares em itens esportivos em uma loja de Minneapolis, usando seu cartão de crédito.

— Mindy? Cadê você? Mindy!

— Oh, desculpe, acho que cortou a ligação. — Mindy saiu de seu devaneio. — O sinal é ruim lá em cima.

— Você tem pontos sem sinal na sua casa? Eu conheço um rapaz que mexe com conexão sem fio. Vou mandar o contato dele para você por mensagem.

— Ótimo — disse Mindy, perguntando-se sobre os pontos com falha de comunicação na sua casa. Ultimamente, sua casa inteira tinha falhas de comunicação. Ela deixou a observação de lado. — Preciso muito desligar agora, tá?

Capítulo dezessete

Heather ouviu o alerta de mensagem dentro do bolso do uniforme, mas era provável que não fosse nada. As únicas mensagens que ela recebia eram de credores, escritas em um jeito enganosamente amigável; *Oops, essas coisas acontecem! Lembrete: sua fatura chegou.* O plano de saúde também mandava mensagem; *Você tem uma mensagem privada não lida. Clique no link para visualizar.* Soava tentador, mas a mensagem era a mesma. *Seu pagamento está atrasado.*

Heather correu para a cozinha. Estava trabalhando em mais um almoço, dessa vez para a Liga de Servidoras de Central Valley. Ela entrou na cozinha quente e pegou três pratos de entrada, evitando a nova chef, uma rainha do drama. Empurrou as portas vai e vem para sair, segurando os pratos com habilidade nos antebraços. Cruzou o saguão, entrou no Salão Lafayette e foi em linha reta até a mesa. Coincidentemente, ficava em um canto, onde ela havia servido Mindy Kostis no dia anterior.

Você me parece familiar.

Heather rejeitou o pensamento e desviou de bolsas chiques, conseguindo não acotovelar ninguém na cabeça, embora não fosse por falta de vontade, já que a Liga de Servidoras decidira no último minuto fazer os discursos e os sorteios antes da refeição, o que atrasou toda a programação. Logo, Heather não tinha esperanças de estar em casa no horário, mais uma vez. Chegou à mesa com um sorriso profissional, serviu os pratos da forma mais discreta possível e voltou para a cozinha, ouvindo outro alerta de mensagem soar no caminho, o que a fez parar. Poderia ser Jordan. Poderia haver algum problema na escola.

Heather parou na parede próxima aos sanitários e tirou o celular do bolso do uniforme. O quadrinho na tela mostrava que a mensagem era de Jordan, e continha apenas as três primeiras palavras, **puxa mãe vc**, o que ela não entendeu, por isso, deslizou o dedo para ler a mensagem inteira.

puxa mãe vc nao vai acreditar vou começar

Heather leu a mensagem com espanto, pois algo bom acabava de acontecer. Jordan havia conseguido a melhor posição. Seu coração se encheu de alegria e de outra emoção: esperança. Inexplicavelmente, sentia como se o filho tivesse elevado toda a família com apenas um gesto. Ela respondeu: **você vai COMEÇAR arremessando!?**

sim ☺

Heather sentiu lágrimas brotarem nos olhos. Era o *emoticon* que a tinha comovido, uma representação genérica de um sorriso que demorou tempo demais para chegar. Num impulso, ela entrou na função telefone e ligou para Jordan.

— Mãe, espera — ele respondeu, sua voz baixa. Heather imaginava que ele estivesse indo a algum lugar onde pudesse falar com a mãe sem sentir vergonha.

— Jordan, isso é mesmo verdade? Você é o arremessador inicial do *time principal?*

— Mãe, você acredita? — perguntou Jordan, sua voz cheia de felicidade.

— Não, eu não acredito! — Heather sentiu lágrimas encherem os olhos, mas piscou para afastá-las. — Estou tão orgulhosa de você! Você merece! Você se esforçou tanto, praticou tanto!

— Mãe, é surreal! O treinador Hardwick acabou de me contar, tipo, na frente de todo mundo. Mas eu fiquei meio mal por causa do Raz.

— Ele vai ficar bem. O que o treinador Hardwick disse? — Heather queria saber todos os detalhes.

— Ele disse: "as posições em campo para hoje são" e leu os nomes, e quando chegou no arremessador, ele disse o meu nome. Incrível, né, mãe?

— Muito incrível! E o que você falou quando ele disse isso?

— Não tinha nada para dizer. Eu peguei a minha luva. — Jordan riu, uma risada relaxada que lembrava Heather de quando ele era menor.

— Onde você está agora?

— No vestiário, dentro do *banheiro*. — Jordan riu novamente, e Heather percebeu que ele não tinha ninguém com quem compartilhar sua felicidade além dela. Raz era seu amigo mais próximo, então não sobrava ninguém. Ela queria poder estar lá para vê-lo arremessar. Lágrimas voltaram a seus olhos. Ela pigarreou.

— Bem, tenha um jogo maravilhoso, querido. Acabe com eles!

— Pode deixar. Te amo, mãe.

— Também te amo, querido — disse Heather, rouca. Não tinha ideia de por que estava se sentindo tão sufocada. O *emoticon*. A risada. Seu filho, que tinha trabalhado tão duro, por tanto tempo, finalmente tinha conseguido uma recompensa.

— Tchau. — Jordan encerrou a ligação.

Heather enxugou os olhos com os dedos e, em seguida, olhou para cima e viu a gerente, Emily, caminhando em sua direção.

— Heather, o que você está fazendo no telefone? — Emily perguntou, olhando feio.

— Desculpe. — Heather olhou para Emily diretamente nos olhos. Não ia negar. Assumiria as consequências.

— Era uma ligação particular?

— Sim. Meu filho.

— Era uma emergência?

— Não.

— O seu filho não sabe que não deve ligar para você no trabalho?

— Ele não me ligou, fui eu que liguei para ele.

— Por que motivo?

— Não é da sua conta. — Heather sentiu a raiva inflamar em seu peito, debaixo do crachá.

— Você teve uma emergência?

— Não.

Olhos azuis de Emily endureceram como gelo.

— Você sabe que não pode fazer ligações pessoais no trabalho. Estamos no meio de um almoço. Estamos tentando servir todo mundo.

— O meu setor já foi todo servido.

— Como você sabe que ninguém precisa de nada? As clientes podem precisar de alguma coisa enquanto você está fora, no saguão, fazendo ligações particulares.

— A chamada durou três minutos, no máximo. Acabei de sair do salão e posso voltar agora mesmo.

— A questão não é essa. Você quebrou as regras e sabe que não deve. Isso é um aviso, e se você fizer novamente, está demitida. E você ficou mais de três minutos. Estava no quarto minuto.

— Está falando *sério*? — Heather sentiu a raiva arder com mais intensidade. — Você cronometrou a minha ligação?

Emily nem sequer piscou.

— Sim, esse é o meu trabalho.

— Não, o seu trabalho é se certificar de que o almoço esteja indo bem e que os membros do clube estejam felizes, o que eles estão, pelo menos nas minhas mesas. Você só está tentando me pegar no erro, porque está me perseguindo desde o primeiro dia.

— E você cometeu um erro. Porque não está comprometida com este emprego.

— É claro que eu estou! Faço isso há 17 anos. Se você procurar "comprometimento" no dicionário, vai achar uma foto minha com este vestido folclórico ridículo.

Emily cruzou os braços.

— Não gosto da sua postura.

— Eu gosto. Eu *adoro* a minha postura e, sabe de uma coisa? Você não precisa me demitir. Eu me demito.

Os olhos de Emily fulguraram.

— É melhor pensar bem no que você está falando.

— Eu pensei — disse Heather, embora não tivesse. Estava cansada, finalmente, de ser garçonete. Cansada de esperar. Por nada. Por tudo. Pelo dia em que sua vida iria começar. Heather se viu desamarrando, nas costas, o avental que ia por cima do vestido, uma tarefa que não foi fácil, considerando que ela ainda segurava o celular.

— O que você está fazendo?

— O que acha que eu estou fazendo? Estou tirando a roupa no maldito saguão. — Heather enrolou o avental e o jogou no tapete. — E, se eu pudesse, tiraria essa porcaria de vestido também.

— Você está falando sério agora? — perguntou Emily, surpresa.

— Absolutamente. Mas que porcaria. — Heather não sabia por que estava usando esse linguajar. Nunca falava assim. Enquanto isso, uma das novas garçonetes passou por elas, desviando os olhos, e Heather achou que, se aquilo fosse um filme, as pessoas bateriam palmas, como no fim de *Bridget Jones.* No mundo real, porém, as pessoas desviavam os olhos. Ninguém queria ver alguém pular de uma ponte. "Pegue esse emprego e enfie" era uma música, não uma promoção na carreira.

— Muito bem. — Emily bufou. — Vou mandar o cheque com as suas contas para a sua casa.

— Obrigada. — Heather se virou e seguiu para o vestiário, seus olhos de repente secos e os pensamentos agora claros. Pegaria a bolsa e trocaria de roupa. Iria a um jogo de beisebol para ver seu filho fazer o arremesso inicial no time principal do colégio.

Um dos Larkins estava no Círculo dos Vencedores.

Capítulo dezoito

Susan colocou os óculos de sol e correu pelo estacionamento em direção ao jogo de beisebol. Graças a Deus era uma tarde de sol, pois não queria que ninguém visse seus olhos inchados. A essa altura, todos sabiam da prisão de Ryan. Havia considerado não ir ao jogo, mas não podia sacrificar Raz por causa de Ryan.

Susan rezava para Raz ser o arremessador naquele dia. Ele extraía muito do seu valor pessoal do fato de ser o arremessador, acreditando que suas habilidades atléticas eram a única coisa que lhe davam vantagem sobre seu irmão mais velho, mais voltado para o lado acadêmico. Susan enxergava em Raz muito do que ele não via em si mesmo — o coração aberto, o jeito despreocupado de encarar a vida, sua alegria absoluta em conhecer pessoas —, tudo muito parecido com o jeito de Neil. Porém, como essas características eram naturais em Raz, ele não dava valor, e não havia nada que ela pudesse fazer para convencê-lo.

Você é mais inteligente do que o seu irmão, querido, Susan se lembrou de dizer quando ele trouxe outra notificação da escola por estar ligeiramente aquém da média esperada. *Você também pode conseguir notas melhores, se tentar.*

Raz só tinha dado risada. *Sou ótimo sendo um asno, mãe. E sou muito mais bonito que o Ryan.*

Susan endireitou os ombros e guardou as lembranças de sua mente. Sentia-se exausta depois da noite interminável na delegacia. Havia ligado para um advogado, que negociou uma confissão. Ryan seria indiciado por contravenção e sentenciado a liberdade assistida, uma multa e restituição. O advogado tinha dito que *aquilo ia passar*, mas Susan sentia vergonha absoluta. Tinha ligado para o chefe pedindo desculpas; ao Relações com a Comunidade para fazer uma declaração; e para sua assistente informando de que tiraria um dia de folga. Ao meio-dia, a foto de delegacia de Ryan estava no noticiário da TV. Seu filho confiável, que nunca lhe dera um instante de preocupação até ter o rosto estampado sobre uma faixa vermelha com o título: **Vândalo da ValleyCo**.

Passou pela escola, um complexo enorme com tijolinhos aparentes vermelhos, agora com duas alas novas. A construção tinha recebido apoio de desenvolvedores como a ValleyCo. A própria Susan havia cuidado para que os maiores figurões da ValleyCo estivessem na inauguração das obras, posando com pás reluzentes. Tinha orgulho de trabalhar na empresa, mas agora sentia culpa. Ela teria que recuar. Algo teria que ceder.

Susan se aproximou da multidão de pais agrupados à esquerda do banco de reservas, assistindo ao jogo. Parecia uma grande plateia, havia talvez cinquenta pessoas em pé, sentadas em cadeiras dobráveis de tecido azul ou comendo a comida disponível em uma mesa longa de piquenique encostada na parede do banco de reservas. Susan chegou às margens da multidão, ainda sem conseguir ver a base de arremesso. Não conhecia nenhum dos outros pais, então não tentou conversar com eles.

Uma torcida alegre vinha dos alunos do outro lado da cerca de arame, e Susan passou atrás da multidão para ver a base, atrás da cerca muito alta, inclinada no topo. Um jogador do outro time estava rebatendo, e embora Susan não se lembrasse que time era, vestiam uniformes vermelho-vivos, então dava para notar a diferença. Isso significava que os Mosqueteiros é que estavam no arremesso.

Susan continuou andando e teve uma visão do montinho onde ficava a base. Raz não estava arremessando; era Jordan em seu lugar. Sentiu-se horrível por Raz. A mudança na escalação do time seria mais um golpe, em um momento no qual Raz estava menos apto para lidar com aquilo. Na manhã anterior, antes de sair para a escola, o filho parecia tão exausto, tão desgastado e tão arrasado quanto ela. Tinha pulado o café da manhã e saído de casa depois do banho, com os cabelos compridos molhados pingando e empapando o colarinho da camisa de beisebol dos Mosqueteiros, na qual ele praticamente vivia.

Susan olhou para a área dos reservas, e, daquele ângulo, viu Raz em silêncio, observando o jogo de uma cadeira dobrável atrás dos Mosqueteiros, que torciam na cerca.

— Susan? — disse uma voz ao lado dela.

Susan se virou, mas não reconheceu a mulher que se aproximava, uma mãe bonita e robusta, com um halo de cachos loiros, olhos azuis brilhantes e um sorriso doce, embora preocupado. Vestia um moletom dos Mosqueteiros e um jeans, o que obviamente era o traje certo para ver o jogo, pois os outros pais também estavam vestidos com peças relacionadas ao time. Susan vestia um suéter preto de lã e a calça cáqui que ela usava na sexta-feira casual no trabalho.

— Sou Mindy Kostis. Bom ver você de novo.

— Oh, Mindy, certo. Oi. — Susan se apressou para recordar o que Neil havia lhe contado sobre Mindy. Mulher simpática, marido médico, filho popular. Evan era o receptor. Raz também falava sobre Evan, embora Susan tivesse a impressão de que Evan fosse um garoto popular demais para ser amigo de Raz.

— Eu só queria dizer que sinto muito. — O rosto de Mindy se ruborizou com emoção genuína.

— Obrigada. — Susan engoliu em seco, sem saber ao certo o que ela queria dizer. Ryan? Neil? *Escolha uma calamidade, qualquer uma.*

— Neil era um cara fantástico. Ele costumava me ajudar muito nos jogos. Todos nós estamos sentindo a falta dele hoje. Eu sei que você deve estar sentindo também, mais do que todos.

— Obrigada. — A voz de Susan saiu embargada. Por outro lado, se Mindy sabia sobre Ryan, não deixou transparecer. Talvez aquela fosse a melhor forma de lidar com a situação: apenas fingir que não tinha acontecido.

— Os investidores gostariam de fazer um memorial improvisado em homenagem ao Neil no fim do jogo, se você estiver de acordo. Eu não sabia que você viria hoje, então tomei a liberdade de perguntar a Raz se ele aceitava.

— Claro, obrigada. — Susan sentiu gratidão e pavor ao mesmo tempo.

— Gostaria de dizer algumas palavras na cerimônia?

— Não, não, obrigada. — Susan não conseguiria, não naquele dia, não nunca. No funeral, estivera com as emoções à flor da pele. Percebeu que ainda estava.

— Então eu falo, não se preocupe. Eu sei o que dizer. — Mindy acariciou o braço dela, franzindo a testa de uma forma compreensiva. — Como você tem passado?

Susan não sabia como responder. Mindy parecia querer uma resposta sincera, mas não era a hora nem o lugar para se abrir. Susan não sabia se precisava fazer uma amiga entre as mães, nem mesmo como deveria começar. Aquilo sempre pareceu uma panelinha da qual ela não fazia parte, embora Neil fizesse, ironicamente. Além disso, duvidava de que elas tivessem algo em comum. Mindy era a abelha-rainha dos investidores, com uma vida perfeita comparada ao show de horrores dos Sematov.

— Tudo bem, obrigada — Susan respondeu, virando-se.

Capítulo dezenove

Chris achou a cena no jogo de beisebol tipicamente suburbana. O sol brilhava alto em um céu sem nuvens, os torcedores estavam agrupados ao redor de um diamante perfeito de beisebol, e um campo verde exuberante o rodeava. Ele entendia por que o beisebol era o passatempo preferido dos Estados Unidos, mas não o seu. Os esportes o entediavam. Ele preferia apostas mais altas.

Chris era o instrutor da terceira base, e Jordan estava eliminando um rebatedor após o outro, até o terceiro turno, quando um dos rebatedores de Upper Grove acertou a bola e ela quicou dentro do campo interno. Jordan a havia apanhado no ar e lançado para a primeira base no limite do tempo, e a multidão foi à loucura. Os Mosqueteiros torciam por ele quase constantemente, gritando a plenos pulmões coisas como:

— Jordan, Jordan!

— Número 12.

— Pegue!

— Traga!

— *Strike* três! — gritou o árbitro, encerrando o turno.

Jordan e o resto da equipe deram uma corridinha em direção à zona dos reservas, e Chris correu atrás deles. Raz, que tinha substituído no campo externo, seria o próximo na ordem de rebatedores, e o time torceu por ele, sacudindo a cerca de arame na frente do banco. Um dos Mosqueteiros tocou a música de Raz no rádio portátil, e o time foi à loucura, acompanhando o rap a plenos pulmões.

O arremessador de Upper Grove lançou uma bola rápida, e Raz girou rapidamente com o bastão, mas errou.

— *Strike* um! — gritou o árbitro.

Jordan e os Mosqueteiros vibraram mais alto.

— Você consegue!

— Arrebenta!

— Você está no controle, você consegue!

O arremessador de Upper Grove lançou outra bola rápida, e Raz girou rapidamente com o bastão mais uma vez, porém errou.

— *Strike* dois! — gritou o árbitro.

Os Mosqueteiros berraram:

— Calma, Raz!

— Espere o seu arremesso!

Chris notou duas mães torcendo por Raz atrás da grade, e as reconheceu de sua pesquisa: Mindy, a mãe de Evan, e Susan, a mãe de Raz. Chris esperava conhecer a mãe de Jordan, Heather, mas ela não estava lá, e ele imaginou que estivesse no trabalho.

O arremesso seguinte voou sobre a base, e Raz girou violentamente, mas errou pela terceira vez.

— *Strike* três, você está fora! — gritou o árbitro.

De repente, Raz sacudiu o bastão no ar e o arremessou na grade atrás da base principal. A mãe de Raz e a mãe de Evan pularam para trás, em choque.

— Filho, você está fora! — gritou o árbitro e, em seguida, o treinador Hardwick saiu correndo do banco e foi até a base principal.

Chris deu um tapinha nas costas de Jordan.

— Não deixe isso atingir você. Você está indo muito bem. Continue assim.

Jordan assentiu com a cabeça, tenso, e a equipe assistiu ao treinador Hardwick marchar conduzindo Raz para o banco, onde todos abriram espaço para ele, atônitos e nervosos. Raz entrou pisando duro e chutou a cadeira dobrável.

— Raz, já chega! — rugiu o treinador Hardwick, então apontou para Evan, que seria o próximo na sequência.

Os Mosqueteiros irromperam em aplausos para Evan e, conforme o jogo continuava, eles dominaram turno após turno, conseguindo mais três corridas, e Jordan rebatia tão bem quanto arremessava. Chris viu Heather, a mãe de Jordan, chegar atrasada; uma mulher atraente com cabelos loiro-escuros, vestindo um suéter branco e jeans, e manteve os olhos nela durante todo o jogo, esperando para fazer sua jogada. Precisava se aproximar o máximo possível de Jordan, e conquistar a mãe dele ajudaria a causa.

O resultado final foi 5x0, a primeira vitória dos Mosqueteiros, e o time correu para Jordan no montinho da base, pulando em cima dele e uns dos outros. Trocaram apertos de mão com os jogadores de Upper Grove, depois se transferiam para a área gramada atrás do banco dos visitantes, onde as comidas e bebidas foram servidas pelos investidores. O treinador Hardwick disse algumas palavras, os pais começaram a falar com os filhos e uns com outros e Chris seguiu para a mãe de Jordan, que estava parada na periferia disso tudo. Aproximou-se dela com um sorriso e estendeu a mão.

— Oi, sou Chris Brennan, o novo treinador assistente. Você é a mãe do Jordan? Eu vi você torcendo por ele.

— Ah, prazer em conhecê-lo. Sim, eu sou Heather Larkin. — Ela estendeu a mão, e Chris a apertou calorosamente.

— É ótimo conhecer você. Ele também é meu aluno no curso avançado de Política, e eu estou muito impressionado com ele. Ele é capaz, responsável e esforçado. Vocês criaram um ótimo filho. — Chris sabia que não havia nenhum "vocês", apenas Heather, mas não podia dar a entender que já sabia.

— Isso é verdade, ele realmente é. — Heather deu um enorme sorriso, e Chris notou que ela não o corrigiu.

— Fiquei impressionado de ver que ele começou arremessando hoje, e você deve estar bem orgulhosa dele.

— Ah, eu estou, de verdade! — Os olhos castanhos de Heather brilharam. — Estou muito feliz por ter vindo. É o meu primeiro jogo! Nem consigo acreditar em como ele jogou bem!

— Ele se encontrou. É maravilhoso que você estivesse presente para compartilhar esse momento com ele.

— É assim que eu me sinto! — Heather borbulhava de felicidade. — Estou muito feliz de ter largado meu emprego!

— O quê? — Chris não sabia se tinha ouvido direito.

— Larguei meu emprego e estou me sentindo incrível! — Heather caiu na risada. — Eu o odiava e não tinha me dado conta disso. A chefia nova é terrível! Vou encontrar outro emprego e me sinto muito feliz de estar livre! Eu tive oportunidade de estar aqui!

— Viu só? Algumas coisas são para acontecer, não é verdade? — Chris sorriu, embora, por dentro, estivesse balançando a cabeça em negativa. Ela era uma pessoa doce, mas alguém devia avisar todas as pessoas doces do mundo coisas como: *Não se abra tanto para completos estranhos. Não conte suas coisas mais pessoais. Não poste todos os detalhes sobre sua vida particular. Você não faz ideia de quem está por aí, querendo ser o seu predador, usando essas informações para a vantagem deles. Como eu.*

— Realmente era para ser! — Muito obrigada por treinar o Jordan!

— Só fui treinador dele por um dia, mas aceito o crédito. — Chris riu, e Heather riu com ele.

— Por que não? Esse é o espírito!

— Isso mesmo! — Chris disse, mas, nesse momento, ouviu-se uma fungada de uma das mães por perto, evidentemente sobre o pai de Raz.

O rosto bonito de Heather ficou sombrio.

— Que pena. Neil era um grande sujeito. Ele levava o Raz e o Jordan para cima e para baixo até eles tirarem carteira de motorista. — Ela se inclinou para frente, baixando a voz. — Acho que o Jordan se sente mal por ter começado arremessando no lugar do Raz.

— Eu imagino. — Chris correspondeu ao tom abafado, gostando da forma que as coisas estavam tomando. Quanto mais elogios ele fazia a Jordan, mais feliz ela ficava, como qualquer boa mãe. — Ele não gosta da ideia de estar superando o amigo. Ele tem um bom coração.

— Mas não deixa isso transparecer. Ele não é assim.

— Eu sei que não, mas ele me lembra de alguém... basicamente... de mim. — Chris estava improvisando, mas Heather sorriu novamente, então ele continuou: — Vou dizer para você o que eu falei para o Jordan sobre essa situação com o Raz. Eu falei para ele: "Você tem todo o direito a essa posição, porque você mereceu. Você é uma combinação de trabalho duro e talento nato, e é assim que as coisas são. No beisebol, na vida, em tudo. Você não pode deixar que nada o segure. Você está caminhando para o seu destino".

— Você falou isso para ele? — Heather arregalou os olhos, e Chris se preocupou que estivesse mentindo excessivamente, mas ela estava caindo. Ela se mostrava ansiosa para ouvi-lo, e Chris percebia que ela era solitária. Era bonita de um jeito natural, com um corpo incrível, mas ele ignorou esses sentimentos. Seu objetivo não era levá-la para a cama, e sim manipulá-la, então ele continuou falando.

— Eu adoro treinar beisebol, mas uma coisa que a gente tem que saber é que o beisebol tem a ver com esses garotos, com a maturidade deles e com ajudá-los a crescer e se tornarem quem eles realmente nasceram para ser. É assim que eu penso. Foi por isso que eu virei professor, em primeiro lugar.

— Verdade. — Heather abriu um sorriso radiante.

— Aliás, só para a sua informação, eu vou fazer uma reuniãozinha hoje no meu apartamento para me apresentar para o time. Agora vai ser uma comemoração de vitória, graças ao Jordan.

— Oh. — Heather piscou. — Ele não me falou isso, mas nem sempre ele me fala o que vai fazer.

— Claro que ele não ia falar. — Chris notou-a titubear, então se apressou em tranquilizá-la. — Eu também não contava absolutamente tudo para a minha mãe. Nenhum menino conta.

— Verdade. — O sorriso de Heather voltou.

— Eu só queria que você soubesse que eu vou cuidar muito bem dele. E, se em algum momento você precisar falar comigo, meu telefone e meu e-mail estão no site.

— Muito obrigada. — Heather fez um sinal afirmativo com a cabeça.

— É melhor eu ir. Parabéns.

— Você deveria dizer isso ao Jordan! — Heather retrucou com um último sorriso. — Eu sou apenas a mãe.

— Eu quis dizer parabéns por largar o emprego.

— Ah, tá! — Heather revirou os olhos de um jeito adorável. — Só Deus sabe o que vai acontecer agora.

— Veremos! — Chris sabia *exatamente* o que iria acontecer depois, mas essa informação era só sua.

Capítulo vinte

Chris passou os olhos pela festa em curso no seu apartamento. O treinador Hardwick havia se recusado a ir, mas os jogadores preenchiam a sala de estar, devorando pizza e conversando entre si. Todos tinham aparecido, menos Jordan, Evan e Raz. Chris estava preocupado e esperava que isso não sugerisse uma reconciliação entre Jordan e Raz. Chris procurava uma oportunidade de solidificar seu relacionamento com Jordan e acabar com Raz.

— Onde será que está o Jordan...? — Chris saiu na varanda, que fazia frente para o estacionamento. Alguns dos jogadores estavam cantando rap *freestyle*, o que estava lhe provocando uma dor de cabeça, mas Trevor e Dylan conversavam ali na grade, então Chris foi até eles. — E aí, pessoal, ótimo jogo! Mandaram bem!

— Oi, treinador! — Trevor balançou o punho no ar. — Incrível! Larkin é o cara!

— Trevor, eu também dou crédito a vocês. É uma vitória da equipe.

— Valeu, treinador. — Trevor sorriu.

— É a verdade. Você fez duas rebatidas duplas hoje. E você, Dylan. — Chris virou-se para o garoto. — Dylan, aquele *home run*! Acho que aquela bola subiu mais de 100 metros.

— Não *tanto* assim — Dylan corrigiu, empurrando os óculos sobre o nariz com um sorriso contrito.

De repente, sua atenção foi atraída pelo rap barulhento que vinha de baixo, e todos eles se viraram para ver a BMW de Evan entrando no estacionamento com o teto conversível aberto e as caixas de som bombando com hip-hop. Evan estava ao volante; Jordan, no banco do passageiro e Raz estava encravado no banco traseiro inexistente, joelhos dobrados debaixo do queixo. Evan estacionou e desligou o carro, o que pôs um fim abrupto à música.

— Mosqueteiros! — Trevor chamou-os, mas Dylan olhou para Chris, preocupado.

— Seus vizinhos não vão achar ruim o barulho?

— Não se preocupem com isso. — Chris fez um aceno para tranquilizá-lo.

— Mosqueteiros, a pizza está quente! — Trevor gritou.

— Zaaaaaa! — Evan gritou de volta, olhando para cima com um sorriso no rosto ao abrir a porta do carro e sair da BMW.

Trevor apontou para Raz, dando risada.

— Raz, você está parecendo um cachorro! Você colocou a cabeça pela janela? Ganhou um petisco?

— Cala a boca, Trevor! — Raz gritou de baixo, saindo do carro. Nesse momento, Chris pensou ter ouvido o tilintar revelador de uma garrafa vindo do estacionamento. Eles deviam estar bebendo, e isso Chris não aprovava. O álcool era uma incógnita de que ele não precisava naquele momento em sua equação.

Trevor respondeu do alto:

— É, Raz, você é um bom cãozinho! Que truques você sabe fazer? Além de arremessar o seu taco? Aquele foi demais, cara!

Os garotos na varanda caíram na gargalhada, e os jogadores que estavam dentro do apartamento saíram.

— Ei! — eles começaram a gritar para fora — Raz! Evan! — Em seguida, começaram a entoar: — Jordan, Jordan, Jordan!

Chris viu Jordan sair do carro e seguir Evan e Raz até a porta dos fundos, que fora deixada aberta.

— Com licença, senhores — disse Chris ao sair da varanda e entrar no apartamento. Ele chegou à porta de entrada no instante em que Evan e Jordan alcançaram o topo das escadas com sorrisos iguais.

— E aí, treinador Brennan! — ambos disseram em uníssono, então começaram a se empurrar. Evan dizendo "Pega no verde que a sorte é minha!", e Jordan, "Qual é, você por acaso está no pré?".

— Pessoal, bem-vindos! — Chris cumprimentou os dois com um tapinha nos ombros. — Entrem e comam alguma coisa. Estamos comemorando. Grande vitória em casa!

— Com certeza, treinador! — Evan disse ao entrar no apartamento.

Chris apertou a mão de Jordan.

— Jordan, seu jogo foi incrível hoje. Parabéns.

— Obrigado, treinador.

— Legal ver sua mãe lá também.

— Não é? — Jordan deu um sorriso tímido. — Ela nunca foi a um jogo antes.

— Ela te deu sorte. — Chris notou Raz subindo as escadas, mas não correu para cumprimentá-lo. — Eu me apresentei para ela. Tivemos uma ótima conversa sobre você. Ela tem muito orgulho.

Jordan estremeceu.

— Ela não disse nada vergonhoso, disse?

— É claro que disse. Ela me contou como você era um bebê bonzinho.

— Você está brincando, né? — Os olhos de Jordan se arregalaram em um alarme fingido.

— Estou brincando. Você foi fantástico hoje. Devia ter orgulho de si.

— Valeu, treinador. — Jordan olhou por cima do ombro para Raz, que avançou com um solavanco.

— Treinador, seu barraco é irado! — Raz passou por ele.

— E aí, Raz. — Chris sentiu um cheiro de cerveja no hálito do garoto, mas não no dos outros dois. Fechou a porta do apartamento, e viu Jordan seguir Evan em direção à mesa de comida.

Raz parou para ver a vitrine de armas.

— Uau, treinador! — Elas estão carregadas?

— Não — respondeu Chris, indo até ele. — Gostou?

— Demais! Você é um bom atirador?

— Não sou dos piores. E quanto a você?

— Nunca tentei. — Raz continuou olhando para as armas, e Chris não sabia se ele queria evitar olhá-lo. De qualquer forma, era hora de torcer a faca, por assim dizer. Havia muitos tipos de armas no mundo, e as palavras poderiam ser o tipo mais letal.

— Raz, eu tenho que dizer, fiquei muito decepcionado quando você jogou o taco…

— Desculpe — disse Raz, mal-humorado. Ele passou a mão nos cabelos que estavam soltos até os ombros.

— Eu sei que você tem muita coisa acontecendo com o seu irmão mais velho, mas…

— Eu *não tenho* muita coisa acontecendo — Raz retrucou, retornando o olhar para a coleção de armas.

— Tudo bem, o erro foi meu. — Chris tinha tocado no assunto porque queria ver como Raz reagiria. — Estou te falando isso como seu treinador e como seu amigo. Estou cuidando de você. Você não pode ter uma atitude e uma postura ruim. Cá entre nós, meu amigo estava lá hoje. Ele viu o que você fez.

Raz levantou a cabeça bruscamente, seus olhos escuros adquirindo uma nova perturbação.

— Está falando daquele cara para quem você mandou o vídeo do Jordan?

— Isso, mas fica só entre nós. Não vou nem contar para o Jordan. Você tem que fazer melhor da próxima vez. — Chris lhe deu um tapinha no ombro, no estilo *mas que azar*.

— E se não houver uma próxima vez, treinador? — Raz fez uma careta.

— Tenho certeza de que vai haver — Chris respondeu, mas seu tom sugeria exatamente o oposto.

— Mas vamos ter outros jogos. Vou entrar como arremessador reserva, não vou?

— Isso quem decide é o treinador Hardwick, não eu. Você vai ter que sair desse buraco onde você se colocou por esforço próprio.

— Eu consegui uma rebatida simples.

— É verdade, mas o problema não é esse.

— Qual é o problema?

— Um problema de falta de postura de jogo é o beijo da morte para os recrutadores.

— "O beijo da *morte*?" — A carranca de Raz se fechou ainda mais.

— Foi isso que o meu amigo me disse. Nenhuma faculdade vai querer um rapaz com atitude inadequada. Ninguém precisa de confusão no campo ou no banco de reservas.

Nesse momento, Evan e Jordan vieram segurando pratos de comida, e atrás deles vinham Trevor e Dylan. Evan riu.

— Raz, a gente estava aqui comentando... aquele podia ser considerado o seu melhor arremesso de todos os tempos. Só que você arremessou o *bastão.*

Trevor caiu na risada.

— Raz, como você chama aquele arremesso? Era uma bola rápida? Ou um *bastão* rápido?

Dylan sorriu.

— Cara, acho que foi mais parecido com uma curva. Você não acha que foi um *bastão* curvo? Me pareceu que o bastão fez uma curva logo antes da base. Ou da *grade.*

— Ou da minha *mãe*! — Evan entrou na brincadeira, seus olhos comicamente arregalados. — Raz, você quase arrebentou o crânio da minha mãe!

Trevor acrescentou:

— E da mãe dele *também*! Ele quase acertou a mãe dele! Ele arremessou um bastão curvo!

— Trevor, cala a sua boca, seu imbecil! — Raz gritou, empurrando Trevor.

— Cala a sua! Tire as suas mãos de mim!

Chris não fez nada por meio segundo e, bem nessa hora, Raz empurrou Trevor com mais força, e Trevor devolveu o empurrão.

— Você está louco, Raz! — Trevor gritou. — Você está pirado!

— Rapazes, Raz, parem com isso! — Chris fez menção de segurar Raz, mas o garoto deu um soco, errou Trevor, derrubou o prato de Evan e se conectou com o rosto de Jordan.

— Ahh! — Jordan pulou para trás, sua mão voando para a bochecha.

Raz deu a volta em Jordan.

— Ops, machuquei você, estrela do rock? Vai ficar com uma cicatriz no rosto agora?

Jordan se encolheu, abalado. O soco de Raz havia partido a pele, provocando um corte que começou a sangrar e a escorrer na bochecha de Jordan.

Trevor gritou:

— Você é um *lixo*, Raz! Se não aguenta, bebe leite! Você nunca poderia ter lançado do jeito que o Jordan lançou hoje!

— Claro que poderia! — Raz lançou-se sobre Trevor com raiva, empurrando Evan e Jordan para o lado.

— Chega, Raz! — Chris decidiu que aquilo já tinha ido longe o suficiente. Ele agarrou Raz nos ombros pelas costas, forçou-o para trás e o colocou em posição sentada no armário em frente à vitrine de armas, olhando o garoto nos olhos. — Raz, você andou bebendo, não foi?

— E daí? — Raz gritou na cara de Chris, e os meninos ficaram em silêncio. Jordan limpou o sangue do corte, deixando uma mancha rosada na bochecha.

Chris voltou-se para Evan.

— Evan, você também andou bebendo?

— Não.

— Você pode dirigir?

— Posso.

Chris acreditou em Evan só porque Raz não o chamou de mentiroso.

— Quero que você leve o Raz para casa.

— Sim, treinador.

— Obrigado. — Chris pegou Raz pelo braço e o ergueu de cima do armário. — Raz, tome vergonha na cara. Você é seu pior inimigo.

— Me deixe em paz, *cara*!

— Adeus. — Chris levou Raz em direção à porta, com Evan logo trás. Quando Chris a abriu, Raz puxou o braço com força, saiu pisando duro do apartamento e correu escada abaixo. Chris colocou a mão no ombro de Evan. — Leve-o direto para casa, por favor. Nenhuma palhaçada, nada de beber.

— Sim, treinador. — Evan fez um gesto para Jordan. — Jordan, você vem?

Chris interveio:

— Evan, eu quero que o Jordan fique. Preciso dar uma olhada nesse corte e ver se ele precisa ir ao hospital.

Jordan balançou a cabeça, e o sangue gotejou como uma lágrima vermelha pela bochecha.

— Treinador, eu não preciso ir ao hospital. Não é nada.

— Pode ser, mas eu vou levar você para casa. Sou responsável por você. Conheci sua mãe hoje. Você não pode ir para casa e dizer que se feriu na minha casa sem que eu fale com ela. Isso não pode acontecer, Jordan.

— Está bem — disse Jordan, relutante. — Até mais, Evan.

— Até. — Evan fez um aceno para eles, saiu do apartamento e começou a descer as escadas.

— Jordan, vamos dar uma olhada nesse corte. — Chris fechou a porta, satisfeito por ter realizado sua missão; ou melhor, por Raz ter feito isso.

E Chris não se importaria de ver a mãe de Jordan novamente.

Capítulo vinte e um

Chris estava ao lado de Jordan quando o garoto abriu a porta do apartamento, e Heather ergueu os olhos do laptop. Ela estava sentada no sofá, de moletom e jeans, com o cabelo preso em um rabo de cavalo. Na TV, passava um daqueles programas de donas de casa, com o som no mudo, e sua expressão se transformou de sonolenta a chocada quando viu Chris entrando com Jordan, que vinha com um ferimento recente na bochecha.

— Oi, mãe. — Jordan fechou a porta atrás deles. — Estou bem, sem piração.

— Ah, não, o que é isso no seu rosto? — Heather colocou o laptop de lado, levantou-se com um salto e foi até Jordan olhando no rosto do filho. Estava rosa e inchado, mas o sangramento havia parado. — O que aconteceu, querido? Chris, o que está acontecendo?

— Não é nada, mãe. Estou bem.

— Ele está bem, de verdade — Chris acrescentou.

— Me conte o que aconteceu. Você caiu? — Heather estreitou os olhos diante do corte, segurando o braço do Jordan como se, caso contrário, ele fosse ter fugido. — Espero que você não precise levar pontos.

— Acho que ele não precisa — Chris interrompeu, falando por experiência própria, uma experiência que ele não podia discutir ali. — Eu dei uma boa olhada, limpei e deixei descoberto para arejar.

— Estou excelente — Jordan disse outra vez. — Realmente não é nada.

— Como foi que isso aconteceu? — Heather olhou de Jordan para Chris. — Isso aconteceu na sua casa? Na festa?

Jordan hesitou, e Chris percebeu que eles já deviam ter discutido a festa antes. A reunião havia continuado depois que Evan e Raz foram embora, e Jordan havia ficado, até mesmo ajudando Chris a limpar depois. Haviam conversado sobre outras coisas no caminho, como o jogo e a mecânica dos arremessos; é claro, sempre a mecânica. Chris ficou contente em se aproximar do garoto naquele momento mais vulnerável, e a amizade de Jordan com Raz só poderia ter apodrecido depois do incidente da noite.

— Mãe, não importa — Jordan respondeu, mas Heather olhou para ele como se ele fosse louco.

— Importa para mim, Jordan. — Heather virou a cabeça de novo para Chris, seus olhos azuis tão francos que o perturbavam. — O que aconteceu, Chris? Me conte você, já que meu filho não quer.

— Eu lamento, mas infelizmente aconteceu uma discussão.

— Uma *discussão*? — Heather perguntou, incrédula. — Com você?

— Não, com o Raz — Chris apressou-se a explicar. — Eu vim trazer o Jordan para pedir desculpas a você, porque tudo aconteceu na minha casa.

— Não foi exatamente uma *discussão*, mãe — disse Jordan, saindo pela tangente. — Não é nada demais.

Heather colocou as mãos nos quadris e se virou para Jordan, que ia recuando em direção ao corredor.

— Jordan, se não é nada demais, não faça ser. Qual é o grande mistério? Alguém bateu em você? Me conte.

— O Raz ficou de mau humor, só isso.

— O Raz *bateu* em você? Isso é terrível!

— Ele não teve a intenção.

Chris não disse nada. Ele sabia que se piorasse a imagem de Raz, Jordan só iria defendê-lo.

Heather arregalou os olhos.

— Jordan, o que você quer dizer? Como alguém bate na cara da outra pessoa sem intenção? Está dizendo que foi um acidente? Foi um acidente?

— Mãe, não, mas não foi nada demais. Está tudo bem.

— Então foi de propósito? Ele bateu em você embaixo do olho. Ele poderia ter destruído a sua visão. Por que ele fez isso? Vocês andaram brigando?

— Não, na verdade não. — Jordan recuou em direção ao corredor.

— Então, por que ele bateu em você?

— Ele teve um dia ruim. Você viu, no jogo.

— Humpf! Sim, eu vi. Eu o vi lançar um bastão. Isso é falta de espírito esportivo e é um perigo.

Jordan olhou para Chris ao sair da sala.

— Treinador Brennan, obrigado por tudo. Boa noite. Boa noite, mãe.

Chris fez um aceno.

— Sem problemas, Jordan. Vejo você no treino amanhã de manhã.

Jordan se virou e seguiu pelo corredor.

— Jordan, mais tarde a gente conversa — Heather falou atrás dele e, em seguida, virou-se para Chris com um suspiro exasperado. — Puxa! Ele está bem mesmo?

— Está, tenho certeza.

— Foi gentileza sua trazê-lo para casa.

— Sem problemas.

— Gostaria de uma xícara de café? Ou é muito tarde para você?

— Um copo de água seria ótimo. — Chris percebeu que conseguiria conquistar alguma coisa ali se ficasse por algum tempo. Além disso, ela era mesmo bonita.

— Tenho uns biscoitos, se você for um cara que gosta de biscoito. — Heather o levou até uma pequena copa que era parte da cozinha, depois fez um gesto para ele se sentar à mesa.

— Claro que eu sou um cara que gosta de biscoito. Quem não gosta? — Chris sentou-se, observando a cozinha e a sala de jantar. Era modesta, e um estranho brilho avermelhado emanava por trás das cortinas, vindo do luminoso da Friendly's.

— É biscoito comum. Não é gourmet nem nada do tipo. — Heather colocou a mão dentro do armário que ficava sobre o balcão, e Chris percebia, pela testa ainda franzida, que ela continuava pensando no que tinha acontecido com Jordan.

— Não existe isso de biscoito de chocolate gourmet.

— Sim, existe. — Heather abriu o saco de biscoitos e deixou alguns caírem em um prato que acabava de tirar do escorredor. — Meio quilo custava 12 dólares no Whole Foods.

— Não vale o preço.

— Concordo. Quer água mesmo? Eu tenho leite. — Heather trouxe o prato de biscoitos e o colocou na mesa. — Leite com biscoitos é melhor do que água com biscoitos.

— Água e biscoitos está ótimo. Só não vou mergulhar um no outro.

— Rá! — Heather se descontraiu mais ao voltar para a cozinha. — Todos na minha família molham o biscoito no leite, somos grandes comedores de coisas molhadas. Torrada molhada em café. Rosquinhas também.

— Eu gosto de molhar a torrada no café — disse Chris, percebendo que era a primeira frase completamente verdadeira que dizia desde que havia chegado a Central Valley.

— Eu também. — Heather ligou à torneira e encheu um copo com água, depois foi ao freezer e colocou alguns cubos de gelo. — A gente molhava pão italiano em molho e...

— Molho?

— É, molho de tomate. Minha mãe era italiana, do Brooklyn. Meu ex que era daqui.

— Ah. — Chris captou a referência ao ex, e agora ele poderia oficialmente saber o que já sabia.

— Minha mãe inclusive mergulhava o pão no molho da salada. Vinagre e azeite.

— Isso seria um mergulho extremo.

— Eles são profissionais em mergulho de comida. — Heather sorriu.

— Eu sou um *campeão* em mergulho de comida. — Chris se viu sorrindo também.

Heather riu ao trazer o copo de água e o colocar na mesa, antes de sentar em frente a Chris. A mesa era pequena, e a única fonte de iluminação ficava no alto, estranhamente aconchegante; pelo menos era estranho para Chris, pois aconchego não era uma sensação que ele experimentava com muita frequência. Na verdade, não conseguia se lembrar da última vez em que se sentira aconchegado.

Chris interrompeu a digressão e voltou ao objetivo.

— É óbvio, eu acho que o Raz está passando por um momento difícil, sendo substituído como arremessador inicial. Acho que você pode desencorajar a amizade por enquanto.

— Nem me fale... eu ando tentando. Achei que eles fossem se resolver, mas parece que não. Isso é ridículo.

— Não é justo para o Jordan.

— Não, não é! — Heather levantou a voz. — Eu me sinto mal pelo Raz e não quero ser a chata. Por favor, não pense que sou fofoqueira, mas eu não sei se você ficou sabendo que o irmão mais velho dele, o Ryan, foi preso ontem à noite.

— Sim, eu fiquei sabendo. — Chris notou que ela não havia feito o comentário em tom de fofoca, mas de um jeito compassivo.

— Tudo bem eles estarem passando por problemas na família. Eu vi a Susan no jogo, mas não tive oportunidade de falar com ela. Também lamentei terrivelmente a morte do pai do Raz. Mas, ainda assim, nada disso é culpa do Jordan. Ele mereceu a posição por esforço próprio. Ninguém o ajudou. Tudo o que ele faz é responsabilidade dele. Nunca recebeu nenhum tipo de vantagens.

Chris ouviu a emoção por trás das palavras e sentiu que ela não estava mais falando sobre Jordan. Ele quebrou um pedaço de biscoito e o colocou na boca.

— Eu provavelmente devia ter mencionado isso, mas o pai dele e eu nos separamos quando ele nasceu. Ele cresceu sem pai e "se criou além de criação", como diz o dr. Phil.

— Acho que você não precisa se preocupar. Como você disse, o Raz e o Jordan vão se acertar, e isso também vai passar.

— Sim, eu sei. — Heather pegou uma mecha de cabelo da frente dos olhos e deu um novo suspiro. — Acho que foi um longo dia. Um longo e estranho dia.

— O dia em que você se demitiu do emprego.

— Verdade, o dia em que eu me demiti do emprego. — Heather revirou os olhos com uma risadinha autoconsciente. — Está caindo a ficha.

— O quê?

— A realidade. Eu não tenho um plano reserva.

— Eu sempre tenho um plano reserva — disse Chris, outra verdade.

— Isso era para me fazer sentir melhor? — Heather ergueu uma sobrancelha, e Chris se deu conta de que havia dito a coisa errada. Tinha saído do prumo por causa dela.

— Não, o que eu ia dizer era que você não precisa de um plano reserva. Apenas dê o próximo passo.

— O que é isso?

— Encontre um novo emprego.

— Rá! — Heather riu, mas foi um som sem alma. — Não é tão fácil quanto parece. Eu acabei de entrar em dois sites de vagas de emprego. Já me candidatei a 15 vagas, mas não há muitos lugares precisando de gente.

— Nada é tão fácil quanto parece. Você não pode deixar isso deter você.

— Agora você está falando como um treinador.

— Bem, eu sou um treinador — disse Chris, sem pensar.

— Certo, então pode trabalhar comigo. Tenho a mente aberta. — Heather se recostou na cadeira, cruzando os braços, e Chris tentou pensar em algo que um verdadeiro treinador diria.

— Seja positiva.

— Bom começo.

— Tenho certeza de que muitas empresas adorariam ter alguém como você.

— O que faz você dizer isso? Você nem me conhece. — Heather olhou para Chris como se ele fosse louco, da mesma forma que ela havia olhado para Jordan, o que era bem bonitinho. Lindo.

— Eu conheço, de certa forma — respondeu Chris, e ele não estava nem falando da pesquisa que tinha feito sobre ela. — Por causa do Jordan.

— Em que aspecto? Você também não o conhece assim tão bem.

— Sei o suficiente para extrair algumas conclusões razoáveis. Ele se tornou um garoto incrível, e você acabou de me dizer que o criou sozinha, sem ajuda.

— Sim, e? — Heather piscou. — O que você está dizendo é que eu deveria arrumar emprego de babá?

— Não, a menos que você quisesse. O que eu quero dizer é: você precisa enxergar seu reportório de habilidades de maneira mais ampla.

— Repertório de habilidades? — Heather jogou a cabeça para trás e deu risada. — Eu tenho um *repertório de habilidades*? Isso é novidade para mim.

— Não, não é e não deveria ser — apontou Chris, sincero em sua observação. Seu tom ficou mais suave e ele nem tinha planejado a mudança. — É necessário ter muitas habilidades para ser mãe solteira, criar um filho e cuidar de toda a casa sozinha. Você tem que pagar as contas, arrumar as coisas que precisam de reparos, e garantir que Jordan vá à escola, ao médico e ao treino, não estou certo?

— Sim, quando ele era menor, eu acho. — Heather deu de ombros. — Mas eu não conserto as coisas; é o Jordan que conserta. Ou elas ficam quebradas.

— Então não precisavam ser consertadas. E você trabalha o dia inteiro, então tem mais essa com que lidar. Verdade ou não?

— Verdade — Heather respondeu com vestígios de um sorriso.

— E eu tenho certeza de que era muito boa no seu trabalho, seja lá qual fosse, e você também disse que queria sair de lá e saiu. Então você tem um grande repertório de habilidades e deveria seguir em frente com confiança absoluta.

Heather sorriu e deu uma risadinha.

— Você é um excelente treinador! Está me fazendo pensar positivo. Viva! Olhos bem abertos, coração cheio, não pode perder, todas essas coisas.

— Então funcionou? — Chris riu.

— Meio que funcionou! — Heather jogou as mãos para o alto. — Vamos, time, vamos!

— Rá! — Chris começou a rir, dando-se conta de que a coisa mais estranha tinha acabado de acontecer. Ele estava interpretando o papel de treinador e dizendo coisas que um treinador diria, mas, em algum ponto entre ele e ela, as palavras haviam se tornado verdade. E, acima de tudo, as palavras a tinham ajudado, o que fez Chris se sentir bem. Não só ele se sentia um treinador, como se sentia mais... humano.

De repente, um celular começou a tocar na sala, e Heather lançou um olhar para lá.

— Ah, com licença, preciso atender, mas vai ser só um minuto. É a minha prima em Denver e ela acabou de ganhar bebê.

— Não, tudo bem, eu tenho que ir embora — disse Chris, levantando-se rapidamente. Precisava interromper o que estava acontecendo entre eles. O que quer que fosse, não estava saindo de acordo com o plano, nem com o plano reserva, fase um ou dois. Era basicamente alguma coisa que não poderia acontecer de jeito nenhum, principalmente não com ela. Ele precisava usar Jordan e Heather. Eles só poderiam ser os meios para um fim, em um jogo perigoso e letal.

— Você não precisa ir embora. Só me dê um segundo. — Heather correu para o telefone. — Só quero saber se ela está bem.

— Não, está tarde. Então boa noite. — Chris se dirigiu à porta, abriu-a sozinho e saiu.

Não era hora de ganhar uma consciência.

Capítulo vinte e dois

Uma hora mais tarde, Chris estava dirigindo em meio a uma mata fechada, a caminho de uma reunião. O céu noturno não tinha estrelas, e as nuvens sopravam sobre a lua, carregadas por ventos invisíveis. Chris tentou tirar Heather da cabeça e se focar no que o aguardava logo mais, mas não era tão fácil. Já tivera sua cota de mulheres, mas ela era diferente. Chris não queria analisar de que forma, pois qualquer tipo de relacionamento com ela só poderia terminar de um jeito. Assim, precisava terminar naquele instante, antes de começar.

Chris virou em um caminho de terra, e as lanternas de seu Jeep percorreram uma placa branca com a tinta descascando e letras quase apagadas, EM BREVE, CENTRAL SHOPPING & PRAÇA DE ALIMENTAÇÃO. Estacionou e desligou a chave, analisando o cenário à sua volta com a pouca luz. Era a planta de construção de um shopping, mas o projeto evidentemente fora abandonado depois da instalação da placa e da pavimentação do perímetro. O concreto tinha um brilho escuro ao luar, cercado por árvores que haviam sido cortadas no toco.

Chris saiu do Jeep, decepcionado ao ver que a silhueta ao lado do carro não era a que ele esperava que fosse. Nem o carro. Era um Audi preto reluzente de duas portas, não a SUV Ford preta e neutra que ele conhecia tão bem. O homem ao lado do carro usava um boné dos Phillies, e Chris só conhecia um homem que usava um boné de beisebol achando que era o Mestre do Disfarce. A aba deixava o rosto quase totalmente nas sombras, o que não incomodava Chris, já que Aleksandr Ivanov era feio como o diabo.

Chris foi andando até ele.

— E aí, Alek? Cadê o Rabino? Ele disse que estaria aqui.

— Não deu para ele.

— Por que não?

— Que diferença faz? Está com saudades do papai? Trate comigo. O que está acontecendo?

Chris mordeu a língua. Não estava ali procurando encrenca.

— Então, tenho um cara. Estou dentro.

Alek fez um ruído de desdém.

— Por "cara" você quer dizer um menino. Um adolescente de colegial. O lance aqui é nervoso, Curt.

Chris achou que seu verdadeiro nome lhe soava estranho, mas não disse nada. Ele se deu conta que não estava nem lá nem cá depois dos biscoitos com Heather. Precisava trazer a mente de volta para o trabalho. Alek tinha pavio curto, e havia muita coisa em jogo para se distrair.

— Quem é o menino?

— Jordan Larkin. — Chris sentiu uma pontada ao oferecer o nome daquele jeito, como se fosse uma traição, mas abafou os pensamentos.

— Então qual é o problema? Você ligou para o Rabino e disse que tinha um problema.

— Eu disse que poderia ter um problema. — Chris não queria discutir aquilo com Alek, que tinha a metade da inteligência do Rabino.

— Me economiza, Curt. Não tenho tempo para ficar de palhaçada. — Alek deu uma olhada no relógio: um movimento curto e perfeito debaixo do boné.

— Acontece que um dos professores é de Wyoming. Ele conhece o Northwest College.

— Você disse que isso não aconteceria. — Alek fez outro barulho desdenhoso.

— As chances eram de pequenas a nulas. Foi um azar. — O peito de Chris ficou tenso. Alek o lembrava de um de seus pais adotivos, o pior deles. Um cara malvado para todos ao seu redor. Parecia um carcereiro para a mulher, para o outro filho adotivo e até para a gata. Milly era o nome dela, uma tricolor. Na noite em que Chris finalmente foi embora, ele soltou Milly e ela fugiu. Ela nunca olharia para trás. Nem ele.

— Como ele chama, esse professor?

— Abe Yomes.

— Então, por que você está me dizendo isso? Dê um jeito.

— A pergunta é como.

— Você é bem grandinho. Não pergunte para mim. Dê um jeito. Tenho que ir. Que perda de tempo. — Alek deu meia-volta, entrou no carro e deu partida no motor.

Chris ficou olhando-o ir embora, desejando que o Rabino tivesse vindo no lugar. Juntos poderiam ter avaliado o risco e descoberto o que fazer a respeito de Abe.

Porém, se Chris tinha que lidar com aquilo sozinho, era o que iria fazer.

Capítulo vinte e três

O sábado nasceu ensolarado, e Susan colocou os óculos escuros para levar Raz ao treino de beisebol. Ele mantinha a cabeça virada para a janela, celular nas mãos e ouvia música pelos fones de ouvido. Susan mal tinha pregado o olho durante a noite, com seus pensamentos em Raz e em Ryan, dividida entre os dois como quando eles eram pequenos e brigavam pelo mesmo brinquedo. Eles davam chilique e ela tendia a entrar na discussão de cabeça, mas Neil falava:

Querida, quando eles brigam, é uma espiral infinita. Não entre nessa espiral. Você é a mãe, lembra? Se entrar na espiral, vai acabar na descarga da privada.

Susan se lembrava das palavras dele como se fosse ontem, o que era o problema. Lembrava-se de tudo a respeito de Neil, como ele agia, o que ele dizia, as brincadeiras que contava, a forma como faziam amor. Susan desejava se lembrar de menos coisas. Desejava que ele não fosse tão presente o tempo todo, na sua mente, no seu coração.

Susan continuou dirigindo, seus pensamentos revirados. Já fazia quase um ano desde a morte de Neil, e um ano era o limite do luto. Ele morrera em agosto e já estavam em abril, então só restavam quatro meses pela frente. Ninguém dizia esse tipo de coisa explicitamente, mas ela entendia a mensagem. Tinha visto um artigo no jornal dizendo que a maioria das viúvas voltavam ao seu "nível de satisfação na vida anterior ao da perda" depois de um ano. Então ela sabia que tinha quatro meses para se tornar uma pessoa normal. Ainda assim, não acreditava que pudesse haver um prazo máximo para o luto.

Susan parou em um semáforo. Sabia o que os outros estavam dizendo no trabalho, pelas suas costas. Ela estava se *aproveitando da situação. Ela só queria despertar pena nos outros.* Estava *mergulhada na fossa, sofrendo,* sem *seguir em frente com a vida.* E estava arrastando os filhos para o *fundo do poço com ela.* Estavam sendo *engolidos* pelo turbilhão da descarga do sofrimento.

O farol ficou verde, e Susan olhou para Raz. Estavam a apenas alguns quarteirões da escola, e ela queria ter certeza de que estavam entendidos.

Você é a mãe, lembra?

— Raz? — disse Susan, mas não houve resposta. — Raz.

— O quê? — Raz se virou para ela, a expressão indolente e o rosto pálido. Seus olhos estavam vermelhos e inchados. Os cabelos molhados do banho pingavam na camiseta azul dos Mosqueteiros, que ia escurecendo pouco a pouco ao redor da gola. Ele vestia bermuda de treino e tênis. Os pés estavam apoiados na mochila no chão, no vão em frente ao banco do passageiro.

— Quero falar com você.

— Então fale. — Raz piscou.

— Por favor, tire os fones de ouvido.

— Dá para ouvir.

— Não vou conversar com você usando esses fones de ouvido. Isso é importante.

— Tá — Raz disse sem inflexão na voz. Tirou um dos fones.

— Os dois, por favor.

Raz tirou o outro.

Susan lembrou-se de ter paciência. Neil era paciente, em todas as situações; inacreditavelmente paciente.

— Certo, então a primeira coisa esta manhã, o que você deve fazer?

— Mãe, eu sei.

— Sim, mas fale para mim. Quero ouvir o que você vai dizer.

— Como se fosse um ensaio? — Os olhos cansados de Raz se arregalaram com incredulidade.

— Sim, exatamente. — Susan retornou a atenção para a rua, pois a expressão dele só a estava deixando zangada. Ela seguiu em frente, passou por carvalhos altos, depois por sebes aparadas e casas de madeira em estilo colonial com suas reluzentes cercas de PVC.

— Beleza, tanto faz. Sei lá, primeiro vou falar com o treinador Hardwick. Vou pedir desculpas por ter arremessado o taco.

— Certo. — Susan manteve os olhos na rua. — Lembre-se: a primeira palavra na sua boca deve ser "desculpa". Comece com "desculpa".

— Eu sei disso. *Foi o que eu disse.*

— Eu quero que você vá falar com ele antes mesmo do treino começar.

Raz deu um suspiro pesado.

— Não vai ser assim tão fácil, mãe. Ele é ocupado.

— Só vá até ele e diga "com licença".

— Ele não gosta de ser interrompido.

— Ele não vai se importar se ouvir você dizer "desculpa".

— Devo pedir desculpas por interrompê-lo também? Quantas vezes preciso pedir desculpas, mãe? Desculpe por *respirar*?

— Não seja engraçadinho — repreendeu Susan, depois um pensamento horrível lhe ocorreu.

Desculpe por respirar.

Isso era verdade. Ela estava pedindo desculpas por respirar, quando Neil não podia mais fazê-lo. Queria estar morta no lugar e queria que o marido é que estivesse lidando com as crianças raivosas e ingratas, que agiam como se fossem as únicas que tivessem perdido Neil, quando o exato oposto é que era verdade. Neil poderia ter sido o pai deles, mas antes era o marido dela. Ela veio primeiro. Ela o amou por mais tempo. Ele era mais seu do que deles. Susan era sua amante, sua *esposa*.

Seus dedos apertaram o volante. Susan cerrou os dentes para não olhar para Raz *e lhe dar um tapa na cara*. Foi isso o que ela pensou, uma ideia rancorosa que veio do nada e a deixou chocada. *Meu filho está me deixando tão louca que eu quero bater nele.*

— Depois tenho que ir até o treinador Brennan e dizer que sinto muito por ter estragado a festa dele, mesmo que eu não tenha estragado a festa. Eles continuaram lá depois. Eles se divertiram. Não acabou nem nada. O Jordan estava bem, ele não precisou de pontos.

Susan se agitava por dentro, irada com aquela impertinência, com aqueles modos, com aquele *egoísmo*. Ele costumava ser um menininho engraçado, mas tinha se tornado um tremendo de um adolescente mimado.

— Depois eu vou até o Jordan e peço desculpas por ter batido nele. Não posso dizer que eu não tive a intenção, porque, tipo, você sempre diz: "Quando você toma uma atitude, as consequências sempre acompanham".

Ela tentou aplacar seus pensamentos terríveis. A escola estava à vista. Susan inspirou e expirou algumas vezes, tentando se acalmar.

— Então, depois que eu me desculpar com todo mundo no treino, tenho que ligar para a sra. Larkin e pedir desculpas. Tenho que falar que estou feliz pelo Jordan ser o arremessador inicial porque "amigos são assim". — Raz fez sinais de aspas no ar, e Susan virou à esquerda para entrar no terreno da escola.

A pista começou a subir e Susan passou pelo estacionamento dos alunos à esquerda. Lançou um olhar para a entrada, onde várias viaturas da polícia de Central Valley estavam paradas na frente da escola. Ela desviou o olhar, pois já tinha visto carros de polícia o bastante recentemente.

— Polícia? — Raz franziu a testa olhando para as viaturas.

— O que será que aconteceu? — Susan seguiu em frente com o carro, pois tinha uma programação a cumprir. Tinha que deixar Raz na escola, voltar para casa e tirar Ryan da cama pois iria levá-lo a um terapeuta às 11 horas. Susan iria à sua própria sessão de terapia no mesmo horário, então dois terços do show de horrores dos Sematov se sentariam em sofás caros.

— Mãe, olha, aconteceu alguma coisa — disse Raz, alarmado, e Susan parou o carro. Um grupo de policiais uniformizados, professores e funcionários estavam deixando o edifício da escola, e alguns dos professores choravam.

— Minha nossa. — Susan deu uma olhada e soube que alguém tinha morrido. Ela *vivera* aquela cena. Ainda a *vivia*, na sua mente.

— São a dra. McElroy e o sr. Pannerman. E a Madame Wheeler está surtando.

— Quem é a Madame Wheeler? — Por um minuto, Susan não sabia do que Raz estava falando. Neil era o que ia à reunião de pais.

— A professora de francês. O Ryan era aluno dela, lembra? Ela é a que está na frente.

— Coitada — disse Susan, comovida pela visão da professora transtornada, segurando um lenço de papel no nariz. Ela deixou o prédio ao lado da dra. McElroy, que Susan não reconhecia, com um professor barbudo, também em prantos. Três alunas se abraçavam chorando, e um jogador de beisebol vestido com a camiseta dos Mosqueteiros e bermuda esportiva saiu às pressas e começou a correr em direção ao campo.

— Ei, aquele é o Dylan. Talvez ele saiba o que está acontecendo. — Raz abaixou a janela e acenou para chamar a atenção do garoto alto e esguio. — Dylan!

— Raz! — Dylan correu até o carro, e sua mochila foi batendo nas costas. — Oi, Raz; oi, sra. Sematov.

— Cara, o que aconteceu com a Madame Wheeler? Por que a polícia está aqui?

— Ah, cara, é coisa ruim. — Dylan se abaixou para espiar dentro do carro, erguendo os óculos. Rugas vincavam sua testa. — O sr. Y morreu ontem à noite. A dra. McElroy está chorando. Todos eles estão chorando.

— O quê? — Raz ficou boquiaberto de choque. — Não pode ser! Eu acabei de vê-lo! Como ele morreu?

— O sr. Y morreu? — Susan se encolheu. Era uma notícia terrível. O sr. Y era o professor de Artes da Linguagem de Raz, e Ryan também tinha sido aluno dele. Os dois o adoravam. Era por isso que ela sabia o nome, já que ambos falavam tanto do professor.

— Ele cometeu *suicídio* — Dylan respondeu, piscando por trás dos óculos.

Segundo passo

Capítulo vinte e quatro

Chris correu pela calçada, de cabeça baixa. A última coisa que ele precisava era de outro encontro com Alek, ainda mais um que exigisse dirigir até a Filadélfia. Alek havia marcado para as 14 horas, e Chris mal teve tempo de se trocar depois do treino. Tinha sido uma manhã terrível, com o time abalado por causa da morte de Abe.

Chris andava depressa em direção à torre enorme de arenito e tijolinhos, que se erguia por 17 andares e ocupava o quarteirão inteiro da Dois e da Chestnut Street, na área colonial da cidade. O prédio fazia parte do Registro Nacional de Lugares Históricos, embora sua história sem dúvida fosse irrelevante para as pessoas do lado de fora, que desfrutavam os últimos tragos de seus cigarros.

Ele alcançou o prédio e subiu os degraus depressa, atravessou portas de aço inoxidável e o detector de metais, enquanto seus olhos se ajustavam à escuridão. Não havia janelas no saguão de entrada, e os lustres de bronze eram de estilo antigo, projetando uma luz suave. Chris tirou a carteira do bolso traseiro — não a de Chris Brennan com a carteira de motorista falsa, mas a verdadeira, com a verdadeira identidade de Curt Abbott, com seu verdadeiro endereço na região sul da Filadélfia, e seu crachá cromado pesado, com um cartão laminado identificando-o como agente especial na Divisão de Campo da Filadélfia na Agência de Álcool, Tabaco, Armas de Fogo e Explosivos, ou ATF.

Chris entregou sua carteira aberta para o guarda, que analisou a identificação e a devolveu. Era um agente secreto e precisava mostrar a identificação pois não ficava no escritório por tempo o suficiente para ser reconhecido pelos seguranças, ainda mais nos fins de semana. Colocou a identificação na esteira junto com suas chaves, atravessou o detector de metais e recolheu seus pertences; então entrou no saguão. Tinha uma sensação inesperada de espanto toda vez que cruzava o piso escuro de mármore, e já fazia doze anos que fora contratado pela ATF.

O espaço gigantesco era flanqueado por duas escadas entalhadas e coberto por uma rotunda ornamentada em gesso que se elevava por três andares. No ápice brilhava um círculo de luz natural contornada por um terraço superior cercado por um gradil de aço. Para Chris, a história do prédio espelhava a história da ATF, e ele tinha orgulho de ser um agente da ATF, mesmo que tivesse de se reportar a Alek Ivanov, que agia como um gângster, mesmo que fosse um burocrata de Washington transferido para o escritório da Filadélfia.

Chris apertou o botão do elevador, desconfortável por estar em público como ele mesmo, como se estivesse usando a pele errada. Odiava ir até lá quando estava trabalhando sob disfarce. Não fazia parte do procedimento, e ele sabia que não teria acontecido em nenhuma outra operação, uma prova ainda mais contundente da falta de apoio que estava recebendo de Alek.

O elevador chegou. Chris entrou e apertou o botão do andar, seus pensamentos agitados. Quando criança, não sabia o que queria ser quando crescesse, mas desejava ajudar os desfavorecidos — talvez porque *ele* fosse um desfavorecido, criado em tantos lares adotivos diferentes. Acabou se sentindo atraído pela ideia de defender a lei e, depois da faculdade, escolhera a ATF, uma agência desfavorecida que vivia na sombra do FBI. O filme favorito de Chris era *Os intocáveis*, sobre o lendário agente da ATF Eliot Ness, e depois de uma sequência de operações bem--sucedidas, ele se sentiu honrado quando todos começaram a chamá-lo de "O Intocável". No entanto, recentemente, o apelido o incomodava; lembrava-o de que ele era literalmente intocável, desconectado das outras pessoas.

Chris saiu do elevador, pegou a direita e caminhou por um corredor que terminava em uma porta trancada, intencionalmente sem identificações, para que nenhum cidadão comum soubesse que era a ATF. Pelo mesmo motivo, a ATF não estava listada no diretório no térreo do edifício e os seguranças nem sequer confirmariam que ela ficava naquele prédio, segundo instruções que haviam recebido. A Divisão de Campo da Filadélfia da ATF empregava 200 pessoas: supervisores, agentes especiais, oficiais de força-tarefa, detetives, especialistas em explosivos certificados, bombeiros, analistas de pesquisa de inteligência e muitos outros; mas, da mesma forma, os nomes de nenhum deles estavam no diretório. "Anônimos" era um eufemismo para descrever a condição dos integrantes da agência. "Desconhecidos" era mais próximo da verdade.

Chris destrancou a porta e entrou no escritório, que estava silencioso como o esperado em uma tarde de sábado. Percorreu um corredor de carpete cinzento, passando por paredes de um amarelo institucional, desprovidas de qualquer tipo de enfeite ou arte. O corredor conduzia a uma grande sala de cubículos cinzentos que parecia um escritório de seguros, exceto pela pistola Glock G22 ou pela Glock 627 subcompacta, armas da agência, penduradas em um coldre de ombro no cubículo do canto, prova de que havia um agente ali.

Chris chegou à sala de reuniões e abriu a porta para ver Alek sentado do outro lado da mesa redonda. O Rabino não estava em nenhum lugar aparente, embora se esperasse que ele também estivesse ali.

— Oi, Alek.

— Curt, obrigado por vir. — Alek levantou-se parcialmente e estendeu a mão, a qual Chris apertou, embora mal conseguisse se obrigar a encontrar os olhos pequenos e escuros de Alek, fundos em um rosto comprido. O cabelo escuro do líder estava rareando na frente, e uma cicatriz fina em sua bochecha parecia ter sido resultado de uma briga de facas, mas era de um acidente de carro no shopping.

— Cadê o Rabino?

— Ele já volta. — Alek sentou-se. — Sabe, você só me pergunta isso, "cadê o Rabino?", "cadê o Rabino?".

De repente, a porta se abriu e o Rabino entrou, segurando o laptop.

— Curt, que ótimo ver você! — ele o cumprimentou com um sorriso amplo, mostrando dentes manchados por café em excesso. Seu nome verdadeiro era David Levitz, mas todos o chamavam de Rabino, já que ele era o agente mais inteligente na Divisão.

— E aí? — Chris deu um abraço de urso no Rabino, quase erguendo-o do chão, já que o Rabino tinha apenas um 1,65 metro e talvez setenta quilos. Estava na casa dos cinquenta anos, com cabelo crespo grisalho, olhos escuros e argutos por trás de óculos bifocais grossos de aro vermelho, e seus lábios finos eram contornados por linhas de expressão ganhas ao longo dos anos.

— Desculpe por eu não conseguir falar com você ontem à noite — disse o Rabino, um código para: *Desculpe por eu não conseguir salvar você do Alek.*

— Sem problemas — disse Chris, o que significava: *Será que a gente consegue meter bala no nosso chefe e sair na boa?*

— Vamos começar, pombinhos. — Alek fez um gesto para Chris indicando a cadeira em frente à do Rabino, em vez de ao lado, e ocorreu a Chris que Alek era o treinador Hardwick da ATF. Para todos os efeitos, Aleksandr Ivanov era o Supervisor de Grupo, ou SG, da força-tarefa contra Crimes Violentos, e o

Rabino era o agente a quem Chris se reportava quando estava trabalhando sob disfarce.

— Certo, então, Alek, por que você me chamou aqui?

— Estou baixando as portas.

— Da minha operação? — Chris não estava completamente surpreso. — Não existe razão para isso, Alek. Eu discordo...

— Eu fui lá me encontrar com você. Cidadezinha pacata no meio de lugar nenhum. Não é nada além de uma completa perda de tempo, e agora que um professor qualquer se matou ontem à noite, existe uma possibilidade de isso melar o seu lance.

— Não vai acontecer e, de qualquer forma, não tenho tanta certeza assim de que tenha sido suicídio. Não acho que tem nada certo, e esse acontecimento poderia ser conectado ao caso. — Chris ainda não acreditava que Abe Yomes estivesse mesmo fora de cena. Tinha gostado de Abe, e ficou chocado até a medula ao saber que ele estava morto, que dirá pelas próprias mãos. Era terrível e levantava bandeiras vermelhas em termos da operação, batizada de Operação Monograma do Time.

— Baseado em que fatos?

— Na personalidade dele. Não faz sentido que ele cometesse suicídio.

— Você não o conhecia assim tão bem. — Você só esteve lá dois dias.

— Eu entendo o cara. Ele é divertido, alegre. Ligado aos amigos e aos alunos. Todos o amavam; chamavam-no de sr. Y. — Chris recordou a cena no treino daquela manhã. Os jogadores ficaram muito perturbados quando ouviram as notícias. Raz foi levado pela mãe, depois de obviamente ter chorado. O treinador Hardwick os fez treinar mesmo assim, mas todos estavam cabisbaixos e tiveram um desemprenho horrível.

— Não vejo o sentido.

— Isso é porque você nunca ouviu a justificativa da operação. Você estava em Washington quando eu recebi a autorização...

— Eu li o arquivo. Estou completamente a par dos seus relatórios.

— Não é a mesma coisa e, além do mais, não existe um lado ruim. Não custa nada. Meu aluguel é 450 dólares, e eu compro minhas próprias roupas.

— Não se esqueça que tivemos de pagar para colocar você na escola. O superintendente quis quatro mil para fazer a professora e o pai dela tirarem férias. — Alek revirou os olhos. — Seus impostos no trabalho.

— Mas, ainda assim, é mais barato do que uma casa ou um barco, e a parte boa é ótima.

— Sabe qual é o seu problema, Curt? Sua premissa está errada.

— De que forma? É custo-benefício. A típica análise orçamentária...

— Não, a sua premissa é que você é responsável por essa análise. Mas você não é. Eu é que sou. Estou desligando você.

— Você não deu chance suficiente para isso acontecer. Me deixe trocar em miúdos. — Chris pegou o laptop do Rabino, logou na rede usando sua senha para atravessar o firewall da ATF e depois encontrou seus arquivos particulares. Você assistiu a esse vídeo? Você sequer deu uma olhada nele?

— Eu li...

— Vai levar 15 segundos. Assista. — Chris apertou PLAY, e o vídeo mostrou uma imagem sombreada de uma pessoa alta arrombando a porta de um galpão escuro, depois correndo em direção a sacos de fertilizante nitrato de amônio. A pessoa pegou um dos sacos e, ao fazer isso, aproximou-se da câmera. As feições ficaram obscurecidas por um boné, mas dava para ver as palavras escritas em sua camiseta azul: Mosqueteiros Beisebol.

— E daí? — Alek suspirou de um jeito teatral.

Chris apertou STOP.

— Você sabe que fertilizante nitrato de amônio é o ingrediente para as bombas caseiras feitas por terroristas domésticos, e que a compra, transporte e armazenamento desse tipo de produto é estritamente monitorado pelo Departamento de Segurança Interna e restrito àqueles que têm permissão, em geral fazendeiros. A única outra forma de conseguir é roubando. — Chris apontou para a tela. — Este vídeo foi gravado por Herb Vrasaya, um dos fazendeiros de Central Valley, cuja fazenda fica localizada a 8 quilômetros da escola. O sr. Vrasaya cultiva milho e tem permissão para comprar e armazenar o fertilizante. Ele instalou a câmera há duas semanas, pois achou que ratos estavam entrando no galpão e ele queria ver de que forma.

— Eu li essa parte.

— O sr. Vrasaya enviou esse vídeo para a nossa agência, como um cidadão de bem. "Se você vir alguma coisa, fale", e ele não queria colocar em risco a permissão. Acredito que esse vídeo é a prova de um plano de bombardeiro que tem conexão com o time de beisebol e com o colégio. A camiseta azul dos Mosqueteiros só é fornecida aos jogadores do time oficial do colégio, os garotos que eu treino. É um distintivo de honra. Estou infiltrado no time para identificar esse garoto e descobrir por que ele está roubando fertilizante. E não haveria problema algum para um menor de idade alugar um caminhão-baú em Central Valley. Todos os moradores locais sabem aonde ir: um cara chamado Zeke. Eu mesmo fui lá para ver se era difícil alugar um caminhão e quais seriam as possíveis armadilhas. Conheci o cara. Ele sempre tem veículos disponíveis e não existe papelada nenhuma.

O Rabino interveio:

— Lembre-se de que é abril, Alek. Dia 19 de abril é o aniversário do bombardeio em Oklahoma City. Todo mundo que desejasse explodir alguma coisa estaria armazenando fertilizante neste exato momento. É necessário ter uma tonelada de fertilizante para fazer uma explosão de grandes proporções. Isso significa cinquenta sacos. Resumindo, eu concordo com o Curt. Ele tem o meu apoio.

Alek jogou as mãos para o alto.

— Por quê? Porque algum menino por aí tem uma camiseta? Ele poderia ter comprado no supermercado. Curt, você mesmo disse isso no seu relatório, não disse?

— O que eu escrevi no meu relatório foi que eu conversei com o gerente do supermercado e ele me disse que as mães do grupo de investidores compram camisetas no supermercado. A loja nunca vende nenhuma peça G ou GG, só PP e P. — Chris pensou à frente para se adiantar à próxima objeção de Alek. — E não pense que o garoto no vídeo estava usando essa camiseta para incriminar alguém do time de beisebol, porque não tem como eles saberem sobre a câmera de segurança.

Alek riu sem humor.

— Mas que tipo de idiota usaria um uniforme de time para roubar alguma coisa?

— Não um idiota, um adolescente. Eu fui professor por dois dias e já sei que eles fazem coisas idiotas. Especialmente os garotos. Eles não pensam em nada.

— Não aquele idiota. Só é necessário um garoto para comprar a camiseta, ou uma mãe para comprar um tamanho maior.

— Então escolha outro agente para fazer a verificação com o supermercado. Não posso fazer isso por causa do meu disfarce, e o vídeo sozinho não é suficiente para provar nada. Podemos conseguir o nome, o endereço e o cartão de crédito de todos que compraram camisetas dos Mosqueteiros nos últimos cinco anos. Acho que era uma camiseta meio nova, porque as cores ainda estavam vivas. — Chris já tinha lavado quatro camisetas trinta vezes para ver quando a cor desbotava. A resposta era: na 23ª vez.

— Não temos um agente sobrando para enviar.

— Estou fazendo progresso. Como eu falei, estou dentro: escolhi o meu cara, Jordan Larkin.

— Esse é o nome do seu involuntário? — perguntou o Rabino. Um involuntário era um termo da ATF para um informante que estava sendo usado como fonte de informações sem saber que era parte de uma operação sigilosa.

— Sim, e ele é perfeito. Só levei dois dias para virar amigo dele, o primeiro passo. Para o segundo passo, vou lançar a minha rede num espaço maior e descobrir quem roubou o fertilizante. — Chris voltou o vídeo e parou quando a pessoa sombreada entrava no galpão. — A altura da porta é 2 metros, e essa pessoa tem mais de 1,80 metro, entre 1,85 e 1,95 metro. Tenho cinco garotos no meu time que têm mais de 1,80 metro. Três deles são os que estão também na aula do curso avançado de Política, incluindo o involuntário: Jordan Larkin, Raz Sematov e Evan Kostis. — Chris continuou falando, embora Alek estivesse olhando no relógio. — O segundo passo é conhecer os outros dois jogadores com mais de 1,80m, Trevor Kiefermann e Dylan McPhee. Estou investigando-os e sei que vou conseguir mais informações.

— Quando? — Alek exclamou.

— Tenho três dias sobrando até o dia 19, se o que eles estiverem planejando for um bombardeio de aniversário. Me dê três dias. — Chris apontou de novo para o vídeo. — Além disso, a cronologia dos fatos faz absoluto sentido para ser um jogador de beisebol. Um jogador saindo depois do fim do treino chegaria à fazenda do sr. Vrasaya, estacionaria o carro e correria até o galpão exatamente quando isso acontece: 18h20. Eu percorri a distância de carro. Depois ele ainda consegue chegar em casa a tempo de ninguém perceber nada, exceto pelo fato de que o porta-malas está cheio de nitrato de amônio.

— O que ele faz com isso, então? Entrega para alguém? Guarda na casa dele?

— Não sei, mas vou descobrir.

— Uma pergunta, Curt — interveio o Rabino. — E o seu involuntário, Larkin? Você suspeita dele?

— Não — Chris respondeu. — Mais uma vez, estou confiando na minha intuição. Jordan Larkin não se encaixa no perfil de terrorista doméstico. Ele é tranquilo, segue as regras, é um bom menino.

Alek ignorou os dois.

— Ainda não entendo o que o professor tem a ver com isso. Yomes, o cara que cometeu suicídio.

— Talvez Abe soubesse de alguma coisa. Talvez ele tenha visto alguma coisa. Talvez tenha ouvido alguma coisa. Ele era um cara bem-relacionado, questionador. Se não for assim, é coincidência demais. — Chris ainda não tinha encontrado a conexão, mas fez perguntas no treino e determinou que os cinco meninos eram alunos do Abe Yomes em Artes da Linguagem. — Foi ele que me perguntou sobre Wyoming.

— Então foi um golpe de sorte ele ter morrido.

— Não, não foi — Chris retrucou, encolhendo-se por dentro. Não podia pensar na morte de Abe naqueles termos, e, antes de Abe ter morrido, Chris decidira fazer uma imersão nas curiosidades de Wyoming para responder às muitas perguntas de Abe.

— É suicídio, sem dúvida, de acordo com a população local. Yomes se enforcou. O namorado dele contou aos demais a respeito do problema de Abe com depressão.

O Rabino interveio:

— Curt, segundo fiquei sabendo, Yomes era afrodescendente e gay. Você enxerga algum fato que possa sugerir a possibilidade de um crime de ódio? Alguma evidência de um suposto grupo neonazista? Está vendo algo assim no colégio ou dentro do time?

— Ainda não — Chris respondeu, depois se virou para Alek. — Vamos deixar os moradores locais pensarem o que quiserem. O próprio Yomes me contou sobre a depressão, mas pareceu que fosse coisa do passado. Vou dar prosseguimento.

— Mas Yomes não tem conexão com o time de beisebol, tem?

— Além de ser professor dos meus cinco garotos? Não, não que eu saiba, por enquanto. — Chris andava se perguntando se não havia algum tipo de ligação secreta ali, talvez algum dos alunos não tivesse saído do armário, mas Chris não tinha informações suficientes para embasar uma teoria.

— Curt, não estou convencido. — Alek sacudiu a cabeça. — Temos casos maiores.

— O bombardeio de Oklahoma City foi o episódio mais letal de terrorismo doméstico registrado no país. Não dá para ser muito maior que isso. Neste clima político, com sentimentos de oposição ao governo, é só uma questão de tempo até acontecer de novo.

— Não estamos ouvindo nada. Nada de incomum, nenhuma conversa, nenhuma pista.

— Isso poderia significar que já está tudo armado. Ou um pequeno grupo. Ou um lobo solitário. Estou de olho em alguns meninos do time, que falaram contra o governo em uma das aulas. Fiz um exercício para ver quem tinha esse tipo de opinião. Estou pedindo três dias. Mais três dias, até o aniversário do atentado, no dia 19.

Alek franziu a testa.

— Curt, você está me matando. Você fez seu nome nas operações mais perigosas. Não acredito que você quer essa, com um bando de moleques adolescentes. Isso está parecendo *Anjos da lei*, pelo amor de Deus!

— O diabo que é — disse Chris, fervilhando de raiva.

O Rabino se voltou para Alek.

— Deixe-o ir até o fim. Devemos isso a ele, não devemos? Depois da Operação Rua Onze?

Alek continuou de cara fechada, mas não disse nada.

Chris pensou na Operação Rua Onze, na qual tinha atuado sob disfarce como Kyle Rogan, um traficante de cocaína insignificante, infiltrado em uma gangue de traficantes violentos da região próxima a Wilmington, Delaware. Acreditava-se que tivessem conexão com o cartel de Sinaloa. Chris estivera prestes a fazer uma compra de emboscada junto com a polícia, em uma casa decrépita na rua 11, mas o momento da verdade veio quando os traficantes insistiram que Chris provasse o produto, uma das poucas coisas que os filmes retratavam corretamente: era típico que agentes disfarçados da ATF e do FBI tivessem que experimentar o produto para provarem que não eram tiras. Na teoria, isso seria considerado uma atividade ilegal, ou AI, já que o governo tinha um acrônimo para tudo. No entanto, recusar poderia colocar a vida deles em risco. Chris acabou pensando em outra saída.

Não posso, Chris/Kyle tinha dito aos três bandidos sentados em frente a ele, atrás da mochila preta cheia de tijolos enrolados em plástico, que o traficante havia cortado usando uma chave.

Não quer provar? Por que não?

Não posso. Sem bebida e sem drogas. Sou muçulmano.

Quem você está enganando? Você é branco como um lençol. Um lençol da Ku Klux Klan. O cara barbudo caíra em uma gargalhada rouca, assim como seus comparsas.

E daí? Chris/Kyle dera de ombros. *Sou muçulmano. Muçulmanos podem ser brancos.*

Não acredito nem por um minuto que você seja muçulmano, disse um negro magrelo na ponta, o único negro no recinto.

Então Chris/Kyle iniciou um recital das passagens mais importantes do Alcorão, que tinha memorizado, pois já previa que pudesse ser interrogado. A solução tinha convencido os bandidos de sua boa intenção, e eles fizeram a compra. Depois disso, deixaram a casa, onde os agentes da ATF prenderam todos, incluindo Chris, para preservar o disfarce.

O Rabino estava dizendo:

— Alek, enxergue por esse lado. Se Curt estiver certo, você vai sair bonito na fita, porque foi você quem deu a aprovação. Se ele estiver errado, todos vão entender por que você deu esse crédito. De todas as formas, você só ganha.

Alek deu um suspiro pesado, depois se virou para Chris.

— Três dias. É isso.

Capítulo vinte e cinco

Chris caminhava ao lado do Rabino ao longo de uma fileira de casas de pedra bem conservadas, mantendo a cabeça baixa, por hábito, ao longo de Fairmount, um bairro artístico da cidade, com seus cafés, pubs históricos e sebos, além do Museu de Arte da Filadélfia, Barnes Foundation e Free Library. O Rabino e sua esposa portuguesa, Flavia, sempre insistiam para que ele fosse dar palestras na Free Library ou dançar músicas folclóricas no Museu de Arte, o que nunca, jamais, iria acontecer.

Chris estava indo jantar na casa do Rabino somente porque ele não aceitava não como resposta, mas Chris sentia-se um tanto mal-humorado. Estava zangado pela tentativa de Alek de encerrar a operação, e a morte de Abe começava a perturbá-lo. Heather também ocupava o segundo plano de sua mente, mas ele a suprimiu quando chegaram à casa do Rabino. Era diferente das outras, pois Flavia era uma artista e queria deixar a moldura de suas janelas em cores roxa, rosa e verde.

— A Flavia está muito animada por você estar aqui — disse o Rabino, destrancando a porta da frente.

— Eu também. — Eles entraram, e Chris se viu cercado de conversa, música e aromas deliciosos de peixe grelhado. Uma bossa nova suave tocava no aparelho de som antiquado, e o som de risadas e de vozes femininas em conversa vinha flutuando da cozinha.

— E as meninas estão em casa — disse o Rabino, falando sobre suas filhas gêmeas, Leah e Lina, que dividiam um apartamento em Center City.

— Maravilha. — Chris olhou para cima quando o vira-lata marrom rechonchudo da família, Fred, veio correndo e latindo em direção a eles, suas longas orelhas e língua rosada voando.

— Estamos em casa, querida! — disse o Rabino, de longe, abaixando-se quando o cão pulou sobre as patas traseiras e ganhou um afago atrás da orelha.

— Na cozinha! — Flavia respondeu de lá, e o Rabino seguiu para os fundos da casa, com Chris e Fred nos seus calcanhares. Cruzaram uma sala de estar grande e moderna, com um sofá em tecido verde capitonê e poltronas rosa-choque, agrupados ao redor de uma mesa de centro de vidro coberta de livros, blocos de desenho e lápis de cor. As paredes eram de um turquesa suave, e pinturas a óleo vívidas cobriam cada centímetro quadrado com imagens abstratas de flores, frutas e cerâmica.

— Curt! — Flavia apareceu na soleira de sua aromática cozinha, abriu os braços e envolveu Chris, mal chegando ao peito dele, já que era tão baixa quanto o Rabino.

— Olá, Flavia — disse Chris, retribuindo. O abraço de Flavia era quente e macio, e ele inspirou seu perfume picante junto aos aromas de alho da comida. Por dentro, ele se esforçou para cruzar a divisão Chris/Curt e se aproximar dela, da família e da casa. Era um risco ocupacional de um policial infiltrado sempre se voltar para dentro, mas Flavia e o Rabino entravam no seu coração e o puxavam até Chris entregá-lo a eles. Assim, ele se rendeu ao melhor que pôde. Pelo menos sabia que queria, embora fosse O Intocável.

— O que você tem feito, Curt? Quanto tempo!

— Maravilhoso, não?

— Incrível. Fiquei muito feliz por você ter vindo. Você sabe que nós amamos quando você fica aqui com a gente.

— Eu adoro a companhia de vocês.

— Mesmo assim, você não vem dançar com a gente? O David me falou que ele convida você.

— No momento, eu não posso...

— Você sempre diz isso! — Flavia fez beicinho, fingindo estar ofendida, seus olhos escuros brilhando. Suas feições eram lindas de um jeito exótico, com um grande nariz curvado, lábios carnudos e maçãs do rosto marcantes. Seu corpo era parte do mesmo pacote, voluptuoso no vestido colorido soltinho. Cachos pretos caíam livremente sobre seus ombros, emoldurando seu lindo rosto.

— Curt! — as gêmeas disseram em uníssono, levantando a cabeça enquanto colocavam a mesa. Ambas eram uma mistura de Flavia e do Rabino, com os olhos castanhos redondos da mãe, os mesmos cabelos escuros cacheados, e um sorriso pronto de seu pai.

— Meninas! — Chris não conseguiu distingui-las por um segundo, embora as conhecesse havia muito tempo. Sentia orgulho delas como se fossem suas próprias filhas, o que ele soube que era um pensamento ridículo no instante em que passou pela sua cabeça.

Elas riram vindo até ele e lhe deram um abraço rápido.

— Sou a Leah e ela é a Lina — Leah disse, sorrindo para ele.

— Uau! Quando foi que vocês cresceram?

— Quando você ficou velho! — Leah disparou de volta, dando risada.

— Curt, conheça nossa velha amiga Melissa Babcek. — Lina fez um gesto atrás de si, e uma loira magrinha saiu da despensa com algumas latas.

— Ouvi muito a seu respeito — disse Melissa, e Chris se deu conta de que Flavia e o Rabino estavam tentando juntar os dois, mais uma vez.

— Prazer em conhecê-la também. Eu sou... — Chris estava prestes a dizer Chris Brennan, mas se deteve. — Curt Abbott.

— Ouvi que você é, tipo, o melhor agente da ATF de todos os tempos.

— Não exatamente — disse Chris, lançando um olhar para o Rabino. — E lá se vai a confidencialidade.

O Rabino fez um aceno como quem não dá importância.

— Não me venha com essa, Curt. Ela não precisa de autorização para saber que você é uma estrela.

Chris riu para encerrar o assunto, e todos eles se sentaram para saborear um jantar delicioso de risoto vegetariano e robalo assado, coberto com tomates, cebola e pimentão vermelho. Ele repetiu o prato. A conversa circulava facilmente, lubrificada por Sancerre gelado. Melissa era uma mulher agradável. Contou histórias de sua vida como sócia em um grande escritório de advocacia e, embora Chris desse as respostas certas e dissesse as palavras certas, sentia-se afastado de todos. Era como se ele só conseguisse ir até determinado ponto e não além, e, ao fim do jantar, podia sentir os olhos do Rabino observando-o.

— Chris, vamos lá fora. Preciso de um charuto.

— Claro, vamos. — Chris seguiu-o para fora da cozinha, cruzando portas francesas e saindo no pátio dos fundos, um retângulo de lajotas emoldurado por uma cerca de privacidade coberta de hera e trepadeiras de rosas. No centro do pátio havia uma mesa e cadeiras de ferro pintadas de vermelho, e na mesa havia um cinzeiro de vidro soprado, com um charuto pela metade e um isqueiro Bic.

— Sente-se, por favor. — O Rabino sentou-se, pegou o charuto, acendeu-o e deu uma longa tragada para fazê-lo ganhar vida novamente. — Então, o que você achou da Melissa?

— Acho que ela é uma moça adorável que vai se tornar uma ótima esposa para algum cara. — Chris sentou-se.

— Mas não você? — O cigarro do Rabino brilhou vermelho-alaranjado. Ele se inclinou para trás na cadeira.

— Não eu. — Chris conseguia ver dentro da cozinha através das portas de vidro, e Flavia e as três garotas estavam conversando, rindo e dando pedacinhos de peixe para Fred comer, os quais ele deixava cair no piso cerâmico da cozinha. Um brilho cálido e dourado emanava de lá, e uma melodia suave de jazz flutuava porta afora.

— O que está acontecendo, Curt?

Curt. Chris. Ele tentou se reposicionar no tempo e no espaço.

— Nada.

— Não vou cair nessa. — O Rabino inclinou a cabeça para trás e exalou um funil esparso de fumaça de charuto, que foi levado pelo ar da cidade.

— O Alek me tira do sério. Agradeço por você me apoiar.

— É um prazer, você sabe disso. Acho que você está certo.

— Obrigado. — Chris lançou um olhar para dentro da cozinha através da janela, e notou Fred andar nas patas traseiras para ganhar mais peixe. As mulheres caíram na gargalhada.

— Por que você queria tanto continuar na operação?

— Como eu disse. Alguma coisa não está cheirando bem, e demos trégua demais para os universitários pacíficos de Oklahoma. Estamos brincando com a sorte e...

— E essas seriam as diretrizes.

— O que você quer dizer? — Chris olhou para ele, surpreso pelo novo ceticismo no tom do Rabino.

— Não me entenda mal, eu acredito em você. Mas você foi um agente infiltrado durante anos. Não existe operação que você recuse, não importa se for grande ou pequena. E esta você agarrou assim que aquele vídeo veio à tona. Você não admitiria receber um "não".

— Algum problema com isso? — Chris sentiu-se ofendido. — Estou fazendo o meu trabalho.

— Curt. — Rabino deu outro trago no charuto e as cinzas grossas ficaram incandescentes na ponta espessa. — Como seu chefe, eu valorizo a sua dedicação e o seu comprometimento. Mas, como seu amigo, eu não gosto.

— Por que não? — Chris riu sem humor. — Não me trate como se eu fosse algum tipo de clichê, o agente infiltrado que não presta para mais nada. Não sou nada disso. Estou bem. Estável. Não demonstro nenhum sinal de estresse pós-traumático.

— É *exatamente* o que me incomoda. — Os olhos escuros do Rabino se estreitaram por trás dos óculos. — Você gosta demais de trabalhar infiltrado. Você não quer largar o osso.

— Porque eu gosto do que faço. Sou um *workaholic*, como você.

— Não, errado. Detesto trabalhar infiltrado. E sabe por quê? Gosto de quem eu sou e amo a minha família. Amo a Flavia e as meninas, e até amo aquele cachorro gordo. — O Rabino fez um gesto para a cozinha, mas o olhar permaneceu em Chris. — Você gosta demais de atuar disfarçado porque isso lhe dá uma identidade. Alguém para ser. Um papel para interpretar.

A boca de Chris ficou seca. As palavras do Rabino ressoaram em seu peito. Mas ele não sabia se poderia admitir, nem mesmo para si, que dirá para o Rabino.

— Acho que é por isso que você quer continuar essa operação e por isso é que mergulhou nessa oportunidade. A operação foi ideia sua, e você enfiou a autorização goela abaixo no Alek. É por isso que agora ele a está cuspindo de volta. Você quer ficar infiltrado para sempre, é isso que me causa preocupação.

Chris não sabia o que dizer, então não disse nada. Queria um cigarro para ter algo para fazer com as mãos, algo que o fosse distrair da doce cena doméstica acontecendo do outro lado da janela. Ocorreu-lhe que tinha vivido a vida inteira do lado errado da janela, com todo mundo do lado de dentro, o lado normal. Era fácil de ver e fácil de alcançar, mas estava separado por um vidro. O Rabino estava certo. Ainda assim, Chris não conseguiu dizer nada.

— E a pergunta é: se isso for verdade, o que você vai fazer? A resposta é simples: entre, de uma vez por todas. Você não pode começar a se encontrar realmente a menos que se livre de Chris Brennan, Kyle Rogan, Calvin Avery e das outras identidades falsas. Eles não são você. São apenas papéis que você interpreta. Quero que você pare antes que se perca.

Chris engoliu em seco.

— Não sei se isso é possível — ele disse em voz baixa.

— Parar ou se perder?

— Parar. — Chris sabia que a outra coisa era possível. Então ele soube.

— É claro que é. — O Rabino fez um gesto para a janela da cozinha novamente. — Você pode ter tudo o que eu tenho. Uma esposa maravilhosa, duas filhas incríveis que deixam a gente louco, um cachorro de dieta...

— E se eu precisar representar um papel para ser o melhor agente possível? — Chris se ouviu dizer. O vinho é que devia estar soltando sua língua.

— Você não precisa. Você já é o melhor agente possível. O resto é só figurino. Como roupas ou um cachecol. Camadas externas. A distinção é a forma sobre a substância. — O Rabino lançou um olhar para ele. — E, Curt, você é todo substância. Sempre foi.

Chris se aqueceu por dentro, quase acreditando nele.

— Então eu não perco meus superpoderes?

— Não. — O Rabino deu risada.

— Conheci uma pessoa — Chris disse depois de um momento.

— Sério? — perguntou o Rabino, intrigado. — Quem?

— Uma das mães. A mãe do Larkin. Heather. — Chris gostava do nome dela. Era tão feminino. Nunca o tinha dito em voz alta até aquele exato minuto.

— Você gosta dela?

— Gosto. — Chris tinha que admitir: gostava de Heather. Ele corou. Parecia um colegial, o que, de certa forma, era.

— Tem certeza de que o filho dela não é um suspeito?

— Bastante certeza.

— Você não está deixando seus sentimentos pela mãe nublarem seu julgamento sobre o garoto, está? Eu odiaria ver você sofrer.

— Tenho certeza.

— Então. Você conhece as regras. — O Rabino exalou uma nuvem de fumaça de charuto. — Um homem tem que fazer o que ele tem que fazer.

Chris começou a rir de repente, como se uma válvula de escape fosse aberta. Nunca tinha se envolvido com nenhuma mulher durante uma operação antes, mas sabia que essas coisas aconteciam.

— Eu não faria nada, e isso também não daria em nada. Nada pode comprometer essa operação agora que o Alek está no meu pé.

— Mas, mesmo querendo, esse é um passo na direção certa. — A expressão do Rabino suavizou. — É bom querer um relacionamento. Você está ficando mais velho. Tem direito a ter uma família.

Chris não sabia se tinha direito. Já tinha chegado até ali sem ter uma família.

— Quero que você pense no que estou dizendo. Curt Abbott é um cara e tanto e eu gosto muito dele. Assim como a Flavia, e ela é mais inteligente do que eu, e as meninas e o Fred. Não fique de fora porque tem medo de entrar.

— Eu não tenho — Chris rebateu, mas não tinha certeza do que era dentro e do que era fora. No seu ponto de vista, ele estava dentro e os outros estavam fora.

— Então o quê? De verdade, por que essa operação? Agora é só cá entre nós. Você está peitando o Alek para quê?

— Eu sei por quê. — Chris respondeu, falando em voz alta. — Quero proteger os meus garotos. Esses garotos. Um deles está metido em alguma coisa, talvez mais de um. Mas eles são bons garotos e não sabem onde estão se enfiando.

— Você não sabe isso.

— Verdade, mas é um palpite. Eles são jovens. Ingênuos. Todos fazem parte da operação involuntariamente.

Chris sentiu uma nova convicção e ouviu a verdade em suas próprias palavras. Talvez os garotos fossem todos substitutos, representassem toda a sua infância. Ninguém o protegera, e ele sabia qual era a sensação disso. Agora ele poderia protegê-los. Não tinha se dado conta até aquele minuto, o que esclarecia toda a missão e a colocava sob um ponto de vista renovado.

— Então fique. E seja lá como isso for terminar, espero que essa mulher ainda esteja esperando por você.

— Veremos. — Chris deu uma olhada no relógio. — Tenho que ir embora.

Capítulo vinte e seis

O luminoso de neon brilhava REGAL CINEMA MULTIPLEX CENTRAL VALLEY, e Chris se juntou ao fim da multidão que crescia na porta do cinema, em sua maioria, garotos adolescentes. Havia descoberto em suas gravações de áudio que Evan e Jordan iriam ao cinema naquela noite e, depois de sair da casa do Rabino, só teve tempo suficiente para instalar o equipamento de escuta em si. Havia colado o microfone na camisa polo usando fita adesiva, na altura do peito, e o controle estava escondido no bolso, de modo que Chris poderia ligá-lo e desligá-lo remotamente. Esse detalhe lhe economizaria o trabalho de ouvir os detalhes irrelevantes das conversas banais dos alvos.

Jordan e Evan iam arrastando os pés no meio da multidão, visíveis apenas porque eram bem altos, e Jordan usava o boné dos Mosqueteiros com a aba virada para trás. A multidão ia avançando, e Chris continuava de olho neles enquanto cruzavam a porta. Estava observando quando os dois entraram na fila da lanchonete, onde todos os garotos adolescentes estavam comprando potes enormes de pipoca e refrigerantes.

Chris se demorou no fundo do saguão, fingindo ler o menu, que era interminável, incluindo nachos, homus e pizza. Não conseguia se lembrar do que era vendido no cinema quando ele era pequeno; Chris só fora ao cinema uma vez quando era criança. Nem sequer se lembrava de que filme tinha visto. Só conseguia se lembrar de que os olhos de sua mãe adotiva tinham lágrimas. Ele não precisou perguntar por quê.

Evan e Jordan pegaram a pipoca e o refrigerante, seguiram para a entrada, posicionaram o celular para o ingresso ser escaneado, e Chris seguiu atrás.

Jordan e Evan seguiram o corredor para a sala de cinema e entraram, e Chris deixou algumas pessoas passarem antes de entrar e pegar o primeiro assento à esquerda. Ele passou as horas seguintes assistindo ao filme ensurdecedor de super-herói, mas, no fundo de sua mente, estava pensando na conversa com o Rabino.

Tudo bem querer ter um relacionamento. Você está ficando mais velho. Tem direito a ter uma família.

Depois que o filme acabou, Chris avistou Jordan e Evan seguindo para a saída lateral. Era hora de dar o bote, então ele deixou o assento no momento em que eles estavam alcançando a fila.

— Jordan, Evan! — Chris chamou-os, conseguindo transparecer surpresa.

— Oi, treinador! — Jordan sorriu, mas parecia estranhamente exausto, e Chris se recordou da cena no treino naquela manhã, lembrando-se de como todos estavam chateados pela morte de Abe.

— E aí, treinador — disse Evan, já olhando para o celular, e os três saíram da sala juntos, espremendo-se no corredor.

— Como está o rosto, Jordan? — Chris fez um gesto para o ferimento na face do garoto, que começava a formar casquinha.

— Muito melhor.

— Que bom. O que acharam do filme?

— Demais — respondeu Jordan.

— Incrível — respondeu Evan, ainda olhando no celular. Foram devagar até o saguão principal, chegaram à porta e saíram do prédio. Pessoas iam passando por eles, acendendo cigarros, olhando nos celulares, pegando chaves de carros enquanto saíam para o estacionamento.

Chris ficou perto de Jordan.

— Galera, querem sair para tomar um café, alguma coisa assim? Ainda não está muito tarde, e eu sei que vocês tiveram um dia difícil depois do que aconteceu com o sr. Y. Podemos ir aqui perto. Não precisamos pegar os carros.

— Beleza. — Jordan sorriu dando de ombros.

— Por que não? — disse Evan, mandando mensagem.

A noite estava escura e fria, e eles caminharam pelo comprimento do cinema com Evan mandando mensagem no celular. Jordan começou a acompanhar o passo de Chris, que colocou a mão no bolso, encontrou o controle remoto do sistema de escuta e o acionou.

— Tão triste isso do sr. Y — Chris disse instantes depois.

— Verdade. — Jordan andava de cabeça baixa, a aba reta do boné virada para trás apontando para o céu iluminado de luar.

— Como você está se sentindo a respeito disso?

— É triste, como você disse.

— É óbvio que eu não o conhecia tão bem assim, mas ele se deu ao trabalho de me dar as boas-vindas. Suicídio é uma coisa terrível, horrorosa.

— Concordo. Como a pessoa consegue se *enforcar*? Isso é, tipo, uma coisa difícil de se fazer.

— Deve ser. — Chris não explicou que, na realidade, o oposto é que era verdade. Não era tão difícil assim de a pessoa se enforcar. Se a ligadura fosse posicionada corretamente, não seria o sufocamento que mataria, mas a fratura do osso hioide na base da garganta, esmagando a traqueia.

— Meu Deus, que saco — disse Jordan, ao se aproximarem do restaurante.

— É muito difícil de acreditar que o sr. Y morreu. É, tipo, definitivo. Não dá para mudar e nem para voltar atrás.

— Verdade, eu sei. — Na verdade, Chris tinha a mesma opinião sobre a morte. Era definitivo e para sempre. — É difícil assimilar a ideia.

— Esse lugar é bom? — Evan perguntou, ainda mandando mensagens enquanto Chris abria a porta do restaurante, que estava lotado.

— Minha mãe gosta — disse Jordan, e Chris sentiu um frio na barriga à menção de Heather. Ele apontou para uma mesa vazia, e uma garçonete atarefada confirmou com um aceno da cabeça. Eles foram até lá e se sentaram em um círculo de ladrilho, que combinava com o estilo marítimo do restaurante.

Chris lançou um olhar para os dois garotos, mas apenas Jordan estava prestando atenção.

— Lamento por vocês terem tido treino esta manhã, rapazes. Fiquei surpreso que o treinador Hardwick mantivesse as atividades depois das notícias sobre o sr. Y.

Jordan assentiu tristemente, mas não respondeu. Chris notava as feições de Heather no rosto do filho dela, os olhos calorosos e a timidez no sorriso. Como seria ter Jordan como filho? Ou ter qualquer filho.

Evan levantou o olhar.

— O treinador Hardwick mantém o treino aconteça o que acontecer. Acho que a esposa dele poderia morrer e a gente ainda teria treino.

— Jordan, Evan, sabem de uma coisa? A escola fica preocupada, sempre que acontece um suicídio, que os alunos comecem a ter ideias estranhas. Teremos psicólogos especializados em luto na segunda-feira. — Chris não estava mentindo. Já tinha recebido uma enxurrada de e-mails da dra. McElroy informando a comunidade da escola a respeito do falecimento de Abe, e organizando um aconselhamento preventivo para os alunos do colégio. — Será que eu preciso me preocupar por vocês dois? Querem falar sobre isso?

— Não precisa se preocupar comigo, treinador. — Jordan conseguiu dar um sorriso.

— Nem comigo — disse Evan, ainda escrevendo, os polegares voando.

— Fico feliz em saber. Mas qualquer coisa, falem comigo, não tenham vergonha. Todo mundo tem seus momentos ruins de vez em quando, momentos em que não se sente no seu estado normal. — Chris sentiu que estava falando sobre si mesmo, mas continuou no papel. Precisava de informações sobre seus quatro suspeitos: Evan, Raz, Trevor e Dylan. — Sabem, como sou novo, não conheço bem o time, mas o que vocês acham dos outros rapazes? O Raz, por exemplo. E o Trevor e o Dylan?

Jordan suspirou.

— O Raz ficou chateado, mas não imagino que ele fosse tentar algo assim. Espero que não, mas, desde que o pai dele morreu, sabe, ele anda para baixo.

— De forma alguma, ele não faria isso. — Evan balançou a cabeça enquanto escrevia no celular.

— Vou ficar de olho no Raz. Eu sei que ele está com problemas em casa, então esse é um momento difícil. Mas ele tem o meu apoio.

— Legal, treinador. — Jordan sorriu, e Chris queria que ele ficasse despreocupado, assim os garotos não se se aproximariam de novo. Raz estava na lista de suspeitos de Chris, e ele havia escolhido o exercício da declaração de direitos na aula. O perfil de seu suspeito seria um garoto que tivesse rancor do governo, a mesma motivação de Timothy McVeigh para explodir o edifício federal Alfred P. Murrah, em Oklahoma City.

— Jordan, me conte sobre o Trevor. Ele é um excelente terceira-base, e eu tive oportunidade de falar um pouco com ele no jogo. Como ele é?

— Ah, ele é um cara legal — Jordan respondeu. Nesse momento, a garçonete veio com uma bandeja de copos de água, e colocou-os na frente deles com um apressado "Volto já", o que fez Chris pensar em Heather.

Eu me demito!

De repente, Evan ergueu os olhos do celular e abriu um sorriso animado.

— Cara! Parece que a Brittany está livre. Ela quer que eu vá lá na casa dela.

Jordan lançou um olhar lateral.

— Está falando da srta. Vem Que Eu Estou de Calcinha?

— Rá! Treinador, você acha ruim se eu der o fora? Ela é de outra escola e eu nunca consigo vê-la. Dar uns amassos. — Evan mexeu no celular, procurando entre as fotos, depois mostrou uma de uma loira bonita mandando beijinho. — Quer dizer, está me entendendo? Essa menina é gostooosa!

— Vai lá, Evan. Se fosse para escolher entre mim e ela, eu também ficaria com ela. — Chris se virou para Jordan: — Imagino que vocês vieram no carro novo do Evan. Se vieram, eu posso levar você para casa, assim o Evan pode ir.

— Ah, tudo bem. — Jordan sorriu. — Nós viemos com o carro dele. Ele adora aquele carro. Ele dormiria dentro do carro se pudesse.

— Cara, você também adorou meu possante. — Evan se levantou com um pulo. — Desculpe, treinador. Até mais tarde, Jordan. — Evan se mandou, deixando Jordan sozinho com Chris, que demorou um instante antes de retomar a conversa.

— E o Evan? Alguma vez você ficou preocupado que ele pudesse estar se tornando deprimido?

— Não, está brincando comigo? — Jordan olhou para Chris como se ele fosse louco. — Ele tem muitos motivos para viver. Ele está saindo com, tipo, quatro garotas. Fazendo rodízio.

— Ele tem um time principal e outro secundário?

— Diabos, ele tem um time de fazenda.

— Rá! — Chris queria saber mais sobre Evan, que estava na lista de suspeitos. — Ele me parece um garoto bem feliz. Ele é?

— Sim, totalmente. Ele é, tipo, muito popular.

— Mas o sr. Y era popular, então isso não significa nada.

— Verdade. — O rosto de Jordan perdeu o entusiasmo.

— Como o Evan é?

— Do jeito que você vê. Tranquilo, de boa. Não tenho tanta amizade assim com ele, mas não tem nada nele para a gente se preocupar. A família é rica e o pai dele é todo importante. Eles são membros do country club em que a minha mãe trabalha, quer dizer, trabalhava.

— Ela me contou. Bom para ela.

— É. — Jordan se animou. — Ela detestava aquele emprego.

Chris sentiu de repente o calor do vínculo que compartilhava com Jordan, especialmente na figura de Heather, mas deixou o pensamento de lado.

— Então o Evan tem muitos amigos fora da escola?

— Amigos não, só garotas. Se for garota, lá está ele. Elas vão atrás.

Chris mudou de assunto para não parecer um interrogatório.

— Conte sobre o Trevor. Como ele é? Ele parece bem extrovertido.

— Ele é. Ele se dá bem com todo mundo. É um cara da fazenda.

— Está dizendo que ele mora em uma fazenda? — Chris não entendia. Ele havia pesquisado Trevor na internet e descoberto que o garoto vivia com a família em um condomínio em Central Valley. As redes sociais de Trevor não mostravam muita coisa, exceto vídeos de levantamento de peso.

— Oh, oops, acho que eu não deveria ter dito nada. — Jordan fez uma careta. — É, tipo, segredo.

— O que tem de segredo? Não vou contar a ninguém.

— O Trevor não mora no endereço que está registrado na ficha dele na escola. — Jordan se aproximou. — Tipo, o endereço na lista está errado. A família dele tem uma fazenda, mas fica fora do distrito da escola, perto de Rocky Springs. Eles falaram que ele vive no endereço do tio na cidade para poder frequentar a escola.

— É uma fazenda de laticínios ou o quê? — As orelhas de Chris ficaram de pé. Se Trevor vivia em uma fazenda, ele poderia ter acesso ao fertilizante e a um lugar para armazená-lo. Mas precisaria de cinquenta sacos mais ou menos para deixar a bomba caseira poderosa o suficiente para explodir um prédio, o que explicaria por que ele furtaria outro tanto da fazenda de Herb Vrasaya.

— Não sei, eu nunca fui à fazenda dele, mas foi assim que ele ficou tão forte. Ele consegue levantar, tipo, 100 quilos no supino. Ele é um monstro.

— Como é a personalidade dele? Você não acha que ele seria o tipo de cara para ficar deprimido, acha?

— Não. A única coisa é que ele tem pavio curto.

— Eu vi, na festa. E o Dylan? — Chris estava riscando nomes de sua lista de suspeitos. Ele continuaria cavando com Jordan até achar petróleo.

— O Dylan é um cara legal.

— Parece que é. — Chris estava começando a ver os defeitos do seu involuntário. Jordan gostava de tudo e de todos, e Chris teria que tirar leite de pedra para conseguir informações melhores. — Mas ele é do tipo quieto, não é?

— Com certeza. Trabalha muito duro. Tira notas boas. O Evan acha que ele é um nerd.

— Você conhece o Dylan?

— Sim, ele eu conheço. Ele também jogava no time secundário comigo. Não é superfã de beisebol. Não me entenda mal, ele é um ótimo jogador, e eu não quero falar mal dele para você…

— Não, eu entendo.

— Ele joga porque os pais dele o obrigam, e ele é tão alto, tipo o mais alto do time, e isso o ajuda no campo externo. E ele tem uma boa batida. Uma boa mecânica.

— Verdade. Onde eles estão agora? O Dylan e o Trevor? Você sabe?

— Não sei.

— De quem eles são amigos?

Jordan balançou a cabeça.

— De ninguém que eu conheça. Os dois, tipo, ficam sozinhos. Especialmente o Trevor. Ele nunca vai a lugar nenhum porque tem tarefas demais na fazenda.

— Onde é a fazenda?

— Skinny Lane Road. A fazenda também se chama Skinny Lane. Eu me lembro do nome porque o Raz disse que deveria se chamar fazenda Musculosa, por causa dele. — Jordan bebericou a água, rindo.

— E o Dylan? De quem ele é amigo? — A pesquisa de Chris nas redes sociais mostrou que Dylan só tinha seis amigos pessoas, e os outros quinze eram organizações científicas como o CERN, o Telescópio Espacial Hubble da NASA e Curiosity Rover. Chris achava o cúmulo da solidão ter um objeto inanimado como amigo.

— Ninguém, ele estuda o tempo todo. Tipo, no ônibus a caminho dos jogos fora de casa, ele coloca os fones de ouvido e fica estudando. Uma vez, eu perguntei o que ele estava ouvindo, e ele disse "nada, só estou abafando o som de vocês".

Chris teve outro pensamento.

— Por que será que ele não está na nossa aula do curso avançado de Política? Ele deve estar fazendo disciplinas avançadas, não?

— Sim, mas ele fez Política no ano passado. Ele faz todas as aulas antes de todo mundo. Agora que ele já completou os ciclos, virou um aluno independente. Também fez Física no ano passado.

— E Química? — Chris perguntou, já que o interesse de Dylan nas ciências era uma bandeira de alerta.

— Não sei — Jordan deu de ombros. — Pensando bem, o Dylan é meio esquisito. Talvez eu devesse ficar preocupado com ele, com depressão e tudo mais. Ele me pareceu estranho hoje de manhã quando ficou sabendo sobre o sr. Y. Todo mundo ficou chateado, mas ele não. Ele contou aquilo para todos nós como se fosse uma notícia de jornal.

— Sim, eu percebi — disse Chris, com sinceridade. Dylan mostrou uma acentuada falta de empatia quando contou a todos sobre a cena na escola, com os professores aos prantos. Em contraste, Raz estava segurando as lágrimas, seu rosto manchado pela emoção, para não chorar na frente do time.

Jordan virou a cabeça.

— Ué, cadê a garçonete? Será que não é melhor a gente ir embora?

— Tudo bem, está ficando tarde. Sua mãe deve estar se perguntando onde você está. — Chris não quis despertar as suspeitas de Jordan e estava ansioso para ver Heather mais uma vez. Talvez eles fossem ter outra conversa tomando água e comendo biscoito.

— Não, esta noite não. — Jordan se levantou. — Ela tinha um encontro.

— Ah, que bom — Chris forçou-se a dizer enquanto se levantava.

Capítulo vinte e sete

Heather não via a hora de receber a conta. Não tinha pedido sobremesa, mas seu companheiro da noite, sim, alheio ao fato de que ela estava detestando o encontro. Estava sentada na frente dele, tentando não ouvir o que dizia, como um comercial que não dava para adiantar. Ele tinha até uma boa aparência e um ótimo emprego, mas ela não ligava nem para beleza e nem para o dinheiro. O que Heather queria era um homem que tivesse interesse *nela*, e ela soube que o cara não estava interessado quando pediu aperitivo, uma salada de folhas verdes.

E dali só piorou, por exemplo, quando, em resposta ao seu *você trabalha em quê?*, ele começou um monólogo machista sobre seguro de títulos imobiliários. Tinham pedido as entradas e ela o ouviu falar sem parar enquanto comia o salmão escalfado com molho de iogurte e endro. Heather poderia tolerá-lo se ele tivesse feito pelo menos uma pergunta sobre ela. Esse era seu teste para primeiros encontros: se o cara ficava sabendo a mesma quantidade de informações a respeito dela como ela ficava sabendo a respeito dele.

Porém, quando a conta veio, ele ainda não tinha ideia se Heather tinha filhos, emprego, cachorro ou doenças pré-

-existentes. Isso não o impediu de apalpá-la no estacionamento a caminho do carro e de forçar a língua dentro da boca dela. Heather o empurrou, entrou no carro e foi para casa. Não via a hora de tirar o sutiã, vestir o pijama e assistir aos programas de TV gravados, que funcionavam como uma lista de coisas para se fazer quando se está desempregado.

De repente seu celular tocou, e ela deu uma olhada na tela, surpresa de ver que era Raz, então ela atendeu.

— Raz? Tudo bem?

— Desculpa ligar tão tarde, sra. Larkin.

— Não tem problema. — Heather não sabia o que estava acontecendo, mas Raz parecia chateado, com a voz trêmula.

— Eu estava ligando para o Jordan. A senhora sabe onde ele está?

Heather hesitou. Não gostava da ideia de ser a pessoa a dizer para Raz que Jordan estava com Evan. Ela se perguntava se Raz e Jordan já tinham conversado desde o treino. Jordan tinha ficado triste pelo suicídio do sr. Y e passado o dia dentro do quarto, sentado no computador fazendo lição de casa. Ela falou para Raz:

— Acho que ele foi ao cinema. Talvez tenha deixado o celular no silencioso.

— Com quem ele foi?

— Com o Evan, eu acho — Heather respondeu, pois aquilo não poderia ser evitado. Ela não sabia o que Raz poderia ter esperado depois que deu o soco em Jordan. Ela ouviu uma voz de mulher ao fundo, provavelmente Susan, mas as palavras eram indistintas, da forma como no *close caption* aparecia: INAUDÍVEL.

Raz fez um *hum-hum* no fundo da garganta.

— Então, hum, eu queria pedir desculpas para a senhora. Perdi a cabeça e não queria ter batido no Jordan, peço desculpas.

— Bem, foi gentileza sua dizer isso, mas acho que é para o Jordan que você precisava pedir desculpas.

— É por isso que estou tentando falar com ele.

— Bem, que bom. Esse assunto é entre vocês dois. Vocês precisam se acertar.

— Eu sei, fui longe demais.

— Sim, você foi. — Heather sentiu uma pontada de compaixão por ele. Raz parecia tão chateado... Porém, ainda assim, Heather ficava mais feliz em saber que Jordan tinha saído com Evan, e Jordan também tinha ficado ansioso pelo passeio. Não que ele tivesse falado com todas as letras, mas tinha vestido uma camiseta e um jeans limpos. E Heather não podia acreditar quando viu Jordan e Evan saindo em uma BMW que custava mais do que o que ela havia recebido no ano anterior inteiro.

— Sra. Larkin, minha mãe quer falar com a senhora.

— Tudo bem, sem problemas, boa noite.

— Boa noite — Raz respondeu, infeliz, e logo Susan apareceu na linha. — Heather? Sinto muito pela atitude do Raz. Espero que você aceite as desculpas dele.

— É claro que aceito — disse Heather, amolecendo. Sentia--se culpada por não ter ido falar com Susan no jogo. — E meus sentimentos sobre o Neil. Sei que não deve ter sido fácil para você ontem.

— Ah, obrigada. — A voz de Susan também parecia trêmula. — Tem sido muito difícil, e eu não estou dizendo isso como desculpa, mas o Raz está bem chateado por ter perdido o pai.

— Imagino — disse Heather, embora não conseguisse imaginar. Jordan nunca conhecera o pai, mas, mesmo assim, nunca tinha dado um soco na cara do amigo.

— Ele anda tão zangado ultimamente e tão retraído, e passa muito tempo no quarto, no laptop. Estou começando a ficar preocupada com o que ele possa estar fazendo. — O tom de Susan era vulnerável, o que surpreendeu Heather. Elas não eram próximas de jeito nenhum.

— Jordan também passa muito tempo no quarto dele. Todos eles passam. Estão crescendo.

— Eu sei, mas isso é diferente. Eu acho que ele está se retraindo e não sei com quem ele está se relacionando na internet, o tempo todo.

— Nem me fale. — Heather virou na Central Valley Road, quase em casa.

— Espero que o que aconteceu não afete a amizade dele com o Jordan. Sempre gostei da amizade deles. Jordan é uma ótima influência para o Raz.

— Obrigada. — Heather não achava que Jordan tivesse que levantar Raz, mas fazer o quê? O tráfego na Central Valley Road era leve já que a maioria do comércio estava fechado; as vitrines, escurecidas; e os luminosos, apagados. Apenas o luminoso da Friendly's continuava ligado, inundando o apartamento dela de luz vermelha. Heather sempre pensava, *Não tão amigável assim, hein?*

— Heather, preciso te pedir um favor. Minha esperança é que exista algo que você possa fazer para facilitar as coisas entre os meninos. Você poderia negociar uma paz.

— Como? — Heather perguntou, despreparada para o pedido. Susan tinha um ótimo emprego na ValleyCo, então talvez estivesse acostumada a pedir coisas. Heather sempre desejou que pudesse ser mais assim. Nunca pedia nada a ninguém. Só dependia de si mesma. Ela *servia*. Como diria o dr. Phil, *Como isso está funcionando para você?*

— Por favor, fale com o Jordan e diga que o Raz está passando por um momento difícil. Não sei se você ficou sabendo, mas o irmão dele, Ryan, foi preso ontem à noite por vandalismo, e isso está deixando todo mundo mal.

— Minha nossa — disse Heather, como se não tivesse ficado sabendo ainda, o que não era verdade.

— Espero que você nos ajude simplesmente a atravessar esse período. É uma fase difícil e eu acho que o Jordan realmente seria a chave para ajudar o Raz. O Jordan não atendeu às chamadas dele.

— Ele estava no cinema, então talvez não tenha visto.

— O Raz também ligou para ele durante a tarde toda. E mandou mensagens. O Jordan não está respondendo. Ele se desculparia com ele no treino, não fosse pela notícia do sr. Y. É tão terrível... Sinto que todos nós estamos em uma fase ruim ultimamente, não é?

— De certa forma, sim. Saí do meu emprego. — Heather alcançou seu prédio e virou à esquerda para a pista de entrada. Em seguida, teve um pensamento. — Susan, você trabalha na ValleyCo, não trabalha?

— Sim, sou gerente de marketing.

Heather hesitou, então pensou no dr. Phil.

— Você sabe de alguma vaga aberta, para mim?

Capítulo vinte e oito

Mindy foi descendo o *feed* do Facebook no celular, deitada na cama, mas sem se incomodar em comentar nos vídeos engraçados de animais, fotos de bebês ou frases motivacionais. Geralmente era viciada em Facebook, curtindo as postagens de todos os amigos e contando as curtidas nas suas. Mas não essa noite. Estava completamente preocupada, esperando Paul chegar em casa. Ele estava atrasado, pela segunda noite consecutiva. E, mais uma vez, ele só havia mandado uma mensagem: **fiquei preso no hosp. dsclpa.**

Mindy continuou rolando a página, vendo as postagens mudarem como em uma máquina caça-níqueis. Ela se lembrava de quando lia na cama, mas o Facebook havia substituído os livros. Naquela época ela era mais feliz, mas poderia ser apenas uma coincidência. Finalmente, ouviu o carro de Paul entrar na garagem e olhou para o relógio de cabeceira: 00h15.

A casa estava quieta, e Mindy o esperou entrar. Quando finalmente ele o fez, ela quase podia ouvir o ruído mecânico da chave virando na fechadura lá embaixo, depois o leve rangido na porta da frente quando foi aberta, e o som reconfortante de quando se fechou e o trinco foi passado. Ela conhecia as rotinas de Paul muito bem, do jeito que uma esposa conhecia as do marido. Por isso, sabia que ele faria as chaves tilintarem quando as soltasse no aparador, o que ele fez; depois, a bolsa-carteiro seria colocada na cadeira ao lado do aparador com um som abafado; depois, ele apagaria a luz que ela deixara acesa para ele e, por último, viria um suspiro, no qual ela costumava pensar como um suspiro de contentamento. No entanto, depois do caso extraconjugal, ela se perguntava se esse suspiro não seria de resignação, como um *Estou em casa porque não tenho escolha.*

Mindy focou sua atenção nos passos pesados de Paul nos degraus. Uma pisada e depois outra, cada uma como um tique-taque do relógio, sinalizando que ela estava ficando sem tempo para tomar uma decisão. Mindy não tinha decidido o que fazer sobre a misteriosa conta da joalheria cobrada no cartão de crédito. Poderia deixar para lá ou confrontá-lo; mas ela não poderia ser acusatória, precisava ser diplomática, e não apontar o dedo, literalmente. As regras tinham sido delimitadas pela terapeuta matrimonial, embora Mindy não acreditasse que seu marido pudesse se sentir ameaçado por seu dedo de unha bem-feita.

Mindy sabia que, quando perdoou Paul, estava tirando a responsabilidade dele, mas não queria que ele pensasse que ficaria ileso para sempre. Tinha consultado um advogado especializado em divórcio, fato de que Paul ainda não tinha conhecimento, e o advogado contara sobre a regra da "uma mordida livre", a lei na Pensilvânia para as mordidas de cachorros — todos os cães tinham direito a uma mordida livre antes de o proprietário ser responsabilizado. Bem, seu cachorro já tivera uma mordida livre. Na próxima, ele seria castrado.

Mindy tentou tomar uma decisão. Confrontar ou não confrontar? O barulho de passos parou, o que significava que Paul estava cruzando o corredor acarpetado. Então ele se materializou na porta, parecendo cansado, embora ela não soubesse se era uma encenação.

— Oi, querida, desculpe a demora — Paul disse, desferindo um sorriso cansado, embora mal encontrasse os olhos dela.

— Tudo bem. — A impressão instantânea de Mindy foi de *Ele está escondendo alguma coisa.* Paul era alto, com 1,80 metro, o cabelo escuro, que estava ficando prematuramente grisalho e parecia levemente oleoso, já que ele tinha o hábito nervoso de passar a mão no cabelo. Seus olhos castanho-escuros eram pequenos, distantes um do outro e levemente fundos para um homem de 45 anos, com profundas linhas de expressão nos cantos. Mindy sempre achou que ele tivesse o peso do mundo sobre os ombros, já que era um cirurgião na área de oncologia, mas agora Mindy estava se questionando sobre onde é que ele tinha estado. Ela perguntou, em tom leve:

— O que segurou você lá?

— O último paciente demorou uma eternidade. Meus pés estão me matando.

— Coitadinho. O que era?

— O paciente? — Paul tirou o paletó, e o jogou no banco estofado ao pé da cama. — Lawson. Acho que falei sobre ele. Ele vai sobreviver, graças a Deus.

— Ótimo. Não lembro de você mencionar alguém chamado Lawson. Qual era o problema?

— Querida, você sabe que eu não gosto de falar dos meus pacientes. Me deixe largar essas coisas no hospital, por favor. — Paul contornou a cama e deu um beijo rápido na bochecha de Mindy.

— Hum, tudo bem. — Ela recebeu o beijo como uma esposa feliz, embora farejasse Paul como um cão de caça. Ou talvez um cão de cadáver. Seu casamento estava morto ou vivo? Estava enterrado debaixo de pedras, esperando para ser resgatado?

— Como foi o seu dia? — Paul chutou os sapatos dos pés.

— Tivemos más notícias.

— O quê? — Paul afrouxou a gravata e a jogou em cima da roupa; em seguida, começou a desabotoar a camisa em torno da barriguinha crescente, o que agradou Mindy, mais do deveria.

Ela odiava que Paul não fizesse nada para permanecer magro, o que era metabolicamente injusto. Além disso, ele estaria fazendo dieta se estivesse tendo outro caso extraconjugal. Da última vez, ele começou a frequentar a academia e a tingir o cabelo, um renascimento marital que teria alertado qualquer esposa, menos ela.

— Sabe o sr. Y, professor de Artes da Linguagem do Evan? Ele cometeu suicídio.

— Puxa. — Paul franziu a testa. — Isso é terrível. Como?

— Verdade, não é? Ele se enforcou. — Mindy se sentia horrível pela morte do sr. Y, mas estava feliz por ter notícias reais para compartilhar com Paul. Desde a pulada de cerca, Mindy se preocupava que fosse chata. Tentava pensar em histórias que tinham acontecido com ela durante o dia, só para ter algo para contar. Às vezes, até as inventava. *Viu? Não sou só uma dona de casa. Sou fascinante!*

— Espere. Artes da Linguagem é Inglês, não é?

— É.

— Por que não chamam assim?

— Progresso? — Mindy respondeu, enquanto Paul, de meia, deslizava a calça pelas pernas e dava pulinhos para se equilibrar. Ela mordeu a língua para não dizer para ele se sentar quando tirava a calça, pois Paul sempre dizia que ela parecia a mãe dele falando. Mindy se perguntava se todos os homens se casavam com sua mãe e depois odiavam a esposa por ser a mãe deles, ou se eles não se casavam com a mãe, mas depois começavam a agir como crianças de tal maneira, que acabavam transformando a esposa em mãe.

— Volto já. — Paul ficou vestido apenas com a camiseta de baixo e com a cueca boxer, depois foi ao banheiro e fechou a porta atrás de si, algo que ele nunca fazia. Hmmm.

Mindy olhou para o celular sem dizer uma palavra. Ela se deu conta de que estava enumerando as pistas para saber se Paul estava tendo outro caso extraconjugal em uma espécie de livro-contábil da infidelidade. Na coluna "Inocente", ele estava *ganhando peso*, e na coluna "Divórcio", havia *chegou tarde*, *explicação patética*, *estranhamente cansado*, *fechou a porta do banheiro* e *conta misteriosa na joalheria*. Mindy ouviu-o lavando o rosto, escovando os dentes com a escova elétrica e dando descarga. Depois ele saiu do banheiro e estava de volta ao quarto.

— Deus, estou acabado — disse Paul, o que Mindy conhecia no código conjugal como *Não quero transar*. Ele deu a volta na cama, subiu e puxou as cobertas com um grunhido. De satisfação? De dor? Por que ela não havia notado antes que ele fazia tantos barulhos?

— Eu também — disse Mindy, o que comunicava, *Eu também não quero, então relaxe, não vou guardar esta contra você; a menos que você não queira transar porque acabou de transar com outra pessoa. Neste caso, eu tenho um advogado de divórcio que está morrendo de vontade de pegar metade do seu dinheiro, e eu vou ficar com Evan e com a casa. Vou derreter seu Porsche e transformar em sucata.*

— Como foi o seu dia?

— Bom, mas eu fiquei muito triste com a notícia do sr. Y. A escola vai trazer psicólogos especializados em luto na segunda-feira, e o Evan também ficou chateado. Ele gostava do sr. Y. Passou a maior parte do dia dentro do quarto.

— Maldito!

— Quem? O Evan?

— Não, o professor. — Paul desceu mais na cama. — Que tipo de professor faz isso? Ele não está pensando nos alunos.

— Bem, eu acho que as pessoas que cometem suicídio estão desesperadas. Elas não enxergam saída.

— Sim, existe uma saída. Trabalhar na resolução dos problemas como um adulto.

— Não é tão fácil assim...

— É claro que é. Mindy, você é mole demais.

Mindy se encolheu. Ela ouvia tudo o que o marido dizia como uma crítica ao seu peso desde que ele dissera à terapeuta que queria a esposa 15 quilos mais magra. Ela precisou parar de beber, pois o culpado era o açúcar. Então o pensamento lhe ocorreu. Ela era mole demais, e Paul era duro demais.

— Eu vejo meus pacientes, como Lawson esta noite, lutando pela vida. Se essas pessoas passassem um dia no meu centro cirúrgico, veriam o que vale uma vida. Tudo.

Mindy não respondeu, afinal, ele não precisava de nenhum encorajamento para falar. Ela *era* mole demais. Sua mão foi até a barriga e apertou a pancinha debaixo da camiseta. Mindy agarrou-se a ela como se fosse um cobertor de segurança, tentando se decidir se confrontaria Paul ou não. Ele parecia irritádo naquela noite. Talvez realmente tivesse ficado no hospital.

— As pessoas não têm mais algo que as governe. Fazem o que bem entendem. Não se controlam. Não pensam nas consequências. Estão desprovidas de disciplina. De força de vontade.

Mindy se encolheu de novo. Uma vez, Paul lhe dissera que ela era gorda porque não tinha força de vontade.

— Então o que a escola vai fazer agora para conseguir um professor de *Artes da Linguagem*? E a aula? Esses alunos estão no penúltimo ano. Não podem ficar com as notas arruinadas agora. — Paul se virou de costas para ela.

— Acho que vão dar um jeito. — Mindy apagou o abajur, mergulhando o quarto na escuridão, do jeito que Paul gostava. Ele ficaria perfeitamente satisfeito dormindo em uma caverna, e ela costumava chamá-lo de Batman. O prêmio de consolação era que ela mandara fazer cortinas customizadas com um lindo tecido Schumacher que também foi usado na cabeceira, no banco e em duas cadeiras laterais.

— Boa noite, querida.

— Paul, tem uma coisa que eu queria comentar — disse Mindy, tomando a decisão de confrontá-lo.

— Eu sei, eu esqueci de trazer a lata de lixo reciclável para dentro quando entrei. Isso é tão importante assim?

— Não, não é isso. — Mindy deixou o tom mais leve, como se fosse uma violinista tocando um Stradivarius, em vez de uma esposa fazendo uma pergunta legítima ao marido.

— O que foi? — disse Paul, no ato, e Mindy desejou poder ver o rosto dele, mas não dava. Ele tinha se virado para o outro lado e o quarto estava escuro, o único ponto claro era a camiseta de Paul.

— Eu estava dando uma olhada na fatura do cartão e notei uma cobrança que não reconheci.

— Como o quê?

— Uma cobrança de 327 dólares na joalheria, sabe, naquele *boulevard* de compras? Você sabe se foi o Evan ou se foi você? Porque, se foi o Evan, eu disse a ele para me pedir antes de comprar mais joias.

Paul ficou em silêncio por um instante.

— O gasto foi meu.

— Do quê? — Mindy sentiu alívio e nervosismo de uma só vez, e era um esforço manter seu tom falsamente leve. Ele não estava negando, o que era um bom sinal. Entrava na coluna "Inocente" no livro-contábil da infidelidade.

— O aniversário da Carole, esqueceu? A nova secretária? Comprei um porta-retratos chique. Busquei no caminho para o hospital. Pensei que tinha pago em dinheiro naquele dia, mas agora me lembrei. Eu não estava com o suficiente. Acho que passei no cartão.

— Ah, bem, obrigada. — O peito de Mindy relaxou. Era uma explicação razoável e, mais importante, possível de ser averiguada. Ela poderia verificar sobre o aniversário de Carole. Costumava anotar todos os aniversários dos funcionários para comprar presentes; mas, depois da terapia, ela e Paul decidiram que ele deveria comprar seus próprios presentes, já que nunca gostava do que ela escolhia.

— Realmente me incomoda que você faça isso — Paul disse, friamente, depois de um minuto.

— Faça o quê? — disse Mindy, mas ela sabia. *Lá vem.*

— Você me questiona.

— Eu não estava questionando você. — Mindy odiava o hábito que Paul tinha de traduzir todas as perguntas como uma acusação. A diferença é que, dessa vez, era, de fato, uma acusação.

— Você *estava* me questionando. Você me questiona o tempo todo. Quero dizer, eu faço a coisa gentil, cuido das minhas próprias pessoas, sozinho, mesmo que eu *não tenha tempo*. Eu mesmo compro o presente e aqui está você, vasculhando os cartões de crédito.

— Eu tenho o direito de fazer isso...

— Não, você não tem, não tem de forma alguma. — Paul bufou. — Que diabos, Min? Eu tenho que ficar pisando em ovos!

— Sou *eu* que estou pisando em ovos, não você. — Mindy nunca entenderia como ele sempre a acusava das coisas que ele mesmo fazia, mas ele disparava primeiro, por isso vencia.

— Eu não mereço isso, de jeito nenhum. Sou chamado no sábado, ainda por cima, e me acabo de trabalhar. Fico no centro cirúrgico o dia inteiro, depois vem a filha pé-no-saco de um dos meus pacientes e me faz um milhão de perguntas. Eu mal consigo jantar e, quando finalmente vou para a cama, você questiona minha integridade.

Mindy revirou os olhos, já que ele estava de costas. Às vezes ela lhe mostrava o dedo pelas costas, ou quando estavam no telefone.

— Olha, me desculpa, mas você pode entender que...

— Não, eu não posso.

— Uma cobrança da joalheria? Da *mesma joalheria*?

— Certo, escute, Min. — Paul se virou na escuridão e ficou de frente para a esposa. — Você tem que desapegar. Já passamos pelo terremoto. Trabalhamos esse assunto e fizemos tudo o que deveríamos ter feito. Já superamos.

— Já? — Mindy se ouviu dizer, seu tom genuíno ultrapassando os eufemismos, como uma folha de grama que desponta por uma fenda na calçada.

— Sim, já superamos, sem a menor dúvida. Eu amo você. — O tom de Paul suavizou, e Mindy sentiu seu coração se acalmar.

— Eu também amo você. De verdade.

— Certo, então se lembre disso, Min. Você me ama, eu amo você.

— Mas eu fico preocupada…

— Então não fique. Não se preocupe tanto. Você não tem absolutamente nada com que se preocupar. — Paul estendeu a mão e a puxou para um abraço.

— Que bom. — Mindy retribuiu o abraço e enterrou o rosto na camiseta dele. Foi quando ela se deu conta de uma coisa. Paul não estava com o cheiro de quando voltava do centro cirúrgico. Aqueles odores de hospital sempre se agarravam à camiseta do marido, um cheiro de bactericida acre e até mesmo o cheiro metálico de sangue. Ele sempre tirava a camiseta que usava por baixo da camisa quando tinha passado pelo centro cirúrgico, um hábito que ele provavelmente nem sabia que tinha. Então Mindy se recordou de como ele tinha entrado no quarto. O cabelo estava oleoso, mas não amassado como ficava normalmente com a touca cirúrgica. Ela apostaria dinheiro que ele não estivera no centro cirúrgico naquela noite.

— Boa noite, querida. — Paul lhe deu outro beijo na bochecha e se virou para o outro lado novamente.

— Boa noite. — Mindy ficou deitada na escuridão, olhando para o teto, seu coração apertado no peito. Ela acrescentou mais dois itens na coluna "Divórcio" do livro-contábil da infidelidade.

O que só lhe deixava se perguntando o que ela faria em seguida.

Capítulo vinte e nove

Chris estava curvado na frente do computador e observava a gravação de Trevor Kiefermann na festa do time. Suas suspeitas começavam a se focar no garoto por causa do que Jordan tinha dito a ele. Chris tinha ligado para o escritório para verificar se os Kiefermann ou a fazenda Skinny Lane estavam registrados no Departamento de Segurança Interna para terem permissão de comprar e armazenar fertilizante nitrato de amônio, mas ainda não tinha recebido retorno. Aquela demora toda nas respostas era sempre uma frustração. Não era como nos filmes, com respostas imediatas, índices mágicos e informações divulgadas sem ruídos. Na realidade, os departamentos da polícia federal funcionavam com frequência como qualquer outra repartição da burocracia pública. A diferença era que, nesse caso, vidas estavam em jogo.

Chris observou o vídeo, e a cena cortou para Trevor na frente do armário envidraçado de armas, falando aos amigos sobre as armas. O garoto parecia ter um conhecimento funcional das armas de fogo, o que era consistente com o perfil de um terrorista doméstico, embora não fosse conclusivo. E Trevor e sua família haviam mentido para as autoridades escolares sobre seu verdadeiro endereço. Isso também não era prova, mas levantava bandeiras vermelhas. Era provável que qualquer indivíduo fabricando bombas fosse parte de uma conspiração, mesmo uma conspiração familiar, como os Tsarnaev, em Boston, e os Bundym em Montana.

Chris olhou para a tela, preocupado. Não tinha conhecimento das ligações políticas de Trevor, pois o garoto não frequentava sua turma de Política, mas havia um conjunto de grupos antigoverno no radar da ATF: neonazistas, Ku Klux Klan, skinheads, Nacionalistas, Identidade Cristã, Originalistas, Constitucionalistas e grupos paramilitares. Muitos deles estavam presentes na parte rural da Pensilvânia, e Trevor e sua família poderiam pertencer a qualquer um deles. Ou serem lobos solitários.

Chris olhou o relógio, que marcava 2h03 da madrugada. Não estava cansado; estava era pilhado. Fechou o arquivo do computador e pegou seus celulares, chaves e blusão a caminho da saída. Ele saiu correndo do apartamento, deixou o condomínio, e se dirigiu às pressas para o Jeep, enquanto ligava o celular no Google Mapas e procurava fazenda Skinny Lane, Rocky Springs, PA.

Quinze minutos depois, estava dirigindo pelas ruas desertas de Central Valley, depois deixando a cidade para trás, enquanto seguia a caminho do norte. Os shoppings de outlet e as cadeias de restaurantes gradualmente deram lugar aos espaços abertos das fazendas, e ele abaixou a janela do carro. Passou por celeiros e casas de fazenda afastadas da estrada, com suas janelas pretas. Não havia tráfego e nenhuma luz ambiente. A lua se escondia por trás de uma cobertura densa de nuvens, e somente os faróis altos de Chris iluminavam a estrada. Insetos colidiam contra os cones trêmulos de luz, e campos escuros de milho novo farfalhavam na brisa gélida.

Ele dirigiu e dirigiu, seguindo as curvas e caminhos sinuosos, e o único som era o ronco do motor do Jeep, a voz mecânica do GPS e, do outro lado da janela, o coro constante dos grilos. As narinas de Chris se encheram com os odores terrosos de esterco de vaca, e o cheiro químico do fertilizante, e o respirou profundamente, deixando os pensamentos correrem livres.

Fragmentos de memórias flutuaram para sua mente consciente, e eram de épocas que ele não queria lembrar, em especial, não durante o trabalho. Chris já não era mais criança, um menino de dez anos em uma fazenda caindo aos pedaços no meio do nada, o único filho adotivo dos Walsh, escolhidos pelo Departamento de Segurança Interna por sua vida alegadamente saudável.

Você não ouve, menino.

Chris continuou e se aproximou da placa, FAZENDA SKINNY LANE, HARAS, CUIDE VOCÊ MESMO, no fim de uma estrada de terra. Adiante, a estrada terminava em um complexo que incluía uma pequena casa rural cinzenta, aconchegada entre dois edifícios externos brancos, um galinheiro, e um grande celeiro vermelho. Ele desligou os faróis e dirigiu-se para uma estreita estrada de terra, entre vastos campos de milho. O milho era a principal cultura fertilizada com nitrato de amônio, mas esse tipo de composto químico não costumava ser muito utilizado pelos agricultores na costa leste, onde a umidade o transformava em pedra rapidamente, e o deixava mais difícil de espalhar. Não era impossível que a família de Trevor utilizasse fertilizante nitrato de amônio legitimamente, mas só havia um jeito de descobrir.

Chris subiu lentamente pela estrada de terra e, quando estava a cerca de um quarto da distância até a casa, desligou a chave. Saiu então do carro, fechou a porta, e continuou parado por um momento, à espera do latido de um cachorro. Não houve som. Ele correu pela estradinha em direção à casa, virou no campo de milho para que não fosse visto e continuou em frente. Estava escuro como um breu, e ele corria com as mãos à frente do corpo, seguindo o padrão das fileiras, depois fez uma curva à direita, em direção à casa principal. Insetos voavam em seu rosto, e a poeira enchia suas narinas. Alcançou o fim das fileiras de milho e espiou para além delas. A casa ficava à direita, e o celeiro e os edifícios externos, à esquerda. Ainda nenhum cachorro estava latindo, então ele saiu correndo do campo de milho e foi para o celeiro, onde o cheiro era inconfundível. Cavalos.

Você não ouve, menino.

Houve uma época em que Chris adorava cavalos, um cavalo em particular, uma velha égua. Os Walsh eram negociantes de cavalos, mas do pior tipo, e a égua nem sequer tinha nome. Era uma égua quarto de milha marrom, proveniente de alguma pista de corrida de terceira categoria, em vias de ser sacrificada e virar carne de cavalo para o Canadá e outros países. Chris a chamara de Mary, o que provocou a zombaria dos Walsh.

Chris afastou esses pensamentos da mente ao caminhar pelo corredor central do celeiro, quatro baias de cada lado, e pôde ver as sombras dos cavalos, a curva graciosa do pescoço, as orelhas em pé, virando em sua direção. Ele andou depressa até o fim do celeiro, sabendo que haveria um espaço destinado à alimentação e outro à armazenagem de feno. Abriu a porta, pegou o celular e ligou a lanterna, que projetou pelo espaço adiante. Não havia nada desagradável, apenas latas galvanizadas de alimento, rotuladas com fita adesiva, Purina Senior, Flax Seed, Alfalfa Cubes.

Os Walsh nunca tiveram guloseimas como cubos de alfafa, mas Chris costumava colher mato para alimentar Mary, e ela adorava, seguindo Chris para todo lado. Ele inventava desculpas para interromper suas tarefas e cuidar da égua, limpando os cascos ou mexendo na crina, imaginando que ela gostava da atenção. Foi quando ela desenvolveu um corte que começou a infeccionar; foi o começo do fim. Porém, Chris se recusava a pensar nessa lembrança naquele momento.

Sua lanterna encontrou uma escada no canto, e Chris correu até ela. Mirou a lanterna ao redor dos fardos de feno cuidadosamente empilhados de ambos os lados do ambiente, ao lado de uma pilha de comida extra. Ele foi até lá para garantir que não houvesse nada escondido atrás delas, depois desceu as escadas com pressa e saiu pela porta do espaço de alimentação. Ele olhou ao redor, mas não havia som nenhum, exceto o movimento ocasional dos cavalos nas baias. Havia outra porta do outro lado, provavelmente uma sala de arreios. Ele abriu a porta, fechou-a atrás de si, e mirou a lanterna nas selas, caixas de escovação e cobertores, depois nas prateleiras dos suprimentos típicos: Ventrolin, polidor de cascos e um pote branco com um bálsamo para feridas.

Por impulso, Chris se aproximou, pegou o bálsamo, abriu a tampa, liberou o odor pungente e, por um segundo, se sentiu perdido em um devaneio de emoções. Tudo voltou em uma enxurrada que ele não podia impedir nem se tentasse. Sua égua tinha se cortado em um prego da cerca, um corte que teria sarado se Chris tivesse como tratar. Era o auge do verão, quente como o inferno, e as moscas de cavalo estavam comendo a égua viva, botando ovos no ferimento. Só seria necessário um pote daquele mesmo bálsamo, o qual Chris tinha visto em um anúncio de um dos jornais rurais. Só custava 9 dólares naquela época, e teria resolvido tudo.

Walsh não queria gastar o dinheiro, então, um dia, o próprio Chris comprou o remédio com o dinheiro de sua mesada, e cobriu o ferimento de Mary, antes de fechá-la no estábulo para passar a noite. Mas a mancha reveladora cor-de-rosa no pescoço do animal havia mostrado a Walsh que Chris estava tratando o ferimento, e Walsh bateu no garoto com tanta força, que Chris saiu voando pelo corredor do celeiro. Depois, Walsh encontrou a pomada, enfiou os dedos sujos no pote e passou duas bolotas cor-de-rosa no rosto de Chris, como se fosse blush.

Você não ouve, menino.

Chris saiu apressado do celeiro e passou pelo galinheiro, também com sinais de ser bem-cuidado. Em frente, havia as duas outras construções; primeiro, um galpão de lã com telhado pontudo. Chris foi até a porta, que tinha uma maçaneta giratória galvanizada, mas parou antes de abri-la. Entrar no galpão era empreender uma busca ilegal, e Chris nunca teria conseguido um mandado para fazê-lo. O fato de que Trevor integrasse o time de beisebol, vivesse em uma fazenda e tivesse a altura exigida não era suficiente para formar a causa provável.

Nos termos da lei, Chris não poderia arrombar o celeiro e entrar. Agentes infiltrados da ATF não tinham permissão para se engajar em atividades que de outra forma seriam ilegais. Se fosse necessário se envolver nesse tipo de atividade, precisariam obter aprovação prévia, o que era risível e impraticável. Chris se lembrou de uma vez em que havia se infiltrado em um círculo de tráfico de pessoas, que contrabandeava mulheres jovens das Filipinas. Tinham lhe oferecido uma delas. Isso não apenas o revoltou, como teria constituído atividade ilícita. Ele havia recusado, lançando a resposta que viraria uma fala clássica no escritório: *Eu nunca precisei pagar por isso na minha vida.* Chris desfrutou de um orgulho especial quando aqueles traficantes foram condenados a vinte anos de cadeia.

Porém, com aquela dependência externa, Chris estava disposto a torcer a lei. Não estava trancada, portanto não era invasão, e poderia impedir um bombardeio iminente. Ele abriu a porta, entrou e acendeu a lanterna do celular. Olhou em volta, à procura de fertilizante ou algo suspeito, mas tudo parecia normal, até mesmo de primeira classe. Apenas um trator velho e um carregador frontal Kubora, com as chaves na ignição. Pendurados de forma organizada havia forcados, vassouras, pás, um aparador de cerca viva, sopradores e afins.

Chris deixou o galpão e correu para o próximo, com um tipo semelhante de porta, mas este estava trancado a cadeado. O galpão podia ser usado para armazenar fertilizante, pois era um local frio e seria prudente mantê-lo trancado à chave. Não sentiu cheiro de nada, se bem que o fertilizante nitrato de amônio era inodoro. Chris pensou em quebrar o cadeado, mas não o fez. A ação seria descoberta e, mesmo assim, ele fazia distinção entre entrar por uma porta aberta e arrombar uma porta trancada. Deixava-o louco o fato de que a lei nem sempre levasse à justiça, e, com frequência, frustrava a justificativa, como naquele momento.

Chris precisava dar um jeito. Situações assim apareciam em operações secretas, e a forma de a ATF lidar com elas era uma operação de "segregação". O mais comum era quando se tinha conhecimentos de suspeitos dirigindo com contrabando ou explosivos, mas não era possível pará-los sem que isso arruinasse o disfarce do detetive. Nessas situações, os agentes superiores na ATF chamavam a força policial. Os agentes locais interromperiam o tráfego na frente do veículo, em busca de uma lanterna quebrada, um para-brisa rachado, ou mesmo uma etiqueta de inspeção vencida. Acontecia todos os dias, mas Chris não poderia fazer nada disso sem ligar para o Rabino, e não poderia fazer nada naquela noite. Chris deu meia-volta e deixou a porta, que ficaria trancada por mais um dia.

Em seguida, retornou correndo para o Jeep.

Capítulo trinta

Mindy estendeu a mão para o celular e tocou a tela, que ganhou vida: 3h23 da madrugada. Estava acordada desde que Paul lhe dissera que a tal cobrança misteriosa na joalheria era referente ao aniversário de Carole. Mindy não sabia ao certo se desejava saber a verdade, mas havia chegado a uma decisão.

Procurou o aplicativo de agenda, rolou até março e observou o que havia marcado ali no calendário com código de cores: vermelho para família, azul para investidores, rosa para Auxílio Hospitalar, e verde para Outros. Um lembrete para o aniversário de Carole ficaria no Outros, mas Mindy percorreu os itens marcados ali com o coração apertado. Não havia nada sobre o aniversário de Carole.

Desceu então para abril, e também não havia nada sobre o aniversário de Carole ali. Em seguida, Mindy fez uma busca geral para "Carole", pois ela se lembrava de ter marcado o aniversário da secretária, e a data apareceu: 23 de outubro. Mindy sentiu náusea no fundo do estômago. O aniversário de Carole não havia sido no mês passado. Nem tinha chegado ainda. Podia olhar para o celular pelo tempo que fosse, pois nada mudaria esse fato. Paul havia mentido.

Lágrimas lhe vieram aos olhos, mas sentia-se mais zangada do que triste. O que fazia Paul pensar que ela não verificaria a fatura? Quão estúpida ele achava que ela fosse? Até mesmo as donas de casa sem cérebro sabiam olhar uma fatura de cartão de crédito. Por que tinha deixado o marido se encarregar de todo o dinheiro, para começo de conversa? Na verdade, ela havia se oferecido para cuidar das finanças domésticas mais de uma vez, mas Paul tinha a forte opinião de que o *dinheiro era dele.*

Mindy se perguntava quantas outras cobranças haviam passado despercebidas. Questões inundavam sua mente, e ela teve a nauseante consciência de que estava acontecendo tudo de novo. Ele a levara para jantar? Quem ela era? Ela era casada? Paul tinha sido pego da última vez quando a secretária começou a ligar para ele. Talvez desta vez ele tivesse aprimorado o método. A prática levava à perfeição

A tela do celular de Mindy apagou, e ela olhou para Paul, roncando ruidosamente. Então se deu conta de algo que ele tinha dito.

Pensei que tinha pago em dinheiro naquele dia, mas agora me lembrei. Eu não estava com o suficiente. Acho que passei no cartão.

Mindy achou algo estranho de se dizer. O comentário deixou--a com a pulga atrás da orelha. Talvez *essa* fosse a melhoria no método: começar a pagar em dinheiro. Talvez *esse* fosse o motivo para ela não ter notado nenhuma outra cobrança. Ele não estava mais passando no crédito. Seu coração começou a acelerar. Fazia todo o sentido. Se ele estava pagando em dinheiro, teria usado o cartão do banco para fazer um saque no caixa eletrônico. Mindy nunca tinha verificado o extrato bancário antes, pois sempre se focava no cartão de crédito.

Levantou da cama, saiu do quarto na ponta dos pés e desceu as escadas até a cozinha. Acendeu a luz e foi diretamente para as gavetas do armário onde a família guardava extratos de banco, a mesma gaveta que em que ela havia olhado naquela tarde. Mindy estava procurando pela coisa errada, por cheques e cobranças cancelados. Teria que olhar na parte de movimentações em dinheiro.

Foi então para a primeira pilha de envelopes, as quais ela mantinha em ordem cronológica, com o mais recente por cima. Março era o primeiro extrato, e ela pegou o envelope grosso, tirou as três páginas e passou os olhos em busca de saques que parecessem incomuns. Paul geralmente fazia saques de 200 dólares, e ela viu esses registros em 7 de março, 14 de março e 21 de março, e depois outro em 28 de março, também de 200 dólares. Em outras palavras, nada incomum ou suspeito.

Mindy ficou perplexa. Juntou novamente o extrato de março, deslizou as folhas dentro no envelope e procurou o de fevereiro. Pegou os extratos, mais três páginas, e também as analisou. Havia saques de 200 dólares em fevereiro nos dias 1, 8, 15, 22 e 28. Ela notou que todos haviam sido realizados perto do horário do almoço, no mesmo caixa, Blakemore Plaza, no hospital. Mais uma vez, nada suspeito.

Mindy devolveu o extrato de fevereiro ao lugar e procurou na gaveta pelo extrato de janeiro. No entanto, quando ela o pegou, notou que não era da conta conjunta: era o extrato de fevereiro da conta de Evan. Eles haviam aberto uma conta para ele, e o saldo era de cerca de 32 mil dólares. Evan depositava nessa conta o dinheiro que recebia deles e dos pais ricos de Paul, que costumavam ser generosos nos presentes ao único neto. O extrato estava lacrado, já que ela nunca se incomodava em abri-los quando chegavam. Evan também não se incomodava, evidentemente por não haver nada de importante ali, o que derrotou o propósito de Mindy de abrir aquela correspondência. Quase conseguia ouvir a voz de seu pai dizendo: *você tem que ensiná-lo o valor do dinheiro*, e esse havia sido a intenção dela, mas, de alguma forma, acabou criando um filho com o vírus da riqueza.

Mindy rasgou o envelope, em cujo topo se lia: **dr. Paul & sra. Mindy Kostis, em nome de Evan R. Kostis**, e ela foi direto verificar a parte no pé do extrato, uma soma de 22.918 dólares. Era o menor saldo de que ela se lembrava, mas podia estar enganada. Não havia nenhum depósito naquele mês; mas, estranhamente, havia um saque no valor de 5 mil dólares.

Mindy ficou boquiaberta. Por que havia um saque tão grande, ou qualquer saque que fosse? Quem havia retirado esse valor? Tanto ela como Paul e Evan tinham autorização para fazer saques, e não havia necessidade de nenhum tipo de permissão. Mindy não tinha sacado o dinheiro, então só restavam Paul e Evan. Não sabia se Paul tinha retirado dinheiro para comprar um presente para a nova namorada, ou se Evan tinham sacado alguma quantia para comprar um presente para qual fosse a namorada do momento.

Mindy estava atônita. No passado, Evan havia comprado presentes para as namoradas da Central Valley e de outras escolas, provavelmente cinco presentes no total, mas nunca tinha usado seu dinheiro para fazer isso. Além do mais, o valor mais alto que ele já tinha passado no cartão de crédito era 300 dólares. Nessa ocasião, inclusive, Mindy havia instituído a regra de que, antes de comprar, ele precisava pedir. Então o que Evan poderia ter feito com os 5 mil dólares? Ou Paul, diga-se de passagem.

Colocou o extrato de lado, voltou para a gaveta e começou a procurar pelo extrato anterior, que encontrou também fechado. Agora estava se repreendendo em pensamento. Havia simplesmente presumido que a conta de Evan não tivesse movimentação.

Mindy examinou o envelope, cujo carimbo do correio marcava 12 de fevereiro, depois retirou o demonstrativo e começou a consultá-lo. Encontrou um saque de 3 mil dólares em 16 de janeiro. Mindy não conseguia acreditar no que via. Por que Evan tiraria tanto dinheiro de sua conta? Por que Paul faria isso? Quantos presentes eles estavam comprando? O que estava acontecendo? Qual era o destino de todo o dinheiro de Evan?

O coração de Mindy começou a bater forte. O que estava acontecendo na sua própria casa? Com sua própria família? Colocou o extrato de lado, voltou para a gaveta e vasculhou até encontrar o demonstrativo da conta de Evan referente a dezembro. Rasgou o envelope e tirou a folha única com as mãos que tinham começado a tremer. Mais uma vez, em 13 de dezembro, cerca de um mês antes do outro, havia um saque de 2 mil dólares.

A mente de Mindy estava disparada pensando em todas as possibilidades. Drogas? Jogos de azar? Ela voltou à gaveta, retirou todos os extratos da conta de Evan e abriu cada envelope, procurando para ver se havia algum outro saque em dinheiro. Meia hora mais tarde, não havia encontrado mais nenhum anterior ao mês de dezembro.

Mindy sentou-se no chão de pernas cruzadas, com as faturas ao seu redor, em um círculo. Então houvera três saques, totalizando 10 mil dólares, mas ela não sabia se tinham sido feitos por Evan ou Paul. Seu coração lhe dizia que só podiam ter sido feitos por Paul, mas ela sabia de que modo responderia a seu próprio questionamento.

Devolveu os demonstrativos a seus respectivos envelopes, guardou-os de volta na gaveta da cozinha e saiu apressada para o quarto de Evan.

Chegaria ao fim daquele assunto, e chegaria naquele exato momento.

Capítulo trinta e um

Chris acelerou em direção à cidade, seu coração disparado. Enlouquecia-o saber que poderia haver fertilizante nitrato de amônio no galpão dos Kiefermann e que ele os estivesse deixando para trás. Já tinha ligado e mandado mensagem para o Rabino pedindo para armarem um comando na região, mas o Rabino ainda não tinha retornado; além disso, Chris suspeitava de que nada poderia acontecer até o dia seguinte ou o outro. O que poderia ser tarde demais.

Chris acelerou pela estrada vicinal. Passava em velocidade por fazendas e campos escuros, agarrando o volante, cerrando os dentes e apertando o maxilar. Ele *sabia* que estava certo sobre o plano de bombardeio em desenvolvimento na escola, e não pararia de cavar o assunto até conseguir *pôr um fim àquilo.* Sentiu uma onda de adrenalina que focou seus pensamentos e esclareceu sua missão. Era um ímpeto que o fazia se dedicar a um propósito mais elevado: proteger as pessoas, salvar vidas, fazer *justiça.*

Lançou um olhar para o velocímetro, e viu que estava se aproximando dos 160 quilômetros por hora. Chris aliviou o pé do acelerador. Central Valley estava logo adiante, e ele seguiu a rota para a casa de Dylan McPhee. Chris vinha fazendo expedições noturnas atrás dos quatro suspeitos desde que se mudara para a cidade, passando regularmente pela casa de cada um deles. Agora sabia que, com Trevor, estava frequentando a casa errada, uma residência de dois andares e um porão dentro do perímetro urbano de Central Valley. Não era de se admirar que nunca tivesse visto Trevor lá. Trevor não vivia naquele lugar. Chris se repreendeu em pensamento, mas isso só mostrava por que uma missão infiltrada precisava do auxílio de um involuntário.

Virou à direita para sair da estrada principal, depois seguiu para o bairro de alto padrão de Golfing Park, onde as casas eram maiores, com fachadas de pedras ou tijolinhos. A maioria tinha sido construída 15 anos antes, quando os desenvolvedores chegaram para dar apoio à explosão de outlets. Chris virou na rua de Dylan, Markham Road, e estacionou na esquina, o que lhe proporcionava uma visão diagonal da casa número 283, três terrenos para baixo.

Desligou a chave para não acordar ninguém com o barulho do carro. A rua estava silenciosa e imóvel. Havia uma fileira de casas por trás de sebes. Plantas perenes brotavam entre o adubo fresco. Havia carros mais novos estacionados diante das casas, algumas tinham inclusive garagem fechada. Várias das portas das garagens eram deixadas abertas, um sinal de que os residentes se sentiam seguros, mas Chris conhecia a verdadeira realidade. As pessoas achavam que o perigo nunca poderia encontrá-las, mas ele já estava presente.

Ficou sentado no lugar observando a casa de Dylan, uma construção comum de quatro quartos, em 8 mil metros quadrados de terreno, cercado por um muro de pedra que abrigava uma piscina em formato de feijão e um pequeno campo de minigolfe — Chris sabia disso por ter visto no Google Earth, artifício que tinha lhe dado todos os detalhes da propriedade que estava vigiando. O quarto de Dylan ficava nos fundos, e sua janela era a única que permanecia iluminada depois que a família ia dormir. Chris tinha binóculos e os usou para ver Dylan através das cortinas abertas: curvado na frente da tela iluminada do laptop, sentado atrás da escrivaninha até quase 1 hora da manhã, todas as noites.

Chris olhou para a janela de Dylan, mas estava escuro, o que fazia sentido, já que eram 4h15 da madrugada. O garoto tinha de parar alguma hora. Chris pegou o celular, acionou a função da câmera, deu zoom e tirou uma foto, repassando o que ele já sabia sobre a família de Dylan. O pai, David McPhee, era um advogado trabalhista na cidade, sem site profissional e com pouco uso de mídias sociais. A mãe, especializada em higiene dental, também na cidade, não tinha atividade nas mídias sociais, e os outros filhos eram mais novos: Michael com dez anos e Allison, com nove. Ambos haviam aparecido no jornal por vencer uma competição de soletração. Havia dois carros na garagem; um Subaru Outback verde e um Honda Fit novo de uma vívida cor de berinjela.

Chris tinha um sentimento ruim sobre a família McPhee, não por causa de nada que ele tivesse visto, mas por causa do que não via. Era estranho que nem mesmo a mãe tivesse perfil nas redes sociais, ainda mais com dois filhos que tinham sucesso acadêmico e esportivo. A Chris parecia que eles queriam guardar segredos, e ele também notou que a família raramente saía, exceto para ir à igreja aos domingos, a Metodista Unida, em Central Valley. Chris também havia feito visitas em diferentes igrejas, assumindo temporariamente a religião de seus suspeitos; porém, até o momento, havia sido impossível acompanhar todos nas manhãs de domingo, que era o motivo pelo qual ele precisava de mais gente para ajudar.

De repente, notou algo em movimento atrás das sebes da casa vizinha à dos McPhee. Estava se movendo depressa, talvez fosse um cervo. Chris colocou a mão no porta-luvas, pegou os binóculos e mirou no local onde as sombras tinham passado. Levou apenas um segundo para focar as lentes e ver algo correndo pela entrada de garagem dos McPhee, passando atrás dos carros.

Chris observou pelos binóculos, atônito. Era uma pessoa e, no minuto seguinte, uma silhueta subiu em uma parede de estuque, caminhou pela beirada da casa, subiu em uma treliça afixada na parede e a usou como escada para acessar a janela. Só podia ser Dylan, pois, no minuto seguinte, o garoto alcançou a janela e entrou.

— Puta que pariu — Chris disse baixinho. Manteve os binóculos fixos na direção da janela ao ver Dylan se aproximar do parapeito. Um momento depois, a luz da tela do laptop se acendeu, e o garoto apareceu novamente, sentado atrás da escrivaninha, seu perfil delineado.

Chris tentou entender o que tinha acabado de ver. Já tinha estado ali em muitas noites e visto Dylan no computador, mas nunca fazendo nenhum tipo de atividade suspeita. Dylan obviamente tinha saído às escondidas para ir a algum lugar, o que não se encaixava no seu perfil nerd. Não era inerentemente suspeito que Dylan estivesse saindo às escondidas, mas as perguntas eram óbvias.

Chris manteve o olho na janela, e Dylan permaneceu no laptop. Chris queria poder invadir legalmente o computador dos garotos; porém, mais uma vez, a lei o frustrava. Não tinha uma causa provável para um mandado, e nem mesmo o Rabino lhe daria permissão para uma tentativa de *phishing*, isto é, enviar aos garotos um link falso para hackear o computador deles. Mais uma vez, Chris entendia o motivo para a existência da lei, mas esse detalhe não deixava de frustrá-lo quando estava tentando salvar vidas. Só lhe restava continuar com as investigações à moda antiga, em horário comercial.

Chris esperava, observando, e, nos minutos seguintes, Dylan se levantou da cadeira e desapareceu de vista. A tela do laptop se apagou na escuridão, e a janela ficou preta. Chris continuou esperando e vigiando, só para o caso de algo mais acontecer. Depois de vinte minutos, ele deu partida no carro, saiu da vaga e deixou a rua, seguindo o caminho de casa com outro conjunto de perguntas para responder.

O aniversário do atentado de Oklahoma seria em menos de três dias.

Capítulo trinta e dois

Mindy alcançou a porta do quarto de Evan, apurando os ouvidos. Nenhum som vinha de dentro, então ela girou a maçaneta com o máximo de silêncio possível e entrou. O luar brilhava através da janela aberta, e ela enxergou a forma familiar de seu filho, a respiração suave e regular. O iPhone de Evan estava carregando no criado-mudo, e Mindy foi até lá na ponta dos pés, tirou o aparelho do carregador, voltou para a porta e saiu de fininho antes de fechá-la novamente.

Foi às pressas até a outra extremidade do corredor, onde ficava o escritório de Paul, entrou no banheiro dele e fechou a porta atrás de si. Mindy não sabia a senha do celular de Paul, mas sabia a de Evan — e Evan não sabia que ela sabia. Mindy tinha ficado curiosa com o que ele tanto escrevia no aparelho, então, um dia, quando ele não percebeu que estava sendo observado, ela o viu inserir a senha de desbloqueio. Uma dona de casa não tão idiota assim, afinal de contas.

Sentou-se sobre a tampa do vaso, tocou na tela do celular e inseriu a senha 0701, o aniversário do velho labrador da família, Sam. A senha funcionou, revelando a tela de início, uma foto de Miley Cyrus em uma roupa maluca, com a língua de fora e mostrando a tatuagem do filtro dos sonhos na lateral do corpo. Mindy entrou no aplicativo de mensagens e verificou a lista. Os nomes dos garotos saltaram aos olhos porque eram muito poucos, todos colegas do time — Jordan, Trevor, Raz. Mindy não se preocupou em olhar essas mensagens porque Evan não estava comprando presentes para os companheiros de time. Então ela teve um segundo e assustador pensamento. E se Evan estivesse usando drogas e comprando-as de um dos meninos? Ela não conhecia Jordan ou Trevor muito bem, mas Raz era um pirado e o irmão dele acabava de ser preso.

Mindy estava prestes a tirar um print das pessoas com quem Evan se correspondia, mas então se deu conta de que, se fizesse isso e mandasse para o seu celular, Evan descobriria olhando na caixa de mensagens enviadas, então ela pegou seu próprio celular e tirou uma foto da tela, depois rolou a tela e tirou outra, outra e, finalmente, uma quarta, até os nomes finalmente começarem a se repetir. Não podia acreditar no número de pessoas com que Evan se correspondia. Era um milagre que ele conseguisse fazer qualquer outra coisa.

Mindy começou com as meninas: abriu a mensagem da primeira delas, Brittany, e leu os balões de mensagens:

Brittany: kd vc? achei q vc vinha aki

Evan: n posso

Brittany: pq n? o q vc vai fazer?

Evan: cinema

Bretanha: com quem? vc tá com a maddie né

Evan: larkin

Brittany: e depois? quer vir?

Evan: n posso

Mindy parou por um instante. Brittany parecia carente, e Evan nunca tinha gostado desse tipo de garota. Houve um tempo em que Mindy costumava se preocupar se o filho iria ter algum namoro sério, mas a verdade era que o colégio não era época para essas coisas. De qualquer forma, Mindy não tinha a impressão de que Evan estivesse comprando presentes para Brittany. Para ter certeza, ela voltou na conversa, tentando chegar mais próximo da época do saque do dinheiro, em março, mas havia tantas mensagens que levaria uma eternidade para carregar e ela não queria ser pega.

Passou então para as outras meninas com quem Evan se comunicava, e tocou a tela no nome da próxima, que era Maddie:

Maddie: achei q a gente ia na rita

Evan: n vou poder

Maddie: pq? onde vc tá? shops? a gente te encontra

Evan: c os caras

Maddie: onde?

Evan: cinema

Maddie: quer q a gente vá?

Evan: não, tenho q ir

Mindy abanou a cabeça, sentindo pena da garota. Queria que Evan não as iludisse. Voltou então na sequência de mensagens para ver se as anteriores mostravam um relacionamento que justificasse a compra de presentes, mas não encontrou nada. Parecia que Maddie estava sempre pedindo o tempo de Evan, mas ele não estava a fim. Mindy conhecia a sensação.

Assim, ela voltou para a lista de meninas e tocou um terceiro nome, Amanda, um nome que ela não reconhecia. Devia ser uma das garotas que não frequentavam a escola ou alguma de outra classe. A mensagem abriu, e a tela se encheu com a foto de uma garota nua — mostrando os seios fartos, uma barriguinha reta e uma púbis completamente depilada. As pernas estavam parcialmente abertas, numa pose grosseiramente pornográfica.

Mindy se encolheu, chocada. Um *nude*, pelo amor de Deus! O que essas meninas estavam pensando? Que diabos estava acontecendo? A foto não mostrava o rosto da garota, mas era uma selfie do corpo dela, e ela também tinha uma tatuagem de filtro dos sonhos na lateral do corpo, como Miley Cyrus.

Mindy voltou às mensagens de Evan e Amanda:

Amanda: tá no cinema? n sabe o q c tá perdendo?

Evan: puxa

Amanda: esqueceu?

Evan: nem pensar

Amanda: vem. to molhadinha.

Evan: n posso

Amanda: preciso d vc. vem. preciso mto

Evan: 10 min

Amanda: morrendo d saudade t amo

Evan: tb t amo

Mindy sentiu-se horrorizada. Voltou mais nas mensagens, que eram um borrão de sacanagem e nudes — a bunda perfeita de Amanda, os seios fartos, a barriga bronzeada, o umbigo firme. Era pornográfico, sem a menor dúvida, mas Mindy não pôde evitar a inveja que sentiu ao olhar a cintura da menina. Sua própria cintura nunca tinha sido daquele jeito, e seu umbigo era coisa do passado.

Mindy entrou nos contatos à procura de mais informações sobre Amanda. Procurou na letra A, mas não havia nenhuma informação de contato além de um telefone. Mindy tirou uma foto das informações, depois voltou para a tela que listava as outras pessoas com quem Evan trocava mensagens, e tocou no nome da próxima garota. Queria ter certeza de que não havia outras meninas para quem ele estivesse comprando presentes, ou seja lá o que estivesse acontecendo.

Ela passou por uma garota, depois outra e então, finalmente, uma terceira, mas já estava ficando tarde. Muitas dessas meninas enviavam nudes, mas algo dizia à Mindy que era para Amanda que Evan estava comprando presentes, ou talvez ele até desse dinheiro para ela. Mindy tinha que descobrir o que fazer, mas não podia tomar nenhuma atitude por enquanto.

Ela desligou o telefone, saiu do banheiro e dirigiu-se de volta para o quarto de Evan. Entrou de fininho, devolveu o celular ao local, plugou no carregador e saiu do mesmo jeito, fechando a porta atrás de si. Seguiu então pelo corredor, entrou no seu quarto e rastejou para debaixo das cobertas ao lado do marido, que roncava.

Olhou para o teto e se deu conta de que ainda não sabia ao certo quem estava sacando dinheiro, já que tanto Paul quanto Evan poderiam efetuar as retiradas. Parecia mais provável que fosse Evan, mas ela não sabia por que motivo, e isso deixava no ar a pergunta de por que Paul tinha mentido sobre o aniversário de Carole.

Você tem que deixar para lá. Já passamos pelo terremoto. Trabalhamos esse assunto e fizemos tudo o que deveríamos ter feito. Já superamos.

Mindy não sabia se conseguiria dormir.

Capítulo trinta e três

O domingo de manhã amanheceu ensolarado e fresco, e Chris se uniu ao fim da multidão que entrava na igreja moderna. A dr. McElroy havia mandado um e-mail ao corpo docente da escola avisando que o falecimento de Abe seria mencionado na celebração da igreja naquela manhã, o primeiro domingo após a noite de sexta-feira em que Abe falecera, já que o parceiro dele, Jamie Renette, era um integrante muito ativo da congregação. Chris decidiu comparecer para obter mais informações sobre o suicídio, pois não conseguiria aplacar suas dúvidas até ter investigado daquele ângulo também.

Nesse meio-tempo, ele trabalhara todas as noites repassando suas fitas de gravação e arquivos de pesquisa, porém, sem descobrir nada mais sobre Dylan ou Trevor. O Rabino estava cuidado da batida policial que seria feita na propriedade dos Kiefermann, mas nada aconteceria até o dia seguinte, se muito. Chris estava ficando sem tempo.

Ele avistou um homem que presumiu ser Jamie, na frente, conversando com a pastora e um grupo de homens e mulheres chorosos, provavelmente amigos do casal. Havia também professores do colégio, entre eles a dra. McElroy, Courtney e o marido,

Rick Pannerman e a esposa, e o treinador Natale com a esposa. Atrás deles vinha um grupo de alunos em prantos, mas, até o momento, Chris não tinha visto ninguém do time de beisebol.

Eles entraram em filas na igreja, um prédio moderno feito com tijolinhos revestidos de arenito com vitrais que representavam flores, árvores, céus ensolarados e uma cruz. Um pináculo ocre se elevava no centro, e a entrada de vidro era flanqueada por faixas com os dizeres: *Todos são bem-vindos em nossa casa de adoração.* Chris havia sido criado sem religião e, depois de adulto, sua carreira de infiltrado entre neonazistas, cartéis de drogas e traficantes de pessoas havia lhe proporcionado uma prova ampla de que Deus precisava de um emprego melhor.

Chris alcançou o interior da igreja e se viu em um saguão com uma bandeira dos Estados Unidos, uma da Pensilvânia e outra com um arco-íris. A congregação se enfileirou nos bancos envernizados de carvalho, cumprimentando uns aos outros com abraços e depois tomando assento. Ele se sentou na extremidade de um banco nos fundos. Como a igreja tinha pouca profundidade e bastante largura, ele podia ficar de olho em Jamie, seus amigos e nos professores. A pastora apareceu no altar elegante ladeado por faixas verticais com as imagens bordadas de uma cruz e de uma pomba branca. A música ao vivo começou a tocar; havia um quarteto de cordas no balcão superior.

A pastora cruzou o altar até o púlpito.

— Senhoras e senhores, amigos da nossa igreja. Nós damos as boas-vindas aos que estão aqui hoje para dar seu apoio a Jamie na dolorosa perda de seu parceiro, nosso amado Abe. Nós agradecemos a vocês todos por estarem aqui neste momento de dificuldade.

Chris ouviu um fungado, e a dra. McElroy deu tapinhas reconfortantes nas costas de Jamie.

— Antes de começarmos a celebração, permitam-me lembrá-los de que Deus age de maneiras misteriosas e que, às vezes, em momentos como estes, não somos capazes de compreender quais são esses mistérios. — A voz da pastora ficou mais suave. — Digo isso porque não há ninguém nesta congregação que não tenha uma história para contar sobre Abe Yomes. A minha é de quando ele me disse que eu não devia usar vestimentas verdes porque "ninguém fica bem de verde, só os duendes".

Chris ouviu risadas chorosas e desejou poder conhecer Abe melhor.

— Abe participava de todas as nossas atividades voluntárias: servia os acompanhamentos no nosso jantar no dia de Ação de Graças, trabalhava na nossa unidade de registro eleitoral, e entregava presentes de Natal para as crianças dos menos afortunados. — A pastora sorriu com tristeza. — Ele era o Papai Noel menos provável, pois era magro demais e se recusava a usar barba.

A congregação riu, e houve mais fungadas e abraços. Chris se deu conta de que Abe havia ganhado aquele tributo por causa do seu relacionamento com todos: com o parceiro, com o conjunto de amigos e com uma comunidade mais ampla; todos estavam em luto juntos. Apenas o Rabino, Flavia e as gêmeas apareceriam no funeral de Chris.

— A morte de Abe é especialmente difícil de entender porque veio das próprias mãos dele. — A pastora interrompeu a fala por um instante. — Não quero evitar esse assunto porque a igreja é um lugar de honestidade. Ninguém de nós sabe das lutas que os outros enfrentam. Abe passou por situações difíceis, mas elas fizeram dele um servo melhor de Deus, e um amigo melhor para nós. Essas situações deram a ele a empatia e a sensibilidade que o carregaram dia após dia, por seu trabalho voluntário, por sua docência e por sua vida doméstica.

Um grupo de alunas se debulhava em lágrimas, e a dra. McElroy, Courtney, Rick e o treinador Natale tentavam confortá-las. Chris percebeu que ninguém da equipe de beisebol tinha vindo. Não conseguia resolver a equação que unia o time, o plano e a morte de Abe, mas isso só lhe dizia que ele precisava continuar procurando.

— Nossa igreja sempre foi um lugar de amor, e hoje estamos aqui para celebrar nosso serviço a Deus e renovarmos nossa dedicação à comunidade Dele, como sabemos que Abe desejaria que fizéssemos. E agora, vamos começar.

Chris assistiu à pastora conduzir a congregação pelas orações, pelos hinos e proferindo a homilia sobre entendimento universal. A cerimônia terminou com o abraço da paz, e Chris abraçou as pessoas que estavam próximas a ele, aliviado por não estar usando um coldre no ombro. Em seguida, acompanhou a fila da congregação para fora da igreja. A dra. McElroy, Courtney e o marido, Rick e a esposa, o treinador Natale e a esposa, além de um grupo choroso de amigos e alunos estavam reunidos ao redor de Jamie, e Chis se aproximou deles, que se viraram e abriram sorrisos.

— Chris, que maravilha você ter vindo — disse a dra. McElroy, indo abraçá-lo. Não estava mais usando o andador com apoio para o joelho, mas calçava a grande bota ortopédica preta, combinando com o vestido preto.

— Minhas mais profundas condolências, dra. McElroy.

— Obrigada. — A dra. McElroy apontou para o treinador Natale. — Imagino que vocês já se conheceram, sim?

— Já. Oi, Victor. — Chris lhe apertou a mão. — Lamento por essa perda. Isso é muito triste.

— Com certeza é. — Victor gesticulou para a esposa. — Esta é a Felicia. Eu acho que a mencionei para você. Ela também conhecia o Abe.

— Sim, é claro, a especialista em apoio à leitura. — Chris apertou a mão de Felicia e ela sorriu de volta.

— Oi, Chris. — Courtney lhe deu um abraço. Seus olhos estavam inchados, sem o brilho habitual. Vestia um terninho preto e estava com o corpo apoiado no marido, um cara estilo jogador de futebol americano, grandalhão e loiro. Chris se lembrou que Abe o chamava de Doug, o brutamontes.

— Courtney, sinto muitíssimo pela sua perda.

— Não consigo acreditar que ele realmente se foi. Eu *não* acredito. — Courtney despertou para ação e fez um gesto para o marido. — Este é o Doug, meu marido.

Doug estendeu a mão.

— Chris, prazer em conhecê-lo. Então, fiquei sabendo que você é de Wyoming.

— Fiz faculdade lá. Você é de Wyoming? — *Por favor, não seja de Wyoming.*

— Não, eu sou daqui. Abe era um cara incrível, e é muita gentileza sua ter vindo aqui hoje. Tem sido difícil para a Courtney.

— Tenho certeza. — Chris notou um Rick cabisbaixo ao lado de uma japonesa atraente, com longos cabelos escuros, provavelmente sua esposa Sachi, vestida com uma bata preta moderna. Chris virou-se para cumprimentá-los, estendendo a mão. — Rick, eu sinto muito sobre o Abe.

— Obrigado. Eu também sinto. — Rick apertou a mão de Chris. — Não é possível. Não parece real. Nós estávamos juntos outro dia. Lembra? A gente estava brincando? "Sr. Y"?

— É verdade. — Chris virou-se para a esposa de Rick. — E você deve ser a Sachi.

— Sim, muito prazer. — Sachi sorriu tristonha. — Você conheceu o Jamie, parceiro do Abe?

— Não, ainda não. — Chris estendeu a mão, e Jamie a apertou, conseguindo mostrar um sorriso trêmulo. Seus olhos castanhos estavam avermelhados, e o sofrimento gravava linhas em seu rosto liso. Era um homem magro e compacto, vestindo um terno escuro bem-cortado, com uma camisa branquíssima e uma gravata com estampa azul, um destaque elegante na multidão de gente vestida com roupas de outlet.

— Ah, você é o Chris Brennan. É muito gentil da sua parte vir hoje. Abe me falou de você.

— Sinto muito pela sua perda — disse Chris, sincero em suas palavras. — O Abe era um homem maravilhoso, e ofereço meus mais profundos sentimentos.

— Obrigado. — Os olhos de Jamie brilhavam. — Ele ficou tão animado sobre você. Ninguém de Wyoming jamais aparece por aqui. Já fazia muito tempo que ele não vivia mais lá, mas sentia muita nostalgia por aquele lugar. Ele até separou umas fotos para você.

— Que legal. — Chris se sentiu comovido.

— Sabe, alguns dos outros professores e nossos amigos mais próximos organizaram um pequeno brunch lá em casa. Não estou pronto para ficar sozinho, e os meus amigos sabem disso. Por que você não vem conosco para casa? Significaria muito para mim saber que você viu as fotos. Ele queria que você as visse.

— Eu adoraria, obrigado.

— Formidável. Você pode nos seguir.

Capítulo trinta e quatro

Heather quebrou um ovo dentro da tigela de pirex, cantarolando alegremente para si mesma. Susan Sematov sabia de três vagas de emprego, uma como assistente no escritório corporativo da ValleyCo, uma no outlet da Wrangler's e outra no da Maidenform. Ela já tinha se inscrito pela internet para as três vagas, e planejava sair às compras em busca de um traje legal para a entrevista.

Heather começou a preparar os ovos mexidos, fazendo um funil amarelo tão perfeito que poderia pertencer a um filme de surfe. Ainda não era Ina Garten, mas estava no caminho certo. Iria surpreender Jordan com rabanadas porque ele precisava se animar. Ele andava triste por causa do suicídio do sr. Y. Tinha voltado triste do treino e passado o dia todo no quarto. Ela tentou animá-lo no jantar com as boas notícias das vagas de emprego, mas não tinha funcionado.

Heather acrescentou uma pitada de baunilha, sentindo-se bem consigo mesma pela primeira vez em muito tempo. Se tivesse um emprego de escritório, das 9h às 17h, poderia chegar em casa e fazer o jantar todas as noites. Usando receitas. E ervas frescas. E com a manteiga pretenciosa do Whole Foods. Havia passado a noite anterior fantasiando sobre o emprego na ValleyCo, que poderia ser o ponto de partida para uma carreira de verdade. A ValleyCo tinha um programa de bolsa para os colaboradores, e Heather havia jurado que nunca mais usaria um vestido folclórico na vida.

Mergulhou um pedaço de pão na mistura de ovos, depois salpicou canela e deixou encharcar. Seus pensamentos se desviaram para uma fantasia que não tinha nada a ver com o emprego remunerado. Ela se percebeu pensando em Chris, mais e mais. Ele era um pedaço de mau caminho, e um homem sensível, mas de um jeito masculino. Ele a escutava, tinha feito perguntas sobre ela, e também usado habilidades de treinador motivacional, para completar. E era muito bom com Jordan. Heather sabia que era uma fantasia imprópria, mas nenhuma fantasia que valesse a pena era apropriada. O homem era para casar.

— Oi, mãe. — Jordan entrou na cozinha arrastando os pés, vestido com a camiseta dos Mosqueteiros e bermudas do uniforme que chegavam até os joelhos.

— Estou fazendo rabanada! — Heather olhou para ele, esperando elogios, mas Jordan estava pegando a jarra de café da cafeteira.

— Que bom, obrigado.

— Eu até salpiquei açúcar em cima. — O humor de Heather estava bom demais para ser derrubado assim tão facilmente, como um balão que se recusava a estourar.

— Ótimo. — Jordan colocou o celular no balcão, abriu o armário para pegar uma xícara e depois a encheu com café. Bem nesse momento, um alerta de mensagem de texto soou no celular, e Heather lançou um olhar por reflexo. A mensagem era de Evan, **quem é amigo compartilha**, debaixo de uma mulher completamente nua dos ombros até as coxas. Não dava para ver o rosto, mas os seios e as partes pudendas estavam à mostra para quem quisesse ver.

— Jordan! O que é *isso*? — Heather quase deixou cair o garfo. — O Evan está mandando nudes para você?

— Mãe, espera. — Jordan pegou o telefone, mas Heather o apanhou primeiro e foi para a mesa, onde a luz era melhor. A foto parecia algo retirado da *Playboy*, mas a moça era de verdade. Tinha uma tatuagem pequena de um apanhador de sonhos na lateral do corpo.

— Jordan, o que está acontecendo aqui? Essa é uma menina que o Evan conhece? Você a conhece?

— Não sei, ele nunca me mandou essas coisas.

— Essas *coisas*? O que isso significa?

Jordan corou.

— Ouvi dizer que às vezes ele envia essas fotos para o pessoal do time.

— *Você está brincando comigo?* — Heather estava chocada. Tinha visto esse tipo de coisa no programa do dr. Phil. — Você jura que ele nunca mandou uma foto de gente pelada antes?

— Eu juro. É uma mensagem em grupo para o time inteiro. Eu nunca participei antes. Mãe, você não precisa surtar.

— Sim, eu preciso! Isto é terrível! Isto é *errado*! — Heather se sentiu enojada. Havia ficado feliz que Jordan fizesse amizade com Evan, mas estava mudando de ideia.

— Foi a menina que mandou a foto para ele...

— Não me interessa! Um erro não justifica o outro. Ela não deveria mandar essas fotos, mas também não espera que ele fique compartilhando por aí! — Heather tentou se acalmar. — Quer dizer, como é que isso acontece; tipo, como é que funciona? Como você conseguiu esta foto?

— Mãe, os caras fazem isso. Acontece...

— Como. Isso. Acontece?

— Bem, ela deve ter mandado para ele pelo Snapchat, ou por mensagem.

— O que é Snapchat, mesmo? — Heather não conseguia acompanhar.

— No Snapchat a gente envia uma foto para alguém e depois a foto desaparece.

— Uma foto, um nude? Isso é um nude, não é? Já ouvi falar disso.

Jordan deu um meio-sorriso.

— Ok, é isso.

— E se você mandar pelo Snapchat, a foto desaparece?

— Desparece.

— Você tem Snapchat?

— Tenho, mas eu nunca uso. — Jordan revirou os olhos.

— Que bom. — Heather se sentiu um pouco melhor. — Certo, então por que o Evan ainda tem a foto, se estava no Snapchat? Por ela não desapareceu?

— Ele capturou a imagem da tela, ou ela não mandou pelo Snapchat. Ela poderia ter mandado por mensagem. Mãe, calma. — Jordan levantou as mãos como se estivesse sendo roubado. — Não fiz nada de errado. Vou apagar, tá? Agora, você pode me dar meu celular de volta, por favor?

— Espere um minuto. — Heather voltou para a cozinha, pegou o celular dela e, antes que Jordan pudesse impedi-la, tirou uma foto do nude.

— Por que você está fazendo isso?

— Quero provas. Isso é revoltante. — Heather não sabia ao certo que resposta dar. Parecia algo que uma boa mãe faria, e ela não queria mais deixar a desejar.

— Mãe, não é. Todo mundo faz isso.

— *Você* não faz, ou faz? — Heather tinha certeza de que ele ainda era virgem.

— Não, claro que não.

— Jordan, eu quero que você *nunca* faça isso. Mesmo que uma garota mande uma imagem dessa para você, não quero que compartilhe com outra pessoa. É errado. É vergonhoso. Inclusive, provavelmente, deve ser ilegal.

— Beleza, mãe, tanto faz. Me dá meu telefone? — Jordan estendeu a mão.

— Você acha que os pais do Evan sabem que ele manda fotos assim? Porque se você estivesse fazendo isso, eu ia querer que a mãe dele me contasse. Eu deveria ligar para ela, agora mesmo.

— Mãe, por favor, não. — Jordan arregalou os olhos.

— Eu acho que eu deveria, e acho que vou fazer isso. — Heather ficou apavorada pensando em ligar para Mindy e dizer que o filho dela era um indecente, o que a deixaria com uma imagem feia perante o Círculo dos Vencedores. Heather não sabia se Mindy acreditaria ou se ficaria furiosa com ela. O mensageiro sempre levava chumbo, não era?

— Mãe, não ligue para a mãe dele. Por favor, seria muito vergonhoso.

— Para quem? Para você? *Você* não deveria ficar envergonhado. *Ele* é que deveria ficar envergonhado.

— Mas mãe, o Evan vai ficar irado comigo.

— E o Evan vai ter problemas se eu não o fizer. O que é pior?

— Puxa, cara. — Jordan suspirou e foi andando até seu assento na mesa.

— Não posso não fazer nada, Jordan. Não vou fingir que não vi.

Jordan suspirou de novo.

— Podemos comer?

— Droga! — Heather virou-se para o fogão, mas as rabanadas já tinham queimado.

Capítulo trinta e cinco

Chris estacionou em frente a uma casa moderna em formato de A, que mais parecia um chalé de esqui, sozinho em uma das colinas florestadas nos arredores de Central Valley. Estacionou, desligou o carro e saiu ao mesmo tempo em que a dra. McElroy aparecia em seu Subaru, com dificuldades por causa da bota ortopédica.

— Minha nossa, não estou indo nada bem — ela disse, apoiada no carro.

— Deixe que eu ajudo você.

— Obrigada. Esqueci que eles têm esse maldito morro.

— Não se preocupe. — Chris pegou o braço da dra. McElroy e a guiou na subida por um caminho de cascalho que fazia uma curva suave. Enormes árvores perenes flanqueavam o caminho e cercavam a casa. — Que supercasa, hein?

— É sim, o Jamie é dono de uma imobiliária. Ele tem bastante sucesso nos negócios, e ele e o Abe projetaram a casa juntos e mandaram construir. É uma casa e tanto.

— Sem dúvida. — Chris queria extrair informações dela pois os jornais não tinham detalhes sobre o suicídio de Abe. — Tenho certeza de que vai ser difícil para o Jamie viver em um lugar que eles criaram juntos.

— Sim, embora não fosse uma *completa* surpresa para ele. O Abe tinha um histórico de depressão.

— Sério? Mas depressão é uma coisa, suicídio é outra.

— Bem, cá entre nós, o Abe já tentou pôr fim à vida antes. — A dra. McElroy baixou a voz e continuou o caminho dificultoso colina acima com a bota pesada. — Essa história corria à boca pequena na escola, e nós pensamos que ele tinha se recuperado. Abe já nem fazia mais terapia. É só horrível que desta vez ele tenha conseguido.

Chris refletiu a respeito daquilo. A tentativa anterior realmente tornava mais provável que fosse suicídio, mas mesmo assim.

— Ouvi dizer que ele se enforcou. Onde ele fez isso? E foi o Jamie que o encontrou? Eu gostaria de saber a história antes de entrar, para não falar nada errado.

— É claro. O Jamie me ligou depois do acontecido, para que pudéssemos ver de que forma lidaríamos com a notícia na escola. O Jamie é responsável desse jeito. Um rapaz muito atencioso.

— Bom para ele — disse Chris, a fim de mantê-la falando.

— Enfim, o Jamie me disse que chegou em casa tarde na sexta-feira à noite. Ele estava mostrando algumas casas e depois se reuniu com o RP da Câmara de Comércio, em um lugar depois de Sawyertown. Ele só chegou depois da 1 hora da manhã, e a casa estava vazia. Então achou que Abe ainda estivesse fora. Eles dois têm um grande círculo de amigos e adoram socializar. — A dra. McElroy suspirou. — De qualquer forma, quando estava chegando perto das 3 horas, o Jamie começou a se preocupar. Ele sabia que o Abe não ficaria fora até esse horário e, além disso, ele não estava respondendo nem às mensagens e nem atendendo o celular. Por sinal, o carro do Abe estava na entrada da casa, mas o Jamie não achou que isso fosse incomum, porque, quando Abe achava que poderia beber, ele nunca ia dirigindo. Jamie pensou que alguém sóbrio fosse trazê-lo para casa.

— É claro. — Chris assentiu com a cabeça, para que ela continuasse.

— Então o Jamie ligou para os amigos, e Abe não estava com nenhum deles. Depois, Jamie deu uma olhada no chalé, e foi quando ele encontrou Abe pendurado em uma viga. — A dra. McElroy sacudiu a cabeça. — Ele se enforcou com o fio do carregador do laptop. Não é uma coisa horrível?

— Sim, é horrível. — Chris fez uma pausa na conversa. — Mas de que chalé você está falando? Pensei que você tinha dito que Jamie o encontrou em casa.

— Eles têm um chalé nos fundos, atrás da casa. — A dra. McElroy fez um gesto para a construção em formato de A, ao se aproximarem. — Abe chamava o lugar de chalé de escrita. Você sabe que ele adorava literatura e escrevia contos e poemas. Acho que ele também considerava a ideia de escrever um romance.

— Verdade? — perguntou Chris, quando estavam se aproximando da porta da frente. — Onde é o chalé de escrita?

— Fica nos fundos. Sou terrível medindo distâncias. Era onde Abe escrevia. Ele usava como seu local particular de retiro. Outros escritores fazem isso, ele me disse uma vez, até mesmo o Philip Roth.

Chris tentou visualizar.

— Se o chalé de escrita fica nos fundos, estou surpreso por Jamie não ter visto as luzes acessas e percebido que o Abe estava lá.

— As luzes não estavam acesas. Jamie me disse que ele acha que o Abe deixou as luzes apagadas de propósito, para que ele não o visse e o impedisse de concluir o plano.

— Ah, entendo. — Chris ainda tinha suspeitas. — Então eu imagino que ele tenha deixado uma carta de despedida?

— Não, não havia carta. — A dra. McElroy estremeceu. — É muito triste pensar na dor que o Abe devia estar sentindo. Estou feliz por ele não ter deixado nada, e a polícia me contou que não é incomum a ausência de cartas de despedida.

— Ah, você falou com a polícia?

— Falei, eles foram à escola ontem e conversaram comigo sobre o Abe. Contei sobre a tentativa anterior, mas o Jamie também já tinha falado com eles. — A dra. McElroy deu um suspiro pesado. — Então, amanhã de manhã, vamos ter uma assembleia, e os psicólogos de luto estarão presentes. Jamie me disse que vai haver um funeral até o fim do mês.

— Quando é o funeral? — Chris tinha lido o obituário na internet, mas ali não havia detalhes sobre uma data.

— Não vai haver enterro. Abe queria ser cremado, e Jamie honrou o pedido.

— É claro. — Chris mascarou sua decepção. Se o corpo de Abe já tivesse sido cremado, não daria para extrair provas adicionais sobre um eventual assassinato. Pela lei estadual, era necessário fazer uma autópsia, mas podia já ter sido feita, já que se suspeitava de suicídio. Um exame toxicológico não era praxe, mas teria acusado a existência de álcool, tranquilizantes ou outra droga no corpo que incapacitasse Abe e facilitasse que alguém provocasse o enforcamento. Agora essa prova tinha se perdido. Não era um erro que um legista de cidade grande cometeria, mas Central Valley era uma cidadezinha minúscula.

— Lamento por tudo isso. Ele foi levado de nós muito cedo. Geralmente a cidade é mais pacata.

— Depois de você. — Chris abriu a porta da frente para a dra. McElroy, que entrou, e ele a seguiu para o interior da casa, repleto de convidados.

A dra. McElroy foi engolida por um grupo de alunos, e Chris pôde fazer um reconhecimento de terreno. A sala tinha um design dramático, com vidro ocupando toda a parede da frente e a dos fundos, e um teto que se estendia até o chão em um imenso triângulo. À direita havia uma área de estar decorada com móveis modulados em tom ocre e uma mesa de centro rústica. À esquerda havia uma cozinha reluzente de aço inoxidável. A mesa tinha algumas caçarolas, uma travessa de sanduíches e refrigerantes. Um punhado de convidados conversava em grupos pequenos e silenciosos. Jamie estava na cozinha, cercado por um círculo íntimo de amigos que incluía Courtney e o marido, Rick e a esposa.

Chris seguiu para os fundos da casa, onde poderia ter uma visão melhor do chalé de escrita. O quintal traseiro era um gramado exuberante com uma piscina coberta por uma lona verde. Atrás, havia uma versão menor da casa principal, no mesmo formato de A: o chalé de escrita. Chris avaliou a distância. Se as luzes estivessem apagadas no chalé à noite, não haveria como se enxergar Abe do lado de dentro. Luz ambiente seria algo inexistente, e naquela noite o céu estava encoberto por nuvens.

Chris lançou um olhar para o chalé com mais perguntas do que respostas. A mais óbvia era: quem seria a pessoa, ou as pessoas, menos provável de conversar com Abe antes de ele morrer? Qual teria sido o estado de espírito dele? Por que naquele momento? Será que ele teria dado alguma indicação de que estava prestes a cometer suicídio? Onde estava o celular? O computador?

Chris deu as costas para a janela e se pôs a observar a multidão. Não conhecia nenhum dos amigos do casal, apenas Courtney e Rick, e eles pareciam o melhor ponto para começar, por isso Chris foi até eles.

— Oi, pessoal, como estão todos? — ele perguntou ao grupo, quando chegou.

— Horrível; ainda não posso acreditar. Ele me parecia bem. — Courtney sacudiu a cabeça tristemente, e seu marido Doug passou o braço ao redor dela, puxando-a mais para perto.

— Verdade. — Chris suspirou. — Sabem, isso é chocante. Afinal, quando todos almoçamos juntos? Na sexta? Abe parecia ótimo.

— É isso que *eu* fico dizendo. — Courtney olhou para Rick, arrasada. — Não é, Rick? Não conseguimos acreditar. Os pais dele também estão muito tristes. Eles estarão aqui esta noite. São as melhores pessoas do mundo.

Rick suspirou.

— Eles são mesmo. Nós os conhecemos quando fomos lá. É simplesmente horrível. Mas eu compreendo, eu entendo. Da última vez em que ele tentou, nós passamos por tudo isso junto com ele. Ele tomou comprimidos. Todos pensamos que Abe tinha superado, mas acho que não tinha.

Chris permanecia cético, mas escondeu.

— Vocês notaram que ele estivesse ficando depressivo de novo?

— Sinceramente, eu não percebi — interrompeu Courtney, seus olhos vermelhos e desnorteados. — Mas acho que ele estava passando por um momento difícil por causa da rejeição, eu sei disso. Ele me contou.

Ao lado dela, Rick assentiu.

— Acho que essa foi a causa. Foi o que o tirou do prumo.

— Que rejeição? — Chris perguntou, transparecendo no tom menos urgência do que ele sentia na realidade.

— Os poemas — Rick respondeu. — Ele estava tentando publicar os poemas. Você deveria lê-los. Mas ele estava recebendo rejeição após rejeição.

Courtney franziu o cenho.

— Esses agentes literários, eles realmente são o que há de pior. Ele escreveu para um em Nova York, e o agente respondeu por e-mail: "Não temos tempo para pegar mais nenhum cliente, e se tivéssemos, não pegaríamos você". Não é uma coisa *maldosa*?

— Isso é terrível. — Chris imaginava que fosse a explicação pela qual Abe cometeria suicídio daquela vez, mas mesmo assim. — Rick, você conversou com o Abe na sexta à noite? Ele ligou para você ou alguma cosa?

— Bem, conversei. — A expressão de Rick ensombreceu-se, e profundas rugas se formaram em sua testa. — Ele me ligou, mas não pude atender. Fico pensando, e se eu tivesse atendido? E se eu só tivesse usado cinco minutos para falar com ele? Talvez ele não tivesse...

— Rick, não, não diga isso. — Sua esposa, Sachi, esfregou as costas dele. Tinha uma expressão tensa no rosto. — Estávamos na casa da minha mãe nessa noite, e ela passou por quimioterapia, então não estava se sentindo bem. O Rick estava me ajudando com ela; bem, você não precisa dos detalhes. Pedi ao Rick para não atender a chamada, pensei que era apenas social. Nunca me dei conta de que...

Courtney assentiu com os olhos brilhando.

— Rick, não teria feito diferença se você atendesse à ligação. Ninguém sabe disso melhor do que eu. Ele também me ligou nessa noite, e eu falei com ele. Ele estava chateado por causa da rejeição, mas eu nunca pensei que ele fosse se *matar.*

Doug entrou na conversa:

— Querida, como a pastora disse, todo mundo tem suas próprias lutas. Você fez o seu melhor. Você ficou no telefone com ele um tempão.

— Fiquei? Não achei que fosse um tempão. — Courtney enfiou a mão na bolsa, tocou na tela do celular e mostrou para o marido. — Olha, ele me ligou às 21h35, e foi só por quinze minutos. Eu queria que fosse por mais tempo.

Rick lançou um olhar para o celular de Courtney, assentindo com ar triste.

— Deve ter sido logo depois de ele me ligar.

Courtney fez que sim.

— Provavelmente e, como eu disse, ele estava decepcionado, mas não parecia ter tendências suicidas. Ele até me perguntou se podíamos sair no sábado à noite, ontem à noite. Ele queria sair para jantar, mas eu não podia.

Doug franziu a testa, olhando para Chris.

— Eu tinha um compromisso de trabalho ontem à noite. O aniversário do meu chefe. Eu não podia perder. Tivemos que recusar.

Os olhos de Courtney reluziam com novas lágrimas.

— Mas eu sinto o mesmo que o Rick, e se eu tivesse aceitado? E se tivéssemos feito planos? Ele precisava de amigos nesse fim de semana, e eu não estava disponível para ele.

Chris ainda não tinha respostas.

— Courtney, você não pode se culpar por isso. Você foi uma amiga maravilhosa para ele, assim como você, Rick.

— Obrigado — respondeu Rick, arrasado.

Courtney limpou uma lágrima do olho.

— Eu realmente o amava. Todos nós o amávamos.

— Ele sabia disso. — Chris notou por cima do ombro de Courtney que havia uma calmaria momentânea ao redor de Jamie. — Pessoal, com licença, mas eu gostaria de transmitir meus sentimentos ao Jamie, tudo bem?

Capítulo trinta e seis

Susan pegou a roupa suja no quarto de Raz enquanto ele estava no banheiro tomando banho, preparando-se para a sessão de terapia. Ryan já estava no consultório do terapeuta dele, e a de Susan queria vê-la junto com Raz. Ela concordara, embora não pudesse negar a inquietação que estava sentindo na boca do estômago. Sabia que a família precisava de ajuda profissional, mas o fato de os três estarem fazendo terapia simultaneamente exaltava a crise por que estavam passando: os sobreviventes de Neil mal estavam sobrevivendo.

Susan pegou meias suadas, fedorentas, depois o jeans favorito do filho. O dia anterior tinha sido longo e difícil, com Raz voltando do treino emocionalmente exausto por causa do suicídio do sr. Y. Raz não tinha nem saído naquela noite e ficou sozinho no quarto. Era a primeira noite de sábado que ele não saía em muito tempo.

Você é a mãe, lembra?

Susan pegou uma camiseta manchada e tentou não pensar no que Neil teria dito sobre a bagunça no quarto do filho. Era ele que costumava ficar no pé dos meninos por causa do quarto, da rotina de banhos, e se a lição de casa estava sendo feita. Ele sempre tinha uma linha do tempo com a agenda de testes, exames e provas semestrais. Neil verificava as notas dos filhos no portal da escola, e os conduzia pelos exames nacionais de avaliação e o processo de admissão nas faculdades.

Susan continuou pegando roupas, repassando todas as coisas que Neil costumava fazer, e nem tinha se dado conta das numerosas tarefas que existiam na casa, até o falecimento. Pegou uma toalha molhada, depois se levantou, avaliando de repente o cenário. O quarto de Raz sempre tinha sido um chiqueiro, mas agora ela estava enxergando tudo aquilo com novos olhos. Pela primeira vez, ela se deu conta de que beirava uma pocilga.

A cama de Raz estava encostada debaixo da janela, mas os lençóis pareciam imundos. Pilhas de roupa suja estavam espalhadas ao redor da cama, no chão, e outras tinham sido enfiadas debaixo da cama, misturadas com jornais de esportes, revistas *Sports Illustrated*, latinhas vazias de Red Bull, balas e embalagens de chiclete. Cuecas e moletons sujos formavam um monte em cima da televisão, e jogos de videogame estavam todos espalhados. Os controles estavam enterrados debaixo de velhos CDs, já que Raz não os comprava mais.

Susan piscou, perplexa. Não sabia como o quarto tinha chegado àquele estado. Ela só podia ser a pior mãe da face da terra. Seu próprio filho estava se enterrando em imundice e ela nem sequer tinha se dado conta até aquele exato momento. Susan se sentiu chocada com a consciência, horrorizada por sua própria negligência. Como podia ser tão egoísta? Tão cega?

Continuou a recolher roupas, transtornada. Pegou uma camiseta suja, uma camisa azul de beisebol dos Mosqueteiros, manchada, e outra idêntica à primeira. Não fazia ideia de que Raz tivesse acumulado tantas camisetas de beisebol dos Mosqueteiros; talvez estivesse comprando novas em vez de lavá-las, ou estivesse pegando as do time. De qualquer forma, ela foi de uma pilha de roupas sujas à outra, limpando o quarto e, quando estava com os braços completamente cheios, foi até o cesto de roupas que ele mantinha no armário.

O cesto transbordava, e então ela jogou a pilha que estava em seus braços no tapete, olhou lá dentro e viu que estava tomado por lençóis e um cobertor. Susan tirou a roupa de cama do armário, mas, no fundo, sentiu algo duro. Por instinto, afastou a mão. Poderia ser algo coberto de mofo, uma casca de pizza, ou sabia Deus o quê. Susan já tinha visto meias duras o suficiente para uma vida inteira, em especial porque Neil as encontrava e as mostrava para fazê-la rir. Nesse dia, porém, ela não estava rindo.

Susan estendeu a mão para o cesto de novo, mas o que quer que fosse aquilo, era duro e sólido. Pegou o objeto e o tirou do meio das roupas. Ficou chocada com o que viu em sua palma.

Uma arma.

Susan ficou pasma. Onde ele tinha conseguido aquilo? Por que estava ali? Por que ele a estava escondendo? Como ela tinha perdido o controle de sua própria casa? A família não tinha armas na casa. Não sabiam nada sobre armas. Neil não sabia patavinas sobre armas. Ela também não sabia muito, mas o suficiente para chegar à conclusão de era um revólver, com um cano prateado e um cabo marrom.

Em seguida, levou a arma até a cama e a colocou ali com cuidado, sem deixar o cano virado para ela. Não sabia se estava carregada e se a arma estava com a trava de segurança, ou se é que revólveres *tinham* travas de segurança. Não entendia o que Raz estava fazendo com aquilo ou de onde podia tê-la obtido. Mas ela descobriria. Susan foi ao banheiro e ouviu a água do chuveiro ainda correndo. Bateu na porta e tentou abri-la, mas estava trancada. Não sabia por que Raz havia trancado a porta. Ele sempre fazia isso? Alguma vez ele trancava a porta? E por que ela não sabia?

— Raz! — Susan gritou, batendo na porta. — Raz, venha aqui fora!

— Saio em um minuto!

— Agora! — Susan gritou, mais alto, mas depois se controlou. A raiva não ajudaria em nada, e ela não estava com raiva, mas apavorada. — Raz, por favor, agora!

— Tô indo! — Raz gritou do outro lado da porta, irritado, e, no minuto seguinte, o chuveiro foi desligado.

— Rápido, por favor, quero falar com você. — Susan tentou a maçaneta de novo. Ela o queria fora daquele banheiro. Queria ver o rosto dele. Uma onda de pânico subiu em seu peito, por algum motivo.

— Mãe, qual é o seu problema?

— Venha aqui agora! — Susan virou a maçaneta e empurrou a porta no mesmo instante em que Raz a abriu, e ela quase caiu dentro do banheiro. — Por que tem um revólver no seu cesto de roupa suja?

— Um revólver? — Os olhos escuros de Raz se arregalaram. Havia uma toalha enrolada na sua cintura, e ele mal havia secado o peito, liso com a água. Susan não o via nu da cintura para cima fazia muito tempo, e se deu conta de que ele não era mais criança, e sim um homem adulto que tinha segredos.

— Raz, você está me dizendo que não sabia que tinha uma arma no seu cesto? Onde você conseguiu isso? O que estava fazendo lá?

— Oh, meu Deus. — Raz saiu do banheiro, prendendo a toalha mais firme ao redor da cintura.

— Está carregada? — Susan apontou para a cama, mas Raz não fez nenhum movimento em direção à arma.

— Acho que sim.

— Raz, você tinha uma *arma carregada* no seu quarto? Onde você conseguiu isso?

— Do Ryan.

— Ryan! — Susan nem sabia por onde começar a processar as informações. Bem quando ela pensava que as coisas estavam ruins, tudo ficava pior. Agora os dois garotos estavam envolvidos. — Onde ele conseguiu isso? Por que está com você?

— Você está brava comigo? Não fique.

— Não estou brava, querido — disse Susan, percebendo que as palavras eram absolutamente verdadeiras. — Eu só estou tentando entender o que está acontecendo. Você e o Ryan têm uma arma? Por quê? Como?

— Ele conseguiu com um cara que ele conhece.

— Que *cara*?

— Ele não disse, eu não me lembro.

— Você não lembra, ou ele não disse? — Susan achava que era mentira.

— Não sei, foi, tipo, há um tempo, e ele me deu e pediu para eu guardar no meu quarto, então eu guardei.

— Ele disse para que ele queria a arma?

— Não.

— Você tem alguma ideia?

— Não.

— Ai, Deus. — Susan se viu esfregando o rosto. Ela havia passado maquiagem para a sessão de terapia, mas a base agora estava saindo na ponta de seus dedos.

— Não fique brava — Raz disse de novo.

— Como você sabe que está carregada?

— Ele me contou.

— A arma veio assim ou ele comprou balas?

Raz deu um sorriso pateta.

— Balas são como pilhas. Não vêm inclusas.

Susan não riu.

— Isso não é engraçado.

Raz olhou para ela diretamente, parecendo encontrar foco. Então, depois de um momento, ele disse:

— Eu sinto muito.

— Eu também sinto — Susan se ouviu dizer, sua voz mais suave agora.

— *Você* sente muito por quê? Você só é a mãe.

Susan sentiu as palavras cortarem seu peito, embora Raz não as tivesse proferido com essa intenção.

— Não tenho agido como mãe, e há bastante tempo, e eu sinto muito por isso.

Raz franziu a testa.

— Está tudo bem, eu entendo. É porque o pai morreu.

— Não, é porque ele *viveu*. Deixei de ser mãe enquanto ele ainda era vivo, porque ele era um ótimo pai. Mas vocês ainda precisam de mim. Vocês ainda precisam de uma mãe.

— A culpa não é sua. — Raz engoliu em seco.

— É sim. Eu peço desculpas por ter decepcionado vocês. Eu peço desculpas por não notar que seu quarto estava ficando ruim desse jeito. Peço desculpas por não saber o quanto você estava triste.

Raz piscou e, por um momento, não disse nada de novo e nem devolveu com um comentário irônico.

— Eu estou triste.

— Eu sei, querido. Eu sei disso agora. — Susan o abraçou e o embalou do mesmo jeito que no outro dia, no carro, e se conteve antes de dizer *eu também estou triste.* Pois as coisas não podiam mais girar em torno dela, não por outro minuto. Ela o abraçou apertado, seu filho mais novo, tão molhado e liso como no dia em que nasceu, como no dia em que ela o aconchegou nos braços pela primeira vez e se deu conta de que o tinha abraçado mais nos últimos dois dias do que provavelmente nos dois últimos meses, e ela o soltou, ambos enxugando as lágrimas.

— Só fiquei com a arma para guardar, mãe. Eu não ia fazer nada com ela.

— Fiquei com medo de que você fosse — disse Susan, seu coração falando fora de hora.

— Não, eu nunca machucaria ninguém.

— Eu sei disso. — Susan mantinha seu tom baixo, até mesmo grave, o que não era difícil de fazer, pois era exatamente como ela se sentia. No fundo, ela sabia a resposta à pergunta que estava prestes a fazer, como se sua própria alma abrigasse os dois, mãe e filho, da forma como seu corpo fizera um dia, há muito tempo, lá no comecinho. — Eu sei que você nunca machucaria ninguém. Fiquei com medo que você fosse se machucar. Algum dia você pensou nisso, querido? Algum dia você já pegou essa arma e pensou nisso? Em fazer mal contra si mesmo?

Raz afirmou balançando a cabeça, depois seus lábios começaram a tremer, e lágrimas tomaram seus olhos. Susan abraçou-o mais uma vez, mais apertado. Ele começou a chorar, e ambos se abaixaram até se sentarem no chão, juntos, cercados pelos escombros de suas vidas. Ela o aconchegou no peito e lhe disse que o amava mais do que já tinha amado alguém na vida, que ele era seu filho especial e espirituoso, e que ela sempre estaria à disposição para o que ele precisasse, e que eles iriam superar tudo aquilo juntos, os três.

Como uma família.

Capítulo trinta e sete

Chris foi até a cozinha e apertou a mão de Jamie.

— Jamie, obrigado pelo convite. Eu realmente lamento muito pelo Abe. Ele era um cara legal de verdade.

— Obrigado. — Jamie encontrou os olhos de Chris, um olhar triste, mas forte. — Que bom que você pôde vir. Foi muita gentileza de todos trazerem a comida, e eles não querem me deixar sozinho. Mas não posso reclamar. E Abe teria adorado que você viesse e pegasse as fotos. Eu sei que vocês teriam sido ótimos amigos. Essa coisa de Wyoming e tudo mais.

— Acho que você tem razão. — Chris sentiu culpa. Ele percebeu que, ao contrário do que acontecia em suas operações típicas, estava infiltrado em um grupo maravilhoso de pessoas, uma verdadeira comunidade. O fato o afetou de uma forma que ele nunca tinha vivenciado antes, e criou um conflito interno. Porém, ele se lembrou de permanecer no caminho que vinha trilhando.

— É muito difícil de imaginar que estamos aqui, mas ele não. Quer dizer, eu sei que ele estava deprimido e acho que você ouviu que ele fez uma tentativa antes; todo mundo sabe disso, porque ele não escondia. Ele até era voluntário em uma linha de ajuda para prevenir o suicídio.

— Mas dessa vez ele não deu nenhum sinal, nem nada?

— Não, eu sabia que as rejeições estavam começando a se acumular. Ele as contava e foram 21. — Jamie sacudiu a cabeça. — Acho que o número ficou alto demais. Ele se sentiu desesperançoso, como se as coisas nunca fossem dar certo para ele.

— Você falou com ele na sexta à noite?

— Falei. Ele me ligou por volta das 20 horas, me perguntando quanto tempo eu demoraria, e nós conversamos por cerca de cinco minutos. Eu não podia falar mais, porque não estava sozinho. Ele pareceu chateado pela rejeição mais recente. Me disse sobre que já havia 21. Abe mencionou que queria falar comigo quando eu chegasse em casa.

— Ele disse qual era o assunto?

— Eu achava que era sobre as rejeições.

— Foi o que Courtney e Rick comentaram também. Será que ele falou com mais alguém?

— Não, ele não falou. Perguntei a todo mundo. Então, quando cheguei em casa, foi por isso que achei que ele não estava aqui, que ele tivesse saído para esquecer bebendo alguma coisa. Mas, fora isso, ele estava ansioso pelo verão. — Jamie fez uma pausa. — E aquelas fotos que ele separou para você, ele mal podia esperar que você as visse. Eu adoraria mostrá-las, mas — Jamie hesitou. — Estão no chalé. Eu acho que você ouviu que é onde ele...

— Sim, eu ouvi. Deve ser muito difícil para você.

— Foi sim, ainda é, encontrá-lo foi a coisa mais horrível que já aconteceu na minha vida. — Lágrimas vieram aos olhos de Jamie, mas ele ergueu o queixo. — Nós projetamos esta casa juntos, e o chalé é onde ele adorava ir. Era o espaço particular dele, só com livros em vez de TV. Eu simplesmente saí correndo quando o vi e liguei para a emergência. Deixei tudo do jeito que estava.

— O que você quer dizer com "tudo"? O celular?

— Não, o laptop. Ele provavelmente estava com o celular no bolso quando o levaram embora, e acho que está na posse da polícia ou da funerária. Eu sei que as fotos de Wyoming estão no chalé porque eu as vi na quinta à noite, na mesa dele. Ele as imprimiu para você.

— Se você quiser, eu posso ir lá e pegar essas coisas para você. Também posso ver se o celular dele ficou lá. — Chris manteve o tom baixo, mas estava perguntando por razões legais. Uma busca consentida estava de acordo com a lei, e se alguma prova de crime surgisse, poderia ser admitida no processo.

— Você faria isso? — Jamie perguntou, esperançoso. — Quer dizer, só não quero fazer isso sozinho. Nossos amigos já estão falando sobre eu me mudar, mas eu nunca faria isso. Essa era a nossa casa.

— Claro, você tem memórias aqui. Vou procurar o telefone dele e pegar as fotos.

— Obrigado, eu adoraria se você pudesse fazer isso. Não esqueça do laptop. Ele tinha uma senha que eu nem sei, mas eu me sentiria melhor se o laptop estivesse na casa. — Jamie fez um gesto para a porta de vidro no fim da cozinha. — Você pode pegar a porta dos fundos e cruzar o gramado até o chalé.

— Tem chave ou fica aberto?

— Fica aberto. Nunca trancamos nada.

Chris não se incomodou em corrigi-lo. Mais uma vez, a ilusão de segurança era o que deixava as pessoas em perigo.

— Volto já.

— Mais uma vez, obrigado.

Chris dirigiu-se para a porta dos fundos, saiu da casa e atravessou o gramado, depois chegou à cabana e abriu a porta. Entrou e passou o ferrolho, para que não fosse interrompido.

Olhou ao redor, avaliando. Era uma construção em forma de A, um único cômodo grande que não tinha sinais de perturbação, nem luta ou arrombamento. Uma mesa de cerejeira dominava a sala, cheia de papéis e com um MacBook Pro. Livros revestiam os dois lados do ambiente em prateleiras iguais, e o triângulo alto do teto era construído pela mesma madeira rústica da casa, com três grossas vigas de carvalho.

Chris atravessou a sala e ficou debaixo da viga do meio. Infelizmente, era fácil ver que tinha sido nela que Abe se pendurara ou tinha sido pendurado por alguém. Uma mancha sujava o tapete bege, e Chris supôs que fossem os fluidos corporais, *post mortem.*

Chris observou a mancha. Pensou de repente que era obsceno uma alma tão bondosa morrer naquele exato lugar, agora inundado de luz do sol. A parede dos fundos também era inteira feita de vidro, e oferecia uma visão de um pátio de paralelepípedos, duas cadeiras rústicas de madeira e o bosque atrás. Havia uma porta dos fundos; Chris a abriu e saiu, tentando entender como Abe poderia ter sido assassinado.

Passou o pátio, continuou acompanhando as franjas do bosque e olhou para baixo. Havia árvores por todo o caminho pela descida íngreme da colina, e lá no sopé havia uma estrada de terra de uma só pista. Chris notava que as árvores não eram tão densas ali, então o assassino poderia ter estacionado na estrada, subido a colina até a porta dos fundos do chalé e entrado sozinho. A fuga seria realizada da mesma forma, rumo ao carro deixado na estrada abaixo, que, inclusive, parecia quase não ser frequentada, como as estradas que ele havia tomado para chegar ali.

Chris voltou ao chalé, entrou e foi diretamente para a mancha, perdido em pensamento. Havia uma cadeira aleatória perto da viga do meio. Ele olhou para a mesa e observou que o par daquela cadeira estava na frente da mesa e que do outro lado também havia a cadeira onde Abe costumava se sentar, de rodinhas.

Chris reconstituiu mentalmente o assassinato. O assassino não teria escolhido a cadeira de Abe por causa das rodinhas, então a cadeira lateral seria a escolha racional. O assassino poderia ter entrado pela porta dos fundos, surpreendido Abe na mesa, e ou o confrontado ou lhe aplicado uma injeção para incapacitá-lo, depois usado a cadeira lateral para enforcá-lo. Abe teria chutado a cadeira durante seus esforços ou nos movimentos da morte. Era provável que a polícia, quando veio removê-lo da viga e levar o corpo, tenha endireitado a cadeira.

Chris refletiu que teria havido mais de um assassino, pois Abe seria pesado demais para uma só pessoa levantar e amarrar na viga, um peso morto, mesmo se ele não estivesse apresentando resistência. Chris andou até a mesa, mas não tocou em nada, apenas olhou em volta. Seu primeiro impulso era ir até o computador, mas Jamie dissera que tinha uma senha que nem ele sabia.

O sol claro iluminava a mesa abarrotada de coisas, coberta de correspondências, folhas com rascunhos de poesia, e anotações em papéis pautados. Ele leu as notas para ver se continham alguma pista, mas não obteve sorte. Retirou o celular do bolso e bateu fotos dos papéis, da mesa, da viga, da mancha e de tudo o mais, para avaliar mais tarde, caso tivesse deixado de notar alguma coisa.

Chris parou ao lado da mancha e observou os arredores num giro de 360 graus. O movimento circular levantou partículas de poeira minúsculas, visíveis no feixe sólido de luz do sol, e as fez rodopiar. A imagem o levou a tomar consciência de uma coisa: se os assassinos tivessem aparecido e pendurado Abe ali, haveria sinais de agitação, mesmo que só fosse para içar o corpo. Porém, o cômodo não tinha marca de nada, o que significava que tudo havia sido devolvido aos devidos lugares — e, se isso tivesse ocorrido, a prova poderia estar na poeira.

Chris se abaixou e olhou para a mesa com mais atenção. Havia um quadrado limpo do tamanho de um livro do lado esquerdo da mesa, e era o único local sem poeira. Seu olhar se voltou para a brochura de um dicionário, que estava sobre outro bloco de anotações. Era do mesmo tamanho do dicionário. Então alguém tinha movido o livro, e isso não era algo que a polícia faria. Eles podiam ter arrumado a cadeira, mas não teriam mexido nos conteúdos em cima de uma mesa.

O coração de Chris começou a bater mais rápido. Ele continuou analisando a mesa, encontrando mais espaços vazios onde um objeto estivera antes, mas que agora estava posicionado em outro local. Não dava a impressão de que a mesa tivesse sido revistada, simplesmente posta de volta em ordem para parecer que Abe estivera lendo suas cartas de rejeição, então se levantado, caminhado até a cadeira lateral e se enforcado com o fio de recarregar o computador.

Chris sentiu um gosto amargo na boca, sabendo que seria difícil provar um assassinato agora que Abe havia sido cremado. Mas, mesmo assim, ele precisava saber quem havia matado Abe e por qual motivo. Seu instinto lhe dizia que o episódio estava conectado ao time de beisebol, mas Chris ainda não conseguia ligar os pontos.

Chris afastou papéis na mesa para encontrar o celular, mas não encontrou nenhum, o que também era consistente com sua teoria. Os assassinos teriam pegado o celular por preocupação de que contivesse informações ou ligações que os implicassem. A polícia não levaria um item pessoal, e a funerária teria informado Jamie àquela altura dos acontecimentos. O melhor palpite era que o telefone de Abe estava nas mãos de quem o matara tão cruelmente.

Chris tomou consciência de que estava demorando demais, então pegou o laptop, recolheu as imagens de Wyoming, e tirou foto de tudo para depois. As imagens mostravam um conjunto pitoresco de montanhas, uma linda casa na floresta, e depois os pais e os irmãos de Abe, com Jamie, Courtney, Rick e respectivos cônjuges.

Chris sabia que eles sofreriam ainda por anos e fez uma promessa silenciosa para o professor assassinado.

Vou pegar seus assassinos, Abe.

E lamento não os ter pegado antes que eles pegassem você.

Capítulo trinta e oito

Nervosa, Mindy olhou para o relógio da cozinha. Eram 11h15, e ela mal podia esperar que Evan e Paul chegassem em casa. Quando acordara naquela manhã, tendo perdido a hora da ioga, encontrou um recado de Paul dizendo que ele e Evan tinham saído para jogar golfe. Ela respondera: **voltem imediatamente, reunião familiar**, e a isso ele respondeu, **volto depois de nove buracos**.

Mindy andava de um lado para o outro, cada vez mais irritada. Achava que Evan tinha sacado o dinheiro e gasto com Amanda, mas ainda era possível que Paul é que o tivesse gasto com a nova amante. Confrontaria ambos ao mesmo tempo. Mindy queria trazer a verdade às claras, sem eufemismos e sem impedimentos de uma vez e por todas.

Verificou o celular, que mostrava uma das fotos da garota pelada encontrada no celular de Evan. Havia mais de uma garota, pois essa tinha piercings nos mamilos e em outros lugares estranhos pelo corpo, e tatuagens, o que ela achava repulsivo. Além disso, era preciso ter 18 anos para fazer uma tatuagem, então Mindy não tinha mais ideia de o que andava acontecendo no mundo.

Ouviu o som do carro de Paul na entrada e se lembrou de permanecer no controle. Não queria cair na categoria "mães histéricas", na qual Paul e Evan desejavam tanto colocá-la. Eles agiam como se ela fosse a idiota da casa, e ela finalmente estava farta disso. Ainda não tinha bebido nada, nem gim-tônica, nem vinho. No fundo, estava zangada consigo mesma, acima de tudo, por se medicar à base de álcool. Por dizer a si mesma que tinha um casamento feliz e um filho perfeito, quando não tinha nenhuma das duas coisas. Por não saber o que estava acontecendo debaixo de seu próprio teto. Isso precisava terminar, naquele exato momento.

Mindy saiu às pressas da cozinha bem no instante em que Paul e Evan entraram em casa, corados, felizes e nos trajes de golfe.

— Rapazes, na sala de TV!

O sorriso de Evan desapareceu.

— Mãe?

— Querida? — Paul olhou-a duas vezes.

— Vamos ter uma reunião na sala de TV. — Mindy foi pisando firme até a sala, enxergando-a com olhos renovados: um sofá vermelho-cereja com poltronas combinando, uma linda mesa de centro em vidro, três paredes pintadas de branco-gelo, uma parede vermelha como destaque. Ela mesma a havia decorado, mas, naquele momento, queria colocar fogo ali dentro. Mindy apontou para o sofá. — Sentem-se, os dois.

— Querida? — disse Paul, espantado ao se sentar.

— Mãe, você está bem? — perguntou Evan, totalmente perdido, sentando-se ao lado do pai.

— Não, eu não estou bem, e vou contar por quê. — Mindy repassou as fotos salvas no celular, ergueu o aparelho de frente para eles e iniciou a apresentação de fotos imprópria para o filho e para o marido. — Evan. O que, pelo santo nome de Deus, essas fotos estão fazendo no seu celular? Quem é Amanda? Por que há tantas garotas diferentes? E você está compartilhando essas fotos com alguém? Por que, se estiver, Deus o ajude, eu vou reorganizar seu rosto bonito.

— Ah, não! — Evan arregalou os olhos.

— Ah, não — disse Paul, horrorizado.

— Ah, sim — Mindy corrigiu. — E, Evan, antes que você responda, eu também quero saber para quem você está comprando presentes, e o que está fazendo com o dinheiro, porque você sacou 10 mil dólares da sua conta ao longo dos últimos três meses. Então, ou você está comprando drogas, ou comprando mulheres ou comprando tatuagens...

— Eu posso explicar, mãe... — Evan interrompeu, em pânico, mas Mindy ainda não tinha terminado de falar.

— Evan, por que essas meninas mandam essas fotos para você? — Ela estava em pé diante de Paul e Evan, de braços cruzados, e nunca tinha se sentido mais poderosa na vida. — Você pede ou são elas que oferecem? Se você está transmitindo para alguém, isso se chama compartilhamento de pornografia infantil, você se dá conta disso? Você pode ir para a cadeia! Todo mundo para quem você mandou isso pode ir para a cadeia se passar para a frente. Se você tem uma explicação, é melhor começar a usá-la imediatamente!

— Eu posso explicar — Paul interrompeu, seu tom baixo, e Mindy virou o corpo de frente para ele.

— Paul! Não me diga que você *sabia* o que significa isso! Se sabia e não me contou, vai ter que me dar mais explicações além do aniversário verdadeiro da Carole, porque o que você me disse era mentira!

Paul fez uma careta.

— Querida, eu não sabia sobre as fotos...

Evan interveio:

— Mãe, o pai não sabia sobre as fotos, ele não sabia de nada...

Paul balançou a cabeça.

— Eu sabia sobre o dinheiro, Evan. Eu posso explicar sobre o dinheiro...

— Pai, você não precisa fazer isso. — Evan colocou a mão no braço de Paul, e Mindy notou que eles estavam protegendo um ao outro. Garotos seriam sempre garotos, encobrindo os podres uns dos outros contra a mamãe malvada, a disciplinadora, a mãe de todos nós, a *chefona megera.*

— Chega de joguinhos, vocês dois! — Mindy vociferou. — Eu quero a verdade e quero agora.

Paulo suspirou e, em seguida, disse:

— Querida, como eu comecei a falar, eu posso explicar sobre o dinheiro, foi para pagar...

— Eu engravidei uma menina — Evan disse, terminando a frase.

Mindy quase caiu. Não tinha certeza de ter ouvido direito.

— Você *o quê*?

Evan ruborizou, nervoso.

— Mãe, desculpa, eu sinto muito. Foi um acidente. Eu sempre uso proteção, verdade. Eu sei que você me disse, e sei tudo isso. Mas dessa única vez eu não usei, ela estava bebendo, e eu estava bebendo, e foi consentido, mas não usamos proteção, e depois ela me contou que estava grávida, e ela queria, bem, encerrar a gravidez...

— Um aborto? — Mindy gemeu, transtornada. Foi bombardeada por um milhão de pensamentos ao mesmo tempo. Um aborto, um bebê. Evan tinha engravidado uma garota. Um bebê tinha sido abortado. O filho do seu filho. Seu *neto.* Era demais, e ela afundou no sofá oposto a eles, sentindo-se de súbito impotente, desamparada, inútil.

— Mãe, não fique chateada, é sério, está tudo bem agora, a gente cuidou disso. Foi para isso que usamos o dinheiro. — Evan se inclinou para frente com urgência. — Quando aconteceu, quando ela me disse, eu procurei o pai e falei para ele que a menina não queria o bebê. Acredite em mim, eu não tive escolha nem se eu quisesse um bebê. Ela não iria ficar com ele e nem os pais dela...

Mindy ouviu, horrorizada. Paul sabia. Os pais dela sabiam. Todo mundo sabia, menos Mindy. Ela estava sem palavras. Não interrompeu o filho, que aliás estava falando a quilômetros por minuto.

— ...Procurei o pai porque eu não queria chatear você, e ele disse que eu teria que pagar do meu próprio dinheiro porque a culpa era minha e eu tenho que aprender a aceitar as consequências e tudo mais. Então a gente sacou da minha conta e sabia que você nunca olhava os meus demonstrativos, então achamos que ficaria tudo bem.

A boca de Mindy ficara completamente seca, e ela se virou para Paul.

— Você achou que ficaria tudo *bem*? Você pagou para uma menina abortar o primeiro filho do seu filho e você nem me contou? E você achou que *estava tudo bem?*

— Sim, desculpa, querida. — Paul mantinha a postura de cirurgião, experiente em dar más notícias. — Achei que seria a melhor forma de lidar com esse assunto, só o Evan e eu. Não queríamos que você se aborrecesse, e sabíamos que você ficaria assim. Foi por isso que tomamos conta do problema nós mesmos.

— O problema? — gritou Mindy. — Não era um problema, era um *bebê*, o nosso *neto*, e eu tinha o direito de saber que esse bebê existia. Você não me contou porque pensou que eu falaria não, porque eu poderia impedir, então você simplesmente ignorou a minha existência. Como você pôde? Como você pôde esconder isso de mim?

— Eu pensei que era a melhor coisa, considerando que o ano passado foi tão difícil...

— Rá! Ah, eu entendo! Então já que você manteve seu caso em segredo, que aliás quase acabou com o nosso casamento, você também decidiu guardar esse outro segredo. Em que sessão de terapia falamos sobre isso? Porque eu devo ter perdido essa!

Paul franziu a testa, olhando para Evan.

— Querida...

— O quê? — Mindy sabia que Paul não gostava do fato de ela ter acabado de comunicar a Evan sobre o caso extraconjugal, mas já tinha passado do ponto de se preocupar. — Nosso filho não é mais criança; afinal, *até um filho ele já fez*. Acabou a farsa, você não acha, *vovozinho*?

Evan não disse nada, não olhou nem mesmo para o pai.

Paul suspirou, contrito.

— Eu sinto muito, querida. Eu deveria ter contado. Só queria tornar isso mais fácil para você e pode ter sido um erro, mas eu assumo.

— Você *assume*? — Mindy odiava que Paul usasse a conversa da terapia, mas que não tivesse aprendido nada na terapia *em si*. — Você não acha que foi errado, que é *terrível* seu filho ter engravidado uma menina? Quando você comprou a BMW para ele? Antes ou depois?

Evan deu um pequeno soluço, seus olhos de repente brilhando de lágrimas.

— Mãe, eu realmente sinto muito, de verdade. Eu nunca faria isso de novo, e se eu pudesse voltar atrás, eu voltaria...

— Evan. — Mindy estava irredutível. Ela se virou para ele, trêmula até as bases. Sentia como se o enxergasse com novos olhos, como se até aquele momento ela tivesse caminhado sonâmbula por sua vida. — Evan, eu nem sei o que falar para você. Não sei o que fazer a respeito disso.

— Mãe, não precisa fazer nada, agora acabou.

Paul assentiu com a cabeça.

— Querida, acabou. Eu juro. Acabou. Nós desviamos de uma bala e saímos ilesos.

— Você nem sabe o quanto isso ficou ruim. — Evan acrescentou.

— Não, eu não sei, e por que você não me conta? — Mindy percebeu que nunca deixara de gostar do filho antes, mas que agora ela o odiava. Odiava o próprio filho. Odiava o homem em que ele estava se tornando, ou já tinha se tornado. Odiava o filho e odiava o marido. *Ei, Facebook, o quanto vocês gostam do clã Kostis agora?*

— Mãe, ela começou a pedir mais dinheiro porque queria fazer o aborto em Nova York, assim ninguém ficaria sabendo, e dissemos que sim, porque ficamos preocupados que todo mundo na escola acabasse descobrindo...

Paul interrompeu:

— E no clube no hospital também. Não queríamos que isso se espalhasse.

— Ai, Deus. — Mindy gemeu. O celular tocou em sua mão, e ela lançou um olhar para baixo para ver quem estava chamando, mas era um número que ela não reconhecia, então apertou a tela para rejeitar a chamada.

Evan estava dizendo:

— O pai cuidou disso. Demos o máximo de dinheiro que podíamos, e ela tirou, tipo, duas semanas de férias da escola. Ela ficou em um hotel em Nova York, que custou caro.

Paul confirmou com a cabeça.

— Eu encerrei as exigências dela com 10 mil dólares em dinheiro, e ela aceitou, os pais dela também, então acabou. Eles também não queriam que a notícia corresse. É um capítulo terrível nas nossas vidas, mas acabou.

— Para mim ainda não acabou. Aliás, acabou de começar.

— O que você quer dizer, mãe? — Evan perguntou, sua voz falhada. Ele enxugou a lágrima da bochecha.

— Qual é o nome dessa menina, Evan? É Amanda, a menina que está mandando as fotos pelada? Quer dizer, desculpe, *uma* das garotas mandando as fotos...

— Mãe, não, não é a Amanda.

— Então é uma menina *diferente*? Você engravidou uma menina, e é outra que está te mandando fotos dela nua? Você falou para Amanda que a amava, e ela disse que ela também amava você! — Mindy não conseguia nem acompanhar. — Qual é o nome da menina que você engravidou?

— Mãe, qual é a diferença? Ela não é daqui. Ela frequenta outra escola.

— Como você se atreve? Responda a essa pergunta imediatamente! Como ela se chama? Qual delas é? — Mindy estendeu a mão para o celular. — Ela é uma das meninas neste celular?

— Não, eu disse, eu não a vejo mais.

— Evan, qual é o problema com você? — Mindy explodiu. — O que você é, um viciado em sexo?

Paul interveio:

— Mindy, você não precisa saber o nome dela.

— Por que não, Paul? Porque você não quer que eu procure a menina, que ligue para ela? É melhor me contar o nome dela ou eu vou me divorciar de você imediatamente. Você pode subir agora mesmo e arrumar as suas coisas. — Mindy apontou para as escadas novamente. — Agora mesmo.

Evan respondeu:

— Tá, o nome dela é Cynthia Caselli. Ela frequenta o colégio em Rocky Springs. Mas, por favor, não ligue para ela. Você só vai piorar tudo.

Paul entrou na conversa:

— Querida, ele tem razão. Eu já lidei com essas pessoas. Os Caselli são gente que não presta. Deixe para lá.

— O diabo que vou deixar.

— Mãe! — Evan interveio, lágrimas escorrendo dos olhos. — Você não deveria fuçar no meu celular para começo de conversa! Você invadiu a minha privacidade! Como é que você sabe a senha? Por que você tem que meter o nariz em tudo? Por que não pode simplesmente deixar passar?

— Como você se atreve! — Mindy se levantou e encarou Evan. — Não posso deixar passar porque você é meu filho. Não comece a dar chilique sobre eu não confiar em você; você não é digno de confiança!

— Mãe, você não sabia disso quando foi mexer no meu celular. Você só estava fuçando em coisas que não são da sua conta. — Evan começou a andar em direção à porta, e Mindy foi atrás dele.

— Você é da minha conta, e tudo o que você faz é da minha conta!

— Já estou de saco cheio de você! Já estou de saco cheio de *vocês dois*. — Evan saiu pisando duro e deixou a porta bater forte quando se foi.

— Não saia de perto quando estou falando com você! — Mindy começou a ir atrás dele, mas Paul apareceu do lado dela, segurando-lhe o braço.

— Deixe ele ir, querida. Ele precisa se acalmar. Deixe ele pensar no assunto.

— Ah, e o que *você* sabe? — Mindy puxou o braço do poder do marido como se ele fosse um completo estranho, o que era exatamente o que ela sentia naquele momento. — Ele não pode sair andando assim quando eu estou falando com ele. Isso é falta de educação, falta de respeito. Ele precisa de limites. Quando você vai perceber isso? Quando ele engravidar outra menina? Quantas BMW você pode comprar para ele, *dr. Kostis*?

— Min...

— Ele está de saco cheio de nós dois? Eu estou de saco cheio de vocês dois! — Mindy deu meia-volta e correu escada acima para seu quarto. Tinha que descobrir se o clã Kostis poderia ser salvo.

Ou se deveria ser.

Capítulo trinta e nove

Susan desceu as escadas assim que ouviu Ryan chegar da terapia e foi para a cozinha. Ela havia ligado para remarcar sua sessão com Raz para aquela tarde, pois precisava lidar com a situação da arma imediatamente, não com a ajuda de um terapeuta, mas por si mesma. Estava com a arma enrolada em uma toalha rosa de seu banheiro, sem saber exatamente por quê. Não se sentia mais zangada, apenas triste, e debaixo de tudo isso, tinha uma sensação renovada de propósito: reunir os Sematov, reconstituí-los da forma que fosse possível, depois da morte de Neil.

Susan entrou na cozinha, e Ryan estava na frente da geladeira com a porta aberta, olhando para o interior dela como se fosse uma televisão. O filho fazia isso desde que era pequeno, e ela costumava gritar com ele por desperdiçar energia elétrica. Mas não nesse dia. O aspecto de Ryan era previsivelmente exausto, a tez pálida e os olhos azuis sem brilho. Ele se parecia tanto com ela, com o cabelo castanho escuro que ele usava curto, e também tinha um nariz mais alongado e os lábios finos, que, naquele momento, estavam franzidos.

— Ryan, oi.

— Oi — respondeu ele, sem olhar. Era muito alto, de 1,95 metro, mas andava curvado, com a cabeça ligeiramente projetada para a frente. Havia perdido peso desde a morte de Neil, o que enfatizava sua má postura, ou talvez ele só tivesse começado a andar cabisbaixo depois do acontecimento.

Susan depositou o revólver enrolado na mesa da cozinha.

— Está com fome?

— Só com sede. Passei em um *drive-thru* a caminho de casa.

— Ah, que bom — disse Susan, sem saber se acreditava nele ou não. Teria que se impedir de ficar desconfiando de cada movimento do filho. Não seria produtivo no momento. — Por que você não pega um refrigerante e se senta aqui comigo? Quero falar com você sobre uma coisa.

— Sério, mãe? — Ryan suspirou. — Eu meio que já cansei de conversar.

— Acho que não tem como acontecer esse tipo de coisa. Pegue alguma coisa para beber e venha aqui.

— Tá. — Ryan fechou a porta da geladeira sem pegar nada para beber, só para demonstrar firmeza, mas Susan não deu importância. Ele era tão parecido com ela que nem tinha graça.

— O que foi? — Ryan desabou na cadeira e a empurrou para trás usando o corpo de um jeito que provocou um ruído irritante. Atrás dele, uma pequena tira de luz solar entrava na cozinha através da janela estreita sobre a pia. Susan sentiu-se incomodada com aquilo, pela primeira vez. A cozinha era grande, mas escura, com armários castanhos que a deixavam ainda mais escura. Precisava de mais iluminação. Mais janelas. Talvez depois ela pudesse reformar e derrubar uma parede.

— Como você está se sentindo? — Susan perguntou, testando as águas.

— Normal.

— Como foi a sua sessão? — Susan gostou da forma como ele a olhou nos olhos diretamente. Tinha uma boa impressão de que ele não andara bebendo naquele dia. Ela percebeu o quanto sentia falta do olhar firme de Ryan, e da inteligência que havia ali. Ele era o racional, e Susan sempre pôde conversar com ele. Embora fosse mais próximo de Neil, ele era feito do mesmo material que *ela*.

— Foi legal. Gostei mais do que ontem.

— Que bom. — Susan levantou uma ponta da toalha rosa e revelou o cano metálico de uma arma. — Acabei de encontrar isso no quarto do seu irmão.

O rosto de Ryan ficou branco, e ele suspirou de novo, ruidosamente.

— Não estou zangada, só quero entender. Foi você que deu esse revólver para ele?

— Sim, fui eu.

— Quando?

— Depois que o pai morreu, tipo um mês ou dois.

— Onde você conseguiu isso?

— Não sei, mãe. — Ryan abanou a cabeça com uma impaciência renovada.

— Ryan, você tem que saber onde conseguiu isso. — Susan suavizou o tom, sem acusá-lo.

— Sinceramente, eu não sei.

— Você comprou em uma loja de armas?

— Não, de um cara.

— Que cara?

— Não sei. — Ryan desviou os olhos. — Eu não me lembro.

— Ryan, você comprou uma arma e não se lembra de quem? — Susan manteve o tom calmo, um feito pelo qual ela merecia um prêmio. Não precisava ser um detetive para saber que Ryan estava mentindo. — Certo, quando você a comprou?

— Tipo, um mês depois que o pai morreu.

— Como é que você se lembra disso, mas não se lembra de quem vendeu a arma para você?

— Porque sim. — Ryan hesitou, voltando o foco para ela com uma careta. — Eu estava em uma festa, mãe. Bebi demais. Fiquei chapado e comprei a arma.

— Quanto custou? — Susan perguntou, incrédula.

— Como eu disse, não sei.

— Quem estava na festa?

— Muita gente que eu não conheço, principalmente caras, algumas mulheres. Eu não conhecia aquela turma.

— De quem era a festa? Onde era?

— Só algumas pessoas que eu conheci em um bar de motoqueiros, em Rocky Springs. Eles perguntaram se eu queria ir a uma festa com eles, e eu fui para uma casa, não me lembro onde era. Só sei que fiquei bêbado e comprei a arma.

Susan tentou entender.

— Mas uma arma tem que custar algumas centenas de dólares. Você nunca tem mais do que 20 dólares na carteira. Você também não estava trabalhando. Quem vai te vender uma arma por 20 dólares?

Ryan piscou.

— Não sei, não lembro.

Susan se abateu.

— Querido, eu amo você, mas não consigo sentir que esteja me contando a verdade. Não faz sentido.

Ryan ficou em silêncio, e ela conseguia vê-lo se retraindo, o que era uma característica dele. Uma característica dela também. Susan tinha puxado do pai. Seu lado da família guardava tudo no peito até explodir.

— Ryan, apenas me conte. Não vou ficar brava. Estive pensando em muitas coisas e vamos fazer muitas mudanças aqui, para melhor. — Susan hesitou, depois tentou explicar da maneira como tinha feito com Raz. — Estamos todos sofrendo desde que seu pai morreu e nos perdemos, como família. Eu mais do que todos. Acho que deleguei muito a ele. Seu pai era o verdadeiro líder desta casa, e, sem ele, bem, ficou um certo vazio, um vácuo de poder.

Ryan parecia estar ouvindo, e Susan percebeu que ele não devia estar acostumado a ela dedicar algum tempo para se sentar com ele daquela forma, sem mencionar vê-la tão vulnerável. Ela continuou.

— Sabe, existe uma expressão: "a natureza abomina o vácuo". Isso significa que quando há um vácuo de poder, as coisas dão errado. O mundo sai de sintonia. Bem, eu acho que nosso mundo anda fora de sintonia. Eu ainda não assumi o lugar desse vácuo, mas é o que eu vou fazer daqui para frente. Tenho que ser a chefe dessa família. Cometi muitos erros, mas eu vou tentar acertar de agora em diante. Então por favor, me diga onde você arrumou a arma e por quê?

— Eu roubei — Ryan respondeu, depois de um momento.

— Você *roubou*? — Susan perguntou, incapaz de afastar a incredulidade de seu tom. Ryan era seu filho calmo, o seguidor de regras, o que nunca fazia nada errado; isto é, até o pai dele morrer. Susan rearranjou o rosto em uma máscara de calma, mas, por dentro, suas emoções estavam todas descontroladas. — Como você a roubou? De onde? De uma loja?

— Não, de um cara. Quero dizer, tudo o que acabei de falar sobre a festa era verdade, e todos nós bebemos demais, e eu não conhecia aquelas pessoas, mas tinha um cara e ele dormiu, e eu vi a arma aparecendo do bolso da jaqueta dele, então simplesmente peguei e saí.

Susan sabia que era a verdade, por mais chocante que fosse, porque o olhar dele permaneceu firme, e a voz tinha uma nota de autenticidade.

— Certo, então por que você a roubou?

— Para proteção.

— Por que você achou que precisava de proteção?

— Não para mim, para você — Ryan respondeu baixinho.

— Para mim? — Susan indagou, comovida.

— Quer dizer, depois que o pai morreu, eu me senti assim... — A testa de Ryan estava franzida de dor, e sua voz falhou no final. — Certo, talvez seja como você disse, eu senti que precisava ser, tipo, o homem da casa. Eu tinha que proteger você e cuidar de você e do Raz. Então, quando achei que ia voltar para a faculdade, eu dei a arma para o Raz, assim ele poderia se proteger e proteger você e a casa.

Susan ficou sem palavras, e então percebeu que não era o momento de falar. Ela saiu da cadeira, deu a volta na mesa e passou os braços ao redor de seu amado primogênito, abraçando-o. Ele se virou e passou os longos braços ao redor da cintura da mãe, e nenhum dos dois disse nada, apenas ficaram junto um do outro. Ela não precisava dizer nada para Ryan, diferente de Raz, pois ele a conhecia muito bem e, lá no fundo, ela sabia que ele estava voltando, retornando para ela.

E, mais importante, retornando para si mesmo.

Capítulo quarenta

Chris foi embora da casa de Abe e Jamie sentindo uma pontada. Não fazia muito tempo que ele conhecia Abe, mas o professor tinha lhe causado um impacto, talvez de uma forma como todos os professores causavam. Chris sempre tinha gostado da escola porque elas eram sua única constante; sempre ele e um professor, mesmo que as escolas mudassem, pois ele nunca tivera muitos amigos. Tirava boas notas, sempre ansioso para agradar aqueles que lhe proporcionavam um santuário mesmo que temporário, e ele agora percebia que Abe tinha se tornado para ele um representante de todos os professores que o haviam ajudado, que o haviam protegido do inferno de sua vida doméstica, e o encorajado a ir para a faculdade e encontrar uma carreira que ajudasse as pessoas, que retribuísse.

Chris sabia no seu íntimo que Abe tinha sido assassinado, mas não sabia quem o tinha feito ou por quê. Ele sentia que estava conectado ao time de beisebol, mas não conseguia ligar as coisas. Faltava uma peça do quebra-cabeças, e ele tinha fé de que iria encontrá-la; só não a tempo. O Rabino ainda não tinha retornado a respeito da batida policial na fazenda dos Kiefermann, e ele ainda não sabia onde Dylan estivera na noite anterior, quando voltou para casa às escondidas.

Ele acelerou na estrada rural, o cascalho esmigalhando-se debaixo dos pneus. Já tinha estado naquela situação antes, mas era parte de uma operação maior e com acesso a todos os recursos da ATF: outros agentes especiais eram destacados, registros policiais e outros documentos oficiais eram fornecidos, ICs — ou informantes confidenciais — eram questionados, e houve uma vigilância eletrônica ao longo de meses, além da vigilância visual e cibernética. O público geral não tinha ideia de quanto pessoal, recursos, técnicas ou compilação eletrônica de fatos era exigida em uma grande operação da ATF. Mas aquela não era a Operação Monograma do Time, tripulada por um único agente infiltrado.

Ainda assim, enquanto Chris dirigia, ele se sentia mais motivado e determinado do que nunca. Em outras operações, seu papel tinha sido instrumental, mas também uma engrenagem no volante, trabalhando com o Rabino e os outros agentes. Desta vez, estava completamente sozinho, com apenas seu raciocínio e experiência para guiá-lo. Deu-se conta de que parecia um caubói — e de Wyoming, dentre todos os lugares possíveis.

Chris passou zunindo pelas casas das fazendas, campos de milho e cavalos em pastos, vendo ao seu redor tudo aquilo que ele desejava proteger: pessoas inocentes, aquela zona rural linda, a sua terra natal. Os edifícios de Central Valley se elevavam ao longe, e ele mal podia esperar para chegar em casa e estudar seus áudios, registrar as informações de que sabia, rever as fotos que tinha tirado e todas as anotações mentais que tinha feito, para tentar encontrar sentido nas coisas, descobrir a peça faltante, resolver o quebra-cabeças e ligar os pontos.

De repente o alerta de uma mensagem de texto soou no celular, e ele lançou um olhar para ver do que tratava. A mensagem era do Rabino. Dizia:

Algo está acontecendo. Nos encontre em 15 min. Lugar de sempre.

Chris sentiu uma onda de energia renovada. Deviam estar chegando informações, e o "nós" da mensagem se referia a Alek, então devia ser coisa grande. Se Alek e o Rabino tivessem a peça faltante, eles poderiam enquadrar os conspiradores. Ninguém mais tinha de morrer, ninguém mais tinha de se machucar. Central Valley poderia continuar vivendo sua vida pacata. Jordan ficaria seguro, assim como Heather.

Chris deu meia-volta e seguiu com o Jeep para o empreendimento abandonado.

Terceiro passo

Capítulo quarenta e um

— Você não pode me desligar! — exclamou Chris, furioso. Alek e o Rabino estavam de frente para ele. O Rabino parecia atordoado, e Alek usava aquele boné idiota com os óculos de aviador, como o Unabomber com um emprego federal.

O Rabino disse:

— Curt, nós precisamos, isso é grande...

— Não! — Chris interrompeu. — Você tinha que me retornar com a batida policial. Estou *muito* perto, a um centímetro da linha de chegada. Estou falando, o professor foi assassinado. Não foi suicídio. E eu peguei um dos meus suspeitos andando sorrateiramente ontem à noite. Eu só preciso unir as peças.

O Rabino balançou a cabeça.

— Eu entendo, mas isso é maior, e a gente precisa de você no norte. Eu também vou. Você vai viajar comigo.

— Está falando sério? — Chris supunha que Alek tinha obrigado o Rabino falar, porque aquilo não era uma conversa, mas um discurso de vendas.

— Não há tempo a perder. Acreditamos que é sobre o aniversário do atentado de Oklahoma. Temos um dia para desvendar e precisamos de toda a ajuda que pudermos.

— No norte onde? Por quê?

— Eu coloco você a par no caminho.

— Fale agora. Porque eu não quero ser desligado desta operação aqui.

Alek interveio:

— Curt, não precisamos justificar isso para você.

— Sim, vocês precisam — Chris disparou de volta. — Já cheguei até aqui, e sei que estou perto. Não vou largar tudo só porque você está mandando.

Alek franziu os lábios.

— Eu sou seu chefe. Você trabalha para mim.

— Trabalho para a ATF, não para você. Havia outro você antes de você e vai ter outro você depois de você. Vocês são todos o mesmo cara. Eu estou fazendo a coisa certa.

— Continue e você está demitido.

O Rabino se colocou entre os dois homens como se estivesse separando dois boxeadores.

— Curt, ouça. Isto foi o que conseguimos: a cerca de duas horas daqui, no norte do estado; é parte da bacia Marcellus, já ouviu falar?

— Na verdade não — disse Chris, embora já tivesse. Só não sentia vontade de cooperar, nem mesmo com o Rabino. Se quisessem que ele largasse tudo, teriam que colocar as cartas na mesa. Chris já tinha participado de missões furadas enviadas por ordens de burocratas como Alek, que não tinham a menor ideia do que estavam fazendo.

— A bacia Marcellus é um dos maiores depósitos de gás natural de xisto no país, e um dos maiores locais de fraturamento hidráulico. Na verdade, a maioria dos locais de fraturamento do país inteiro fica na Pensilvânia, na Marcellus, no condado de Susquehanna e em muitos outros. Cidades como Dimock, Montrose, Springville, Headley. Como você sabe, as empresas de gás usam explosivos para perfurar e eles têm as LFEs.

— Certo, eu entendi, qual é o objetivo? — Chris sabia que LFE significava Licença Federal para Explosivos, o que permitia às empresas comprar e vender os explosivos necessários para os fins de sua atividade.

— Então você sabe que, de acordo com a regulamentação, as empresas de gás têm que monitorar seu inventário de dispositivos explosivos, como os detonadores. Se mais do que um certo número se perder ou for roubado, eles têm que relatar e estão sujeitos a multas.

— Sim, e daí? — Chris sabia de tudo isso. Estava ficando entediado. Era parte da rotina da ATF fazer o monitoramento de acordo com a nova regulamentação do Departamento de Segurança Interna, mas era serviço administrativo, e ficava a cargo de uma equipe diferente no escritório.

— Então você sabe como isso funciona: nós enviamos agentes para lá, e eles inspecionam as operações das companhias de gás. Nós multamos qualquer companhia que tenha um relatório excessivo de furto, o que, dada a natureza desse negócio, muitas vezes é uma informação fraudada. Eles subestimam o número de detonadores que foram perdidos ou roubados para evitar as multas.

— Certo, e daí? Alguém está mentindo sobre os detonadores? Casse a LFE deles. Recomende que eles sejam processados.

— Se fosse só isso, nós não iríamos desligar você.

Alek interveio:

— Sim, nós faríamos isso.

O Rabino o ignorou e continuou falando:

— Então recebemos um relatório de um residente de Headley, uma cidade lá de perto, dizendo que, quando ele estava caçando, encontrou um local queimado. Achamos que fosse uma fogueira, ou talvez a molecada brincando com fogo, mas quando ele começou a cavar, encontrou os detonadores. Ele ligou para as autoridades locais, que ligaram para nós.

Chris sentiu uma tensão no seu interior, sabendo que era uma causa válida de preocupação. Terroristas domésticos que faziam artefatos caseiros improvisados normalmente testavam os explosivos em campo, o que resultava em lugares queimados e vestígios dos testes, às vezes até matavam pequenos animais ou animais de estimação das redondezas. Ainda assim, Chris não iria.

O Rabino continuou:

— Enviamos alguns agentes para o norte para conversarem com as empresas de gás e fazerem uma verificação do inventário de detonadores. Resumindo, descobrimos que alguém está roubando os detonadores: uma quantidade logo abaixo do limite que exige a declaração, de diferentes locais de perfuração na área ao redor de Headley. E uma das empresas relatou roubo de Tovex.

— De novo. E? — Chris sabia que Tovex era um explosivo de gel líquido usado no lugar do TNT. — Eles estão recebendo relatórios de roubo de fertilizante? Ainda é necessário ter um agente oxidante.

— Não, mas já não há mais muita atividade agrícola naquela região. — O Rabino franziu os lábios. — Curt, eu sei que você está comprometido com a sua operação. Eu sei que você acredita nela, e acredita que está no rastro de alguma coisa, mas é hora de fazer uma triagem. Precisamos de você no norte. Você tem que admitir, isso altera a análise de custo-benefício.

— Mas você não tem plano de me colocar na missão. Não posso assumir um disfarce de um dia para o outro. E com quem? Você tem algum suspeito?

— Ainda não, e é verdade, ainda não temos um papel específico para você. Temos que ir para lá, ver o que está acontecendo, e descobrir a melhor maneira de implantar você. Pode nem ser sob disfarce. Precisamos de toda a ajuda disponível.

Chris teve um pensamento aleatório.

— E se os detonadores estiverem relacionados com a minha operação? Com o meu fertilizante?

Alek interveio:

— É no norte. São dois lugares diferentes, dois *tipos* diferentes de lugares. Um não tem nada a ver com o outro.

— Fica a apenas duas horas daqui — disse Chris, pensando em voz alta. — Olha, eu *sei* que um dos meus alunos roubou o fertilizante, isso está no vídeo. E se alguém aqui nas fazendas estiver reunindo o fertilizante e alguém lá estiver reunindo os detonadores? Juntos eles vão explodir. Deixem-me trabalhar no meu polo e vocês trabalham no de vocês. Preciso entrar naquele galpão trancado. Você armou a batida policial?

Alek interveio novamente:

— Não há nenhuma batida policial, eu não autorizaria. Não faz sentido e não há tempo.

O semblante do Rabino transpareceu decepção.

— Curt, precisamos que você venha com a gente.

— Eu não posso ir, e eu não vou — Chris retrucou.

Alek jogou as mãos para o alto.

— Você perdeu a cabeça! Nós temos informações *confirmadas* de que há uma área de teste no norte do estado, mas você quer jogar com os moleques de colegial?

Chris se manteve firme.

— Alek, você disse que eu tinha três dias. Ainda falta um. Se vire sem mim por um dia.

O Rabino franziu a testa, e se colocou na conversa:

— Curt, um dia é tudo o que nós temos.

— É tudo o que tenho também, e eu já cheguei até aqui. Eu juro, estou próximo.

— Nós estamos próximos. Você é o nosso melhor agente. Precisamos de você.

Chris nunca tinha se oposto ao aconselhamento do Rabino, embora já tivesse se colocado contra as ordens de burocratas ainda mais irritantes do que Alek. Porém, o instinto dizia a Chris que deveria ficar, assim como seu coração. Talvez fosse hora de crescer.

— Rabino, eu faria qualquer coisa por você. Me desculpe, mas eu não posso virar as costas para esses adolescentes. Se eles estiverem envolvidos, se eles estiverem sendo usados, vou protegê-los. Porque eles são meus garotos.

— Curt, eu também sou seu chefe. Não me faça dar uma ordem.

— Não me faça cobrar um favor. Você me deve uma. Estou pedindo agora.

— Você vai fazer isso comigo? — O Rabino parecia ter levado um soco no estômago.

— Vou, de verdade. — Chris não precisava lembrar o Rabino da história. O único homem que Chris matara na vida tinha sido na sua primeira operação, quando ele e o Rabino estavam infiltrados em um círculo de perigosos e violentos traficantes de armas. Um dos bandidos tinha apontado uma arma para o Rabino, e Chris revelou sua identidade como um agente da ATF, de acordo com o protocolo. O bandido deu o disparo letal mesmo assim, mas Chris o havia derrubado, puxado a faca do coldre no tornozelo e o apunhalado no pescoço, o que o matou. Chris puxara a lâmina cedo demais, um erro de principiante, mas o ato salvou a vida do Rabino.

A ação policial foi deflagrada na sequência, os traficantes foram presos, e a isso se seguiu uma investigação por parte da Equipe de Revisão de Incidentes da ATF. Chris estava exonerado quando descobriram que o homicídio em legítima defesa tinha justificativa, já que Chris tinha plena crença de que havia perigo iminente de morte ou de lesão corporal grave. E o Rabino nunca esquecera de que Chris tinha salvo sua vida e ficara em dívida, uma dívida que Chris não pretendia cobrar nunca, até aquele exato momento.

Alek explodiu:

— Curt, seu imbecil arrogante!

— Me mantenha informado, Rabino. — Chris deu meia-volta e caminhou a passos largos até o Jeep, enquanto Alek vociferava e reclamava pelas suas costas.

— Curt? Curt!

Chris entrou no Jeep, deu partida e pisou fundo.

Capítulo quarenta e dois

Heather estava à mesa de sua cozinha tentando decidir o que fazer. Tinha ligado para Mindy, mas Mindy não atendera, então deixou uma mensagem na caixa-postal se apresentando e pedindo que ela retornasse, mas sem dar detalhes. Na sequência, enviou uma mensagem de texto, mas Mindy continuou sem responder. Depois, Heather ligou para Susan, mas Susan não atendeu. Deixou o mesmo recado de voz, e a mesma mensagem de texto na sequência.

Agora estava sem ideias. Jordan estava mal-humorado no quarto, irritado por ela ter confiscado o celular, que estava sobre a mesa na frente dela. Ela também havia pegado o laptop, de modo que ele também não pudesse mandar mensagens por lá. Não queria mais palhaçadas na internet até que aquilo estivesse resolvido. Estava começando a odiar a internet completamente.

Heather bebeu seu café, que tinha ficado frio. Seu olhar perturbado se voltou para o luminoso da Friendly's do outro lado da janela. EXPERIMENTE NOSSOS MILKSHAKES FRESQUINHOS E CREMOSOS! Ela nunca tinha comido em uma lanchonete da Friendly's, embora pudesse recitar todos os itens do menu, incluindo as palavras inventadas por eles mesmos, que apareciam regularmente no luminoso. Talvez, quando aquilo acabasse, ela e Jordan pudessem tomar um Hunka Chunka PB Superfudge. Ou talvez pudesse ir lá com o Treinador Delícia em pessoa. Chris, seu crush inapropriado.

De repente, Heather teve uma ideia. Poderia ligar para Chris e falar sobre as fotos. E olha que nem estava usando esse fato como desculpa. Se Evan realmente tivesse enviado aquelas fotos para todo mundo no time de beisebol, então alguém ou a equipe de treinadores poderia tomar ciência. Heather nunca tinha falado pessoalmente com o treinador Hardwick, e se sentia intimidada pelas histórias horríveis a respeito dele. Porém, ela conhecia Chris. Faria sentido entrar em contato com ele, embora não fosse o início romântico que esperava — *Oi, Chris, você viu as fotos de sacanagem que andam circulando entre o time?*

De repente, o celular de Jordan tocou, e ela olhou para a tela por reflexo. Estava escrito: **Evan Kostis chamando**. Por impulso, ela atendeu.

— Evan, quem está falando é a mãe do Jordan.

— Ah, sra. Larkin, o Jordan está aí? Posso falar com ele?

— Na verdade, você não pode, ainda não. — Heather achou que Evan parecia alterado. — Antes de eu dizer ao Jordan que você quer falar com ele, preciso resolver um assunto. Liguei para sua mãe, mas ainda não tive retorno. Posso falar com ela?

— Hum, não estou em casa.

— Está bem, então. — Heather hesitou. — Acabei de ver uma foto imprópria que você mandou para o Jordan, e fiquei muito preocupada. Acho...

— Sra. Larkin, realmente peço desculpas. Já falei com meus pais sobre isso e eles também estão bravos. Sei que nunca deveria ter feito isso e eu sinto muito mesmo. Peço desculpas à senhora e ao Jordan.

Heather sentiu uma pontada de compaixão, mas não estava pronta para livrá-lo da responsabilidade.

— Evan, fico contente por você sentir remorso, mas isso é uma coisa muito ruim. Eu nem mesmo sei que tipo de implicações pode ter. Pode ser que existam aspectos legais...

— Eu sei, eu sei, minha mãe disse a mesma coisa, e eu peço desculpas. Posso falar com o Jordan?

— Não, não pode. — Heather achava que Evan estava se esforçando para tirá-la do telefone logo. — Eu gostaria de entender um pouco melhor a situação. Para quem mais você enviou a foto?

— Só para o time.

Heather lamentou o dia em que Jordan finalmente entrou para o time principal do colégio. *Círculo dos Vencedores, uma ova.*

— Quem é essa menina na foto? — É sua namorada? Ela sabe que você andou repassando essa foto? Evan, isso é uma coisa terrível...

— Sra. Larkin, meus pais estão no meu pé por causa disso, então não precisa se preocupar. Agora, por favor, será que posso falar com o Jordan?

— Não. — Heather não estava gostando da postura do garoto. — Você pode falar com o Jordan quando tiver respondido à minha pergunta. Você enviou ao meu filho uma foto que pode causar problemas para ele com a polícia. Quero saber o que você fez...

De repente, a ligação ficou silenciosa, e Jordan entrou correndo na cozinha.

— Mãe, era meu telefone que estava tocando? Era para mim?

— Sim, era o Evan, e você vai ficar feliz em saber que ele mandou a foto apenas para os integrantes do time principal, então só os melhores jogadores vão para a cadeia.

Jordan arregalou os olhos.

— Mãe, você estava falando com ele agora? Você gritou com ele?

— Eu não gritei, mas falei “não” e, se você me perguntar, já estava na hora.

— Mãe, o que você está fazendo? Você não é a mãe dele! — Jordan ficou boquiaberto.

— A mãe dele não me retornou a ligação, nem ela e nem a do Raz.

— Você *também* ligou para ela? — Jordan jogou as mãos para o alto. — Mãe, você não pode fazer isso! Você está dedurando todo mundo! Por que você fez isso? O Evan vai ficar louco da vida comigo!

— Em primeiro lugar, essa não deveria ser a sua principal preocupação, porque os pais do Evan já sabiam.

— Como você sabe?

— Ele acabou de me dizer.

— Mãe, me dá o telefone, por favor. — Jordan estendeu a mão para o telefone, mas Heather o enfiou no seu bolso de trás.

— Você não vai ter nem o celular e nem o laptop de volta até eu entender tudo o que está acontecendo.

— Mãe, o celular é meu.

— Não é mais.

— Fui eu que paguei por ele. Comprei com o meu próprio dinheiro.

— Está debaixo do meu teto, assim como você.

— Devolva! — Jordan deu um passo à frente, e Heather se manteve irredutível no lugar. Porém, ela se deu conta naquele momento de que não era grande o suficiente para detê-lo se ele precisasse ser detido. Heather percebeu que ela e o Jordan estavam cruzando uma linha na relação de pais e filhos que não tinha volta. Ela o encarou nos olhos com o máximo de firmeza; isso para uma mulher que estava acostumava a servir como meio de vida.

— E nem pense em tirar isso de mim.

— Você é ridícula! — Jordan gritou e depois saiu do cômodo.

Heather soltou a respiração, perguntando-se se outras mães tinham filhos que saíam e as deixavam falando sozinhas regularmente. Ela pegou o próprio celular e ligou de novo para Mindy. Era a coisa certa a se fazer já que tinha acabado de gritar com Evan. A chamada tocou e tocou, depois caiu na caixa-postal. Ela deixou uma mensagem:

— Mindy, aqui é a Heather, a mãe do Jordan Larkin, ligando de novo. Você poderia me ligar quando tiver um momento, por favor? É muito importante.

Heather desligou, mandou uma mensagem de texto na sequência e depois ligou para Susan.

Capítulo quarenta e três

Mindy sentou-se na cama com o laptop, verificando o Facebook. Desta vez, porém, não estava postando e nem lendo posts dos outros. Digitou Cynthia Caselli no campo de busca e ali apareceu uma longa lista de fotinhos de usuárias: garotas jovens, uma mulher mais velha e até mesmo um cãozinho maltês. Mindy olhou entre as opções locais e encontrou uma Cynthia Caselli que frequentava o colégio de Rocky Springs.

Clicou na miniatura. O rosto de Cynthia apareceu na tela: uma loira linda de olhos azuis e um sorriso deslumbrante. Mindy pensou no bebê e como seria lindo. Seu neto. Sempre tinha esperado ansiosamente pelo dia em que seria avó, já que todas as suas amigas mais velhas do clube falavam dos netos o tempo todo. Elas diziam que era uma experiência como nenhuma outra.

Mindy sentiu as lágrimas brotarem, mas piscou para afastá-las. Olhou na página do Facebook e, infelizmente, não conseguiu descobrir mais nada sobre Cynthia Caselli, já que a garota mantinha a página privada, exceto a foto de perfil e as informações básicas.

Mindy abriu uma nova janela, entrou na lista telefônica e digitou Cynthia Caselli, o que levou a uma lista de nomes e endereços. No topo estavam Paul e Gloria Caselli, Hilltop Drive, 383, Rocky Springs, PA, com um número de telefone.

Pegou o celular e então hesitou. Ela não sabia por que sentia a urgência de ligar. Por um lado, era uma ideia idiota, e ela não sabia o que iria dizer. Por outro, não gostava de ficar de fora da equação e, no mínimo, devia a eles um pedido de desculpas. Paul poderia falar que os Caselli eram gente que não prestava, mas Mindy e seu filho mimado não eram melhores do que a menina ou do que qualquer outra pessoa.

Mindy ligou para o número, e a ligação foi atendida depois de dois toques, por uma mulher.

— Alô, estou falando com Gloria Caselli?

— Sim, quem está falando?

Mindy sentiu o coração começar a bater forte. Não podia acreditar que estava, de fato, falando com a outra avó de seu neto. Era estranho estar ligada por sangue a uma mulher que ela nunca conhecera. Mas agora essa conexão não existia mais, o que tornava tudo ainda mais estranho.

— Aqui é Mindy Kostis, mãe do Evan.

— Ah, sim, como vai, sra. Kostis?

— Por favor, me chame de Mindy. Nas atuais circunstâncias, acho que é apropriado. — A boca de Mindy ficou seca. Agora tinha que pensar no que dizer, e era estranho. Queria tomar uma bebida, mas aqueles dias tinham acabado, ela precisava endurecer.

— Certo, me chame de Gloria. Bom, posso ajudar com alguma coisa?

— Não sei nem por onde começar. — Mindy sentiu muita vergonha de Evan, de Paul e de si mesma. — Acho que só estou ligando para dizer que não sabia o que estava acontecendo com o Evan e com a Cynthia, e eu sinto muito por tudo. Lamento de verdade.

— Bem, não há nada o que lamentar. Eles são jovens. Acontece.

— Acontece? — Mindy perguntou, surpresa. Ela teria esperado que Gloria ficasse furiosa com ela e com Evan.

— Sim, com certeza. Eles namoraram por um tempo, e a Cyn ficou muito magoada quando o Evan terminou com ela. Mas ela tem um novo namorado agora, então tudo está bem quando termina bem. Não gosto quando os adolescentes namoram muito sério cedo demais, não é?

— Bem. — Mindy ficou atônita. Ela estava tentando ser delicada, mas não estava funcionando. — Eu quis dizer sobre o bebê. Lamento que isso tenha acontecido. Eles não me contaram. Eles esconderam...

— Que bebê?

— O bebê, sabe, o bebê deles. Da Cynthia e do Evan.

Gloria ofegou.

— Espere. Que bebê? Eu não sei do que você está falando.

Mindy congelou. Paul e Evan tinham dito a ela que os pais de Cynthia sabiam sobre o bebê. Mas e se tivessem mentido para ela? E se os Caselli não soubessem? E se estivessem ouvindo aquilo pela primeira vez da boca de Mindy? E agora o bebê não existia mais. Mindy não sabia o que falar. Tudo o que dissesse partiria o coração de Gloria.

— Mindy? Que bebê?

— Ele a engravidou — Mindy falou de repente, nervosa. — A Cynthia ficou grávida e fez um aborto fora do estado, em Nova York. O Evan e o meu marido deram o dinheiro a ela e a deixaram hospedada em um hotel. Achei que você e o seu marido soubessem disso...

— Você está falando *sério*? — Gloria parecia chocada. — Isso não é verdade de jeito nenhum! A Cyn não ficou grávida e nem fez um aborto! Nada disso aconteceu.

— Sim, aconteceu.

— Não, não aconteceu — Gloria disparou de volta, firme.

— Lamento que você tenha ficado sabendo disso pela primeira vez da minha boca, mas eles me disseram que você sabia.

— Não tem nada para saber. Não aconteceu. Acredite em mim. Você está errada.

Mindy não entendia.

— Não estou, acabamos de discutir sobre isso. Eles acabaram de me dizer. Talvez ela não tenha contado, ou talvez tenha falado só para o seu marido e não para você. Foi isso que o Evan disse, ele contou só para o pai, não para mim.

— Não, errado. Isso é falso.

Mindy se viu completamente perplexa. Talvez Gloria estivesse em negação.

— Acredite em mim, não quero ofender você, mas às vezes não sabemos o que acontece na nossa própria casa...

— Mindy, se você realmente precisa saber, a minha filha teve uma torção ovariana aos 14 anos e ele foi removido em uma cirurgia de emergência. Ela usa pílula desde então, para garantir que não perca os dois. Então, as chances da Cyn engravidar são de poucas a nenhuma. Agora, chega dessa conversa.

— Minha nossa, eu sinto muito. Adeus. — Mindy desligou, abalada. Ela não tinha ideia do que estava acontecendo, mas não chorou, e não hesitou.

Ela se levantou, deixou o quarto e desceu as escadas para encontrar Paul.

Capítulo quarenta e quatro

Mindy chegou ao pé da escada e não precisou ir adiante, pois, estranhamente, Paul estava na sala de estar, lugar onde ele nunca ficava. Estava sentado no sofá, olhando para o teto, a cabeça deitada para trás na almofada. Um copo de cristal com dois dedos de uísque repousava próximo a sua mão.

Mindy entrou na sala, e Paul olhou para ela. Seus olhos pareciam cansados, exaustos, vermelhos por causa do álcool, mas Mindy não sentia pena. Na verdade, não sentia nada por ele.

— Paul, acabei de falar no telefone com os Caselli. — Ela estava em pé diante dele. — Gostaria de me explicar que diabos está acontecendo?

Paul piscou, atordoado.

— Você ligou para os Caselli — ele disse baixinho. — É claro que ligou.

— O que isso significa? O que está acontecendo? — Mindy não entendia a forma como ele estava reagindo. Parecia estar descompensando, o que era totalmente atípico. — A Cynthia Caselli fez um aborto ou não?

— Não, ela não fez.

— *O quê?*

— O Evan não a engravidou. Foi uma completa mentira.

Mindy não tinha ideia de como reagir. Ela se sentia atordoada, atônita e chocada.

— Isso é uma piada? Está brincando comigo? O Evan *não* deixou aquela menina grávida?

— Não, ele não deixou.

— Então foi *você*? *Você* engravidou alguém?

— É claro que não, ninguém engravidou. — Paul falava de um jeito quase entediado, estendendo a mão para o uísque.

— Não diga "claro que não" para mim — Mindy falou em tom calmo. Não sentia a necessidade de gritar, e ele estava agindo de forma muito estranha. — Você está me dizendo que você e o Evan mentiram para mim?

— Sim. Bem, para ser preciso, foi o Evan que inventou e eu entrei na dele.

— O que você quer dizer *com isso*? Por quê? O que está acontecendo? Você planejou tudo?

— Não, nós não planejamos nada. Eu não achei que você fosse descobrir sobre os saques e nem ele.

— Paul, por que você inventou uma história tão horrível? Eu fiquei transtornada que ele tivesse engravidado uma menina e que eles abortassem o nosso neto.

— Acabei de falar, não fui eu que inventei a história. Foi ele, na hora. — Paul suspirou. — Ele é um adolescente. Ele estava inventando conforme ia falando. A boa notícia é que ele não mente tão bem assim.

— Não tão bem quanto o pai.

— Não, de forma alguma.

Mindy não gostava de como ele estava agindo, quase em estado de coma. Ela começou a sentir uma pontada de medo. Algo estava terrivelmente errado com o marido.

— Paul, me diga o que está acontecendo.

— Você precisa se sentar.

— Não me diga o que fazer, só me fale o que você fez.

— Mindy, isso é ruim. É uma das piores coisas que se pode imaginar. Sugiro que você se sente. — O olhar desfocado de Paul encontrou o dela, e algo disse a Mindy para seguir o conselho. Não era mais uma disputa de poder, pois Paul estava agindo de maneira completamente impotente.

— O que foi? — Mindy perguntou, sentada em frente a ele, na cadeira.

— Eu estava tentando não falar para você porque pensei que estava tudo sob controle. Achei que acabaria passando, mas não é isso que vai acontecer. Você vai descobrir cedo ou tarde porque eu vou ser indiciado na semana que vem. Então aí está.

— Indiciado? — Mindy ofegou.

— Sim, eu fui alvo de uma investigação federal nos últimos seis meses, da receita federal e do FBI. Não uma, mas duas agências federais. Duas. — Paul levantou dois dedos, como um sinal de vitória.

— Do que você está falando? — Mindy sentiu-se no meio de um pesadelo. Aquilo não fazia o menor sentido. Não era possível. Ele ainda podia estar mentindo. Ela não o conhecia mais. Seu marido, o estranho.

— Estou prestes a ser indiciado por fraude médica, lavagem de dinheiro e sonegação de imposto de renda.

Mindy sentiu o sangue bombear na sua cabeça, como se fosse desmaiar. Ela se apoiou no braço macio da cadeira.

— Quer uma bebida? Eu sei que você bebe. — Paul estendeu o copo de uísque, sorrindo pelo canto da boca.

— Não. — Mindy encontrou sua voz, sufocada. — Isso é mesmo verdade?

— É. Na semana que vem, vou ser indiciado. — Paul nem sequer piscou. Sua calma era sobrenatural, quase mecânica. — Eu tirei o dinheiro da conta do Evan. Ele nem sabia. Eu precisava de um advogado criminalista especializado em crimes do colarinho branco. Eles queriam um depósito adiantado. Eu não podia fazer um cheque porque sabia que você iria perceber, e nossos recursos vão ser bloqueados quando o indiciamento sair oficialmente.

— Paul, não. — Mindy cambaleou. Aquilo era demais para assimilar de uma vez só. Uma parte dela ainda não tinha certeza se era verdade. Estava confusa e atordoada. — Você está mentindo de novo? Isso é real?

— Mindy, minha querida, mais real impossível. Eles andam fazendo da minha vida um inferno na terra desde que me mandaram a notificação; você nem imagina. É onde eu estive todos esses dias em que falei que estava trabalhando até mais tarde. Tenho me reunido com os meus advogados, com a receita federal e com o FBI, tentando arquitetar um acordo.

— O que você fez? Você fez essas coisas? — Mindy se esforçava para processar a informação, tudo de uma vez. Se ele estivesse dizendo a verdade agora, não estava tendo um caso. Ele estava era metido em algo muito pior, mas tudo o que sentia era autopiedade.

— Sim, eu fiz essas coisas.

— O que exatamente? Como? — Mindy não conseguia assimilar o que ouvia. Paul era um cretino egoísta, mas nunca tinha feito nada ilegal, até onde ela sabia. E eles tinham dinheiro mais que o suficiente para pagar os impostos.

— Vou simplificar, já que meus advogados não estão aqui para citar artigo por artigo. Eu não preciso me preocupar se você resolver testemunhar contra mim em um julgamento, mesmo que você se divorcie de mim, porque não vamos a julgamento. Você está livre, embora tenha assinado nossos recibos.

Mindy estava atordoada. As palavras não faziam sentido. *Livre. Julgamento. Testemunhar.* Sua vida estava se fazendo em pedaços. Estava aflita demais para falar, então deixou-o continuar.

— Trocando em miúdos, estamos cobrando por exames e cirurgias que não fazemos, e nós declaramos que fazemos e ficamos com o dinheiro. É claro, temos que esconder o dinheiro, que neste momento é de quase $7,2 milhões, e estamos dividindo igualmente entre nós três.

— *Sete milhões* de dólares? — Mindy começou a se recuperar ao ouvir o montante. O dinheiro tornava aquilo real. Era real. — Para onde isso tudo está indo?

— Nossa parte é de mais de 2 milhões, e estamos gastando aqui mesmo neste sofá, no nosso título do clube, na BMW do Evan, nas férias nas Ilhas Cayman, que foram muito divertidas, eu tenho que admitir.

Mindy não fazia ideia de por que ele faria uma coisa dessas. Dinheiro nunca tinha sido um problema; ela não sabia por que ele correria tamanho risco.

— O Mike, meu amado amigo, contou para a adorável esposa dele, Linda, e a Linda o fez contar para os agentes federais, que ofereceram um acordo muito bom. Em troca disso, ele se tornou o que chamam de delator premiado. Ele está usando uma escuta debaixo do jaleco já há seis meses.

— Mike, o seu *colega*? — Mindy sempre gostou dele e de Linda. Eram amigos desde que Mike tinha se unido ao grupo.

— É. Eles também grampearam meu celular e meu telefone do consultório, e, inclusive, a Carole estava metida nessa também. A gente precisava da cooperação dela com as notas frias. Foi por isso que a contratamos e foi por isso que eu comprei a joia. Para mantê-la feliz e quieta. Eu sei que não é aniversário dela. — Paul sorveu o uísque depois fechou os dentes ruidosamente ao engolir. — O Mike entregou o caso todo para eles. A gente ia sair numa boa, a gente *estava* saindo, mas ele delatou tudo para os federais, entregou numa bandeja de prata, por assim dizer. Que também passou a conter a minha cabeça.

— Paul, você realmente fez essas coisas? — Mindy perguntou em descrença.

— Sim, eu fiz.

— Por quê?

— Dinheiro, em primeiro lugar. O dinheiro é bom demais. E, francamente, estou com raiva.

— Você está com raiva do quê? — Mindy balançou a cabeça em negativa, estupefata. — Você tem tudo. Nós temos tudo.

— Estou com raiva do gerenciamento de atendimento, ou melhor dizendo, do atendimento mal gerenciado. Estou farto que me digam quais exames eu posso fazer, por quais procedimentos eu posso cobrar, quais medicações eu posso pedir, qual empresa farmacêutica eu posso usar. — Paul tinha uma expressão fulminante nos olhos. — Então, eu achei um jeito de dar o troco. Estou ganhando o dinheiro que eu ganharia se eles não interferissem nos meus atendimentos.

Mindy ouviu a autopiedade aumentar na voz dele, e ela começou a compreender as implicações do que ele estava contando.

— Então o que você está dizendo? Você vai para a prisão?

— Sim. Eu vou fazer um acordo, Min. Vou me declarar culpado. Vou pegar 22 meses.

— Você realmente vai para a cadeia? — Mindy não conseguia acreditar.

— Vou, e o governo vai tomar tudo de volta. Tudo o que temos, tudo nesta sala. — Paul fez um gesto para os móveis. — Vai ser vendido para pagar as multas e fazer a restituição. Vai ser tudo apreendido, a casa toda, os carros, tudo o que temos.

Os lábios de Mindy se abriram de choque. Ela levou a mão ao peito. Seu coração estava disparado. Entendia tudo agora, mas não se importava com a casa, com o carro e nem com o sofá. A única coisa que lhe preocupava era Evan.

— O que o Evan tem a ver com tudo isso? Você não o envolveu nisso, envolveu?

— Não, ele está livre.

— O que você quer dizer com "livre"? Por que ele inventou a história? O que aconteceu?

— Depois que recebi a carta de notificação, ele me ouviu conversando no telefone, tentando contratar um advogado. Ele ouviu toda a conversa e me perguntou a respeito. Eu não queria que ele soubesse. Achei que as coisas nunca chegariam onde chegaram, e não pensei que eles conseguissem prova das acusações. Não pensei que o Mike tivesse se transformado no parceiro deles, em vez de ser o meu. — Paul sacudiu a cabeça e estalou a língua. — E eu fui bom demais com aquele cretino. Eu o trouxe para dentro do grupo quando ninguém mais queria aceitá-lo. Ele não é um cirurgião tão bom assim. Ele é praticamente um açougueiro, estou falando...

— Então, o que aconteceu com o Evan depois?

— Bem, acho que revelei algumas coisas para o Evan de tempos em tempos e ele queria saber. Ele viu pelo que eu estava passando e, acredite em mim, está com tanta raiva disso quanto eu. Ele viu o que estavam fazendo comigo. — Paul terminou de sorver o uísque. — Tem sido um pesadelo, querida. Você não faz ideia de quanto poder o governo tem, e, quando se volta contra a gente, não temos a menor chance. Nenhuma.

— Então você tem se confidenciado com o Evan por todo esse tempo?

— Eu precisava do apoio, francamente.

— Seu filho não deveria apoiar você, você é que deveria apoiá-lo. — Mindy sentiu a raiva queimar como o aço quente. — Você não deveria ter contado para ele; deveria ter falado para mim.

— Eu não queria deixar você preocupada.

— Pare de mentir para si mesmo. Você não queria me *enfrentar.* — Mindy se controlou. Paul já não importava mais. Só Evan importava. — Você deixou o seu filho pagar o seu advogado? Você deixou seu filho assumir a sua responsabilidade? Você o deixou mentir para mim? Você o deixou esconder de mim o que você fez?

Paul soltou um pesado suspiro e voltou o olhar de volta para ela, sem foco. Não havia amor naqueles olhos, e também não havia remorso nenhum.

— Eu quase falei a verdade para você e, se você pensar, vai se lembrar. Comecei a dizer, mas você me interrompeu e ele veio com essa história louca de aborto, e eu pensei: por que eu não entro na jogada? Mas vou ter que me declarar culpado. Então você iria descobrir cedo ou tarde, e você vai descobrir. Cedo.

— Aonde o Evan foi?

— Não sei. Eu não faço ideia.

— Isso é mesmo verdade?

— Sem sombra de dúvida. Provavelmente saiu com os amigos ou com uma das namoradas. Nosso garoto de ouro. Ele leva uma vida de encantamento.

— Leva? — Mindy perguntou ao se levantar. Ela começou a entrar em pânico. Estava escuro e eles ainda não tinham ouvido notícias de Evan. Não podia imaginá-lo rodando de carro por aí durante tanto tempo, e ele devia estar abalado até o âmago. Ele tinha mentido para proteger o pai, que não o merecia. E não a merecia também.

— Tenho certeza de que ele vai ficar bem.

O cérebro de Mindy começou a funcionar. Era um fardo pesado demais para Evan, ou para qualquer filho. A vida dele estava prestes a desmoronar, e o pai iria para a cadeia. Ele perderia o lar. Todo mundo na escola ficaria sabendo, os companheiros de time, os amigos, os professores.

— Você ligou para ele? Mandou mensagem?

— Não.

— Legal. Perfeito. Incrível. — Mindy estendeu a mão para o celular e leu a tela inicial. Tinha recebido algumas mensagens de algumas mães, mas a que saltou aos seus olhos foi a de Evan. Não tinha ouvido o alerta de chegada, talvez tivesse acontecido enquanto ela estava no telefone com Gloria Caselli. Deslizou o dedo para ler a mensagem, que dizia:

mãe, não se preocupe, estou bem. te ligo qdo der. te amo.

— Min, ele mandou mensagem para você?

— Sim, ele mandou, mas não diz onde está e nem quando vai voltar para casa. — A mensagem não proporcionava conforto nenhum. Na verdade, a deixou mais preocupada. Ligou para Evan novamente, mas a ligação tocou e tocou e depois caiu na caixa-postal. Ela mandou mensagem de texto.

me ligue o qto antes, estou preocupada com vc

— Se ele mandou uma mensagem, ele está bem. Ele vai voltar para casa quando esfriar a cabeça.

— Queria saber se ele está com aquela menina, Amanda. — Mindy foi ao celular, procurou a foto que tinha tirado do contato de Amanda e ligou. A chamada tocou e tocou, depois caiu na caixa-postal: uma mensagem gravada, com voz mecânica. Ela esperou que acabasse, então disse: — Amanda, aqui é a mãe do Evan. Ele está com você? Por favor, peça para ele me ligar imediatamente. Se ele não estiver, quero que *você* me ligue imediatamente. Imediatamente!

Paul chamou do sofá.

— Min, quem é Amanda?

Mindy não se preocupou em responder e, sem perceber, foi até a janela. A BMW de Evan não estava lá, é claro. Mas ele podia estar com Amanda ou sentado sozinho em um carro em algum lugar, perturbado. Ela deu uma olhada na rua, mas não havia BMW nenhuma. A lua brilhava nas mansões gigantes, com suas sebes bem-cuidadas e canteiros adubados de narcisos. Todos tinham um carro novo e uma cesta de basquete, e todos reciclavam o lixo. Mindy se despediu daquilo em pensamento. Só queria o filho de volta.

Sua mente estava a mil por hora. Ela rezava para que Evan não tivesse fugido de casa. Olhou para as outras mensagens e começou a abri-las. Alguém tinha que saber onde ele estava.

Evan, onde você está?

Capítulo quarenta e cinco

Chris trabalhava em seu *home office*, fazendo muitas coisas ao mesmo tempo, em máxima velocidade. Ele havia isolado as fitas de gravações dos quatros suspeitos — Raz, Evan, Trevor e Dylan — e estava passando-as. As vozes gravadas ecoavam pelo quarto enquanto ele analisava as fotos tiradas da casa de Dylan. Era como ele sempre trabalhava em um caso: imerso na investigação, revendo todos os fatos e estudando cada detalhe. Toda vez aparecia algo que não tinha notado antes. Nunca havia trabalhado sob tamanha pressão, mas agia melhor debaixo de uma arma.

Então mudou para as fotos que tinha tirado no chalé de Abe, e observou cada uma. Elas mostravam cenas de montanhas de topos branquinhos, um museu de vida natural, os pais idosos de Abe sentados em um balanço de varanda, e Jamie, Abe e os outros professores e respectivos cônjuges em uma piscina com suas roupas de banho, sorrindo e abraçados uns nos outros. Abe estava alegre no centro, e Chris sentiu uma pontada de tristeza pela perda do sujeito, um sinal de quão profundo aquela operação havia penetrado em seus ossos. Não podia deixar que os assassinos de Abe se safassem. Precisava pará-los antes que matassem mais alguém. Tinha que haver uma conexão.

Chris ouviu vozes e uma batida na porta lá embaixo, mas ignorou. Não estava esperando ninguém. A pessoa devia ter errado de prédio. Acontecia, pois os sobrados geminados no condomínio pareciam todos iguais.

Uma mulher chamou de lá:

— Chris, você está em casa?

Chris reconheceu a voz. Era Heather. Por mais que gostasse dela, não tinha tempo para lidar com a situação. Aguardou, na esperança de que ela fosse embora.

— Chris, é a Heather e o Jordan! Você está em casa? Seu carro está aqui!

Chris iria lá ver o que eles queriam e se livraria deles depressa. Fechou o arquivo, saiu do escritório correndo, desceu às pressas até a porta e acionou o botão para destrancá-la. Parou do lado da porta do seu apartamento para recebê-los no patamar. Heather e Jordan subiram. Ela parecia perturbada, os cabelos soltos e as mãos enfiadas nos bolsos do casaco; Jordan se arrastava com passos pesados atrás dela como se eles nem estivessem juntos.

— Ah, oi, gente — Chris disse rapidamente. — Desculpem, vocês me pegaram em um momento ruim.

— Oi, Chris. — Heather mostrou um sorriso contrito ao chegar no patamar. — Sentimos muito por incomodar você.

— Oi, treinador — Jordan interveio. — Foi minha mãe que quis vir, não eu.

— Obrigada. Jordan. — Heather disparou um olhar tenso para ele, depois se voltou para Chris. — Chris, eu não estaria aqui se não fosse importante. Aconteceu uma coisa que você precisa ficar sabendo, como treinador. Eu não quis procurar o treinador Hardwick porque, bem, eu não o conheço, e não quero ligar para a diretora se pudermos manter isso só entre o time. Dentro de casa, como aconteceu.

— Certo, como posso ajudar? — Chris se resignou a ouvir o problema e depois os mandaria para fora dali.

— Bem, podemos entrar? — Heather piscou. — Eu não quero falar sobre isso aqui fora.

— Ah, claro, certo. Desculpe meus maus modos. — Chris os convidou a entrar, mas deixou a porta aberta.

— Bem, é uma coisa constrangedora, mas lá vai. — Heather franziu a testa, mal olhando ao redor do apartamento. — O Jordan recebeu uma foto imprópria do Evan hoje por mensagem de celular. É de uma menina com quem Evan está saindo, um *nude*. O Jordan acha que ele a chama de srta. Vem Que Eu Estou de Calcinha, mas não importa. O Evan enviou essa foto para o time inteiro e, pelo visto, ele já mandou essas coisas antes. Não sei o que fazer, mas temos que fazer *alguma* coisa.

— Eu entendo. — Chris não tinha tempo para um drama de envio de *nudes* entre garotos de colegial. — Eu vou cuidar disso amanhã logo cedo, quando...

— Eu só queria dizer que é a primeira vez que o Jordan recebe uma dessas fotos do Evan. Jordan não era do time principal antes. Só não quero que eu meu filho se meta em encrenca por algo que o Evan está fazendo. O Jordan precisa de uma bolsa de estudos de beisebol e se isso aparecer no histórico dele...

Jordan interveio:

— Mas eu não quero deixar o Evan encrencado. Liguei para ele, mas ele não me retornou.

— Jordan, é sério? — Heather disparou outro olhar para o filho e, em seguida, voltou sua atenção para Chris. — Eu liguei para a Mindy, a mãe do Evan; mas, no momento, este é o menor dos problemas dela. Ela está fora de si. Acabou de descobrir que o marido vai para a cadeia por sonegação de impostos.

— Sério? — disse Chris, surpreso.

— É, e aconteceu uma grande briga familiar. Ela nem sabe onde o Evan está.

— O Evan desapareceu? — As orelhas de Chris ficaram em pé.

— Bem, não desapareceu, mas ele não está em casa. — Heather franziu os lábios. — Mas o Evan não é problema meu. A família dele pode fazer um cheque para pagar a faculdade, mas a gente não pode, e eu não vou deixar o Evan prejudicar as chances de o Jordan ser recrutado.

— Concordo, o Jordan não deve se meter em problemas, mas é domingo à noite, então não consigo entrar em contato com o treinador Hardwick, nem com a dra. McElroy ou qualquer outra pessoa na secretaria. — Chris caminhou até a porta. Sentia que alguma coisa estava acontecendo com Evan e precisava voltar para sua mesa. — Pessoal, eu realmente agradeço que vocês tenham trazido isso ao meu conhecimento, mas estou ocupado agora. Vou discutir isso amanhã logo cedo...

— Chris, preciso me fazer entender, isso é muito constrangedor. — Heather pegou o celular do bolso e foi mexendo na tela enquanto falava. — Talvez você precise ver do que estou falando para entender. Essa foto é *muito* imprópria. Veja!

— Eu achava que era... — Chris começou a dizer, mas parou quando Heather estendeu o telefone. A tela mostrava o corpo nu de uma mulher cujo rosto não era mostrado, mas cujas pernas estavam abertas de modo que não restava nada para a imaginação. A garota tinha uma tatuagem no lado do corpo, um filtro dos sonhos.

— Heather, deixe-me ver isso. — Chris sentiu um certo incômodo.

— O *nude*? — Heather passou o celular para ele. — Meio que é estranho da sua parte, mas tudo bem.

— Com licença um minuto. — Chris olhou a foto, devolveu o celular e voltou de costas para dentro do escritório. — Só esperem aqui.

Capítulo quarenta e seis

Chris correu para o escritório, fechou a porta atrás dele, e chegou à sua mesa às pressas, onde estavam as fotos de Wyoming. Encontrou a que estava buscando, a foto de Jamie, Abe e demais professores com maridos ou esposas, vestidos em roupa de banho. Seu olhar foi direto para Courtney, que vestia um biquíni preto. Courtney tinha uma tatuagem na lateral do corpo, e ele olhou com atenção, mas não conseguiu ter certeza do que se tratava. Se a foto fosse digital, ele simplesmente aumentaria, mas não tinha um scanner ali.

Chris abriu a gaveta da escrivaninha com tudo, encontrou uma lupa das antigas e sustentou-a diante da foto. Ele passou a lente sobre a cintura de Courtney, e a arte corporal ganhou foco. A tatuagem de Courtney era um filtro dos sonhos, e ficava do lado direito, na mesma posição em que o da moça nua da foto. Ele a comparou com o celular, e a tatuagem era a mesma.

Chris piscou. Então Courtney era a mulher na foto, e ela e Evan deviam ter um caso. Porém, algo era ainda mais preocupante. Heather disse que o pai de Evan estava prestes a ir para a cadeia por evasão fiscal, um crime federal. Evan estava tão transtornado que tinha saído de casa. Isso daria ao garoto uma motivação para alimentar rancor contra o governo. Mas onde estava Evan? Será que poderia estar com Courtney?

Chris sentiu a adrenalina bombear em seu organismo. Voltou-se, em seguida, para o computador e digitou o nome de Courtney, e Central Valley PA, e o primeiro endereço que apareceu foi o dela.

Courtney Wheeler, Mole Drive, 297, Central Valley, PA

Então o olhar de Chris recaiu sobre um terceiro endereço, sob o título de **endereços anteriores de Courtney Wheeler**, e ali havia:

Courtney Shank Wheeler, Evergreen Circle, 938, Headley, PA

Os pensamentos de Chris ficaram frenéticos. Headley, no estado da Pensilvânia. Onde ele ouvira o nome antes? O Rabino é que o havia mencionado. Ficava ao norte da bacia Marcellus. Courtney e sua família eram da região da bacia Marcellus. *Ela* poderia ser a conexão com o time de beisebol e, se fosse o caso, isso significava que Evan era o garoto vestido com a camiseta dos Mosqueteiros, roubando sacos de fertilizante nitrato de amônio da fazenda de Herb Vrasaya.

A revelação fez Chris sentir uma descarga elétrica pelo corpo. Se Evan estava desaparecido, o atentado poderia acontecer naquela mesma noite. Ou Evan corria um risco mortal.

Chris pegou o celular e estava discando o número do Rabino quando ouviu a porta se abrir.

— Chris? — Heather estava na soleira com Jordan, sua perplexidade evidente.

Capítulo quarenta e sete

— Chris, o que você está fazendo? — perguntou Heather, pasma.

— Com licença. — Chris apressou-se em sair do escritório e fechou a porta atrás de si. — Eu lamento, mas vocês dois têm que ir embora, e eu também.

— O que você quer dizer? — Heather se encolheu, franzindo a testa. — O que está acontecendo?

— Não posso explicar mais. Vocês dois precisam ir. Por favor.

— Mas você não vai lidar com essa situação? — Heather cruzou os braços. — Eu não vou deixar meu filho...

— Heather, por favor. O Evan pode estar correndo um grave perigo. — Chris pegou o impermeável de um gancho, e as chaves de cima da mesa lateral.

— Mas e quanto ao Jordan? O Jordan também é importante. Me surpreende que você o trate como se ele não fosse. Eu achei que você se importasse com ele. Com a gente.

— Heather. — Chris sentiu-se péssimo. Queria tocá-la, mas não o fez. Em vez disso, falou: — É claro que eu me importo com vocês dois. Mas, por favor, por hora, vocês precisam ir.

— Por quê? — Heather perguntou, ofendida.

— Treinador, o que foi? Por que você está agindo tão esquisito? — Os lábios de Jordan se partiram, e Chris podia ver o quanto eles se consideravam traídos por tudo aquilo, o que o fez se sentir terrível. Ele havia enganado Heather e Jordan, que confiava nele. Ambos tinham sido seus involuntários, e ele nunca se sentira mal por isso antes. Devia uma explicação a eles.

— Heather, Jordan, existe uma coisa que eu preciso contar. Eu sou um agente especial na Agência de Álcool, Tabaco, Armas de Fogo e Explosivos e estou trabalhando sob disfarce.

— Chris? Você é um o *quê*? — questionou Heather, atônita. — Você quer dizer que não é um treinador de verdade?

— Correto, não sou treinador. Essa era a história do disfarce. Agora preciso ir. Nós todos precisamos. — Chris não tinha mais tempo a perder. Ele cruzou a sala e removeu a frente falsa de uma prateleira no *home theather*, que escondia um pequeno cofre que ele mesmo havia encravado na parede.

— Uau, treinador, tipo, é sério? — Jordan estava de queixo caído. — Você está brincando agora?

— Jordan, eu peço desculpas por ter mentido a você, mas foi necessário. — Chris inseriu a combinação do cofre, abriu a porta e tirou a carteira e o coldre de ombro com sua pistola Glock. Fechou o cofre, voltou para junto de Heather e Jordan e mostrou sua identidade junto com o distintivo. — Aqui está minha identificação, para vocês saberem.

— Aí diz Curt Abbott — disse Heather, chocada. — Chris não é seu nome verdadeiro?

— Não. Bem, isso é tudo o que eu posso revelar a vocês e eu nem deveria ter feito isso. Estou pedindo que mantenham essa informação em caráter estritamente confidencial. Não falem para ninguém fora desta sala. Esse é um assunto federal, e nós estamos agindo. — Chris sentiu um aperto ferrenho no peito ao ver Heather se afastar para trás, os olhos mostrando a dor da traição.

— Chris, isso é mesmo verdade? — ela perguntou, seu tom novamente um sussurro. — Você mentiu para nós para ajudar o Evan?

— Não, mas não posso explicar mais — Chris se apressou a dizer, deslizando o coldre sobre o ombro e verificando as correias de segurança, que mantinham a Glock em segurança no lugar. — Vocês serão contatados por um agente da ATF dentro da próxima hora. Ele vai confirmar o que eu estou dizendo. Agora vamos, rápido.

Chris desceu a escada às pressas, depois correu para o carro e saiu antes deles.

Era agora ou nunca.

Capítulo quarenta e oito

Chris arrancou de seu condomínio com o carro e seguiu para a casa de Courtney. Mole Street ficava no condomínio Murray Hills, e ele conhecia o caminho. Ele pegou o celular e ligou para o Rabino, que atendeu imediatamente.

— Curt, oi. Estou no local do fogo e não encontramos nada. Me dê uma notícia boa. Melhore meu humor.

— Eu sei como. Acho que o garoto que furtou o fertilizante é Evan Kostis, do meu time de beisebol. — Chris virou para a direita, então para a esquerda entre as ruas desertas. — Ele estava tendo um caso com uma professora da escola, Courtney Wheeler, e ela é originalmente de Headley. O nome de solteira dela é Shank e ela vivia em Evergreen Circle. Estou indo para a casa dela em Central Valley agora mesmo.

— Então há *mesmo* uma conexão. Bom trabalho! Você precisa de reforços? Vou acionar as autoridades locais aí.

— Sim, mas não quero que eles a assustem se ela estiver lá.

— Acha que ela vai estar?

— Não. Ela poderia estar aí perto de você com o Evan. Você precisa mandar gente para a casa da família dela em Headley. — Chris passou o endereço.

— Então você acha que o garoto está na conspiração com a professora?

— Acho. — Chris passou em velocidade pelos shoppings de outlets, com as lojas escuras e fechadas. — O pai dele está prestes a ser indiciado por evasão fiscal, um médico do Centro Médico Blakemore, em Central Valley. Pergunte aos seus amigos do exército e da receita federal qual que é o lance. Essa pode ser a fonte do rancor de Evan contra o governo.

— Certo. Como eles estão viajando? Você tem um carro ou uma placa?

— Não da Courtney, mas Evan está dirigindo uma BMW preta nova. Vou mandar uma mensagem com as fotos da placa, do carro e dele. — Chris tinha uma foto da BMW no telefone tirada naquele dia, no estacionamento da escola.

— O que isso tem a ver com o professor morto, Abe Yomes?

— Não tenho certeza ainda, mas o Abe era amigo íntimo da Courtney. Você tem alguém para ligar para os meus involuntários, Jordan e Heather Larkin? Tive que revelar meu disfarce, não pôde ser evitado. Eles precisam de apoio.

— Mande uma mensagem com as informações e eu vou mandar alguém aí.

— Obrigado. Temos que considerar que qualquer plano de bombardeio pode estar em andamento agora. Se era para ser um bombardeio de aniversário, eles não vão mais esperar. — Chris o atualizaria sobre o *nude* mais tarde, o que podia ter acelerado o esquema.

— Concordo, eles devem saber que estamos atrás deles a essa altura. Enquanto isso, vamos contatar o Departamento de Segurança Interna, a força-tarefa Conjunta Contra o Terrorismo e o FBI. Eles estão todos aqui. Você precisa vir para cá depois que avaliar a situação na residência dos Wheeler.

— Certo. Você vai mandar um helicóptero para me buscar? — Chris sabia que conseguir um helicóptero nem sempre era fácil para a ATF, que não tinha mais uma frota aérea própria. A agência recebia suporte aéreo do órgão responsável pelo combate às drogas, o DEA, e do Departamento de Alfândega e Proteção de Fronteiras dos EUA através de um memorando de entendimento, ou MOU.

— Sim, estamos com todos os brinquedos aqui.

— Que bom. Vou deixar você livre agora. Ligue para as autoridades locais e eu vou me encontrar com eles aqui.

— Fique em segurança.

— Não tem graça — disse Chris, ouvindo a bravata em sua própria voz. Ele costumava dizer coisas assim o tempo todo, mas as palavras não se encaixavam mais tão bem em sua boca. Havia gostado de risco antes, quando não tinha nada a perder. Agora, porém, era diferente. Ou poderia ter sido.

Chris virou para a direita e depois para a esquerda. No primeiro farol vermelho, mandou uma mensagem para o Rabino com as fotos do celular. Quando o farol ficou verde, seguiu pelos subúrbios silenciosos na noite de domingo, momento em que a maior preocupação de todo mundo era o trabalho ou a escola no dia seguinte.

Chris tinha de fazer de tudo para que nada mais importante acontecesse.

Capítulo quarenta e nove

Chris virou em Murray Hills, e o condomínio estava tranquilo, as casas escuras e sem movimento. Virou em Mole Road, encontrou a casa, estacionou na frente e pulou para fora do Jeep. Tinha chegado antes da polícia local.

A casa dos Wheeler estava silenciosa, sem movimento, escura, mas uma BMW preta estava estacionada na entrada, atrás de um Acura branco. Só podia ser de Evan. Chris foi às pressas para a BMW, pegou o celular e acionou a função de lanterna. Alcançou o carro, observou-o por dentro, mas não viu nada.

— Evan? — ele chamou, mas não houve resposta, e Chris começou a rezar para que o garoto não estivesse no porta-malas, vivo ou morto. Ele teria aberto para verificar, mas precisava entrar na casa. Deu uma corridinha sobre o gramado na frente da residência e, quando chegou aos degraus de concreto em frente à porta, notou que estava entreaberta atrás da porta externa de tela. A casa estava escura por dentro.

Chris deslizou o celular no bolso de trás e tirou a arma do coldre no ombro, entrando com o máximo de silêncio possível. Viu-se então em uma pequena sala de estar e, embora pudesse ver as luzes apagadas, notava uma figura escura deitada e imóvel no chão.

— Evan! — Chris correu até o lado da pessoa, ajoelhou-se e guardou a arma no coldre. Porém, não era Evan. Era o marido de Courtney, Doug, deitado de costas. Sangue empapava sua camiseta e o tapete ao redor de seu corpo, preenchendo o ar com um característico odor metálico.

— Doug! — Chris apalpou debaixo do queixo de Doug para sentir a pulsação, mas não havia. A pele do homem estava fria, e o corpo permanecia imóvel.

Chris começou uma massagem cardiorrespiratória sobre o peito de Doug, mas não havia esperança. A vasta mancha que ia escurecendo no tapete mostrava que Doug havia sofrido uma perda catastrófica de sangue.

Chris continuou pressionando o peito de Doug, mas a pele estava ficando praticamente côncava devido à pressão. Sentia que o esterno de Doug havia sido estilhaçado e as costelas estavam quebradas, então devia ter levado dois ou três tiros. O sangue penetrava entre os dedos de Chris no movimento de pressão sobre o peito, e ele olhou em volta para avaliar se havia mais alguém na casa, morto ou vivo. Estava correndo risco de sofrer uma emboscada, mas pressentia que estava sozinho e que precisava dar a Doug todas as chances de sobreviver.

— Vamos, Doug — Chris disse, tentando massagear o peito do homem para lhe devolver a vida, mas não estava funcionando. Por fim, parou as compressões, sentindo que estava agredindo um cadáver.

Chris se levantou, limpou as mãos rapidamente no casaco, procurou sua arma, e começou a ronda. Courtney podia estar morta e caída em algum lugar na casa, assim como Evan. Ele atravessou a sala de estar até a cozinha e fez uma varredura visual do cômodo, mas estava vazio, com seus pontinhos luminosos vermelhos da lava-louças, da cafeteira e do relógio do micro-ondas, brilhando como uma constelação suburbana.

Chris voltou às pressas à sala de estar, e notou uma escada na extremidade esquerda; foi até ela e subiu os degraus, olhando em volta. Havia um banheiro no topo da escada, mas estava vazio. Chris então seguiu pelo corredor e entrou sorrateiramente no primeiro quarto à esquerda, um quarto principal. O luar se derramava através das duas janelas, e ele via que não tinha mais ninguém ali dentro. O quarto parecia em ordem, sem sinais de luta ou de itens remexidos, como ocorreria em caso de roubo.

Chris saiu do primeiro quarto e foi para o segundo, evidentemente um quarto de hóspedes com uma cama de solteiro no canto, e não havia atividades ou quaisquer tipos de perturbações ali também.

Até aqui, tudo bem, pensou Chris, aliviado em ver que nem Evan, nem Courtney estavam mortos, pelo menos não naquele local. Ele saiu do quarto, correu de volta pelo corredor e desceu a escadaria. Viu uma porta lateral, correu para entrar nela e desceu um lance de escadas. Encontrou-se em um porão semiterminado, com um bar, uma TV de tela grande e uniformes de futebol americano enquadrados na parede. Não tinha sinais de perturbação, e não havia saída.

Chris subiu a escada às pressas, voltou para a sala de estar, onde o corpo de Doug estava caído, e olhou para o homem com uma pontada de angústia. Agora dois homens haviam sido assassinados, e haveria mais vidas perdidas se Chris não fosse bem-sucedido. Não conseguia nem pensar na palavra *fracasso.* De repente, ouviu o som de sirenes a alguns quarteirões dali. A polícia local estava a caminho.

Então, caminhou até a porta da frente e ligou a luz com o cotovelo, iluminando o quarto para sinalizar que ele estava ali dentro. Os policiais deviam ter alcançado o quarteirão da casa, pois as sirenes ficaram ensurdecedoras, e ele viu outro interruptor perto da porta, que acendia o lustre externo. Acendeu-o também com o cotovelo. A lâmpada projetou uma luz amarelada ao redor da porta da frente.

Luzes piscantes vermelhas e brancas corriam uma atrás da outra pelas paredes da sala, acompanhadas pelo estrondo das sirenes. Chris se deu conta de que suas mãos estavam cobertas do sangue de Doug. Ele ergueu as palmas para o alto, um procedimento padrão caso os policiais da região não tivessem recebido a mensagem de que ele estava na cena do crime, um risco ocupacional para os agentes infiltrados. Chris sabia de um caso em que dois agentes disfarçados quase se mataram, um acreditando que o outro era o criminoso.

Chris se posicionou em plena vista diante de três viaturas policiais, com seu emblema distinto de Central Valley, em cores marrom e amarela, parando na frente da casa. No mesmo instante em que os veículos frearam, as portas se abriram. Policiais uniformizados começaram a se aproximar da casa com uma corridinha.

— Sou o agente especial Curt Abbott, ATF — gritou Chris, o mais alto possível, para ser ouvido apesar do estrondo das sirenes.

— Entendido! Está Ok, pessoal! — gritou o policial na liderança, e nenhum dos demais homens sacou as armas. Chris abriu a porta da frente e saiu para encontrar o policial líder no degrau na escada dianteira. Ele parecia robusto em seu uniforme marrom, devia estar na casa dos 50 anos.

— Olá. Agente especial Curt Abbott, ATF — disse Chris, caso eles não o tivessem ouvido. — Eu apertaria sua mão, mas as minhas estão ensanguentadas.

— Policial Mike Dunleavy — disse o líder, sua expressão sombria debaixo da aba do quepe.

— Temos uma vítima fatal de arma de fogo na sala de estar, nome Doug Wheeler. Acredito que esta seja a residência dele. Fiz massagem cardiorrespiratória, mas já era tarde demais e...

— Um *assassinato*? — interrompeu o policial Dunleavy, chocado. — Acho que não tivemos nem dois assassinatos em Central Valley em um ano.

— Também fiz uma ronda superficial na casa e não encontrei outros corpos, vivos ou mortos. Vocês podem querer fazer uma nova verificação de segurança. Não tive tempo de checar o quintal traseiro.

— Vamos dar prosseguimento. Mas um *assassinato*. Você sabe do que se trata?

— Desculpe, policial Dunleavy, não posso compartilhar essa informação.

— Tem algum suspeito?

— Também não posso falar sobre isso.

— Puxa, era bomba, armas ou algo assim? Imagino que, já que você é da ATF...

— Desculpe, não posso dar mais explicações.

— Eu entendo, se você me contar vai ter que me matar. — O policial Dunleavy deu uma risada sem humor. Atrás dele, policiais estavam desligando as sirenes e delimitando um perímetro com fita amarela de segurança, além de calçarem luvas e protetores de sapato. Luzes se acenderam em outras casas da rua, e cabeças apareceram nas janelas.

— Policial Dunleavy, peça para o seu chefe ligar para o meu chefe e eles vão dar as informações. Eles preencherão quaisquer relatórios que vocês precisarem. — Chris fez um gesto para o carro de Evan. — Antes de eu ir, preciso verificar dentro do porta-malas da BMW.

— Deixe-me voltar para a minha viatura, tenho um pé de cabra. — O policial Dunleavy correu. Vizinhos começaram a sair de suas casas para observar, os casacos enrolados sobre robes e pijamas na noite fria.

Chris manteve a cabeça baixa e caminhou até o carro de Evan. Rezou para o garoto não estar morto no porta-malas, e se abaixou para verificar embaixo do veículo, a fim de ver se não havia nada pingando, caso a vedação do porta-malas não fosse perfeita. A calçada debaixo da BMW permanecia seca.

Chris endireitou o corpo e encontrou a placa na linha de seus olhos. Olhou uma segunda vez. O número era RET-7819, mas essa não era a placa de Evan, a menos que Chris estivesse com a memória errada. Pegou o telefone, entrou nas mensagens e verificou as fotos. Encontrou a imagem da BMW de Evan que acabara de enviar ao Rabino. O número era PZR-4720.

Chris ligou de novo para o Rabino, que atendeu depois do primeiro toque.

— Rabino, tenho boas e más notícias.

— Qual é a má notícia?

— Não quer saber a boa antes?

— Nada de facilidades. Somos durões. Pode falar na lata.

— Encontrei o marido de Courtney Wheeler, Doug Wheeler, assassinado em casa, três tiros de arma de fogo no peito. Tentei ressuscitá-lo, mas não consegui.

O Rabino grunhiu.

— Certo, essa é a notícia ruim. Qual é a boa?

— Estou olhando para a BMW preta do Evan, mas não está com a placa certa. A placa do Evan é PZR-4720, como na foto, agora é RET-7819.

— Então eles trocaram as placas.

— Exatamente. Você precisa encontrar o veículo com a placa antiga do Evan. Talvez esteja em uma van, mas você sabe o que eu estou pensando. — Chris não elaborou, pois o policial local poderia ouvir de onde estava desenrolando a fita de segurança ao redor da cena do crime.

— A van é uma bomba sobre rodas — o Rabino respondeu, completando o pensamento.

— Bingo. Se você rodar a placa que estou vendo agora, vai descobrir a marca e o modelo da van.

— Que vai acabar se mostrando um veículo roubado.

— Concordo. Acho que já encerrei por aqui. Cadê a minha carona?

— No ar, a 10 minutos de distância. Onde você quer?

— No campo de beisebol da escola, a sudeste do prédio principal. Vai deixar o Alek maluco.

— Você está gostando disso, não está?

— Só um pouquinho. E diga ao piloto para não bagunçar a argila nas bases. Meus garotos acabaram de arrumá-la.

O Rabino deu risada.

— Não brinque com a sorte.

— Descobriu algo novo? Ou eu tenho que fazer todo o trabalho por aqui?

— Estamos a caminho da fazenda agora. Evidentemente, a família Shank é bem conhecida pelos moradores. Todo mundo conhece todo mundo por aqui.

— Fale o que você descobriu.

— A mãe morreu há muito tempo, e o pai há uns seis meses, ataque cardíaco. Dois filhos mais velhos, David e Jim, ambos arruaceiros. Todos os chamam de Irmãos Shank. Nenhuma afiliação com neonazistas, motoqueiros, Identidade Cristã ou grupos de extrema direta. Sem diploma universitário, sem ficha criminal. Antifraturadoras. Escrevem cartas para o editor do jornal local. Frequentam os comícios. Courtney é a única que se formou na faculdade, a mais nova dos três. Foi a única que fugiu disso.

— Bom saber. — Chris notou o policial Dunleavy retornando com um pé de cabra. — Estou prestes a arrombar a BMW para ter certeza de que não há nada no porta-malas.

— Esse é o meu garoto. Mantenha contato.

— Pode deixar. Adeus. — Chris desligou, e o policial Dunleavy chegou até ele, estendendo o pé de cabra.

— Agente especial, quer fazer as honras?

— Não, fique à vontade. O sistema antifurto vai lhe dar uma dor de cabeça.

— Tudo isso em um só dia de trabalho. — O policial Dunleavy apoiou o pé de cabra debaixo da tampa do porta-malas, pressionou e a abriu. O alarme do carro disparou no mesmo instante, apitando no meio da noite, que já estava pulsando com atividade. Vizinhos enchiam as calçadas, observando, falando e fumando cigarros.

O policial Dunleavy tirou uma lanterna de seu cinto de utilidades e iluminou dentro do porta-malas. Chris olhou. Não havia nada ali além de uma luva de beisebol e um boné azul dos Mosqueteiros.

Chris engoliu em seco diante da visão.

— Obrigado, eu preciso ir — disse ele, correndo em direção ao Jeep.

Capítulo cinquenta

Chris voava para o norte do estado, a bordo do helicóptero, um Black Hawk UH-60 mais antigo, emprestado do DEA, pilotado por um tal de Tony Arroyo, um homem negro subcontratado que servira em duas viagens ao Iraque. Uma variedade estonteante de visores, alavancas e controles enchia o painel de controle no cockpit de vidro, uma matriz de cores brilhando na escuridão, e embora os grandes rotores girassem ruidosamente, acima, o helicóptero mal tremia nas mãos experientes de Tony.

Chris manteve a cabeça virada para a janela, os pensamentos vertiginosos. O plano de atentado à bomba estava sendo conduzido às pressas e era nesses casos em que os criminosos começavam a assumir os maiores riscos — o que os tornava ainda mais perigosos. Se os Shank tivessem matado Doug, não tinham se preocupado em disfarçar o assassinato como suicídio, ou uma invasão domiciliar. Podiam estar usando Evan como bode expiatório. Tinham deixado o carro de Evan na entrada e trocado as placas para incriminá-lo. Talvez o cenário que estavam tentando vender fosse o de que Evan teria matado o marido de Courtney em um ataque de fúria por ciúmes.

Chris testou a teoria e ela cabia. Raciocinando em retrospectiva, isso significava que o veículo roubado, presumivelmente uma van, devia ter vindo da região de Central Valley, pois seria um local ao qual Evan tinha acesso, não os Shank.

Chris matutou a respeito enquanto observava o terreno lá embaixo. Estavam sobrevoando mais ou menos a Rota 81 para 476. O céu estava escuro. Passaram por Allentown e estavam chegando a Hazleton, rumo ao norte. O terreno abaixo se tornou arborizado, depois rural, representado pelos vastos espaços escuros com uma sequência intermitente de casas, pequenas cidades ou sinais de civilização. A lua brilhava forte do lado esquerdo do céu, e Chris se viu verificando-a conforme voavam mais para o norte, sabendo que quanto mais a lua afundasse no céu, menos tempo restava. Logo o sol nasceria, e seria segunda-feira de manhã.

Chris estremeceu ao imaginar as pessoas indo trabalhar com seus copos de café, celulares e jornais, embarcando em trens e em ônibus para se locomoverem a uma cidade, a um prédio e, finalmente a uma mesa para iniciar o expediente. Eles não saberiam que suas vidas e a vida de todos ao redor deles estavam prestes a terminar em uma morte violenta.

Chris pensou no atentado à bomba em Oklahoma City, no atentado ao World Trade Center, no 11 de setembro, e uma sequência de outros atentados letais que o faziam desejar a justiça para as vítimas e suas famílias. Era seu trabalho não deixar que algo semelhante acontecesse de novo.

Chris cerrou o maxilar. O helicóptero seguia para o norte, a caminho da fazenda dos Shank no Condado de Susquehanna e, 10 minutos depois, ele já notava a mudança no terreno. Luzes brancas brilhantes cintilavam abaixo, em um padrão de grade regular, como um quadro de "ligue os pontos" em meio à noite escura.

— O que é aquilo ali na frente? — Chris perguntou a Tony, falando no microfone de seu *headset*.

— Poços de perfuração de gás natural. Estamos chegando à formação Marcellus.

— Pode me falar sobre esse lugar? — Chris deveria saber, mas não sabia.

— A Marcellus é uma formação de gás xisto que corre por baixo da bacia Apalachiana e compreende 7 estados, entre eles a Pensilvânia, Nova York e Nova Jersey. — Tony apontou para a esquerda. — Ali é o canal, onde o xisto é profundo o suficiente para se fazer a extração.

— O que é xisto, exatamente?

— Uma rocha sedimentar porosa que acumula petróleo e gás em suas camadas. Nos velhos tempos, eles tentaram localizar o gás e fazer a perfuração, mas agora fazem fraturamento. — Tony apontou de novo. — Eu voo por aqui o tempo todo fazendo transporte de gente VIP. O local muda todo ano. Mais plataformas e mais perfurações.

Chris absorveu a informação sem julgamento. Ele sabia que fraturamento era um assunto delicado na política, mas ele sempre tinha sido apolítico. Seu trabalho era salvar vidas. Se ele se distraísse, vidas poderiam ser perdidas.

— Dez minutos para o pouso — disse Tony, e Chris verificou o relógio. Eram 4h32.

A aurora chegaria antes que ele percebesse, e a primeira ordem era encontrar o alvo. A ATF e as outras agências federais não poderiam fechar todas as estradas, pontes e túneis no nordeste do país. Não poderiam expedir um alerta para todos os prédios federais. Tinham que descobrir onde o desastre aconteceria para que pudessem evitá-lo.

O helicóptero começou a descer no céu noturno, inclinando o bico para a frente.

Chris sentiu-se como um cão de guarda contido por uma coleira. Mal podia esperar para tocarem o solo e se libertar daquilo.

Capítulo cinquenta e um

Chris saiu às pressas da aeronave em direção ao local de ação, uma tenda branca erguida no gramado diante da fazenda dos Shank. Holofotes ofuscantes inundavam a área, iluminando mesas dobráveis, cadeiras e laptops que haviam sido montados ali. Agentes federais corriam de um lado para o outro, vestidos com impermeáveis azuis bordados com as siglas da FCCCT, que dizia respeito à força-tarefa Conjunta Contra o Terrorismo, do FBI e da ATF. A polícia local uniformizada estava no perímetro ao redor de suas viaturas.

Chris olhou além da zona de ação para a fazenda, um complexo que lhe pareceu a versão pobre da fazenda Skinny Lane. A disposição dos elementos era quase idêntica, com uma casa de pedra atrás de um pasto, um velho celeiro e vários prédios externos, embora em estado de destruição. Persianas azuis desbotadas pendiam das janelas, fora de esquadro, e as ripas estavam com a pintura descascada em algumas partes. Os telhados estavam cedendo, e o celeiro desbotado agora tinha uma cor de sangue seco. As pastagens tinham sido invadidas por emaranhados de arbustos e ervas daninhas, e nas cercas faltavam tábuas em toda parte. Equipamento agrícola, uma caminhonete e um velho carro estavam enferrujando em blocos de concreto.

Chris avistou o Rabino correndo da casa para se encontrar com ele.

— Oi, você tem alguma informação nova?

O Rabino chegou a ele sem fôlego.

— A força conjunta está a todo vapor, todo mundo está aqui. Deixe-me te atualizar antes de você entrar. Estamos todos confinados ali dentro, sem privacidade nenhuma.

— Está bem. — Chris também odiava isso. Nenhum dos dois trabalhava bem com os outros.

— Deixe eu mostrar meu celular. Tenho dois vídeos. Dá uma olhada. — O Rabino segurou o aparelho e apertou o PLAY. — Buscamos a placa que você nos deu, e pertence a uma picape Dodge 2014 preta com eixo traseiro duplo, roubada do pátio de uma loja de carros usados em Central Valley. A polícia local nos enviou um vídeo de câmeras de trânsito.

— Bom. — Chris assistiu ao vídeo, no qual uma Ford Ranger escura estacionava em frente ao pátio de carros usados de uma loja, e então alguém saía do banco do passageiro usando uma máscara preta de esqui, moletom preto e calça preta. Infelizmente, a placa não estava no enquadramento.

— Agora aqui está o vídeo do pátio de carros usados. — O Rabino começou a passar o dedo sobre os vídeos na tela e parou em outro. Pressionou PLAY, e o vídeo mostrou a pessoa em máscara de esqui arrombando a Dodge, com seus característicos pneus duplos na traseira para sustentar cargas maiores. Uma cobertura preta velha fechava a carroceria. A pessoa entrou na cabine e, provavelmente, fez ligação direta, porque o carro saiu do pátio.

— Até aqui, tudo bem.

— Fique ligado — disse o Rabino, e, no vídeo, a Dodge foi embora, mas, um momento depois, foi seguida pela Ford Ranger. O último quadro mostrava a placa da Ranger antes de o veículo sair da tela.

— Então você buscou a placa da Ranger.

— Busquei. Pertence ao Jimmy Shank. Então pegamos Jimmy no furto de carro, e isso nos leva para a casa da fazenda.

— Tem alguma coisa no alvo? E onde estão o Evan e a Courtney?

— Nada sobre a Courtney ou o Evan, mas entre e eu vou atualizar você. Reduzimos as possibilidades para o alvo, e colocamos um alerta sobre furto de veículo. A FCCCT não quer notificar o público de que estamos falando de um terrorista doméstico. — O Rabino seguiu para a casa, e Chris acompanhou o passo dele, verificando o relógio.

— Mas são quase 5 horas da manhã. As pessoas vão sair para o trabalho daqui a pouco.

— Nem me fale.

— Não podemos expedir algum tipo de alerta geral?

— Não somos nós que damos as ordens aqui. É a FCCCT.

— Mas a operação é nossa.

— A gente sabe disso, mas ninguém mais sabe. — O Rabino baixou a voz. — Não estrague a graça deles, Curt. É o melhor jeito de cooperarmos. Dividimos o trabalho e, até agora, estamos vivendo em harmonia.

— Então qual é a divisão de trabalho? — Chris conteve sua frustração. Odiava aquela palhaçada burocrática.

— Os caras deles fizeram uma busca na fazenda, e todo mundo sumiu: os irmãos Shank, a Courtney e o Evan. Todos verificamos a casa, e o FBI encontrou alguns dos arquivos, e nós encontramos alguns outros.

— Que arquivos?

— Vou mostrar lá dentro.

— Onde é o local da queimada, o campo de teste?

— Em uma fazenda a 8 quilômetros de distância. O proprietário é Jason Zucker, e ele está no hospital há um bom tempo. Vive sozinho. Zucker é amigo dos Shank, então faz sentido que os Shank tivessem usado o quintal dele para testar enquanto ele estava fora.

— E ninguém vai lá?

— Fica no meio da floresta. O posto de comando do FBI está lá. Eles acham que é onde os Shank construíram o artefato caseiro improvisado, mas ainda não encontraram nenhum equipamento de bomba. — O Rabino acelerou o passo ao se aproximarem da casa. — Os Shank levaram os laptops deles. Sabemos que estão com eles, porque há fios nas tomadas em dois dos quartos. Não deixaram nada para trás. E não vão voltar.

— Mas eles não são suicidas.

— Não, acho que não. Devem ter um plano de fuga.

— Eles vão obrigar o Evan a causar a explosão? — Chris sentiu um aperto no peito. — Eles vão fazer o Evan dirigir a Dodge. Eles vão matar aquele garoto.

— Você está presumindo que ele não esteja no esquema.

— Ele não está no esquema.

— Mesmo com o indiciamento da receita federal?

— Mesmo assim, não consigo ver isso chegando tão longe. Eu simplesmente não vejo a Courtney ou o Evan chegando tão longe.

— É evidente que eles estão nessa.

— Você não sabe se Courtney ou Evan estão com eles.

— Eu tenho um bom palpite. — O Rabino andava apressado. — Uma outra possibilidade é a Courtney e o Evan terem fugido juntos. Mataram o marido dela e se mandaram. Que os irmãos explodam os próprios corações, mas o garoto foge com a professora.

— Os irmãos não os deixariam fugir. Não podiam assumir esse risco.

— Você acha que eles se voltariam contra a irmã?

— Me diga você. Eu nunca tive irmã.

— Para evitar a prisão perpétua? Sim. E sempre pegam no pé do mais novo, ainda mais se for menina. Eu deixava minha irmã maluca.

Eles alcançaram a porta da frente, e Chris seguiu o Rabino dentro de uma casa caindo aos pedaços, com paredes grossas de pedra, teto baixo e pequenos cômodos típicos de casas construídas no período colonial, mas a decoração não tinha nada de histórica. As paredes eram revestidas por painéis de madeira e decoradas com cabeças de veados de boné. A mobília descombinada e uma poltrona reclinável de couro falso estavam ao redor de uma velha televisão sobre um carrinho metálico. Cinzeiros com reservatório interno transbordavam cigarros, e o ar cheirava a fumaça velha.

— Adoro o que vocês fizeram com o lugar — disse Chris, depois seu olhar caiu sobre um grupo de fotos de família penduradas em ângulos tortos. Ele avistou o rosto bonito de Courtney, uma menina de olhos brilhantes com dentes faltando, na foto da escola, depois a foto da primeira comunhão, e fotos em grupo com os dois irmãos mais velhos, que não tinham nada da sua boa aparência, embora tivessem o mesmo cabelo escuro e olhos castanho-escuros. Os dois irmãos tinham sorrisos amplos que foram ficando menores ao longo dos anos.

O Rabino apontou para um.

— Esse é o David, 38 anos, na esquerda, e Jimmy, 45, na direita. Circulamos uma foto melhor, mas essa dá uma ideia.

— Entendi. — Chris pegou o celular e tirou uma foto, só para garantir.

— Venha por aqui. — O Rabino o levou da sala de estar para um corredor. Passaram por dois quartos decrépitos até chegarem a um cômodo nos fundos, que parecia ser um quarto sobressalente. Em cima da cama havia pilhas de papel, correspondência em pastas sanfonadas, apelações judiciais espalhadas com pastas azuis.

— O que é isso?

— Mais más notícias. — O Rabino apontou para os jornais. — A família Shank tem uma disputa judicial correndo pelos últimos cinco anos contra a Comunidade da Pensilvânia, o Departamento de Proteção Ambiental da Pensilvânia, a Agência de Proteção Ambiental e a Frazer Gas, que têm concessões para fazer o fraturamento nas fazendas vizinhas. O problema é que três das fazendas vizinhas arrendaram suas terras para a Frazer Gas operar o fraturamento. Sob a lei de Pensilvânia, se três fazendas contíguas arrendam a terra para fraturamento, a empresa de gás pode perfurar debaixo do seu terreno, quer você tenha arrendado ou não. Perfuram na horizontal.

— Sério? — Chris caminhou até os papéis, pegou o primeiro pacote e começou a folhear a carta no topo, endereçada à Frazer Gas, cujo texto era:

...Vocês arruinaram a nossa casa e o nosso negócio. Vendíamos cavalos de alta qualidade e feno de alfafa, mas depois só servia para cogumelo e agora nem mesmo os agricultores de cogumelo estão comprando. Não podemos vender para ninguém. Vocês arruinaram a nossa empresa familiar. Construímos uma reputação como os melhores vendedores de feno em cima da qualidade do nosso feno e agora isso foi pelo ralo. Não podemos nem mesmo doar, não depois que descobriram de onde vinha a produção e não queremos mentir para as pessoas e tirar o dinheiro delas como vocês querem fazer...

— A lei da Pensilvânia permite, e o fato é que é possível ter a propriedade do solo, mas não a dos minerais no subsolo. Os lobistas e os políticos atacam de novo.

Chris pegou o segundo pacote, olhando para a data, 2010. Era um teste científico de algum tipo, anexado a uma carta.

Prezado senhor,

Exigimos que a Frazer Gas, o Departamento de Proteção Ambiental da Pensilvânia e a Agência de Proteção Ambiental cessem e desistam da perfuração! Eles destruíram a nossa propriedade e nos deixaram doentes, especialmente meu pai idoso! Exigimos justiça e temos provas! Vocês podem ver este relatório

dizendo que o ar está contaminado e matando os nossos cavalos e nossos cães!!!

Chris passou para o relatório e leu rapidamente a lista de produtos químicos.

BTEX (benzeno, tolueno, etilbenzeno, m-xileno, p-xileno, o-xileno); tetracloreto de carbono, clorometano, diclorometano, tetracloroetileno; tricloromonofluormetano...

O Rabino continuou:

— Os Shank afirmam que, tão logo o fraturamento começou, a fazenda deles foi para o inferno. O ar ficou ruim, a água ficou ruim e a Frazer Gas e o governo estadual os ignoraram. O estado depois acabou admitindo a má qualidade da água quando ela pegou fogo.

— Água *pega fogo*? É metano? — Chris passou para a próxima carta, também endereçada à Frazer Gas:

...**Vocês nos dão caminhões-pipa, mas mal há o suficiente para nós bebermos, e não temos água potável para os cavalos e eles todos ficaram tão doentes depois que vocês começaram a perfurar que começaram a sangrar pelo nariz, perderam peso e recusaram a ração até morrerem de fome!!! Meu cão de caça morreu do mesmo jeito...**

— Evidentemente. A mesma coisa aconteceu em Dimock, se você ouviu falar. Então os Shank e seus vizinhos reclamaram e reclamaram, e o estado finalmente enviou alguns caminhões-pipa.

— Caminhões-pipa?

— Sim, grandes tanques de água potável. O reservatório era para a família, não para os animais, e os Shank tinham cavalos. Eles não tiveram escolha senão dar aos cavalos a água do poço e, ao longo do tempo, os animais ficaram doentes e morreram, exceto um.

Chris sentiu pena da família Shank e entendeu a queixa. Qualquer que fosse a causa, era desastroso perder a fazenda e os animais. Ele continuou lendo a carta.

> **...Vocês fizeram meus vizinhos acreditar em uma lista de benefícios. Fizeram das nossas vidas um inferno na terra e agora as nossas casas não valem nada. Ninguém quer comprá-las e não podemos nem nos mudar daqui. Seus funcionários disseram que os fazendeiros ganhariam royalties pela perfuração e isso foi uma COMPLETA MENTIRA. Ninguém ainda viu um centavo sequer. Vocês são capazes de dizer qualquer coisa para conseguir o que querem, e é uma COMPLETA FRAUDE CRIMINAL isso que vocês perpetraram em...**

— Eles têm 18 hectares, você vai ver lá atrás. É tudo aberto até chegar às plataformas de perfuração nas fazendas vizinhas. Não é uma visão bonita.

Chris olhou pela janela do quarto, mas tudo o que podia ver era a escuridão e, acima dela, a lua começando a ficar translúcida. A manhã de segunda-feira estava a caminho. Ele voltou sua atenção para a carta:

> **...Vocês receberam auxílio e incentivos do governo! Vocês sabem a quem pagar e têm seus lobistas enchendo os bolsos e lambendo as botas dos políticos em Harrisburg e em Washington. Isso é ILEGAL, NÃO É JUSTIÇA. Vocês não ligam se arruínam fazendas familiares como a nossa. Os Shank estão na Pensilvânia desde o primeiro dia! Vocês por acaso sabem que William Penn batizou nossa linda**

Comunidade da Pensilvânia porque o nome significa Floresta do Penn? Ele queria que esse lugar fosse cheio de árvores, não de poços de perfuração...

— Então, cerca de dois anos atrás, o pai, Morris Shank, desenvolveu hemorragias nasais, náuseas, dores de cabeça, problemas cardíacos. Os Shank iniciaram uma campanha de cartas, processos judiciais e todo o barulho que eles conseguiram fazer. Foram ignorados pelo estado e pelo governo federal, a Frazer Gas processou-os também, e seis meses atrás, Morris Shank morreu de um ataque cardíaco.

— Puxa vida. — Chris olhou a papelada, consternado. — E eles culpam a companhia de gás, o estado e os federais.

— Exatamente. — O Rabino fez um gesto para os papéis novamente. — Então o que você está olhando é animosidade contra o governo. Motivação. Os rapazes Shank ficam com raiva. David começa a beber demais, e, acredite ou não, põe a culpa disso também nas fraturadoras. E o argumento deles não é ruim. A polícia local me disse que o alcoolismo e o crime aumentam nas zonas de fraturamento. Também aumentam os acidentes de trânsito, por causa da maquinaria pesada que percorre estradas não destinadas a transportar tanto peso, além da poluição sonora.

— Realmente.

— Não estou fazendo juízo de valor, estou contando o que me contaram. Os moradores dizem que quem arrendou as terras não está contente e não viu um centavo de royalties, mas é tarde demais. E o nosso foco não é esse. O alvo do ataque é o nosso foco.

— Bem, a pergunta é: qual é o alvo? Os Shank querem justiça, e eu não acho que eles conseguiram. O prédio do tribunal federal da Filadélfia é o alvo lógico.

— Esse é o consenso. A FCCCT mandou todo mundo para lá depois que você me ligou. Fica a apenas a 260 quilômetros daqui.

Três horas de carro. Lembre-se, seria o tribunal Byrne no lado sul, 26 andares e, ao norte, o edifício federal Green, 10 andares. São 158 metros quadrados, incluindo tudo.

— Quantas pessoas trabalham lá? — Chris estremeceu ao pensar nas perdas humanas.

— No tribunal, umas mil, incluindo juízes federais e juízes de apelação, magistrados, funcionários administrativos e demais funcionários, mas o número fica maior somando os jurados e os visitantes. — O Rabino tinha um ar sombrio, sua testa vincada estava franzida e a boca, tensa em uma linha fina. Um princípio de barba cinzenta marcava seu queixo. — No edifício federal Green ficam as sedes regionais do FBI, da Receita Federal, do Órgão para o Controle de Drogas, o Serviço Secreto, o Serviço de Delegados dos Estados Unidos, o Serviço de Liberdade Condicional e outras agências federais. Tem mais ou menos o mesmo número de funcionários, porém com mais membros da população geral. Acreditamos que estamos falando, tudo contabilizado pelo tráfego a pé, de 3.500 pessoas. E isso não leva em conta os estabelecimentos nas imediações.

— Caramba. O FBI e a Receita Federal são relevantes para Evan. — Chris se arrependeu de suas palavras tão logo deixaram seus lábios. — Mas acho que estão armando para ele, incriminando-o.

— Talvez — disse o Rabino, desviando os olhos, e Chris sabia que ele não estava a bordo.

— O alvo muda, dado o fato de que estamos no rastro?

— Não tenho certeza. Em termos de alvos, se eles mudarem os planos, nós estamos mais próximos da divisa com o estado de Nova York. Harrisburg, a capital da Pensilvânia, fica a três horas. Há um número infinito de alvos vulneráveis: estações de trem, terminais de ônibus, pontes e túneis. Se eles mudarem de estratégia, pode ser qualquer coisa.

— Não se consegue visibilidade nenhuma em Harrisburg. — Chris pousou novamente o arquivo. — Se a pessoa quer chamar atenção para uma causa e matar muita gente, precisa ir para a Filadélfia ou para Nova York.

— Felizmente, não há nenhuma ponte importante entre aqui e a Filadélfia. Há alguns túneis através das montanhas, mas não são muitos. Imagino que eles estejam indo para a Filadélfia, e a maioria dos edifícios federais fica em torno do nosso escritório na Cidade Velha e... — O Rabino parou de falar bruscamente quando um grupo de agentes do FBI atravessou o corredor e entrou em um dos outros quartos. — Vamos voltar lá para fora e conversar.

— Quando eu posso ir? — Chris queria voltar à sintonia, seguir para o tribunal.

— Temos que esperar por uma autorização da força-tarefa. Eles vão ligar para o Alek e o Alek vai ligar para mim.

— Está falando sério? — Chris não podia controlar sua impaciência. — Eu tenho que pedir permissão para trabalhar no meu próprio caso?

— Entre no jogo para se dar bem no jogo, Curt.

— Cara! — Chris suspirou por dentro. Ele seguiu o Rabino pelo corredor, acenando com a cabeça para os agentes do FBI, um grupo de caras da força-tarefa e outros dois vestidos de terno. O Rabino abriu a porta da frente, mas ambos viram ao mesmo tempo que a sua área de trabalho estava repleta de policiais locais uniformizados se servindo à vontade de café e rosquinhas.

— Siga-me. — O Rabino fez um gesto para a direita, e Chris acompanhou seu passo. Eles caminharam em direção aos carros enferrujados na frente do pasto abandonado, com o celeiro vermelho atrás. Chris inspirou profundamente o ar, mas não tinha cheiro de ar do campo; era vagamente acre e enfumaçado. O rabino apoiou-se contra um velho Taurus azul, enfiou a mão no bolso da camisa e pegou seu charuto e isqueiro. — Você não está perguntando cadê o Alek.

— Não me conte, me deixa advinhar. Está com os caras legais.

— Sim. Levando o crédito pela sua investigação. Todos os poderosos estão aqui na região, e ele está querendo uma promoção para a FCCCT. Ele só nos usou como um degrau.

— Me sinto tão vulgar.

O Rabino deu risada.

— O discurso é que ele estava por trás de você durante todos os passos do caminho.

— Por mim, tudo bem. Ele que seja promovido. O próximo Alek não pode ser pior do que esse Alek.

— Já ouviu falar dos *Três cabritos rudes*?

Chris encolheu os ombros.

— Você conseguiu mandar um agente na casa dos Larkin?

— Sim, essa é a mulher de quem você está a fim? Heather Larkin?

— É. — Chris tinha esquecido que havia contado ao Rabino sobre ela.

— Mandei a Marie lá. Ela é uma excelente agente, mais gentil do que você.

— Obrigado — disse Chris, sincero. Lembrou-se de repente da expressão dolorosa de Heather quando ela ficou sabendo de sua verdadeira identidade.

— Ora. — O Rabino fez um aceno como quem não dá importância. — Você salva o dia, você fica com a garota. É assim que funciona.

Chris sorriu, pela primeira vez em muito tempo.

— Eu ainda não salvei o dia.

— Um incentivo extra. — O Rabino exalou um cone de fumaça. — E alguma vez houve outro? Toda as estrelas do rock na história dizem que continuam na atividade por causa das mulheres.

— Mas ninguém atira neles.

— Também tem essa.

Chris olhou pelo pasto, notando as luzes fortes à distância e ouvindo o ruído mecânico da máquina de perfuração, um som artificial.

— Eles também perfuram à noite?

— Suponho que sim.

— Os Shank eram agricultores de feno. — Chris lançou um olhar para o equipamento abandonado atrás de um dos carros antigos, sobre blocos de concreto. — Aquele equipamento ali é dos bons. Uma ceifadeira, uma reviradora e aquela coisa enferrujada circular com dentes é um ancinho giratório. Ele ventila o feno em leiras.

O Rabino se virou para olhar.

— Eu sempre esqueço que você é um rapaz do campo.

— Sou um rapaz do campo, um rapaz da cidade, sou o rapaz que você quiser. Por que será que eles não venderam o equipamento? — Chris ouviu o som distinto de um cavalo relinchando. — Alguém não está contente.

— O cavalo? Os caras do FBI disseram que ele é louco. Eles disseram que estava andando em círculos. Eu falei que talvez ele estivesse com fome.

— Quando os cavalos estão com fome, eles dão coices na porta da baia. — Chris ouviu o cavalo relinchar novamente. — Isso é estranho. Ele está incomodado. Algo o está incomodando.

— Provavelmente toda essa atividade.

— Não, ele já estaria acostumado a essa altura. — Chris se viu dando passos para trás para ouvir melhor. — Vamos dar uma olhada.

— O FBI já olhou.

— Como eu disse — insistiu Chris —, estou indo para o celeiro.

Capítulo cinquenta e dois

Chris ouvia o relincho do cavalo conforme se aproximavam da porta do celeiro, que estava aberta.

— O que há nas dependências externas?

— Equipamentos e tralha. O FBI já fez uma varredura bem completa.

Caminharam pelo corredor entre as baias vazias. O celeiro tinha oito baias, quatro de cada lado, e teias de aranha formavam festões nas vigas como se fosse um celeiro fantasma no Dia das Bruxas. As baias estavam vazias, exceto por uma na extremidade direita. O odor de esterco era forte, então o estábulo não tinha sido limpo recentemente.

— Isso é engraçado — disse Chris, pensando em voz alta.

— O quê? — o Rabino perguntou, fumando seu charuto.

— Se você só tem um cavalo, a coisa normal a fazer seria colocá-lo na primeira baia. Assim você não tem que andar até o fundo para tirá-lo. — Chris fez um gesto para o espaço de alimentação, diretamente oposto à primeira baia, na disposição tradicional de organização. — E é dali que se tira a ração. Por que se colocaria o cavalo tão longe da comida?

— Não sei. O Debi e o Loide não são nenhum Einstein?

Chris se aproximou da baia, com o cavalo alto, ereto, suas orelhas apontando com firmeza para frente, as narinas farejando os intrusos.

— Oi, garoto — ele disse, um cumprimento melódico.

— Você fala a língua dele.

— Você também poderia falar. Os cavalos são fáceis de entender. Eles são animais que fogem, não animais que lutam. Ficam preocupados com coisas novas, ainda mais se não têm um rebanho ou um companheiro. Dá para colocar uma cabra ou um pônei para fazer companhia para eles.

— Cavalos têm bichos de estimação?

— Eles não gostam de ficar sozinhos. — Chris se ouviu falando e chegou à conclusão de que talvez ele fosse um tipo de animal que fugia. Talvez não precisasse de um rebanho ou de um companheiro. Talvez ele realmente fosse intocável.

— Aí vai ele. — O Rabino gesticulou com o charuto, e o cavalo andou em círculos no estábulo.

Chris olhou para a palha, que tinha sido tão pisoteada que estava espalhada nas extremidades do estábulo, deixando o estrume à mostra. O local do feno estava vazio, assim como o balde de alimento afixado na lateral do estábulo. O balde de água também estava vazio.

— Ele precisa de feno e água. Mas tem alguma coisa errada. Ele está incomodado. Assustado.

— É o charuto?

— Acho que não. Os Shank fumam, senti o cheiro aqui dentro. — Chris acendeu as luzes do celeiro, lâmpadas fluorescentes oscilantes que precisavam ser substituídas. O animal era um velho cavalo de tração, suado de nervoso. — Parece estar com medo da própria baia, o que não faz sentido. A baia é único lugar de que os cavalos nunca têm medo.

— Quem diria?

— Afaste-se um segundo, pode ser? — Chris ergueu o cabresto de nylon do gancho onde estava pendurado, abriu a porta da baia, entrou, deslizou-o sobre a cabeça do cavalo e prendeu a fivela. Em seguida, conduziu o animal para fora. O cavalo se acalmou quase no mesmo instante em que chegou ao corredor.

— Isso funcionou.

— Segure isto. — Chris entregou a guia ao Rabino.

— Sério?

— Não há correias para prendê-lo. — Chris voltou sua atenção para a baia, entrou lá outra vez e mexeu com a ponta do pé no feno que tinha sido revirado, revelando assim uma camada de piso inferior comum, vazado. Chris já tinha preparado o chão de mais estábulos do que era capaz de contar, e ele reconhecia as aparas novas por sua coloração cinza-claro. Aquelas não tinham mais de um dia.

— Chris, o que eu faço com esta coisa?

— Monte nele ou coloque em outra baia.

— Ele está olhando para mim.

— Talvez ache você bonito.

— Ele é assustador.

— Coloque-o lá.

O Rabino empurrou o cavalo para a baia vizinha, e Chris apertou a ponta do sapato social nas aparas até alcançar o chão, que era de madeira compensada. Nenhum estábulo que ele conhecia tinha o chão feito de madeira compensada. Deveria ser um tapete de borracha ou terra.

— Você precisa ver isso — disse Chris, começando a cavar. Ele afastou a palha, as telas e o esterco para expor um alçapão de madeira trancada com um cadeado.

— Caramba — disse o Rabino, por cima do ombro de Chris.

— Você me dá um alicate de cadeado?

— Pode ser uma armadilha.

— Duvido. Eles não esperavam que ninguém entrasse aqui. — Chris puxou o cadeado, levantou-o e chutou, mas o cadeado não saiu. Era novo e brilhante, ao contrário de todo o resto naquela fazenda. Passou o dedo no contorno da porta. — Eles não fizeram isso agora. Já está aqui há um tempo. Só o cadeado é novo.

— Já volto. — O Rabino saiu e voltou em seguida com um alicate e alguns homens da ATF, do FBI, da FCCCT e alguns uniformizados locais, que se reuniram no corredor do lado de fora dos estábulos.

Chris sentiu o coração bater pesado ao cortar o cadeado, removê-lo e puxar a alça para abrir a porta. Parecia a entrada de um bunker subterrâneo de algum tipo, mas estava escuro demais para ver alguma coisa.

— Aqui tem uma lanterna — disse o Rabino, entregando-lhe um dispositivo pequeno de um policial uniformizado.

Ele mirou a luz dentro do buraco.

Capítulo cinquenta e três

— Courtney! — Chris gritou, quando o trêmulo cone de luz a encontrou amarrada e amordaçada no chão, o corpo de frente em relação a Chris. Sangue coagulava na linha do couro cabeludo dela, e terra manchava seu rosto bonito. Seus olhos se fecharam acima de um lenço vermelho que lhe cobria a boca. Eles se entreabriram diante da luz repentina, e ela começou a dar gemidos.

— É a irmã? — perguntou o Rabino, em tom urgente. — Ela está viva?

— Sim, Courtney Wheeler, viva. — Chris enfiou a cabeça no buraco e mirou a lanterna pelo perímetro. Evan não estava ali. O bunker continha uma mesa de plástico repleta de equipamentos de fabricação de bomba: uma pilha remanescente branca de fertilizante nitrato de amônio em forma cristalina, um ferro de solda, cabos, cortadores de fio, alicates e outras ferramentas, além de cinzeiros, um velho CD player e latinhas de refrigerante vazias. Havia duas cadeiras dobráveis, uma caída. O chão era de terra, com uns 2 metros de largura aproximadamente.

— Courtney, é o Chris, estou descendo aí!

Courtney respondeu com ruídos desesperados, contorceu-se e pulou em um buraco, aterrissou com um baque forte e correu até o lado dela. Lágrimas vieram aos olhos de Courtney, e ela tentou se levantar. Choramingou enquanto ele elevava seu tronco do chão, desamarrava a bandana sobre a boca e retirava uma meia que havia sido cruelmente enfiada entre os dentes. Imediatamente ela começou a tossir, um som rouco que sacudiu seu peito.

— Chris... Chris... — Courtney tentou falar entre as tossidas. — Graças a Deus alguém veio... eles me deixaram aqui... para morrer... meus próprios *irmãos*.

— Onde está o Evan? — Chris ajudou-a a se sentar e, em seguida, atrapalhou-se com as cordas para desamarrar as mãos dela de trás das costas, tendo, para isso, colocado a lanterna entre os dentes.

— Eles o levaram... o fizeram ir... oh, Chris... Chris... é tudo culpa minha... eu sinto tanto...

— Seus irmãos levaram o Evan? Para onde? Quando? — Chris desamarrou a corda ao redor das canelas de Courtney, amarras por cima do jeans. Ela só calçava um sapato.

— Para... a Filadélfia... o tribunal... nem sei quando... eles vão... explodi-lo...

— Rabino, você ouviu isso? — Chris gritou pela abertura do alçapão, após tirar a lanterna dos dentes.

— Ouvi! — gritou o Rabino, do alto. — Leve-a para debaixo da abertura. Nós vamos içá-la.

— Courtney, você consegue se levantar? Segure-se em mim. — Chris pegou o braço dela, enlaçou-o no seu pescoço, e a segurou enquanto ela se levantava com dificuldade.

— Chris, você não sabe o que... eles fizeram... eles mataram o Doug. — Courtney começou a chorar, mas Chris não podia deixá-la se desesperar naquele momento.

— Courtney, segure as pontas. Temos que tirar você daqui. Deixe-me levantar você, depois levante os braços, entendeu? — Chris os posicionou debaixo da abertura do alçapão, segurou-a e a levantou para cima.

— Não consigo, não consigo...

— Suba nos meus ombros, você consegue.

— Me ajude! — Courtney se esforçou para colocar as pernas nos ombros de Chris, e, no momento seguinte, ela estava sendo puxada pelo alçapão para dentro do estábulo. Ele pegou uma cadeira, subiu em cima e se impulsionou para sair do buraco. O Rabino ajudou uma chorosa Courtney a se sentar contra a parede, enquanto se identificava e a informava sobre os direitos dela. Atrás dele, agentes das ATF, do FBI e da FCCCT começavam a gravar imagens dela com os celulares. Alguém entregou à Courtney uma garrafa de água, que ela bebeu, sedenta. Chris chegou ao lado dela e se abaixou.

— Courtney. — Chris se ajoelhou ao lado dela. — Você está bem, você vai ficar bem. Precisamos que você nos ajude agora.

— Chris, eu não... entendo. — Os olhos de Courtney transbordaram de lágrimas quando ela viu as outras pessoas ali. — Quem são... essas pessoas? O que você está fazendo aqui?

— Eu sou um agente especial da ATF e estava trabalhando infiltrado na escola. Meu nome verdadeiro é Curt Abbott. Eu tenho que deter os seus irmãos e encontrar o Evan. Você tem certeza de que eles vão explodir o tribunal federal na Filadélfia?

— Sim, mas... Chris? Curt? — Os olhos vermelhos de Courtney se arregalaram com descrença. — É você mesmo? Você não é... um professor?

— É verdade, mas não temos tempo para falar sobre isso. Quando eles saíram? Há quanto tempo você estava lá embaixo?

— Não sei... que horas são agora? Que dia é hoje?

— São quase 6h da manhã de segunda-feira. Você estava lá desde quando?

— Desde a meia-noite de ontem. — Courtney começou a chorar, seu peito arfante com o pranto e os soluços. — Eu não sabia que eles iam fazer isso, eu juro... Eu achei que eles iam explodir as plataformas de perfuração, mas quando não tivesse ninguém por perto... foi isso que todos nós dissemos... que a Frazer ia pagar pelo que eles fizeram com o meu pai. — As palavras de

Courtney jorravam em um jato angustiado. — A gente nunca ia matar ninguém... foi isso o que eu disse para o Evan... ele aceitou por minha causa, por causa do pai dele... pedi para ele participar, ele veio... ele ajudou a roubar o fertilizante para explodir as plataformas, mas não o tribunal... não com *gente* dentro...

— Eu entendo — disse Chris, olhando para o Rabino, que parecia sombrio.

— Eles *mataram* o Doug... bem na minha frente, *atiraram* nele... eles tinham uma arma e eu nem sabia que eles tinham... um silenciador nela. — Courtney soluçou, sua pele manchada. Lágrimas escorrerem pelo seu rosto.

— Onde está a bomba? Está na Dodge, na picape preta?

— Sim... o Evan foi à minha casa e não era para o Doug estar lá... era para ele estar passando o fim de semana fora... mas ele voltou para casa cedo.

— Então o que aconteceu?

— O Jimmy *atirou nele*... e eu fiquei histérica... mas eles disseram que iriam me matar e matar o Evan se eu gritasse... Nunca os tinha visto assim... eles enlouqueceram, ficaram malucos.

— Então eles colocaram você na picape?

— Sim, a gente estava na picape... e eles estavam com uma arma apontada para a cabeça do Evan, e o fertilizante estava na traseira da picape... a bomba que a gente usaria para explodir as plataformas de perfuração, mas eu estava chorando... e eles disseram "mudança de planos, não é isso que vai acontecer". — Courtney se dissolveu em lágrimas, desmoronou completamente, sua cabeça caiu para frente. — Não era para ninguém morrer... não era para ninguém ser morto, nunca... acho que eles também mataram o Abe... disseram que não, mas eu acho que mataram.

— Por que mataram o Abe, Courtney?

— A culpa é minha, é tudo culpa minha... ele descobriu sobre mim e o Evan, ele me viu mandando mensagens para o Evan e ficou tão... tão chateado comigo, tão decepcionado... e eu fui tão burra, contei para os meus irmãos que o Abe sabia... mas eu acho que eles o *mataram.*

— Como eles vão explodir o tribunal? — Não dá para todos estarem na mesma van.

— O Jimmy também tem uma picape... é preta... ele vai seguir a outra, que está carregando o fertilizante, até a Filadélfia. O Evan vai dirigir a picape do fertilizante até o prédio do tribunal... e ele vai explodi-lo...

— O Evan sabe disso?

— Não, eles disseram que iriam matar os pais do Evan... — Courtney soluçava e soluçava — ...se ele não fosse com eles... eles falaram que iriam tirá-lo do carro... antes de o explodirem... mas não é o que vai acontecer... eles têm um controle remoto... eles vão explodir o Evan junto com a picape.

— Courtney, espere. — Chris tocou o ombro dela, e ela olhou para ele.

— Chris, não os deixem machucar o Evan... Ele fez aquilo por mim... eu o coloquei nessa... eu sei que era errado sair com ele, mas... ele me dava tanta atenção... e eu me senti jovem e bonita de novo... o Doug nunca estava em casa... e agora ele está morto... tudo por minha causa...

— Certo, espere. — Chris se levantou. Tinha toda a informação de que precisava e nenhum momento a perder. — Rabino, tenho que ir, com autorização ou sem.

— Concordo. Seu helicóptero está esperando. — O Rabino e Chris deixaram o estábulo às pressas pelo corredor atulhado de autoridades, incluindo gente da ATF. O Rabino lhes deu instruções às pressas: — Mark, providencie cuidados médicos para a sra. Wheeler, e a leve sob custódia. Não a retire da casa principal até ouvir ordens minhas. Não deixe ninguém falar com ela, a menos que sejam autorizados por mim ou pelo Alek. Jenny, ligue para o Alek e o atualize. Temos que fazer tudo isso no âmbito da força-tarefa.

Chris acompanhou o passo dele.

— E alguém, por favor, dê comida e água para o cavalo.

— Eu já fiz isso. — O Rabino piscou. — Agora ele é meu amigo.

— Legal. — Chris olhou para o céu quando deixaram o celeiro. Estava ganhando um tom suave rosado e azulado, uma visão nada bem-vinda. O tempo estava se esgotando.

Enquanto isso, a fazenda dos Shank tinha se tornado um pandemônio controlado, uma vez que as notícias da confirmação do alvo se espalharam. O pessoal da JTTF e do FBI se reunia em grupos, corria de um lado para o outro, acomodava-se ao redor de laptops, e falava em celulares ou rádios-comunicadores. Viaturas policiais e SUVs pretas apareceram do nada e estacionaram no pasto alto. Mais três helicópteros aguardavam junto ao seu no campo.

— E o que vai acontecer agora? — Chris perguntou às pressas. — Eles bloqueiam a I-95? A I-76? Vão informar o público, agora que temos a confirmação?

— Não sei. A decisão não é nossa. — O Rabino abanou a cabeça. — É a FCCCT que toma todas as decisões. Eles têm ligação com o Departamento de Segurança Interna, com o FBI, com a polícia de Filadélfia, com o Pentágono e com a Casa Branca. — Correram para o helicóptero, e Chris sentiu a gravidade da situação. — Estou pensando em todas aquelas atrações turísticas em frente ao prédio do tribunal, como o Pavilhão do Sino da Liberdade. Escolas de toda parte fazem excursões para lá. Além disso, o Federal Reserve Bank, a bolsa de valores, o Museu de História Afro-Americana, a emissora WHYY...

— Eles *têm* que alertar o público. — Chris avistou Tony, seu piloto, correndo para o helicóptero.

— Eles não querem incitar o pânico. É uma das maiores cidades americanas, 1,5 milhão de pessoas. Se você for a público, os residentes, as empresas, os trabalhadores e os turistas vão surtar. Seria o caos, perigoso para eles e para nós. — O Rabino sacudiu a cabeça. — E os Shank podem trocar de alvo. O tribunal fica do outro lado da ponte Benjamin Franklin, com ligação para Nova Jersey. Eles poderiam decidir explodir a ponte ou partir para Nova York. Eles poderiam parar em qualquer saída, ficar escondidos, esperar, roubar carros...

— Eles aterrorizariam toda a costa leste. Paralisariam o comércio, as empresas. — Chris observou Tony subir no helicóptero, e, no momento seguinte, os rotores ganharam vida e começaram a girar. — Parece que estou pronto para ir.

— Ok. — O Rabino abraçou Chris impulsivamente. — Boa sorte, filho.

— Obrigado — disse Chris, comovido. Ele correu para o helicóptero.

Capítulo cinquenta e quatro

O helicóptero voava para a Filadélfia, e Chris mantinha o olhar fixo no horizonte como se fosse um cronômetro. O céu estava cruelmente claro, e o sol nascente o riscava em faixas rosadas. Prometia um lindo dia que poderia terminar em uma horrorosa perda de vidas. Chris nunca esqueceria o 11 de setembro; tinha sido uma das mais belas manhãs de setembro até se tornar totalmente trágica.

Chris observou o terreno abaixo enquanto o helicóptero voava rumo ao sul pela Rota 81. Os Shank tinham uma vantagem esmagadora, e ele imaginava que já estivessem na cidade. No entanto, manteve a cabeça baixa e os olhos fixos no tráfego, procurando a Ranger ou a Dodge. Conforme voavam para o sul, a Rota 81 se alargou e se tornou mais congestionada de carros, caminhonetes, trailers, ônibus escolares e vans. Chris percorreu as possibilidades em sua mente para o próximo passo, tentando formular um plano A e um plano B.

— Curt? — a voz de Tony foi transmitida pelo *headset* e encontrou seu ouvido. — Tenho uma ligação para você do supervisor Alek Ivanov. Vou ligá-lo com você. Você vai ouvir a voz dele em seguida no seu fone.

Fantástico.

— Obrigado. — Chris ouviu uma estática e um *clique.*

— Curt? Você está no ar?

— Sim, a caminho da Filadélfia. O que está acontecendo? Eles vão fechar o tribunal? Vão informar o público?

— Nenhuma decisão ainda. Há muitas coisas em movimento. A força-tarefa vai se ligar às outras agências e à cidade, e essas decisões vão ficar nas mãos muito capazes deles.

— Certo. — Chris achou que Alek estava com um discurso estranhamente oficial, e supôs que o chefe estivesse falando para outros que também ouviam a conversa.

— Curt, você pode não saber que a ATF não está mais na liderança da Operação Monograma do Time. Está à cargo da FCCCT. A FCCCT não autorizou seu deslocamento para a zona do alvo. Você fez um ótimo trabalho, Curt. Eu não poderia ter pedido mais. Apesar disso, a FCCCT tem seu próprio pessoal no ar, gente escolhida a dedo. Dê meia-volta e retorne para a fazenda Shank.

— Não. — Chris não tinha chegado tão longe para desistir. — A FCCCT não sabe como isso poderia se desenrolar. Qualquer coisa pode acontecer. Posso ser necessário. Sou o único que conhece o Evan. Tenho a confiança dele...

— Curt, Evan Kostis é um terrorista doméstico, armado e perigoso, envolvido em uma conspiração para explodir um edifício que abriga tribunais e assassinar milhares de pessoas inocentes...

— Não, você está errado, ele não é um participante voluntário. Eles o estão usando como escudo humano. Courtney acabou de confirmar essa informação para nós. Ligue para o Rabino, ele vai dizer o mesmo. Evan é um *refém.* — Chris sentiu o medo apertar seu peito. Podia ler nas entrelinhas. As autoridades iriam disparar para matar Evan. O rapaz estava em vias de se tornar um dano colateral. Se Evan não fosse morto pelos Shank, poderia ser morto pela polícia federal.

— Curt, estamos falando de uma pessoa contra milhares.

— Não, não é assim. Eu nunca sacrificaria milhares de pessoas em troca do Evan, mas não acho que temos de sacrificar ninguém. Quero parar os Shank e tirar o Evan de lá. — Chris precisava falar de um jeito que soasse razoável, ou nunca convenceria Alek. — Você lançou a informação sobre a Dodge e a Ranger. Vamos começar a ter avistamentos. Vamos conseguir localizá-los. Eles devem estar na cidade ou por perto. Quando você começar a receber esses avistamentos, nós podemos coordenar a extração do Evan...

— Não há nenhuma *extração* do Evan. Esse não é o plano da FCCCT. A ordem deles é que você volte.

— Mas a FCCCT precisa de mim. E se eles tiverem que desarmar a bomba? Eu posso fazer isso. Sou um especialista em explosivos certificado. Você sabe disso...

— Mais uma vez, não é o plano da FCCCT. Esquadrões antibomba já estão a caminho do alvo. Dê meia-volta e retorne para a fazenda. — O tom de Alek se tornou zangado, mas controlado pelo bem dos outros que estavam ouvindo.

— Não, eu não posso. Estou pedindo uma chance. Não vou deixar você matar esse garoto. Não há motivo para isso. Ele é uma vítima, não um criminoso.

— Piloto, retorne para a fazenda.

— Não, não faça isso — Chris disse a Tony, e depois, para o *headset*: — Alek, por favor, eu prometi à mãe do Evan que o traria para casa e eu quero tentar...

— Piloto, dê meia-volta e retorne para a fazenda. — O tom de Alek endureceu como aço. — Isso é uma ordem.

— Positivo, câmbio — Tony respondeu.

— Câmbio, desligo — disse Alek, e depois ouviu-se um clique no fone do *headset*.

Chris voltou-se para Tony em apelo:

— Por favor, não retorne. Eles vão matar um garoto sem motivo, um menino de 17 anos. Posso tirá-lo de lá. Tenho que tentar. Me deixe tentar.

Tony olhou para Chris, semblante sombrio.

— Não vou voltar. Ouvi você. Nós vamos fazer uma tentativa.

— Espere, o quê? — Chris não entendeu.

— Não recebo ordens do seu chefe, sou um subcontratado. Também sou pai. Vou seguir sua liderança.

— Obrigado. — As esperanças de Chris dispararam. A execução de Evan estava suspensa.

— Posso mudar de canal e ouvir a conversa dos outros pilotos. Vamos ouvir sobre os avistamentos assim que eles ouvirem. Ninguém vai saber que estamos no céu até que nos vejam. — Tony lançou um olhar de aviso. — Mas, se der errado, eu vou voltar. Eu não vou deixar você nos matar.

— É justo — disse Chris, virando-se para olhar a cidade.

Capítulo cinquenta e cinco

Chris viu o aglomerado de edifícios no centro da cidade que ele conhecia tão bem — a prefeitura encimada por William Penn, o zigurate pontudo de Liberty Place, o Commerce Center e o Cira Center do lado oeste; o Carpenter Hall, o U.S. Mint e o Federal Detention Center do lado leste. Em frente estava a torre de tijolinhos vermelhos e vidro fumê que era o alvo, o tribunal federal James A. Byrne e o edifício federal William J. Green.

Chris estremeceu de pensar sobre a perda humana horrorosa que aconteceria se os Shank obtivessem sucesso, e as mortes se estenderiam para pessoas nos edifícios de escritórios nas proximidades, lojas, restaurantes e atrações turísticas amontoadas no distrito histórico da Filadélfia. Chris sentiu o estômago revirar. Ele queria que o helicóptero pudesse se mover mais depressa, mas estavam voando tão rápido quanto possível sem arriscar a segurança.

Chris ouviu a constante conversa chiada pelo *headset*. Não havia registro de avistamentos da Dodge nem da Ranger, de acordo com os boletins da polícia da Filadélfia e das outras agências federais, todas em suas próprias linguagens e códigos, narrando a história de uma grande cidade norte-americana sob um ataque terrorista que se desenrolava em tempo real. O público tinha recebido uma notificação de ameaça concreta de bombardeio no edifício do tribunal, e o Departamento de Segurança Interna havia anunciado um nível severo de ameaça contra a cidade da Filadélfia, fechando o aeroporto, o trem, o metrô e as linhas de ônibus.

As pontes Ben Franklin, Walt Whitman, Betsy Ross e Tacony-Palmyra tinham sido fechadas, e os carros presos na ponte no momento do fechamento estavam sendo escoltados para fora da cidade com ajuda da polícia e da autoridade portuária da Filadélfia. O tribunal federal e todas as repartições e tribunais municipais haviam sido fechados; todos os servidores, juízes, funcionários das diversas áreas e jurados haviam sido evacuados. Pessoas em pânico inundavam as ruas e calçadas, esperando sua vez de serem transferidas para abrigos na cidade. Porém, nada disso podia ser feito rapidamente, e dezenas de milhares de pessoas estavam apavoradas, desesperadas, e correndo risco de morte.

Tony olhou para trás, olhos estreitos.

— Está vendo alguma coisa lá embaixo?

— Não. — Chris observou o movimento de veículos enquanto sobrevoavam a I-95 no sentido sul, seis pistas de trânsito completamente carregado, motoristas buzinando de medo e dirigindo erraticamente em meio à fuga da cidade. Uma frota de Black Hawks e helicópteros maiores da FCCCT, do FBI e da polícia da Filadélfia tomavam o céu, vasculhando o trânsito da rodovia, das ruas principais, das ruas paralelas e estacionamentos em busca da Dodge e da Ranger.

— Aqui é a FCCCT. Piloto, identifique-se — disse uma voz de autoridade pelo *headset*, em meio à estática.

Tony olhou para trás.

— Tony Arroyo. Subcontratado pelo DEA.

— Com que você está, Arroyo?

— Agente especial Curt Abbott, da ATF.

— Agente especial Abbott, está na escuta? Recebemos a informação de que vocês retornaram para a base.

— Negativo — disse Chris, e só então, a voz foi substituída por outra em tom urgente:

— Os veículos procurados foram vistos entre a rua 9 e a Race Street, seguindo para leste. — De repente, o *headset* explodiu com ordens, reações e avistamentos, uma cacofonia frenética de atividades oficiais enquanto todos os helicópteros no ar e todos os veículos em solo começaram a vociferar ordens, notificações e alertas.

— Eles os encontraram! — disse Chris, coração disparado.

— Entendido. Estamos a caminho. — Tony manobrou o helicóptero para o leste. Os outros helicópteros viraram-se também para o leste como se esperando a deixa.

O helicóptero de Chris e Tony estava entre os mais próximos do alvo e seguiram em uma linha reta, sobrevoando o complexo de edifícios de concreto que eram o Hospital Hahnemann, depois a Roundhouse, a sede da polícia da Filadélfia. Todos seguiram para leste pela Race Street e caíram em formação com os outros helicópteros, em perseguição.

Chris observou as ruas da cidade. Não estava vendo nenhum dos dois carros. O trânsito estava sendo interrompido em um raio de dez quarteirões ao redor de Race Street. A rua estava em processo de evacuação liderado por viaturas policiais com sirenes estrondosas, conduzindo motoristas para fora do perímetro ou subindo nas calçadas.

Chris vigiava atentamente as ruas da cidade enquanto desciam, voando sobre Chinatown, que era cruzada pela Race Street. Voaram diretamente sobre o portal ornamentado vermelho e verde que era a entrada do bairro oriental, em seguida, sobrevoaram as ruas 9, 8, 7 e 6, onde Chris avistou a perseguição policial e sentiu o coração vir parar na garganta.

— Lá! — Chris apontou para a Dodge preta e para a Ranger, correndo pela Race Street em alta velocidade. Viaturas azuis e brancas da polícia da Filadélfia, SUVs quadradas pretas da FCCCT, do FBI e da ATF, e veículos de emergência os perseguiam em máxima velocidade. A adrenalina bombardeou o organismo de Chris.

— Uh-oh. — Tony abanou a cabeça. — Eles não estão voltando para o tribunal. Estão seguindo para a ponte Ben Franklin.

— A ponte está toda congestionada. — Chris sentiu o coração afundar no peito ao olhar para a ponte Ben Franklin, uma gigantesca ponte suspensa azul que formava um arco sobre o rio Delaware. Carros, caminhões e ônibus estavam parados sobre toda a extensão dela como se fosse um estacionamento.

Enquanto isso, os Shank iam trocando de posições na rua, algumas vezes dirigindo lado a lado, às vezes levando um carro a ficar na frente do outro.

— Isso não parece nada bom. — Tony apertou a mandíbula.

— Acompanhe a Dodge. — Chris viu com horror que um dos helicópteros não identificados estava mirando uma arma longa pela janela, uma *sniper* pronta para atirar.

— Não! — Chris gritou, tarde demais. Os rápidos estampidos dos disparos encheram o ar. Ele olhou para a rua, abaixo, em pânico. Balas salpicaram a Ranger. O veículo ziguezagueou pela Race Street e colidiu com uma fila de carros estacionados.

Tony disse sombriamente:

— Eles estão atirando para matar.

Chris disse no *headset*:

— Aqui é a ATF, Agente Especial Abbott. Não atirem na Dodge. Repito, não atirem na Dodge. O veículo contém uma bomba de fertilizante. Atirar nele resultará na detonação do explosivo e uma perda drástica de vidas e danos materiais.

— Agente especial Abbott? — responderam várias vozes, estalando na estática. — A quem você se reporta?

— Ao Supervisor Alek Ivanov, na ATF, Divisão de Campo da Filadélfia. Na Dodge há um terrorista doméstico, David ou Jimmy Shank e também um refém, o menor Evan Kostis. Preciso tirar o refém de lá. Se a bomba explodir na ponte, vocês vão matar milhares de pessoas e destruir a ponte Ben Franklin. Estão ouvindo?

— Aguarde.

— Negativo.

— Positivo. — Uma torrente de respostas crepitou com estática.

Chris se virou para Tony.

— Você tem binóculos? Preciso ver dentro da Dodge.

— No compartimento nos seus pés.

— Consegue me colocar do lado do passageiro do carro? Quero ver se o garoto está dirigindo ou se está no banco do passageiro. — Chris abriu o compartimento, encontrou os binóculos e mirou-os sobre a Dodge enquanto iam sacudindo no ar.

— Seguindo para o sul, espere. — Tony girou o helicóptero, provocando conversas agitadas no sistema de som, mas Chris as ignorou.

— Aqui é o Agente Especial Abbott, fazendo uma varredura visual para determinar a localização do refém e do detonador. — Chris ignorou a conversa frenética de resposta e olhou pelos binóculos, tentando se focar no carro maior.

De repente, avistou Evan no banco do passageiro, cabelos voando para trás e uma expressão de terror no rosto. Um grande hematoma rosado distorcia o lado direito do rosto do garoto, inchando seu olho. As mãos de Evan estavam algemadas na frente do corpo. Ele não estava segurando o detonador. Chris tentou ver se o detonador estava com Shank, mas não teve sorte. Não havia tempo a perder. Uma fúria protetora agarrou o peito de Chris, o mais próximo que ele havia experimentado de sentimento paternal.

— Aqui é o agente especial Abbott. Preparando para extrair o refém. O refém não tem um detonador. Não atirem nem no refém e nem na Dodge. Repito, não atirem nem no refém e nem na Dodge. — Mais conversas agitadas crepitaram no *headset*, e Chris ouviu alguns "Positivo" dos outros helicópteros. Ele perguntou para Tony: — Você tem uma escada?

— Claro, atrás do seu assento.

— Se eu pendurar uma escada lá fora, você consegue me levar até o veículo? — Chris desceu do assento para o piso do helicóptero, abrindo o compartimento e apalpou para encontrar a escada de cordas amarelas feitas de nylon.

— Você vai ver os clipes na parede ali.

Chris localizou os clipes, prendeu a escada no helicóptero e abriu a porta. O vento o fustigava loucamente, mas ele apanhou a alça e se levantou antes de dizer no *headset*:

— Aqui é o Agente Especial Abbott. Desembarcando da aeronave para extrair o refém.

A conversa frenética veio incessante.

Chris olhou para Tony.

— Estou indo. Obrigado.

Tony assentiu, tenso.

— Vou continuar falando com eles. Vá com Deus.

— Obrigado. — Chris tirou o *headset*, pegou a escada e desceu do helicóptero.

Capítulo cinquenta e seis

Chris foi atingido ferozmente por uma poderosa corrente de vento. Quase o arrancou de onde ele se agarrava. A escada oscilou de lado enquanto o helicóptero fazia um rasante em direção à ponte, uma enorme extensão de seis pistas com um divisor central que ia até Camden, Nova Jersey. Havia dois ancoradouros gigantescos, um de cada lado da ponte, e ao longo da extensão havia arcos com placas iluminadas sinalizando a mudança de pistas fora dos horários de pico.

Chris desceu pela escada, voando sobre a placa onde se lia BEM-VINDO À PONTE BENJAMIN FRANKLIN, AUTORIDADE PORTUÁRIA DO RIO DELAWARE. Abaixo dele, a Dodge preta fazia uma curva em alta velocidade na rua 5 e pegava a ponte. Tony virou o helicóptero mais para o sul, acima do carro e depois fez um retorno em direção à cidade para a única chance que Chris receberia para pegar Evan.

Chris ia descendo pela escada, amortecido pelo vento e pelo movimento dos outros helicópteros, rondando como vespas. Mais uma vez, ele avistou uma arma comprida mirando no banco do passageiro vindo de um dos helicópteros.

Não podia pará-los agora. Só podia esperar que a arma estivesse mirada em Shank e não em Evan ou na bomba. Seus pés encontraram o último apoio e ele voou no ar na ponta da escada.

Tony manobrou o helicóptero para o oeste e depois para o sul para completar o círculo, ao mesmo tempo em que se alinhava com a Dodge.

Um pandemônio irrompeu na ponte. Motoristas saíam correndo dos carros estacionados e os abandonavam, fugindo para salvar suas vidas, em direção à margem mais próxima da ponte.

De repente, Chris percebeu que seu helicóptero estava se dirigindo para um dos arcos sobre a ponte, o que o esmagaria. Tony deu um tranco com o helicóptero para cima bem a tempo e, com isso, passou Chris por cima do arco, mas perderam a primeira chance.

Os outros helicópteros circulavam ou estavam suspensos no ar, criando uma turbulência considerável que fazia Chris sacudir loucamente na escada. Ele mal conseguia se segurar.

Abaixo, a Dodge subia com tudo pela inclinação da ponte. Shank começou a disparar contra os helicópteros. Eles devolveram o fogo ou saíram do caminho para evitar os projéteis. Chris ainda estava armado, sua Glock no coldre do ombro, presa seguramente pela correia de proteção.

Ele manteve os olhos no veículo quando Tony começou outra descida, circulando novamente para o norte e então para o oeste, e novamente para o sul, com o objetivo de iniciar sua descida para o carro preto. Seria a última chance de salvar Evan.

Ele avistou outra arma despontando pela porta traseira de um dos maiores Black Hawks. Chris teve a intuição de que estavam esperando que ele entrasse na posição para fazer seu disparo. Enquanto isso, Shank continuava atirando contra eles.

O veículo acelerou rumo ao ápice da ponte. Chris manteve o olhar em Evan enquanto Tony se aproximava com o helicóptero. Quinze metros, 12 metros, 13 metros.

Evan olhou pela janela do passageiro, avistou Chris e seus olhos se arregalaram de medo. Ele gritou:

— Socorro, treinador!

O helicóptero estava a 5 metros da porta do passageiro, e logo, a 3 metros, e Chris percebeu quando Shank puxou Evan para longe da janela.

O segundo arco da ponte vinha se aproximando de Chris a uma velocidade alucinante, então ele fez seu movimento. Era agir ou morrer.

Chris enlaçou as pernas no último apoio da escada, pendurou-se, jogou o corpo para trás e colocou as duas mãos para baixo. A escada balançou em direção ao carro, e Chris ficou de cabeça para baixo. O impulso o carregou para a janela do lado do passageiro. Ele arqueou as costas e estendeu as mãos para Evan.

— Evan, pegue! — Chris gritou quando a corda fez o movimento para baixo.

Evan colocou as mãos algemadas para fora do lado do passageiro e agarrou os braços de Chris.

Chris o agarrou também, segurando-lhe os braços o mais forte que podia, e, no momento seguinte, Tony manejou o helicóptero para o alto e para longe, erguendo assim Evan do carro em alta velocidade, a tempo de desviar do segundo arco.

O ar encheu-se com uma saraivada letal de tiros de armas de fogo automáticas. As *snipers* deviam ter atingido Shank. A Dodge fez uma guinada para a esquerda.

Chris continuou segurando Evan com firmeza, fazendo todo o esforço ao seu alcance para não saltar o garoto durante o voo. Evan olhou para cima com terror nos olhos, seus cabelos sopravam loucamente, seus dedos se travavam ao redor dos antebraços de Chris.

— Peguei você! — Chris gritou para Evan.

Abaixo, a Dodge guinava para os carros que tinham sido abandonados, estacionados de todos os lados pelo lado norte da ponte. Motoristas corriam para sair do caminho.

Chris viu a cena se desenrolar com o coração na boca.

A Dodge seguiu em cheio para um Corvette e bateu de frente no capô baixo, continuou subindo no para-brisa como se fosse uma rampa e saiu voando pela lateral da ponte. A caminhonete projetou-se rumo ao nada, rodas girando no ar, e depois despencou no rio Delaware.

Chris prendeu a respiração. Houve um *bum* abafado. A bomba de fertilizante explodiu debaixo d'água, produzindo uma bolha gigantesca de espuma branca e ondas em todas as direções. A ponte estremeceu com o impacto da onda sonora, mas a explosão tinha acontecido longe o suficiente do ancoradouro para não causar danos a ele.

As pessoas fugiam de ambos os lados, mas ninguém se feriu.

— Sim! — Chris comemorou por dentro, mantendo o aperto forte em Evan, à medida que Tony completava seu círculo final.

Levando-os para a segurança.

Capítulo cinquenta e sete

O helicóptero retornou para o lado da ponte onde ficava a Filadélfia e desceu devagar. A escada estava encravada na parte posterior dos joelhos de Chris, prendendo sua circulação e lhe enfraquecendo o apoio das pernas. A dor nos ombros e nos braços causadas por sustentar Evan se intensificou.

Chris sentiu Evan ficar mais pesado, como se o garoto não pudesse mais se segurar, as algemas prejudicando a sustentação. Chris transformou seus dedos em um torno ferrenho e rezou para pousarem logo. Ele sentia que Evan tinha sido espancado e sofrido ferimentos internos.

A rua lá embaixo era evacuada às pressas, e um heliporto improvisado fora formado na base da ponte, em frente a um pequeno parque gramado que continha um monumento em homenagem a Benjamin Franklin, um relâmpago prateado perfurando o céu. O helicóptero desceu lentamente, e Chris preocupou-se se eles conseguiriam se desviar, mas tinha confiança em Tony, que já tinha provado sua coragem mais de uma vez.

Tanto Chris quanto Evan baixaram a cabeça, olhando para o caos formado em solo. Veículos da FCCCT, do FBI e da ATF, polícia da Filadélfia e da autoridade portuária, bombeiros de casacos pesados, paramédicos e outras equipes de emergência reunidos ao redor de uma série de caminhões de bombeiro, ambulâncias e bancos móveis de sangue. Havia membros da SWAT nos robustos veículos paramilitares, caminhões brancos do Esquadrão Antibomba e transeuntes, curiosos e todo tipo de civis, que deviam ter sido evacuados de seus escritórios, comércios e lares.

O helicóptero baixou mais e mais, e cada pessoa que olhava para o céu segurava um smartphone, iPad ou tablet para gravar a descida dramática. Uma multidão de repórteres e gente das mídias filmavam de van brancas com marcas das redes de TV.

Chris percebeu que era o maior furo de reportagem já ocorrido na região da Filadélfia e estava sendo gravado, filmado e fotografado por canais profissionais assim como gente comum em celulares. Ele olhou de novo para os smartphones, lentes e câmeras com um conhecimento nauseante de que seu disfarce tinha caído por terra. Sua carreira de agente infiltrado acabava ali. Seu rosto, sua imagem e sua verdadeira identidade seriam postados na internet, compartilhados e transmitidos em todo o país, talvez até fora dele, a começar naquele mesmo instante.

Chris Brennan/Curt Abbott se tornaria viral, e não haveria mais como se esconder à vista de todos. Nenhum disfarce seria bom o suficiente, não depois desse dia. Chris tinha salvado Evan, mas perdeu o emprego e a única vida que ele conhecia.

E lhe ocorreu o pensamento de que, se não sabia quem ele realmente era, estava prestes a descobrir.

Capítulo cinquenta e oito

Chris não liberou Evan de suas mãos até que o garoto tocasse os pés na rua, então o mundo desabou. A polícia da Filadélfia, a FCCCT, o FBI e os agentes da ATF, policiais federais e paramédicos correram para Evan vindo de todas as direções, abaixando-se para evitar os rotores e o turbilhão de vento provocado pelo helicóptero sobrevoando a rua.

— Treinador, treinador! — Evan gritou quando o levaram, sua voz perdida no ruído ensurdecedor dos rotores e das sirenes estrondosas.

— Levem-no para o hospital! — Chris gritou, e Evan foi levado para a ambulância mais próxima, cujas portas traseiras se abriram prontamente.

Chris continuou segurando-se em um lado da escada, desenlaçou as pernas e girou os pés para pousá-los na rua e se levantar em meio à confusão barulhenta de agentes que o engoliram. Ele passou os olhos sobre a multidão em busca de um casaco impermeável da ATF, mas a confusão era demais. O impacto causado pelos rotores diminuiu quando Tony levantou novamente o helicóptero para iniciar a subida, ainda com a escada amarela pendurada.

Chris olhou para cima, e Tony mostrou-lhe um sinal de OK, depois subiu mais e seguiu em direção ao norte.

— Agente especial Abbott, venha conosco, por aqui! — gritou um dos policiais da Filadélfia, sua voz quase inaudível com todos os barulhos. — Agente Especial Abbott, por aqui! Há um posto de comando no escritório da promotoria dos Estados Unidos. Recebemos instruções para levá-lo até lá, exceto em caso de necessidade de cuidados médicos.

— Estou bem, vamos! — Chris respondeu gritando, empurrado pela multidão, e o conjunto de policiais o levou para uma viatura que aguardava, cercada por mais um tanto de outras, além de veículos de emergência e paramilitares. A mídia e os civis fora do perímetro moveram-se para frente, tentando conseguir uma visão dele, e comemorando, aplaudindo ou gritando.

Chris entrou às pressas no assento traseiro da viatura e fechou a porta atrás de si. As sirenes continuavam berrando, o que impedia a conversa com os policiais uniformizados no banco dianteiro. Se bem que Chris não sentia vontade de falar. Estava preocupado com Evan e com a forma como o garoto seria tratado pelas autoridades. Não era um destino do qual Chris pudesse salvá-lo, mas talvez o momento de salvar Evan tivesse chegado ao fim.

O carro policial começou a seguir entre a multidão, e os agentes públicos abriram passagem. Chris não conseguia ouvir nada por causa das sirenes e da multidão que comemorava, batia palmas e gritava por ele, embora não conseguisse discernir nenhuma das palavras. Acenavam ou mostravam sinais de positivo com os polegares. Uma mulher soprou um beijo, e outra estendeu uma placa escrita à mão com a frase CASE COMIGO!

Chris desviou os olhos, pensando em Heather. Não sabia o que ela pensaria dele agora ou se ainda estava se sentindo traída. O mesmo com Jordan, que também devia estar chateado. Chris não queria mais ser intocável, mas podia ter estragado sua chance.

O carro policial chegou mais perto, e ele olhou pela janela na direção da multidão em polvorosa. Seus pensamentos estavam voltados para um lugar mais tranquilo, Central Valley. Ocorreu-lhe então que tudo o que ele tinha dito para a dra. McElroy na entrevista de emprego era absolutamente verdade. Ele achou que tinha mentido para ela, mas estava era mentindo para si. Central Valley realmente parecia um lar pare ele, e era o tipo de lugar onde ele gostaria de se estabelecer e formar uma família.

Só não sabia como, ou mesmo se, conseguiria voltar para lá um dia.

Capítulo cinquenta e nove

As horas seguintes foram um borrão, durante as quais Chris foi escoltado para a Promotoria-Geral dos Estados Unidos, um monólito concreto em Chestnut Street, na Filadélfia. O Rabino lhe dera um abraço aliviado, e Alek deu um aperto de mão, agindo como se Chris tivesse seguido suas ordens ao pé da letra, uma encenação da qual Chris participou. Depois disso, Chris, o Rabino e Alek se encontraram com os líderes da FCCCT, do Departamento de Segurança Interna, do FBI e da ATF, em adição ao Promotor do Distrito Oriental da Pensilvânia, ao do Distrito Central da Pensilvânia, ao prefeito da Pensilvânia e ao comissário da polícia. Chris conheceu tantos membros do alto escalão que deixou de acompanhar os nomes, os uniformes, os ternos e os distintivos.

Todos queriam receber informações e ele respondeu a todas as perguntas que lhe fizeram, embora ninguém respondesse às suas. O máximo que conseguiu extrair foi que estavam se preparando para uma coletiva de imprensa oficial às 18 horas naquele dia, na qual esperava-se que ele falasse. Chris não pôde perguntar ao Rabino e a Alek sobre o evento pois não ficaram sozinhos até o fim do dia, quando ele os conduziu por um corredor até a primeira sala com privacidade que conseguiu encontrar: um grande depósito de materiais.

— Por que eu tenho que falar? — Chris perguntou para Alek e Rabino, fechando a porta atrás deles. — Não é assim que fazemos as coisas. Não anunciamos os detalhes das nossas operações secretas na frente do público.

Alek olhou como se Chris fosse maluco.

— A Operação Monograma do Time foi uma enorme vitória para as agências federais de proteção à lei. Você é o herói. Você é uma celebridade. Você é realmente o novo Eliot Ness. Você é o Intocável!

— Chris, me ouça. — O Rabino colocou a mão no ombro de Chris, seu rosto vincado transparecendo cansaço. — Sei que você odeia os holofotes. Mas você conseguiu e essa foi uma grande operação. Nós evitamos um ato terrorista doméstico. Precisamos explicar isso para a mídia e para o público.

— Nunca fizemos nada assim antes, nunca colocamos um infiltrado para falar.

— Correto, e sabe por quê? — perguntou o Rabino, paciente. — Porque esse cenário não tem precedentes. Não conseguimos evitar o atentado de Oklahoma City, mas evitamos o bombardeio da Filadélfia, e você foi descoberto.

— Rabino, eu sei disso, mas e o próximo agente infiltrado? Quantas perguntas nós vamos responder? Quanto da história nós vamos contar? Quer dizer, quanto *eu* vou contar?

Alek acenou sem dar importância.

— Só o básico, Curt. Nada muito detalhado. Este é o momento de a ATF brilhar. Se não fizer isso por você mesmo, faça por eles.

— Você quer dizer por *nós.* Você ainda faz parte da ATF por mais uma hora ou duas, não?

O sorriso de Alek desapareceu.

— Ainda sou o seu chefe, Curt. Você ainda está se reportando a mim. Você ainda vai a essa coletiva de imprensa e vai dizer o que a ATF precisa que você diga.

— Sob uma condição. — Chris teve uma ideia durante aquele infindável interrogatório feito por trajes oficiais sem nome. Aliás, era seu plano B. — Se eu não puder trabalhar mais infiltrado, também não vou trabalhar sentado atrás de uma mesa. Depois que a poeira abaixar, quero um emprego diferente.

— O que você quer? — perguntou Alek, seu sorriso de volta no lugar, embora ele ainda continuasse feio.

— Quero iniciar um programa de treinamento de campo para agentes infiltrados, superior ao que a gente tinha em Glencoe, baseado na minha experiência. Poderia iniciar como um programa-piloto na Filadélfia, e se estender para as outras divisões espalhadas pelo país.

Alek hesitou.

— Um programa de experiência de campo? Esse emprego não existe.

— Eu sei, eu quero criá-lo. Quero ensinar tudo o que eu sei para os agentes infiltrados que virão.

Alek franziu a testa.

— Curt. Isso é com o governo. Não criamos empregos sem mais nem menos e você não vai receber mais dinheiro.

— Eu não quero mais dinheiro. Vou continuar com os meus honorários. — Chris era um GS-13 e ganhava um pouco mais de 100 mil dólares por ano.

O Rabino interveio:

— Acho que é uma ótima ideia, Curt. Você conhece muitos truques nessa atividade e acho que seria incrível se pudesse transmitir esse conhecimento para nossos agentes mais novos.

— Obrigado. — Chris voltou sua atenção para Alek. — Se eu puder esperar pelo meu novo emprego, eu ficaria feliz em falar na coletiva de imprensa.

— Ah, entendi. Estamos negociando. — Alek cruzou os braços. — Você nunca desiste, né?

— Para a sua sorte, não.

Alek pensou por um minuto, depois seu sorriso retornou.

— Curt, um programa de experiência de campo é uma ideia *excelente*. Eu mesmo estava pensando nisso!

Capítulo sessenta

A polícia guardava as portas, e Mindy estava sentada na sala de espera da emergência esperando que Evan voltasse. Ele havia levado dez pontos na sobrancelha e tinha hematomas na bochecha direita, embora o osso orbital não estivesse fraturado e não houvesse danos à visão. Estava passando por radiografias pois se suspeitava de duas costelas fraturadas, mas, fora isso, ficaria bem fisicamente.

Mindy tinha chorado todas as lágrimas que conseguiria ter chorado. Ela nunca poderia viver consigo mesma se mais pessoas tivessem sido mortas. Sentia-se exausta sentada ao lado de seu novo advogado, dr. Maxwell Todd, do escritório Logan & Dichter. Todd era especializado nos problemas legais dos filhos dos CEOs de seus clientes corporativos. Mindy nunca teria imaginado que havia pirralhos mimados em quantidade suficiente para sustentar um ramo inteiro da advocacia, mas talvez o vírus da riqueza fosse contagioso.

Evan estava sob custódia da polícia, e sairia do hospital para o Centro de Detenção Federal até as acusações formais. Ainda não haviam decidido quais acusações seriam feitas contra ele, mas Mindy estaria lá para dar apoio; não para livrá-lo, mas para ajudá-lo a lidar com a sentença que tivesse de receber. Uma mãe era um farol em uma tempestade, e ela estaria ao lado do filho sempre. Apesar disso, se dissera sim para ele antes, quando devia ter dito não, ambos ainda tinham tempo para voltar atrás. Ela poderia mudar e ele também.

Mindy olhou para Paul, sentado a várias fileiras de distância, com seu advogado criminalista. Eram as únicas pessoas na sala de espera, que tinha sido liberada pela polícia. Seu celular repousava no colo, mas ela não estava mexendo nele. Mindy tinha parado de olhar o Facebook quando os posts sobre Evan começaram a aparecer na sua *timeline*, em geral horríveis e cruéis. Pretendia esquecer o Facebook e procurar livros de verdade.

O olhar de Mindy encontrou a TV pendurada no canto, ligada, mas com o som mudo. Passou um comercial de carro, e a tela voltou para o tribunal e para o resgate, acima da faixa FRUSTRADO PLANO DE BOMBARDEIO. Então apareceu uma imagem da última foto escolar de Evan, depois fotos retiradas do seu Facebook e Instagram, uma sucessão contínua de cobertura de mídia.

Mindy assistiu à sucessão de imagens como se estivesse em uma experiência fora do corpo. Não podia acreditar que Evan estava na TV, que era de sua família que estavam falando, que ela estava *dentro* do noticiário, embora fossem pessoas da vida real. Eles não eram notícia. Eram ela, Evan e Paul.

A tela passou para uma foto do treinador Brennan acima do título HERÓI INFILTRADO CURT ABBOTT. Mindy viu o vídeo em que o treinador Brennan — ela ainda o chamava assim na sua mente — voava de cabeça para baixo como um artista de trapézio, segurando Evan enquanto eles sobrevoavam a ponte Benjamin Franklin.

Mindy sentiu lágrimas brotarem dos olhos. O treinador Brennan tinha salvo a vida de Evan, assim como a vida de milhares de pessoas inocentes, e arriscado a sua. O primeiro impulso de Mindy tinha sido ligar para ele. Havia conseguido o número na lista telefônica, mas seu advogado lhe aconselhou a não ligar.

Mindy pegou o celular, entrou na função de mensagem e digitou um recado do fundo do coração.

Treinador Brennan, aqui é Mindy Kostis. Eu não deveria me comunicar com o senhor, mas o que é certo é certo. Muitíssimo obrigada por salvar a vida do Evan. Deus o abençoe.

Mindy engoliu em seco. Sua atenção retornou para a televisão e ela se viu assistindo a seu próprio álbum do Facebook, o clã Kostis nas Ilhas Cayman.

— Sra. Kostis? — disse uma voz feminina, e Mindy olhou para cima para ver a médica entrando na sala de espera com um sorriso profissional.

— A senhora pode ver o Evan agora. Ele está chamando.

Capítulo sessenta e um

Heather mexia a salada, sozinha com seus pensamentos, e Jordan estava sentado na sala com a televisão berrando na CNN.

— ...aqui é Wolf Blitzer dando as boas-vindas aos nossos telespectadores nos Estados Unidos e ao redor do mundo. Faltam apenas cinco minutos para a nossa cobertura da coletiva de imprensa, que será transmitida ao vivo da Filadélfia, falando sobre o plano de atentado terrorista a bomba que foi frustrado hoje pela polícia federal, em conjunto com as autoridades do estado e do município...

Heather se desligou da TV, tentando processar suas emoções. Ainda não conseguia assimilar o fato de que Chris não era quem ele disse que era. Ela tinha uma queda por um homem que não existia. Pior, Chris ou Curt, havia usado Jordan para conseguir informações. Ela ainda não sabia os detalhes e não se importava se um dia tomasse conhecimento deles ou não. O fim da história é que tinham mentido para ela e mentido para Jordan.

Heather continuou mexendo a salada, levantando o aroma acre do vinagre de cidra de maçã, algo que nunca tinha usado antes. Ela finalmente tinha tempo para fazer uma receita de Ina

Garten, uma salada de milho feita com milho de verdade, não enlatado, com pimentão vermelho, cebola roxa e manjericão fresco. Também nunca tinha usado sal kosher antes, então fora ao Whole Foods comprar, celebrando o fato de que tinha uma entrevista de emprego na quarta-feira, para uma vaga de assistente administrativa na sede corporativa da ValleyCo.

Heather sorriu para si mesma. Ela se sentia confiante sobre suas perspectivas, considerando que sua chefe seria Susan, que só faltava ter falado que ela ficaria com a vaga. Quase do dia para a noite sua vida tinha mudado, e ela teria a possibilidade de um emprego novo com uma mesa, uma plaquinha de identificação e um programa de financiamento facilitado para um curso universitário. Não só isso, ela poderia vestir o que quisesse, desde que viesse de um outlet da ValleyCo, que era onde ela já fazia compras antes. Estava até preparando um filé de salmão cozido, o que enchia o pequeno apartamento com um aroma culinário caro, conhecido apenas por cozinheiras domésticas, como ela.

— ...preparem-se para um resumo do assunto com o diretor do Departamento de Segurança Interna, que ressaltará os detalhes das notícias de hoje, a frustração de um atentado a bomba contra o tribunal federal James A. Byrne U.S. e o edifício federal William J. Green na Filadélfia, que poderia ter causado milhares e milhares de mortes dentro dos prédios e nas imediações. A perda de vidas e os danos materiais seriam catastróficos, não fosse pela Operação Monograma do Time. Vocês ouvirão o agente especial Curt Abbott, da Agência de...

Heather apagou o nome de sua mente, muito menos atraente do que Chris Brennan. Ela se perguntava como ele escolhera o pseudônimo, e se tinha pesquisado na internet nomes que soassem amigáveis e pudessem enganar mães solteiras desesperadas o suficiente para acreditar em qualquer coisa.

Heather mexeu na salada de milho e tentou não pensar. Jordan tinha voltado cedo da escola e falado com ela apenas brevemente antes de ir para o quarto e fechar a porta. O garoto ficara abalado com o fato de que Evan quase tinha sido morto, além de ter se envolvido em um plano terrorista mortal. Inclusive, ele só tinha saído do quarto fazia dez minutos, para assistir à coletiva na TV.

— Mãe, já vai começar — Jordan chamou da sala.

— Estou fazendo o jantar. Consigo ouvir daqui.

— Mãe, você está falando sério?

Heather não respondeu, e, no momento seguinte, Jordan apareceu na entrada da cozinha vestido em seu moletom de beisebol.

— Mãe, você não vai assistir?

— Ouvi esse assunto o dia inteiro. A cobertura não parou um minuto. Como você estava na escola, então não sabe.

— Nós ouvimos lá também. Todo mundo só fala disso agora. É o assunto principal, mãe. Você tem que assistir.

— Eles não vão dizer nada de novo. É tudo a mesma coisa. Nós sabemos de tudo. Nós vivemos tudo. É sobre *nós*.

— Você não está nem aí para o Evan? Ele foi *preso*. Ele não estava na escola hoje. Acho que ele pode ir para a cadeia.

— É claro que eu me importo com o Evan. — Heather sentia-se terrível por Mindy, pelo que ela devia estar passando. Heather nunca pensaria que isso teria acontecido com uma família como a dos Kostis.

— Todo mundo fala que ele estava com aqueles caras, mas eu não acho.

— Tenho certeza de que ele não estava — falou Heather, embora não tivesse. Ela não sabia sobre o Evan, mas seu pai sempre dizia: *o que a vida dá com uma das mãos, ela tira com a outra.*

— Quero dizer, não imaginei que fosse a Madame Wheeler na foto, mas Evan não é um *terrorista*. Ele não teria matado todo mundo, não teria explodido um prédio de tribunal. — Jordan olhou para a TV, onde a CNN estava fazendo a chamada para a coletiva de imprensa. — Mãe, vem. Quero ver o que vai acontecer.

— Jordan, estou cozinhando...

— Por que você está agindo tão estranho?

— Não estou agindo estranho. — Heather continuou a jogar a salada para cima como uma louca. Talvez ela *estivesse* agindo estranho. Uma versão estranha da Ina Garten.

— Parece que você está brava.

— Bem, eu *estou* brava. — Heather virou-se para ele. — Você não está? Como está se sentindo? Depois da escola você entrou no quarto e desapareceu. Quer falar sobre isso?

— Está bem — respondeu Jordan, com menos certeza. — Foi algo grande, e eu acho que você deveria assistir à coletiva de imprensa. Não quer saber o que o treinador tem a dizer?

— Ele não é *o treinador.*

— Tudo bem, eu sei disso. Tanto faz.

— Curt. Parece Chris, mas não é Chris.

Jordan inclinou a cabeça de lado.

— Você está brava com ele?

— Você não está? — Heather falou para si mesma que deveria se acalmar. Ela soltou o garfo e a colher de servir que estava usando na salada. — Como você está se sentindo sobre isso, Jordan? Você acreditou que ele era um treinador, não acreditou?

— Acreditei.

— E você também acreditou que ele gostasse de você, que ele estava mostrando interesse em você como amigo. Como treinador. Não é?

— Ok, sim. — Jordan deu de ombros, sem jeito. — Por que você está agindo como uma advogada de acusação? Você parece uma advogada falando.

— Só estou tentando entender como você se sente. Está bravo por ele ter mentido para você? Por ele ter mentido para nós dois? Alguma vez ele fez perguntas sobre o Evan ou sobre os outros meninos do time?

— Sim, acho que sim. Uma vez.

— Então ele estava usando você para conseguir informações. Ele estava manipulando você para conseguir informações. Ele só estava fingindo ser seu amigo e meu amigo. Isso não deixa você com raiva?

— Hum, não é incrível, eu admito.

— É mais do que *não ser incrível*, Jordan. É uma mentira. Eu ensino você a não mentir. Não gosto de gente que mente. Mas ele mentiu para nós, e eu estou brava com ele, então você vai entender se eu não quiser assistir a essa coletiva idiota...

— Não é o que eu acho — Jordan a interrompeu, algo que raramente fazia, ainda mais para oferecer seus pensamentos sobre alguma coisa.

— O que você acha?

— Eu sei que ele mentiu e tudo mais, e isso é errado, mas eu ainda acho que ele gostava da gente. — Jordan piscou de um jeito tristonho, e Heather sentiu uma onda de culpa pelo filho, decepcionado não apenas pelo pai, mas por sua figura paterna.

— Talvez ele gostasse, tenho certeza de que gostava. Mas não gosto que mintam para mim.

— Mãe, ele *tinha* que mentir, você não entende? — Jordan fez um gesto para TV, onde Wolf Blitzer estava na contagem regressiva. — Ele salvou a vida do Evan e de todas aquelas pessoas. É como eles acabaram de dizer, milhares de pessoas teriam sido mortas.

— Mas ele nos enganou. Ele fingiu ser uma pessoa que não era.

— Ele tinha que fazer isso, pelo bem maior. Ele fez o que tinha que fazer para salvar a vida das pessoas. É como se realmente fosse um treinador e nós todos fôssemos um time. Mãe, ele fez a coisa certa pelo *time*.

— Mas ele não é um treinador — disse Heather, suavizando, pensando naquela noite, nessa mesma cozinha, quando Chris a tinha ajudado a pensar em seu conjunto de habilidades, como faria um treinador.

— Não importa se ele era mesmo ou não. Ele fez o que um treinador faria, um treinador realmente bom. Ele foi até o padrão, mãe. Não foi o padrão que foi atrás dele. São 17 polegadas, mãe.

— O quê? — Heather não tinha ideia do que ele queria dizer.

Jordan estremeceu.

— Não importa. Só estou dizendo que ele voou de cabeça para baixo segurando o Evan. Ele *resgatou* o Evan. Ele atingiu a excelência.

Heather sentiu um brilho de orgulho recente em Jordan.

— Sabe, você deveria se expressar mais vezes. Você é sensato.

— Então você concorda?

— Não.

— Mãe, por favor. — Jordan pegou na mão dela e a puxou para a sala, onde eles se sentaram na frente da TV, lado a lado, algo que não faziam havia algum tempo.

Wolf Blitzer continuou:

— Vamos levar nosso telespectador diretamente para a Filadélfia, onde a coletiva de imprensa está começando neste momento. — A tela cortou para um homem de terno atrás de um púlpito com um grupo de homens de terno. Do lado direito do homem havia um homem alto e feio, um outro mais velho e mais baixo e, no fim, Chris.

— Olha o treinador! — Jordan se inclinou para frente, apoiando-se nos joelhos.

— Não é um treinador — Heather disse, por reflexo, embora seu olhar se desviasse imediatamente para Chris e ficasse fixo nele. Era muito estranho vê-lo em um papel tão diferente, e na TV, ainda por cima. Ela não conseguia lidar com o fato de que era o mesmo homem. Heather não podia deixar de pensar: *se nada do que ele disse é verdade, é o mesmo homem?* E ela respondeu à própria pergunta: *é claro que não, sua idiota. Mas ele ainda é um gato.*

— Meu nome é Ralph Brubaker, chefe da força-tarefa Conjunta Contra o Terrorismo. Estou aqui para informá-los sobre nossa operação que hoje frustrou um ato de terrorismo doméstico cujo objetivo era destruir o tribunal federal James A. Byrne e o edifício federal William J. Green na Filadélfia, assassinar as pessoas que estavam dentro desses edifícios e causar consideráveis danos materiais. O plano foi interceptado pela FCCCT e muitas outras agências garantidoras da lei, mas a primeira menção vai para a Divisão de Campo da Filadélfia da ATF, liderada pelo supervisor-geral Alek Ivanov, pelo agente especial David Levitz, e pelo herói da Operação Monograma do Time, agente especial Curt Abbott.

Jordan deu um gritinho de torcida.

— U-hu!

Heather resmungou.

— Hmpf.

— ...As autoridades conseguiram uma vitória importante no dia de hoje em nossa batalha constante contra o terrorismo doméstico. Não temos motivos para acreditar que existem outros conspiradores ou participantes neste enredo, de modo que a cidade da Filadélfia e a região permanecem seguras. Engenheiros estruturais estão inspecionando a ponte Ben Franklin, que permanecerá fechada até segunda ordem. Vamos reter o nível de ameaça no nível severo, como um excesso de precaução. Mais importante: não houve perdas de vidas confirmadas hoje relacionadas a esse plano, com exceção dos perpetradores, irmãos James e David Shank de Headley, Pensilvânia.

Jordan olhou para o lado.

— Mãe, você acredita que a Madame Wheeler mandou aquele nude para o Evan? Eu *sabia* que deveria ter escolhido fazer aulas de francês.

Heather revirou os olhos.

— Espanhol é mais útil.

— Rá, rá!

— Só queria saber por que o Evan foi burro o suficiente para mandar essa foto para todos vocês. Por que não manter aquilo só para ele?

Jordan fungou.

— Mãe, você está brincando? Você *viu*? Se eu tivesse uma garota parecida com aquela, eu também ia mandar a foto, sem dúvida.

— Não me diga. Não quero saber.

O chefe Brubaker continuou:

— Temos sob custódia a sra. Courtney Shank Wheeler, irmã mais nova dos irmãos Shank, e professora da Escola de Ensino Médio de Central Valley, na Pensilvânia. Temos sob custódia um aluno de 17 anos da Escola de Ensino Médio de Central Valley. Nem Wheeler nem o menor foram formalmente acusados até o momento. Estamos investigando a participação deles no plano e, até o momento, não há nada definido.

Jordan olhou para Heather com uma expressão preocupada.

— O que isso significa? Por que não dizem o nome dele?

— Privacidade, eu acho? Porque ele é menor de idade? Enfim, significa que ainda não descobriram o que foi que o Evan fez.

Jordan fez uma careta.

— Eles realmente acham que ele é um dos bandidos? Ele não conhece os irmãos da Madame Wheeler. Eles o espancaram. Deu para ver o rosto dele nos vídeos.

— Shh, vamos ouvir.

O chefe Brubaker continuou:

— Há muitos detalhes desta Operação Monograma do Time que não temos ou não podemos tornar públicos por motivos de segurança. Estamos fazendo essa coletiva antes de termos a totalidade dos fatos, pois queremos informar a imprensa e o público, dando informações corretas em lugar dos rumores que circulam na internet e nas mídias sociais.

Jordan se virou para Heather.

— Ele tem que dizer isso. O Twitter está bombando.

Heather continuou olhando para Chris/Curt. Ela se perguntava se é que ele era mesmo solteiro. Talvez também tivesse sido uma mentira. O olhar dela desviou-se para a mão esquerda dele, mas não conseguia ver se havia uma aliança. Talvez ele a deixasse em casa, com a esposa. E sete filhos. Também um cachorro e um gato.

Jordan ouviu o porta-voz continuar, mas Heather mantinha os olhos em Chris/Curt, tentando ler a mente dele. Ele provavelmente estava pensando que Chris/Curt era um herói, que tinha feito o trabalho dele, mesmo que isso significasse contar uma grande mentira. Ele podia ter agido em prol de um bem maior, mas, mesmo assim, Heather não gostava que mentissem para ela. O bem menor ainda importava, e ela e Jordan eram o bem menor. Será que ouviria falar de Chris/Curt de novo? Será que queria ter notícias dele?

E de repente, ela se deu conta de que o aroma de salmão estava permeando o apartamento, e o peixe estava queimando.

— Droga! — disse Heather, pulando e correndo para a cozinha.

Capítulo sessenta e dois

Não foi até meia-noite que Curt chegou em casa, no seu simplório apartamento de um quarto no segundo andar de um predinho no Italian Market, um bairro da cidade, com barracas que vendiam frutas, legumes e verduras e peixe, lotado de ponta a ponta por restaurantes italianos das antigas. O ar cheirava a manjericão fresco e a comida apodrecida, mas o bairro lhe convinha. Ele poderia comprar comida pronta em qualquer lugar, e era fácil se misturar, já que o Italian Market era movimentado por trabalhadores, compradores e turistas.

Tinha voltado para casa naquela noite, sem que ninguém notasse, as lojas fechadas, as lonas sobre as barracas e os poucos turistas dentro dos restaurantes. Mantinha o boné na cabeça só por precaução, depois de ter passado o dia sentindo-se como uma celebridade falsa, levando tapinhas nas costas, recebendo parabéns e até ganhando o abraço de uma procuradora bonita, que o lembrava de Heather.

Curt desabou na cama, arrumada pela moça da limpeza que vinha a cada 15 dias, quer ele estivesse em casa ou não.

Não havia nada nas paredes brancas do seu quarto, pois nunca tinha tempo de decorar, e também nunca se importou em fazê-lo; porém, naquela noite parecia patético. Estava além do quarto de solteiro; era mais o quarto de um eremita psicótico. Estranhamente, ele sentia falta de seu apartamento em Central Valley, e a essa altura, outros agentes da ATF estariam colhendo impressões digitais, de acordo com o protocolo rotineiro, tirando fotos, recolhendo o laptop, revisando suas gravações de vídeo e de áudio para elaborar o processo contra Evan. Nenhum dos objetos naquele apartamento pertencia a ele, exceto as roupas, mas as deixaria para trás junto com a identidade de Chris Brennan, como uma cobra que troca de pele. Nunca tinha sido um problema antes, mas agora vagamente se sentia como uma cobra de verdade.

Ele pegou o controle remoto, ligou no canal de notícias e assistiu à cobertura da operação no volume mudo. Um repórter falava após o outro, e então a tela passou o vídeo dele voando de cabeça para baixo, com Evan pendurado.

Curt sentiu-se estranho. Nunca tinha se visto na televisão antes. A câmera focou no terror absoluto no rosto ferido de Evan, e o coração de Curt se encheu de compaixão pelo menino. Pensou na mensagem que a mãe de Evan, Mindy, tinha lhe enviado mais cedo naquele dia para agradecê-lo. O gesto o fez se sentir bem por dentro, mas a preocupação por Evan permaneceu, além de, é claro, a preocupação por Jordan e Heather.

A tela de TV mudou para uma reapresentação da coletiva de imprensa, e Curt assistiu-se no palanque, sabendo que tinha pensado em Heather o tempo todo. Ele se perguntava se ela tinha assistido e o que devia estar pensando dele. Pensou em ligar para ela, depois olhou para o relógio. Eram 2h15 da manhã. Tinha perdido a noção do tempo com tanta coisa acontecendo.

Uma onda de exaustão o percorreu, e Curt deixou seus olhos se fecharem, pensando em Heather. Queria se desculpar com ela e com Jordan, e com todos os outros; pela primeira vez na vida, ele se sentia culpado depois do fim de uma operação, mesmo que, por qualquer escala de avaliação, tivesse obtido sucesso. Porém, não se sentia bem-sucedido; sentia-se um idiota. Tinha conseguido justiça pelos assassinatos de Abe e do marido de Courtney, Doug, mas a justiça nunca era olho por olho, dente por dente — não para ele. Tudo o que restava era morte e destruição, deixando-o com a sensação de estar mais sozinho do que nunca.

Curt cochilou, sabendo que nunca haveria um outro dia, a menos que mudasse alguma coisa. E assim, três noites depois, depois que a comoção começou a diminuir e ele foi voltando à rotina normal, com seu novo cargo ainda não definido, Curt se viu deitado na cama de novo, procurando o telefone de Heather na lista telefônica, teclando os números e esperando a ligação chamar.

— Alô? — Heather respondeu, seu tom vago, provavelmente porque ela não reconhecia o número do celular novo de Curt, já que o antigo tinha sido entregue como prova. Ainda assim, ouvir a voz dela o levou de volta a Central Valley, e saber que ela estava do outro lado da linha também o fazia se sentir diferente. Melhor, da forma como ele tinha se sentido antes.

— Heather, é o Chris, quer dizer, o Curt. — Curt pensou que tinha se acostumado a usar o verdadeiro nome outra vez, mas era evidente que não.

— Ah, oi. — A voz de Heather soou fria, algo que ele já esperava.

— Esperei alguns dias, mas queria ligar para dizer que, bem, para pedir desculpas. Peço desculpas por ter mentido para você sobre quem eu era. Espero que compreenda...

— Eu entendo.

— É o meu trabalho. *Era* meu trabalho, na verdade.

— Já disse que eu entendo. — Heather parou um instante. — O Jordan também entende. Jogar no time, bem maior, 17 polegadas. Entendi.

Curt não entendeu, mas deixou passar. Ela não parecia feliz em falar com ele.

— Quero me desculpar com o Jordan também, mas não quis entrar em contato com ele sem pedir sua permissão antes.

— Por mim tudo bem, pode ligar.

— Que bom, obrigado.

— Você deveria. Você mentiu para ele também.

Curt sentiu o golpe ao ouvir a espetada nas palavras dela.

— Me desculpe. Eu sei que deve ter sido muito estranho para você, para vocês dois, descobrir que eu era um agente disfarçado.

— Foi.

— Tem alguma coisa que você queira me perguntar? Digo, você tem direito a saber a verdade.

Heather não respondeu, apenas deu risada, mas não de um jeito bom.

— Quero dizer, nunca antes entrei em contato com ninguém depois de uma operação, mas, desta vez, é diferente.

Heather não disse nada.

Curt sentiu que deveria explicar mais, em especial porque ela estava falando tão pouco.

— Eu costumo trabalhar disfarçado com traficantes e bandidos, mas, desta vez, eu fiquei infiltrado no meio de gente de bem, como você e o Jordan.

— E daí?

— E daí… — Curt hesitou, sem saber o que diria a seguir. — Então é incomum para mim, e eu sei que deve ser estranho para você também, descobrir que eu não sou um treinador e nem um professor.

— Sim, foi estranho. Para o Jordan também, embora em geral ele estivesse preocupado com o Evan.

— Claro, claro. — Curt ficava aliviado que tanto Evan quanto Courtney estivessem negociando acordos judiciais para toda a lista de acusações, já que as circunstâncias tinham mostrado que eles haviam renunciado completa e voluntariamente sua participação na conspiração.

— Só agora a escola está voltando ao normal.

— Você conseguiu um emprego novo?

— Na verdade, consegui. Começo na ValleyCo como assistente administrativa na semana que vem.

— Isso é maravilhoso! — Curt achou ter ouvido o tom dela ficar mais suave, ou talvez fosse imaginação. — Bem, eu estava me perguntando se algum dia você gostaria de jantar comigo.

— Por que faria *isso*? — Heather perguntou friamente, o que foi a resposta de que Curt precisava. Ligar tinha sido uma ideia terrível. Ele a perdera, como temia. Mas não podia ignorar seus sentimentos por ela. Pensava nela o tempo todo e queria fazer a melhor tentativa.

— Heather, gostei muito de ter conhecido você e de conversar com você e agora eu tenho uma vida mais normal.

— Eu tenho que pensar — Heather interrompeu. — Não sei se isso é algo que eu queira fazer.

— Eu entendo — Curt disse, decepcionado, e a parte triste era que ele entendia de verdade, completamente.

— Agora, se você me dá licença, eu preciso desligar. Estou com uma coisa no forno.

— Claro, posso ligar de novo daqui a alguns dias?

— Tente daqui a um mês — Heather disse, desligando.

Curt desligou, derrotado.

Por sorte, ele tinha um plano B.

Capítulo sessenta e três

Curt esperou um mês para colocar o plano B em ação. Queria mostrar à Heather que respeitava a vontade dela. Esse tempo foi bem aproveitado, discutindo seu novo cargo com um número absurdo de burocratas, preenchendo uma tonelada de documentos e servindo como um verdadeiro assistente para o novo líder da Divisão de Campo da Filadélfia, o Rabino em pessoa, David Levitz. Curt não poderia ter ficado mais feliz pelo fato de o Rabino finalmente receber a promoção que ele merecia, e os dois ficaram mais do que satisfeitos por Alek ter levado um chute para o patamar superior e entrado na FCCCT, de onde ninguém mais ouviria falar dele. Pelo menos até o próximo ataque terrorista, que lhes dava uma desculpa para manter o país seguro.

Curt não podia olhar pela janela, já que as persianas estavam fechadas. Central Valley finalmente retornava ao normal, e a história começava a sumir das manchetes. Ele recusou os pedidos de entrevistas, bem como ofertas para filmes e livros. Evan e Courtney tinham começado a cumprir suas penas... Courtney, por doze anos; Evan, por cinco.

Curt tinha conversado com Raz, que estava melhor do que nunca, assumindo a posição de Evan como receptor de Jordan, que estava arremessando para os Mosqueteiros em uma temporada de vitórias. Curt tinha inclusive ido assistir a um jogo, e o treinador Hardwick o cumprimentou com um inesperado abraço de urso pelos serviços prestados e um convite para ir ver o treino sempre que ele quisesse, mesmo que tivesse de chegar atrasado. Curt e Jordan trocavam mensagens de texto o tempo todo, e Jordan tinha ajudado a organizar o encontro daquela noite. Ou, pelo menos, o que Curt esperava que fosse um encontro.

— Sr. Abbott, posso trazer alguma coisa além da água? — perguntou a garçonete, rodeando-o com um sorriso.

— Não, obrigado. — Curt sorriu também, acostumado agora a ser sociável, por uma questão de necessidade. Tinha conhecido mais gente no último mês do que em sua vida inteira. Não conseguia se lembrar da última bebida que tinha comprado para si mesmo e não estava reclamando. Aonde quer que fosse, as pessoas apertavam sua mão, agradeciam e queriam tirar foto com ele. Isso o estava forçando a sair da concha, e Curt estava descobrindo que, na realidade, gostava das pessoas que tinha jurado proteger.

Na verdade, sua fama era uma das razões por ele ter conseguido o favor naquela noite. Tinha pedido ao restaurante para fechar para todos, exceto para ele e Heather, pois sabia que se o público comum estivesse ali, nunca conseguiriam um momento de privacidade. Ele se ofereceu para pagar pelo fechamento do restaurante, mas a gerência tinha aceitado ajudar como um favor pessoal, fazendo jus ao nome *amigável* do estabelecimento.

Friendly's.

Curt olhou no relógio. Eram 18h30 e, de acordo com Jordan, era a hora exata em que Heather chegaria em casa de seu novo emprego e entraria na cozinha para começar o jantar. Ele não podia olhar pela janela, então não sabia se ela estava vindo. Tinham fechado as persianas, assim ninguém poderia ver que ele estava ali dentro, e ele as manteve fechadas. Chris pedira à Friendly's para desligar o costumeiro luminoso em troca de algo especial, e ele se perguntava se Heather já o tinha lido:

H, POR FAVOR, JANTA COMIGO AQUI ESTA NOITE? CURT

Curt olhou a mesa para ter certeza de que tudo estava no lugar. Tinha trazido um pacote de biscoitos, duas garrafas de água e dois copos bonitos. Também tinha comprado um buquê de uma dúzia de rosas vermelhas com o caule comprido em um vaso de vidro transparente, mas, quando chegou, percebeu que a cor das flores combinava por acaso com o logo da Friendly's. Nessa ele tinha errado, mas tudo bem. Curt era novo nisso de romance, e não era fácil. Pelo contrário, era mais fácil se pendurar de cabeça para baixo de um helicóptero.

Curt bebeu a água, tentando não ficar nervoso, uma sensação nova para ele. Já tinha conhecido muitas mulheres interessantes, inteligentes e atraentes no último mês, e recebido bastante correspondência de fãs, e-mails e fotos. Era de carne e osso, tinha olhado as fotos, mas nenhuma mulher apelava para ele como Heather. Ela era bonita, inteligente e atraente de um jeito que parecia real, e não tinha como explicar essa sensação de nenhum jeito melhor do que esse. Se ela sentisse a mesma coisa, entraria por aquela porta nos próximos minutos.

Até o momento, sem sorte.

Curt sentiu o coração bater mais forte, um frio na barriga que ele nunca tinha sentido antes. Ele nunca pensou que poderia sentir frio na barriga em qualquer coisa que não fosse seu emprego, mas naquele caso era adrenalina. Desta vez, era a emoção. Sobre os sentimentos que chegavam ao cerne de quem ele era, entrando e saindo de seu coração, como o próprio sangue que lhe dava vida. Só agora ele estava descobrindo quem era de verdade, conhecendo pessoas novas e tentando um emprego novo, mas ele queria ir mais fundo. Queria ser o homem que deveria ser, por si mesmo, e por Heather e por Jordan. Talvez pudesse ser marido e pai. Talvez pudesse ter uma família, com um cachorro gordo para chamar de seu.

Curt olhou para cima, e sua boca secou quando viu a porta se abrindo e Heather entrando com um sorriso surpreso. Ela estava linda com o cabelo solto, um vestido azul. Quando Heather encontrou seu olhar, os olhos dela também sorriam. Com verdadeira felicidade.

Ele se viu em pé, seguindo até a entrada para agradecê-la por ter vindo.

E para se apresentar para ela, pela primeira vez.

Agradecimentos

Aqui é onde costumo dizer minha palavra favorita, ou seja, obrigada. Muitas pessoas me ajudaram com este romance porque exigia informações que estavam além dos meus campos de conhecimentos, que basicamente são Direito, cães e carboidratos. Mas, como este livro tem muitas reviravoltas, não quero dar spoilers para os leitores que quiserem ler os agradecimentos antes de terminar a história. (Vocês sabem quem são e, francamente, sou uma de vocês, então não estou julgando.) Por isso, agradeço aqui algumas pessoas sem explicar exatamente o que elas fizeram para enriquecer este livro. Tenho por elas uma enorme dívida de agradecimento, e todos os erros deste livro são exclusivamente meus.

O primeiro agradecimento vai para Shane e Liam Leonard, os filhos adolescentes da minha melhor amiga e assistente, Laura Leonard. Tive o grande privilégio de ver esses dois jovens crescendo desde que eram bebês até se tornarem atletas no ensino médio, que sabem tudo sobre beisebol. Shane e Liam responderam a todas as minhas perguntas e até usaram treinamento motivacional comigo. Por coincidência, esse calhou de ser o ano em que me pediram para lançar o primeiro arremesso para os Philadelphia Phillies da minha cidade, e Shane e Liam inclusive me ajudaram a me comportar em um dia de jogo da liga principal. Muito obrigada, meninos.

Muito obrigada ao treinador Matthew Schultz do programa de beisebol da Great Valley High School, que também passou horas comigo respondendo a todas as minhas perguntas idiotas sobre beisebol, assim como me deixando assistir a treinos e jogos. Obrigada aos integrantes do time de beisebol colegial de Great Valley, um grupo de jovens incríveis e talentosos.

Obrigada à dra. Heidi Capetola, diretora da Great Valley High School, por liderar uma escola verdadeiramente maravilhosa e por ceder seu tempo para me ensinar o funcionamento das coisas. Obrigada aos professores incríveis Gerry McGrath e William McNamara, que me deram permissão para assistir a suas aulas de Política. E não preciso dizer que os professores ficcionais, treinadores e jogadores neste livro são completamente frutos da minha própria imaginação.

Obrigada a Anthony Tropea e Steve Bartholomew por seu tempo e conhecimentos. Obrigada a Mark, que me ensinou a química por trás dos explosivos, e fiquem tranquilos porque eu não revelei nada que não pudesse ser encontrado na internet, um fato que é tanto interessante como assustador. Obrigada dra. Lisa Goldstein, uma psiquiatra que trata de adolescentes e me ajudou a desenvolver a psicologia dos personagens.

Sou advogada, mas o direito penal não era minha área, então eu sempre troco figurinhas com meu querido amigo, o servidor público brilhante dr. Nicholas Casenta, chefe da Procuradoria do condado de Chester.

Além disso, obrigada a Dan Bankoske.

Obrigada à minha amiga maravilhosa e editora Jennifer Enderlin, que é a vice-presidente sênior e publisher na St. Martin's Press e, mesmo assim, encontra tempo para melhorar meus manuscritos. Muito obrigada, treinadora Jen! Grande amor e agradecimentos a todos da St. Martin's Press e da Macmillan, começando com os ótimos John Sargent e Sally Richardson, além de Jeff Dodes, Lisa Senz, Brian Heller, Jeff Capshew, Brant Janeway, Dori Weintraub, Tracey Guest, John Karle, Sara Goodman, Stephanie Davis, Nancy Trypuc, AnneMarie Tallberg, Kerry Nordling, Elizabeth Wildman, Caitlin Dareff, Talia Sherer, Kim Ludlum e todos os representantes de vendas maravilhosos. Um grande obrigada a Michael Storrings, pelo projeto incrível na capa original. Também abraços e beijos para Mary Beth Roche, Laura Wilson, Samantha Edelson e as ótimas pessoas dos audiolivros. Eu amo e agradeço a todos vocês!

Amor e agradecimentos ao meu agente, Robert Gottlieb, da Trident Media Group, cuja dedicação guiou este livro até a publicação, e a Nicole Robson e equipe de mídia digital da Trident, que me ajudam a espalhar as notícias nas mídias sociais.

Muito obrigada e muito amor pela incrível Laura Leonard. Ela é inestimável em todos os sentidos, todos os dias, há mais de vinte anos. Agradeço, também, Nan Daley por todo o seu apoio de pesquisa neste livro, e obrigada a George Davidson por fazer todo o resto na fazenda, para que eu pudesse ficar livre para escrever.

Finalmente, obrigada à minha filha incrível (e até mesmo coautora), Francesca, por todo o seu apoio, risos e amor.

Publisher
Omar de Souza

Gerente editorial
Mariana Rolier

Editora
Alice Mello

Copidesque
Dênis Rubra

Revisão
Juliana Araujo

Design de capa
Angelo Bottino

Diagramação
Abreu's System

Este livro foi impresso pela Exklusiva, em 2018, para a HarperCollins Brasil. O papel do miolo é avena 80g/m2, e o da capa é cartão 250g/m2.